21 janv. 1982   12.95

MARGARET ATWOOD

LA VIE
AVANT L'HOMME

roman

traduit de l'américain par Marianne Véron

Quinze / prose étrangère

Titre original : LIFE BEFORE MAN
© Margaret Atwood, 1979
Traduction française : Éditions Robert Laffont, S.A., Paris, 1981

ISBN 2-89026-289-8
(édition originale :
ISBN 0-671-25115-5 Simon and Schuster, New York)

A G.

Je tiens à remercier ici pour leur concours, leur soutien, leurs observations et leur aide dans divers domaines, les personnes suivantes : Carl Atwood, Lenore Mendelson Atwood, Ruth Atwood, Peter Boehm, Liz Calder, J. A. Donnan, Kate Godfrey Gibson, Jennifer Glossop, Beverly Hunter, Matla Kavin, Marie Kwas, Jay Macpherson, Marie Thompson, Fred J. Roberts Rick Salutin, J. B. Salsberg, Savella Stchishin, Zenia Stchishin, Nan Talese, Mrs. Walpert, Jean Wachna, Mrs. Werblinsky.

Je tiens également à remercier Donya Peroff, qui depuis des années effectue pour moi d'inlassables recherches; Phoebe Larmore, mon agent; et tous les membres du personnel du Royal Ontario Museum qui m'ont donné leur temps, et en particulier Joanne Lindsay, du département de Paléontologie des Vertébrés, qui m'a guidée d'une main ferme au travers du Crétacé supérieur.

Au lieu d'un élément de l'organisme même, le fossile peut être une sorte de souvenir de sa présence, comme une empreinte ou un trou fossilisé... Ces fossiles nous donnent notre unique chance de voir les animaux disparus en action et d'étudier leur comportement, bien que l'identification définitive ne soit possible que lorsque l'animal est tombé mort sur sa propre empreinte, et qu'il s'y est fossilisé.

BJÖRN KURTÉN, *L'âge des Dinosaures*

Regarde, je te souris, je souris à toi, je souris tout au fond de toi. Comment pourrais-je être mort, si je respire dans chaque frémissement de ta main ?

ABRAM TERTZ (Andrei Siniavski)
Le Stalactite de Glace

PREMIÈRE PARTIE

ELIZABETH

Je ne sais pas comment je devrais vivre. Je ne sais pas comment on devrait vivre. Je sais seulement comment je vis. Je vis comme un escargot privé de sa coquille. Et ce n'est pas un moyen de gagner de l'argent.

Je veux qu'on me rende ma coquille, j'ai mis assez longtemps à la fabriquer. Tu l'as emportée, où que tu sois désormais. Tu as bien su me l'ôter. Je veux une coquille comme une robe à sequins, faite de piécettes argentées et de dollars se chevauchant comme les écailles d'une armadille. L'arme à gauche. Imperméable ; comme un ciré breton.

Je voudrais bien n'avoir pas à penser à toi. Tu as voulu m'impressionner ; eh bien je ne suis pas impressionnée, seulement écœurée. C'était dégoûtant de faire cela. Et puéril. Et idiot. Comme de fracasser une poupée dans un moment de fureur, mais toi, c'est ta tête que tu as fracassée. Ton propre corps. Tu voulais être sûr que je ne pourrais plus jamais me retourner dans mon lit sans sentir ce corps contre moi, absent mais tangible, une jambe coupée. Disparue, mais pourtant douloureuse. Tu voulais que je pleure, que je prenne le deuil, que je m'effondre dans un fauteuil avec un mouchoir bordé de noir, pleurant des larmes de sang. Mais je ne pleure pas, je suis furieuse. Tellement furieuse que je pourrais te tuer. Si tu ne t'en étais pas chargé toi-même.

Elizabeth est allongée sur le dos, tout habillée, très nette,

13

ses chaussures posées côte à côte sur la descente de lit, un ovale natté qu'elle avait acheté chez Nick Knack quatre ans auparavant, quand elle s'intéressait encore à l'ameublement de sa maison, garanti en chiffons tressés par des mains de vieilles dames. Les bras le long du corps, les pieds joints, les yeux ouverts. Elle voit une partie du plafond, c'est tout. Une petite fissure traverse son champ de vision, et une fissure plus petite encore s'en écarte. Rien n'arrivera, rien ne s'ouvrira, la fissure ne va pas s'élargir et devenir béante, et rien n'en sortira. Cela signifie simplement que le plafond a besoin d'être repeint ; pas cette année, mais l'an prochain. Elizabeth essaie de se concentrer sur ces mots, « l'an prochain », mais se rend compte qu'elle n'y parvient pas.

Sur sa gauche, elle devine une clarté floue ; si elle tourne la tête, elle verra la fenêtre masquée par des plantes grimpantes, et le store chinois en bambou fendu à demi relevé. Elle a téléphoné au bureau après le déjeuner pour annoncer qu'elle ne viendrait pas. Elle le fait trop souvent ; elle a besoin de garder son travail.

Elle n'est pas là. Elle se trouve quelque part entre son corps calmement allongé sur le lit, par-dessus la couverture indienne imprimée de fleurs et de tigres, en chandail noir à col roulé, jupe droite noire, combinaison mauve, soutien-gorge beige à fermeture frontale, et slip du genre qu'on achète dans des œufs en plastique, et puis le plafond avec sa fissure qui a l'air de lui tracer une raie. Elle se voit là, simple épaississement de l'air, ou comme de l'albumine. Ce qui sort quand on fait bouillir un œuf et que la coquille se fend. Elle connaît l'espace de l'autre côté du plafond, différent de celui du troisième étage, où vivent les locataires. Dans le lointain, tel un tonnerre minuscule, l'enfant fait rouler des billes sur le plancher. Dans le vide noir, l'air est aspiré avec un sifflement doux, à peine perceptible. Elle pourrait s'y laisser aspirer et s'évanouir comme de la fumée.

Elle ne peut pas bouger les doigts. Elle pense à ses mains, inertes le long de son corps comme des gants en caoutchouc : elle imagine de presser les os et la chair pour les enfiler dans ces formes de mains, un doigt après l'autre, comme de la pâte.

Par la porte qu'elle a laissée entrouverte par habitude, toujours disponible comme le service des urgences d'un hôpital, guettant encore maintenant les éventuels bruits de casse, les cris, lui parvient l'odeur de la citrouille qui cuit. Ses enfants ont allumé leurs feux follets, bien qu'il reste encore deux jours avant la veillée de la Toussaint. Et il ne fait même pas encore nuit, bien que la lumière faiblisse sur sa gauche. Elles aiment tellement se préparer, mettre des masques et des déguisements, et puis aller courir dans les rues parmi les feuilles mortes pour frapper à des portes d'inconnus en tendant leurs sacs en papier. Quel espoir. Cela la touchait, cette excitation, cette joie intense, ces préparatifs qui duraient des semaines derrière la porte close de leur chambre. Cela ouvrait quelque chose en elle, comme une clé. Cette année, elles sont loin d'elle. Derrière la vitre insonorisée de la maternité, devant laquelle elle s'est tenue en robe de chambre pour chacune d'elles à tour de rôle, à regarder leurs bouches roses s'ouvrir et se refermer, leurs visages se contorsionner.

Elle peut les voir, elles peuvent la voir. Elles savent qu'il y a quelque chose. Leur politesse, leur attitude évasive, tout cela la glace, tellement elles le font parfaitement.

Elles m'observent. Elles nous observent depuis des années. Pourquoi ne sauraient-elles pas le faire ? Elles se comportent comme si tout était normal, et peut-être tout est-il normal pour elles. Bientôt, elles vont vouloir dîner et je m'en occuperai. Je descendrai de ce lit et je ferai le dîner, et demain je les enverrai à l'école, puis j'irai au bureau. Ainsi qu'il convient.

Elizabeth cuisinait, et même très bien. C'était en même temps que son intérêt pour les tapis. Elle cuisine encore, elle épluche des choses, en fait cuire d'autres. Certaines choses durcissent, d'autres mollissent ; le blanc devient brun. Tout continue. Mais quand elle pense à la nourriture, elle ne voit plus les couleurs vives, rouge, vert, orange, que l'on montre dans *La Cuisine du Gourmet*. Au lieu de cela, elle voit la nourriture des illustrations de magazine destinées à révéler combien de matières grasses se camouflent dans votre petit déjeuner. Œufs blancs et morts, tranches de jambon blafard, beurre blanc. Poulets, rôtis, steaks fabriqués à partir de saindoux. A présent, la nourriture n'a plus que ce goût-là pour elle. Néanmoins elle mange, elle mange trop. Et elle s'alourdit.

Un petit coup discret heurté à la porte, un pas. Elizabeth abaisse son regard. Dans le miroir ovale et encadré de chêne qui surmonte la coiffeuse, elle voit la porte s'ouvrir sur l'obscurité du couloir, et le visage de Nate voleter comme un ballon pâle. Il entre dans la chambre, brisant le fil invisible qu'elle tend ordinairement en travers du seuil, pour le maintenir au-dehors, et elle parvient à tourner la tête. Elle lui sourit.

« Comment vas-tu, mon amour ? s'enquiert-il. Je t'apporte un peu de thé. »

Vendredi 29 octobre 1976

NATE

Il ne sait plus ce que signifie le mot « amour » entre eux, même s'ils l'emploient toujours. A cause des enfants. Il ne se rappelle plus quand il a commencé à frapper à la porte d'Elizabeth, ni quand il a cessé de la considérer comme sa porte à lui aussi. Quand ils ont installé les enfants ensemble dans une seule chambre, et qu'il a repris le lit libre. Elle disait, le lit libre, à cette époque-là. Maintenant, elle dit, le lit d'appoint.

Il pose la tasse de thé sur la table de nuit, à côté du réveil-radio qui la réveille chaque matin avec les informations joviales du petit déjeuner. Il y a là un cendrier, vide de cendres ; pourquoi y en aurait-il ? Elle ne fume pas. Mais Chris fumait.

Quand Nate dormait dans cette chambre, il y traînait des cendres, des allumettes, des verres sales, de la monnaie qu'il sortait de ses poches. Ils conservaient autrefois leur petite monnaie dans un pot à confiture, et s'en servaient pour s'offrir de petits cadeaux l'un à l'autre. De l'argent pour rire, comme elle disait. A présent, il continue à vider chaque soir la monnaie de ses poches, qui reste sur le dessus du bureau comme des crottes de souris, dans sa chambre à lui. Ta chambre à toi, lui dit-elle, comme pour l'y faire rester.

Elle lève les yeux sur lui, le visage vidé de toute couleur, les yeux cernés de sombre, avec un pâle sourire. Elle n'a pas besoin d'essayer ; mais elle essaie toujours.

« Merci, mon amour, répond-elle. Je vais me lever dans un instant.

— Je vais faire le dîner, si tu veux », propose Nate désireux de se rendre utile, et Elizabeth acquiesce d'un air morne. Ce manque d'encouragement, cet air morne, cela le met en rage mais il ne dit rien, il fait demi-tour et referme délicatement la porte derrière lui. Il a fait le geste, et elle se comporte comme si cela ne représentait rien.

Nate entre dans la cuisine, ouvre le réfrigérateur et se met à fouiller. Il a l'impression de fouiller un placard plein de vêtements usagés. Des restes dans des récipients, des germes de soja abîmés, des épinards qui commencent à pourrir dans un sac en plastique, produisant une odeur de pelouse en décomposition. Inutile d'espérer qu'Elizabeth le nettoiera. Avant, elle le nettoyait. Elle nettoie d'autres choses, à présent, mais pas le réfrigérateur. Il y mettra lui-même de l'ordre demain ou après-demain, dès qu'il en trouvera le courage.

En attendant, il va falloir qu'il improvise un dîner. Ce n'est pas une affaire bien terrible, il a souvent donné un coup de main pour faire la cuisine, mais en d'autres temps — auxquels il se réfère comme à l'âge d'or, une époque romantique et disparue, un film de Walt Disney sur la chevalerie — ils n'avaient jamais manqué de provisions. A présent, il se charge bien souvent du ravitaillement, rapportant un ou deux sacs pleins dans le panier de sa bicyclette, mais il oublie des choses, et alors certains produits manquent jusqu'au lendemain : plus d'œufs, plus de papier hygiénique. Il faut alors envoyer les enfants au magasin du coin de la rue, où tout est plus cher. Avant, avant qu'il vende la voiture, ils n'avaient jamais eu ce problème. Il emmenait Elizabeth au supermarché tous les samedis, et l'aidait à ranger les boîtes et les paquets surgelés quand ils rentraient à la maison.

Nate ramasse les épinards qui suintent dans le fond du tiroir à légumes, et les porte jusqu'à la poubelle : il en coule un liquide verdâtre. Il compte les œufs : pas assez pour faire une omelette. Bon, il va falloir refaire encore des macaronis au fromage, mais ce n'est pas grave, car les gosses en raffolent. Quant à Elizabeth, elle n'en raffole pas mais elle les mangera, elle les engloutira d'un air absent comme si c'était bien la dernière chose à laquelle elle pensait, en souriant comme une martyre brûlant à petit feu, les yeux fixés sur le mur derrière lui.

Nate remue et râpe, remue et râpe. Une cendre tombe de sa cigarette, ratant la casserole. Ce n'est quand même pas sa faute si Chris s'est réduit la tête en bouillie avec une carabine. Une carabine : cela résume bien le genre d'extravagance, d'hystérie, qu'il a toujours trouvées antipathiques chez Chris. Lui-même aurait employé un revolver. S'il faisait une chose pareille. Ce qui l'écœure, c'est le regard qu'elle lui a lancé quand on lui a téléphoné la nouvelle : *Lui, au moins, il a eu le cran de le faire. Au moins il était sérieux.* Elle ne l'avait jamais dit, bien sûr, mais il sait qu'elle les compare, et qu'elle le juge défavorablement parce qu'il vit encore. Purée de merde, il vit encore. Pas de couilles.

Pourtant, et toujours sans le dire, il sait qu'en même temps elle fait peser sur lui la responsabilité de toute l'affaire. Si seulement tu avais été comme ceci ou comme cela, si seulement tu avais fait telle ou telle chose — il ignore quoi — cela ne serait pas arrivé. Je n'aurais pas été amenée, forcée, réduite... c'est ainsi qu'elle voit les choses, il l'a déçue, et cet échec indéfini l'a transformée, elle, en une masse frémissante de chair impuissante, prête à s'attacher comme une ventouse au premier cinglé qui passerait par là et lui dirait : « Tu as de beaux seins. » Ou n'importe quoi d'autre — ce que lui racontait Chris pour lui faire ouvrir la fermeture de son soutien-gorge. Sans doute plutôt dans le genre : « Tu as des ramifications formidables. » Les joueurs d'échecs sont comme cela. Nate le sait bien : il en a lui-même été un. Nate n'a jamais pu comprendre pourquoi les femmes trouvent sexy de jouer aux échecs. Certaines femmes.

Et depuis maintenant une semaine, depuis ce fameux soir, elle passe ses après-midi là-dedans, couchée sur ce lit qui était à lui, à moitié à lui, et il lui apporte des tasses de thé, une chaque après-midi. Elle les accepte avec cette expression de cygne à l'agonie, qu'il trouve insupportable et irrésistible tout à la fois. C'est ta faute, mon chéri, mais tu peux m'apporter des tasses de thé. Expiation dérisoire. Et une aspirine avec un verre d'eau. Merci. Maintenant, va cuver ta honte ailleurs. Qu'il est con. *Comme un brave petit.*

Et c'est lui, pas elle, pas Elizabeth, qui a dû aller identifier le corps. Elle, ses yeux hébétés exprimaient clairement qu'on ne pouvait tout de même pas lui demander cela. Et, donc, il y était allé, ne connaissant que son devoir. Dans cet appartement où il n'était allé que deux fois mais où elle est venue au moins une fois par semaine au cours de ces deux dernières années. Luttant contre la nausée et se forçant à regarder, il avait eu l'impression qu'elle se trouvait avec eux dans la pièce, une courbe dans l'espace, une observatrice. Bien plus présente que Chris. Plus de tête du tout, pour ainsi dire. Le cavalier sans tête. Mais reconnaissable. L'expression de Chris n'avait jamais vraiment résidé dans ce visage lourd et plat qu'il avait ; différent de ceux de la plupart des gens. Sa tête lui avait compliqué l'existence, sans doute était-ce pourquoi il avait choisi de se tirer une balle dans la tête plutôt qu'ailleurs. Il n'aurait pas voulu se mutiler le corps.

Un plancher, une table, un jeu d'échecs placé près du lit, un lit avec ce qu'on appelait le tronc et les membres étendus dessus ; l'autre corps de Nate, relié à lui par ce lien ténu, ce trou dans l'espace contrôlé par Elizabeth. Chris avait revêtu un complet avec une cravate, et une chemise blanche. En songeant à cette cérémonie — les mains épaisses nouant la cravate, la redressant devant le miroir, mon Dieu, il avait même ciré ses chaussures — Nate avait envie de pleurer. Il enfonça ses mains dans les poches de sa veste ; ses doigts se refermèrent sur des pièces de monnaie, sur la clé de la maison.

« Vous savez pourquoi il a laissé votre numéro de téléphone sur la table ? s'enquit le second policier.

— Non, répondit Nate. Sans doute parce que nous étions des amis à lui.

— Tous les deux ? voulut savoir le premier policier.

— Oui. »

Janet entre dans la cuisine comme il introduit la cocotte dans le four.

« Qu'est-ce qu'on mange, pour le dîner ? » demande-t-elle, ajoutant « papa » comme pour lui rappeler qui il est.

Nate trouve la question soudain si lugubre qu'il reste un moment sans pouvoir répondre. C'est une question qui date d'autrefois, du bon vieux temps. Ses yeux se troublent. L'envie le prend de lâcher la cocotte et de prendre Janet dans ses bras, de la serrer contre lui, mais au lieu de cela il referme délicatement la porte du four.

« Macaronis au fromage, répond-il.

— Miam miam, fait-elle d'une voix distante, retenue, attentive à bien imiter le plaisir. Avec de la sauce tomate ?

— Non, il n'en reste plus. »

Janet promène son pouce sur la table de la cuisine et le fait crisser sur le bois. A deux reprises. « Maman se repose ? interroge-t-elle.

— Oui. (Puis il ajoute bêtement) : Je lui ai porté une tasse de thé. » Il met une main dans son dos, contre l'évier. Tous deux savent ce qu'il faut éviter.

« Bon, reprend Janet de sa voix de petite adulte, eh bien à tout à l'heure. » Elle fait demi-tour et sort.

Nate éprouve l'envie de faire quelque chose, d'accomplir un geste, de casser la vitre avec son poing. Cela le neutraliserait. Quoi qu'il fasse à présent, ce sera absurde. Qu'est-ce que casser une vitre, comparé à une balle dans la tête ? *Coincé.* Si elle avait préparé son coup, elle n'aurait pas pu faire mieux.

Vendredi 29 octobre 1976

LESJE [1]

Lesje flâne dans la préhistoire. Sous un soleil plus orange que le sien n'a jamais été, au milieu d'une plaine marécageuse où s'étale une surabondance de plantes aux épaisses tiges et de fougères géantes, un troupeau de stégosaures aux ossements apparents paissent. Auprès de ce troupeau, protégés par lui mais sans aucun rapport avec lui, se trouvent quelques camptosaures plus grands et plus délicats. Méfiants, nerveux,

---

1. Lesje se prononce « Lashia ».

ils lèvent de temps à autre leurs petites têtes et se dressent sur leurs pattes de derrière pour renifler l'air. En cas de danger, ils seront les premiers à donner l'alarme. Plus près d'elle, un troupeau de ptérosaures de taille moyenne évolue parmi les fougères géantes. Tapie au sommet d'un de ces arbres, Lesje regarde avec des jumelles, sereine, détachée. Aucun des dinosaures ne lui accorde le moindre intérêt. Si même il leur arrive de la voir ou de la sentir, ils ne feront aucune attention à elle. Elle leur est tellement étrangère qu'ils ne pourront même pas se concentrer sur elle. Quand les aborigènes aperçurent les navires du capitaine Cook, ils les ignorèrent parce qu'ils savaient que ces choses-là n'existaient pas. C'est ce qu'il y a de mieux après le don d'invisibilité.

Quand elle y pense, Lesje sait que ce n'est sans doute pas l'idée de tout le monde en fait de fantasme relaxant. Néanmoins, c'est la sienne ; d'autant plus qu'elle s'y permet de violer sans vergogne les versions officielles de la réalité paléontologique quand cela lui convient. En général, elle se montre suffisamment lucide, objective et doctrinaire pendant les heures de travail pour, à son avis, justifier ses extravagances dans les marais jurassiques. Elle mélange les ères, ajoute des couleurs : pourquoi pas un stégosaure bleu métallique avec des pois jaunes et rouges à la place des bruns et des gris terne proposés par les experts ? Parmi lesquels elle figure modestement. Sur les flancs des camptosaures apparaissent et disparaissent des éclairs de couleurs pastel, rose rouge, violet, rose pâle, reflétant leurs émotions comme font les chromatophores en se contractant ou s'élargissant sur la peau des octopus. Les camptosaures ne deviennent gris qu'à leur mort.

Après tout, ce n'est pas tellement fantaisiste : elle connaît bien les colorations de certains lézards exotiques modernes, sans parler des variations chez certains mammifères, par exemple le postérieur du mandrill. Ces étranges tendances doivent bien venir de quelque part.

Lesje sait qu'elle régresse. Elle se laisse beaucoup aller, ces derniers temps. Il s'agit d'une rêverie de son enfance, abandonnée pendant quelque temps au profit d'autres spéculations. Les hommes avaient remplacé les dinosaures, il est vrai, dans sa tête comme dans le temps géologique ; mais penser aux hommes est devenu vraiment trop ingrat. Quoi qu'il en soit, cette partie de sa vie est stabilisée pour le moment. Stabilisée, comme dans : la faille est stabilisée. En ce moment, *les hommes,* c'est William. William se considère comme stabilisé avec elle. Il ne voit aucune raison pour que rien doive jamais changer. Et Lesje non plus, quand elle y réfléchit. Sauf qu'elle ne peut plus nourrir de fantasmes au sujet de William, même quand elle essaie ; elle ne parvient même plus à se rappeler comment étaient ses fantasmes quand elle en avait. Un fantasme au sujet de William, il réside une sorte de contradiction dans les termes. Elle n'attache guère d'importance à ce fait.

Dans la préhistoire, il n'existe pas d'hommes, ni d'autres êtres humains, si ce n'est l'occasionnel observateur solitaire, comme elle-même, touriste ou réfugié, accroupi au sommet de sa fougère particulière avec ses jumelles, sans s'occuper des affaires des autres.

Le téléphone sonne, et Lesje bondit. Ses yeux s'ouvrent brutalement, la main qui tenait la tasse de café jaillit pour se défendre. Elle est de ces gens qui sursautent au moindre bruit inattendu, explique-t-elle à ses amis. Elle se voit comme une personne craintive, une herbivore. Elle saute en l'air quand on s'approche par-derrière ou quand le chef de station siffle sur le quai du métro, même si elle sait qu'il y a des gens autour d'elle ou que le sifflet va retentir. Certains de ses amis trouvent cela attendrissant, mais elle se rend bien compte que d'autres en éprouvent de l'irritation.

Mais elle déteste irriter les autres, et elle essaie de se contrôler même quand il n'y a personne avec elle. Elle pose sa tasse de café sur la table — elle essuiera tout à l'heure ce qu'elle a renversé — et va répondre au téléphone. Elle ne sait pas qui elle suppose que ce doit être, ni qui elle voudrait que ce soit. Elle se rend compte qu'il s'agit de deux notions différentes.

Lorsqu'elle décroche enfin, la ligne est déjà branchée. Elle reconnaît la tonalité de l'extérieur, qui se répercute de l'autre côté de la paroi vitrée, s'amplifie contre les falaises de béton qui lui font face et dans lesquelles elle vit. Habitante de falaise, écumeuse de falaise. Au quatorzième étage.

Lesje garde l'écouteur une minute en écoutant la tonalité

comme elle écouterait une voix. Puis elle raccroche. Pas William, en tout cas. Il ne lui a jamais téléphoné sans avoir quelque chose à dire, un message pragmatique. J'arrive. Retrouve-moi à. Je ne pourrai pas venir à. Allons à. Et ensuite, depuis qu'ils vivent ensemble, je reviendrai à. Plus récemment, je ne reviendrai pas avant. Lesje décèle un signe de maturité de leur relation dans le fait que ses absences ne la perturbent pas. Elle sait qu'il travaille à un projet important. Recyclage des eaux usées. Elle respecte son travail. Ils se sont toujours promis de se laisser beaucoup de liberté.

C'est la troisième fois. Deux fois la semaine dernière, et puis maintenant. Ce matin elle en a parlé, juste pour dire quelque chose, aux filles du bureau, aux femmes du bureau, en montrant ses dents dans un rapide sourire pour bien montrer qu'elle n'en éprouvait aucune anxiété, et puis en couvrant aussitôt sa bouche de sa main. Elle trouve ses dents trop grandes pour son visage ; elles lui donnent l'air d'un squelette, avec quelque chose d'affamé.

Elizabeth Schoenhof était là, dans la cafétéria où elles vont toujours à 3 heures et demie quand elles n'ont pas trop de travail. Elle est aux Expositions Temporaires. Lesje la voit assez fréquemment car les fossiles font partie des pièces les plus prisées du public, et Elizabeth aime bien les intégrer à ses montages. Cette fois, elle était venue à leur table pour dire qu'il lui faudrait un peu de matériel de chez Lesje pour une série de vitrines. Elle voulait juxtaposer quelques petites pièces de Canadiana avec des objets naturels provenant des mêmes régions géographiques. Elle appelait cela *Objet fabriqué et environnement*. Elle pourrait mettre des animaux empaillés pour accompagner les haches de pionniers et les pièges, et puis quelques fossiles pour l'atmosphère.

« Il s'agit d'un pays ancien, disait-elle. Nous voulons que les gens s'en rendent compte. »

Lesje condamne ce genre de promotion éclectique, bien qu'elle en comprenne la nécessité. Le grand public. Tout de même, cela banalise, et Lesje enregistra une protestation intérieure quand Elizabeth lui demanda, à son habituelle manière compétente et maternelle, si elle ne pourrait pas lui dénicher quelques fossiles intéressants. Tous les fossiles n'étaient-ils pas intéressants ? Lesje répondit poliment qu'elle verrait ce qu'elle pourrait faire.

Experte à cataloguer les réactions des autres, ce qui inspire quelque effroi à Lesje sur son compte — elle-même en serait incapable, elle en est certaine —, Elizabeth lui expliqua soigneusement qu'elle voulait dire par là « visuellement intéressant ». Elle lui serait vraiment très reconnaissante, conclut-elle.

Lesje, qui réagit toujours à l'appréciation des autres, se fit aussitôt plus chaleureuse. Si Elizabeth voulait quelques phalanges géantes et un crâne ou deux, elle les lui prêterait très volontiers. D'ailleurs, Elizabeth avait une tête épouvantable, blanche comme un linge, même si tout le monde disait qu'elle tenait merveilleusement le choc. Lesje ne peut pas s'imaginer dans une situation pareille, de sorte qu'elle ne peut vraiment pas prédire comment elle tiendrait le choc. Évidemment, tout le monde le savait, on l'avait raconté dans les journaux, et Elizabeth ne s'était pas donné beaucoup de mal pour dissimuler les faits pendant que cela avait lieu.

Tout le monde évitait scrupuleusement de mentionner Chris ou rien qui pût le rappeler en présence d'Elizabeth. Lesje se surprit à ciller quand Elizabeth annonça qu'elle voulait montrer un fusil à pierre dans son exposition. Elle-même n'aurait certes pas choisi les fusils. Mais peut-être ces points aveugles se révélaient-ils nécessaires, peut-être faisaient-ils partie de la merveilleuse résistance au choc. Sans eux, comment pouvait-on faire ?

Pour changer de sujet, elle lança d'un air rayonnant : « Devinez ce qui m'arrive ? Je reçois des coups de téléphone anonymes.

— Obscènes ? » voulut savoir Marianne.

Lesje répondit que non. « Il se contente de faire retentir la sonnerie, et puis quand je réponds il raccroche.

— Comment sais-tu que c'est un homme ? s'étonna Trish.

— Excusez-moi », interrompit Elizabeth. Elle se leva, demeura un instant immobile, puis se détourna et s'éloigna d'un pas de somnambule vers la porte.

« C'est affreux, soupira Trish. Elle doit être dans un état épouvantable.

— J'ai fait une gaffe ? s'inquiéta Lesje. Elle n'en avait jamais eu l'intention.

24

— Tu ne le savais pas ? répondit Marianne. Il lui téléphonait toujours de cette façon. Au moins une fois par nuit, pendant tout le dernier mois. Après son départ d'ici. Elle l'a confié à Philip Burroughs, oh ! pas mal de temps avant que cela ne se produise. On pourrait croire qu'elle aurait compris qu'il se préparait quelque chose. »

Lesje s'empourpra et leva sa main jusqu'à sa joue. Il y avait toujours des choses qu'elle ignorait. Maintenant, Elizabeth allait penser qu'elle l'avait fait exprès, et la détester. Elle ne comprenait pas comment ce détail-là avait pu lui échapper. Elles en avaient certainement discuté ici même, à cette table, et elle n'y avait prêté aucune attention.

Lesje regagne la salle de séjour, s'assied dans le fauteuil à côté de son café renversé, et allume une cigarette. Elle n'inhale jamais la fumée. Elle garde sa main droite devant sa bouche avec la cigarette pincée entre l'index et le médius, le pouce appuyé sur sa mâchoire. De cette manière elle peut parler et rire tranquillement, en clignant des yeux pour chasser la fumée. Ses yeux constituent son atout. Elle comprend pourquoi on portait des voiles ou des demi-voiles dans les pays du Moyen-Orient. Cela n'a rien à voir avec la pudeur. Parfois, quand elle est seule, elle se dissimule le bas du visage avec une taie d'oreiller, elle recouvre l'arête de son nez, ce nez un petit peu trop long, un petit peu trop recourbé pour ce pays. Ses yeux sombres, presque noirs, la contemplent dans le miroir de la salle de bains, énigmatiques, au-dessus des fleurs bleues et mauves.

Samedi 30 octobre 1976

ELIZABETH

Dans la lumière sous-marine de son salon, les mains sagement posées sur ses genoux, Elizabeth est assise sur le canapé gris comme pour attendre un avion. Ici, la lumière n'est jamais franche parce que la pièce est exposée au nord ; elle trouve cela apaisant. Le canapé n'est pas vraiment gris, pas seulement gris ; on y devine un motif mauve très doux, tel un réseau de veines ; c'est un batik. Elle l'a choisi parce qu'il ne lui heurtait pas le regard.

Sur le tapis couleur de champignon, près de son pied gauche, traîne un morceau de papier crépon orange, résidu de ce que fabriquent les enfants dans leur chambre. Une langue de feu, discordante. Mais elle la laisse mourir. Normalement, elle se pencherait, le ramasserait, le froisserait. Elle n'aime pas que l'on dérange cette pièce, que ce soient les enfants ou Nate avec ses traces de sciure et ses taches d'huile de lin. Ils peuvent faire autant de fouillis qu'ils veulent dans leurs chambres, où elle n'a pas besoin de s'en occuper. A une époque elle a envisagé d'avoir des plantes dans cette pièce, comme dans sa chambre, mais finalement elle a décidé d'y renoncer. Elle ne veut plus rien dont il lui faille s'occuper.

Elle ferme les yeux. Chris se trouve ici avec elle, lourd, haletant comme l'air avant un orage. Boudeur. Bourru. Bouledogue. Ce n'est pas parce qu'il est mort. Il a toujours été ainsi. L'acculant à la porte, avec ses bras qui l'emprisonnaient, ces épaules massives quand elle tentait de le repousser, le visage lourdement incliné au-dessus d'elle, véritable force de gravité. S'appuyant sur elle. Je ne te laisserai pas encore partir. Elle déteste que l'on détienne un pouvoir sur elle. Nate ne possède pas ce genre de pouvoir. Il ne l'a jamais eu. Elle l'a épousé facilement, comme on met une chaussure.

Elle est dans la chambre de Parliament Street. Elle boit du vin, et les verres ont laissé des taches couleur de mûres sur la toile cirée de la table ; elle revoit le motif ingrat de fleurs vertes sur fond jaune comme s'il lui brûlait les yeux. Ils chuchotent toujours, dans cette chambre, bien qu'il n'y en ait nul besoin. Nate se trouve à plusieurs kilomètres d'eux, et de toute façon il sait où elle est : elle laisse le numéro en cas d'urgence. Leurs chuchotements, et ses yeux aux surfaces lisses et brûlantes qui brillent comme des têtes de clou. Des têtes de cuivre. Des pièces de cuivre sur les yeux. Il l'agrippe de l'autre côté de la table comme si, laissée à elle-même, elle allait s'affaisser contre le rebord de la table, le long d'une falaise ou dans des sables mouvants, et disparaître à jamais. Ou bien lui.

Elle écoute, les yeux fixés sur la surface ridée de la table, la courte bougie qu'il a achetée à un marchand ambulant, les fleurs en plastique délibérément hideuses, et la chouette empaillée qu'il a volée à son travail, même pas montée, sans yeux, par macabre plaisanterie. Les gerbes de fleurs tournent lentement à la surface de la table comme sur une mer huileuse, flottant à la dérive ; quelque part on faisait cela en manière de bénédiction. Puis, s'élevant, la violence de ses mains retenue, tout retenu, retombant, corps salé qui s'allonge auprès d'elle, dense comme la terre, sur ce lit où jamais elle ne voulait rester dormir, avec ces draps toujours presque humides, enfumés, se retenant jusqu'à ce que plus rien ne pût être retenu. Elle n'a jamais vu cette chambre à la lumière du jour. Elle refuse d'imaginer à quoi elle ressemble à présent. Le matelas nu. Quelqu'un a dû venir nettoyer le plancher.

Elle ouvre les yeux. Il faut qu'elle se concentre sur quelque chose de simple et clair. Il y a trois bols sur le buffet, d'un mauve un peu rose — de Kayo's, l'un des meilleurs. Elle a confiance dans son propre goût, elle sait que cette confiance est bien méritée. Le buffet est en pin, elle l'a acheté avant que le pin devienne à la mode, en bois brut avant que le bois brut devienne à la mode. Ce serait d'ailleurs beaucoup trop cher pour elle, à présent. C'est un beau meuble, et les bols sont également de beaux objets. Elle ne veut rien dans cette pièce qui ne soit pas une belle chose. Elle fait glisser son regard sur les bols à la couleur subtile, aux courbes légèrement asymétriques, c'est merveilleux de savoir ainsi où rompre l'équilibre. Ils sont vides. Que pourrait-on bien mettre dans des bols pareils ? Pas des fleurs, ni des lettres. Ils étaient faits pour contenir autre chose, ils étaient destinés à des offrandes. Ici, ils contiennent leur propre espace, leur propre absence à la forme exquise.

Il existait ta chambre, et tout le reste au-dehors, avec cette barrière entre les deux. Tu transportais cette chambre autour de toi comme une odeur, une odeur de formol et de vieille armoire secrète, riche et bistrée comme du musc. Où que je me trouve avec toi, j'étais dans cette chambre, même lorsque nous sortions, même lorsque nous venions ici. J'y suis en ce moment, mais maintenant tu as verrouillé la porte, cette porte marron à la peinture écaillée, vernie, avec son verrou couleur de cuivre et sa chaîne, et deux trous dans le bois là où tu m'as dit qu'on avait tiré des coups de feu dans le couloir la semaine précédente. Ce n'était pas un quartier sûr. Je prenais toujours des taxis, et je demandais au chauffeur d'attendre que j'aie pressé le bouton et que je me trouve en sécurité dans l'entrée au carrelage édenté. En sécurité, toujours une plaisanterie. La porte est verrouillée, et ce n'est pas la première fois ; tu ne veux jamais que je m'en aille. Tu savais toujours quand je voulais partir. Mais en même temps nous étions deux conspirateurs, nous savions l'un sur l'autre des secrets que personne ne saura jamais. D'une certaine manière, j'ai en toi une confiance que je n'ai jamais éprouvée pour personne d'autre.

Il faut que je parte, déclare-t-elle. Il lui tripote une mèche de cheveux, l'enroule autour de ses doigts puis la déroule. De l'index gauche il la caresse entre les lèvres, sur les dents ; elle goûte le vin et sa propre sueur, la saveur de son propre corps, le sang d'une lèvre mordue, elle ne sait plus de qui.
Pourquoi ? demande-t-il.
Il le faut, c'est tout. Elle ne veut pas dire *à cause des enfants* pour ne pas le fâcher. Mais elle ne veut pas qu'ils se réveillent sans savoir où elle est.
Il ne répond rien. Il continue à lui caresser les cheveux et les entortiller autour de ses doigts, tandis que ses cheveux à lui caressent son cou comme des plumes. Il fait glisser ses doigts le long de son menton puis de sa gorge comme s'il était sourd, comme s'il ne pouvait plus l'entendre.

LESJE

Lesje marche à côté de William, la main blottie dans sa main froide. Il n'y a guère de dinosaures, par ici ; seulement des promeneurs comme eux, qui déambulent comme eux, apparemment sans but, dans le filet illuminé de la ville. Au passage, Lesje jette des coups d'œil aux vitrines des boutiques de robes et des grands magasins, lorgnant les mannequins cadavériques qui se dressent avec arrogance, le pelvis projeté en avant, une main anguleuse posée sur la hanche et les jambes écartées avec un genou replié. Si ces corps étaient animés, ils tournoieraient, ils se trémousseraient comme dans le finale orgasmique d'une strip-teaseuse. Mais comme il ne s'agit que de plâtre et de fil de fer inanimés, le bon goût est sauf.

Lesje a passé beaucoup de temps dans ces magasins, dernièrement, en rentrant de son bureau. Elle passe en revue les rayons, à la recherche de quelque chose qui puisse devenir elle, de quelque chose qu'elle puisse devenir. Elle n'achète presque jamais rien. Les robes qu'elle essaie sont longues, fluides, brodées, sans rien de commun avec les jeans et les pulls classiques qu'elle porte habituellement. Parfois, d'amples jupes rondes à la manière paysanne. Comme sa grand-mère aurait ri. Ce petit bruit semblable à un grincement de porte qui provenait de derrière ses minuscules mains couleur de châtaigne.

Elle a envisagé de se faire percer les oreilles. Quelquefois, après avoir essayé des robes, elle fait un tour par les comptoirs de parfumerie pour essayer des échantillons. William prétend qu'il ne s'intéresse pas aux vêtements. Il exige simplement qu'elle ne se fasse pas couper les cheveux. Cela n'a guère d'importance, car elle n'en éprouve aucune envie. Elle ne trahit donc rien.

William lui demande si elle aimerait boire quelque chose.

29

Elle répond qu'un café ne lui ferait pas de mal. Ils ne sont pas sortis dans l'intention d'aller au café, mais au cinéma. Mais ils ont passé trop de temps à éplucher les programmes dans *Star* avant de se décider. Chacun voulait que l'autre en prenne la responsabilité. Lesje aurait bien voulu voir une reprise de *King-Kong* à la cinémathèque universitaire, et William finit pas avouer qu'il avait toujours rêvé de voir *Les Dents de la Mer*. Lesje n'y voyait aucun inconvénient, car elle pourrait observer comme ils avaient réussi la réalisation du requin, qui après tout représentait l'une des formes de vie les plus primitives encore attardées sur cette planète. Elle demanda à William s'il savait que les requins étaient dotés d'un estomac flottant et que, si l'on en suspendait un par la queue, il devenait paralysé. William n'en savait rien. Quand ils arrivèrent devant la salle où l'on passait *Les Dents de la Mer,* toutes les places étaient déjà prises ; et *King-Kong* avait commencé depuis une demi-heure. Et donc ils se promènent au lieu d'être au cinéma.

A présent, ils sont assis à une petite table blanche, au second niveau de la Colonnade. William prend un Galliano, et Lesje un café viennois. Elle lèche gravement la crème fouettée sur sa cuillère pendant que William — maintenant qu'il lui a enfin pardonné de lui avoir fait rater *Les Dents de la Mer* — lui explique son nouveau problème : gaspille-t-on à long terme plus d'énergie en utilisant la chaleur des ordures incinérées pour faire fonctionner des générateurs de vapeur, ou bien en laissant perdre cette chaleur en fumée. William est un spécialiste des techniques d'environnement, et la petite voix moqueuse qui parfois s'élève derrière l'expression attentive et studieuse de Lesje, parle volontiers de bouches d'égouts. Cependant, Lesje admire le travail de William et reconnaît avec lui qu'il apporte plus à l'humanité que sa profession à elle. C'est d'ailleurs bien vrai, car ils sont tous menacés de sombrer dans leur propre merde. William les sauvera. On le sent rien qu'à le regarder, à voir cette confiance, cet enthousiasme. Il commande un second Galliano, et lui expose son projet de produire du méthane à partir de matière excrémentielle en décomposition. Lesje murmure son admiration. Entre autres choses, cela résoudrait la crise pétrolière.

(La vraie question est celle-ci : se soucie-t-elle ou non de voir survivre la race humaine ? Elle n'en sait rien. Les dinosaures n'ont pas survécu, et ce n'a pas été la fin du monde. Dans ses moments les plus bas, et elle se rend compte qu'elle en traverse précisément un, elle trouve que l'humanité a fait son temps. La nature trouvera bien autre chose. Ou bien peut-être que non, suivant le cas.)

William parle à présent des bousiers. Il a un cœur d'or, pourquoi ne l'apprécie-t-elle pas à sa juste valeur ? Les bousiers l'ont naguère intéressée, après tout. La manière dont l'Australie a résolu son problème de pâture — des couches d'excréments de mouton et de bouses de vaches séchées empêchaient l'herbe de pousser — en procédant à des importations massives de bousiers géants originaires d'Afrique, avait donné naissance à de grandes espérances. De même que William, elle y avait vu une solution élégamment écologique. Mais elle l'a déjà entendu bien souvent. En fin de compte, c'est l'optimisme de William qui l'exaspère, sa certitude que toute catastrophe se réduit à un problème en quête de solution. Elle ne peut imaginer le cerveau de William que doté de joues roses et imberbes. William Wasp[1], l'appelait-elle autrefois avec une certaine tendresse — jusqu'au jour où elle avait compris qu'il y décelait une insulte raciste.

« Je ne t'appelle pas Lesje lettonne, avait-il protesté d'un air offensé.

— Lituanienne, corrigea-t-elle. (William mélangeait un peu les États baltes.) Cela me serait bien égal, ajouta-t-elle. (Mais elle mentait.) Puis-je t'appeler William le Canadien ? »

Billy Boy, adorable Billy. Où étais-tu donc parti toute la journée. Peu de temps après, ils se disputèrent au sujet de la Seconde Guerre mondiale. William considère que les Anglais et, bien sûr, les Canadiens — y compris son propre père qui était capitaine dans la Marine, faisant de William un expert à la face du monde — étaient entrés en guerre par pur principe moral, pour empêcher que les juifs ne fussent tous réduits à l'état de molécules gazeuses ou de boutons de vestes. Lesje contestait ce point de vue. Sauver quelques juifs n'avait constitué qu'un objectif secondaire, estimait-elle. Il ne s'agissait

---

1. WASP : White Anglo-Saxon Protestant — Blanc, anglo-saxon et protestant, définition des vieilles familles hautaines de l'Amérique du Nord. (N.d.T.)

en réalité que d'empoigner et contre-empoigner. Hitler aurait pu faire griller autant de juifs qu'il voulait s'il n'avait pas pris la Pologne et envahi les Pays-Bas. William trouvait cette attitude ingrate, et Lesje tira alors au grand jour le cadavre de sa tante Rachel, qui n'avait pas été sauvée, et dont les dents en or anonymes étaient allées arrondir quelque compte en banque suisse. Que répondre à ce fantôme indigné ? Ainsi vaincu, William se replia dans la salle de bains pour se raser. Lesje se sentait un peu moche.

(Et puis il y avait aussi eu son autre grand-mère, la mère de sa mère, qui disait : « Au début, nous avons fait fête à Hitler. Nous pensions qu'il nous traiterait mieux que les Russes. Et tu vois ce qui est arrivé. » Quelle ironie, quand on pensait que son mari avait été pratiquement communiste, là-bas, en Ukraine. C'est d'ailleurs pour cela qu'ils avaient dû partir : à cause de la politique. Il ne voulait même pas aller à l'église, il n'y mettait pas les pieds. « Je crache sur l'Église », proclamait-il. Longtemps après sa mort, la grand-mère de Lesje en pleurait encore.)

Elle a remarqué récemment qu'elle ne s'attend plus à la demande en mariage de William. Au début, elle a cru que cela viendrait tout naturellement en son temps. D'abord on vit ensemble à l'essai, et puis on se marie. C'était ce que faisaient tous ses amis d'université. Mais elle se rend bien compte à présent que William la juge impossiblement exotique. Il l'aime à sa façon, c'est vrai. Il la mord dans le cou quand ils font l'amour. Mais Lesje ne pense pas qu'il se laisserait aller ainsi avec une femme, comme elle l'a un jour surpris à le dire, de sa propre espèce. Ils feraient l'amour comme deux saumons, à distance, et William fertiliserait les œufs d'argent glacé avec un grand respect, de loin. Il considérait ses enfants comme sa *postérité*. Sa postérité non contaminée.

Car voici le point capital : William ne veut pas d'enfant d'elle. Pas d'enfant avec elle. Elle s'est pourtant permis des allusions ; et puis elle pourrait lui en fourguer un par surprise. Devine, William, j'ai un polichinelle dans le tiroir. Ton polichinelle. Eh bien, retire-le, répondrait-il.

Ah ! comme elle est injuste envers lui. Il admire son intelligence. Il l'encourage à employer des mots techniques devant ses amis. Il bande quand elle parle de pleistocène. Il lui dit qu'elle a des cheveux magnifiques. Il plonge son regard dans les yeux noirs de Lesje. Il l'exhibe comme un trophée, et comme une preuve de sa largeur d'esprit. Mais qu'en penserait sa famille à London, Ontario ?

Lesje l'imagine doté d'une famille nombreuse, blonde et rose, dont les membres passent l'essentiel de leur temps à jouer au golf entre deux parties de tennis acharnées. Et, le reste du temps, ils se réunissent sur des terrasses — même en hiver, elle les voit ainsi — et boivent des cocktails. Ils se montrent polis à l'égard des étrangers, mais se permettent des commentaires désobligeants dans leur dos, comme : « Un Tel ne saurait même pas dire *qui* est son grand-père. » Lesje n'a aucun problème en ce qui concerne ses grands-pères — c'est au niveau des arrière-grands-pères que tout se complique.

Elle sait bien que la famille de William ne correspond pas vraiment à ce qu'elle imagine. Mais, comme ses propres parents, elle rajoute des barreaux supplémentaires à l'échelle la séparant de quiconque porte un nom à consonance authentiquement britannique et ne vit apparemment pas sur un banc de square. Elle sait qu'elle a tort. La famille de William ne possède sans doute guère plus d'argent que la sienne. Ils ont simplement plus de prétentions.

Au début, elle aurait eu affreusement peur de les rencontrer, par crainte de leur verdict. Maintenant, elle en serait ravie. Elle se peindrait les dents à l'or fin et arriverait en agitant des tambourins et en marquant la cadence de ses pieds nus, la tête enveloppée dans des châles à franges. A la hauteur de leurs appréhensions. Sa grand-mère l'encouragerait en frappant dans ses petites mains de taupe et en riant de son petit rire grinçant. Bon sang ne mentira point. « Nous parlions à Dieu quand ils parlaient encore aux cochons. » Comme si, chez les gens comme pour les fromages, l'âge représentait une valorisation.

« Il n'existait pas de bousiers au néo-dévonien », décrète Lesje.

William s'arrête court. « Je ne te suis pas, avoue-t-il.

— Je m'interrogeais simplement, explique-t-elle, sur l'évolution parallèle du bousier et de la merde. A ton avis, lequel est apparu en premier ? L'homme, ou la maladie vénérienne ? Je suppose que les hôtes précèdent toujours leurs parasites, mais est-ce bien vrai ? Peut-être l'homme résulte-t-il d'une invention de virus, qui ont créé un lieu où vivre au chaud. »

William décide qu'elle plaisante. Il rit. « Tu te moques de moi. » Il trouve qu'elle a un sens de l'humour très original.

Un albertosaure, ou bien un gorgosaure — le nom que Lesje préfère — traverse la paroi nord de la Colonnade et s'arrête, indécis, pour renifler l'odeur inaccoutumée de la chair humaine, en équilibre sur ses puissantes pattes arrière, tenant contre son poitrail ses pattes avant naines et armées de griffes acérées comme des rasoirs. Dans un instant, William Wasp et Lesje Litvak ne seront plus que deux tas de bouillie. Le gorgosaure a envie, envie. Il n'est qu'un estomac monté sur des pattes, il avalerait le monde entier s'il le pouvait. Lesje, qui l'a amené ici, l'observe avec une objectivité bienveillante.

Voici un problème pour toi, William, songe-t-elle. A toi de le résoudre.

Samedi 30 octobre 1976

NATE

Il n'a pas pris d'imperméable. La bruine emperle son gros chandail, sa barbe, s'accumule sur son front et commence à ruisseler. Puisqu'il n'a pas d'imperméable, qu'il est trempé, qu'il grelotte, comment pourrait-elle refuser de le laisser entrer ? Il gare sa bicyclette dans l'allée, l'enchaîne au massif de lilas, et referme le cadenas avec un délic. Comme d'habitude ; mais ce n'est pas comme d'habitude. Il ne l'a pas vue depuis un mois. Quatre semaines. Elle a pleuré, il a haussé les épaules en bon bougre impuissant, et ils ont passé tout un après-midi à tartiner du mélo dans le genre, Ce sera mieux ainsi. Elle lui a téléphoné deux ou trois fois, depuis, pour qu'il vienne, mais il s'en est abstenu. Il n'aime pas refaire les choses plusieurs fois, il n'aime pas les répétitions. Cette fois, cependant, c'est lui qui a téléphoné.

Elle occupe un appartement dans l'une des plus vieilles

maisons à l'est de Sherbourne. Porte principale, puis entrée A sur le côté. Dès qu'il sonne, elle lui ouvre. Elle l'attendait. Mais pas question de cheveux fraîchement lavés ni de peignoir en velours, juste un vieux jeans et un pull vert clair légèrement sale. Elle tient un verre à moitié vide à la main. Une écorce de citron flotte à la surface, au-dessus d'un glaçon. Une véritable fortification.

« Eh bien, bon anniversaire, articule-t-elle.

— De quoi ?

— Le samedi a toujours été notre jour. » Elle est à la limite d'être saoule, et amère. Il ne peut pas le lui reprocher. Nate trouve difficile de reprocher quoi que ce soit à qui que ce soit. Il est presque toujours parvenu à comprendre son amertume. Mais il n'a jamais très bien su y remédier.

« Ce n'est pas qu'elle s'y soit toujours vraiment tenue, poursuit Martha. Une urgence par-ci, une exception par-là. Navrée de vous déranger, mais un des enfants vient d'avoir la tête tranchée. » Martha se met à rire.

Nate a envie de l'empoigner par les épaules et de la secouer, de la heurter contre le mur. Mais il ne peut pas, bien sûr. Au lieu de cela, il reste là à ruisseler sur le sol de son entrée, à la regarder d'un air hébété. Il sent son corps s'affaisser autour de sa colonne vertébrale, sa chair pendre comme une guimauve tiède sur son bâtonnet. Caramel. Ne cours pas avec le bâton dans la bouche, criait-il aux gosses, les voyant tomber, voyant le bâtonnet s'enfoncer dans leur palais et le transpercer. Courir, s'agenouiller, relever, un gémissement, sa propre voix. Oh ! mon Dieu.

« Pourrais-tu garder les enfants hors de tout cela ? dit-il.

— Pourquoi ? riposte Martha. Ils y étaient, non ? » Elle se détourne de lui et traverse l'entrée en direction du salon.

Je devrais m'en aller maintenant, songe Nate. Mais il la suit, ôtant d'abord ses chaussures trempées, et puis avançant sur le tapis comme un molleton. La vieille vache.

Il n'y a qu'une seule lumière allumée. Elle l'a fait exprès, le coup de l'éclairage. Elle s'assied à l'autre extrémité de la pièce, le plus loin possible de la lumière, sur le canapé. Un canapé recouvert de peluche où il l'a embrassée pour la première fois, lui a dénoué les cheveux et les a doucement répandus sur ses larges épaules. De solides mains compétentes. Il avait cru se trouver en sécurité entre ces mains, entre ces genoux.

« Cela a toujours été son prétexte », déclara Martha. Elle porte des pantoufles en laine crochetée. Jamais Elizabeth ne porterait des pantoufles en laine crochetée.

« Elle ne t'a jamais détestée », affirme Nate. Ils ont déjà dit et redit tout cela.

« Non, réplique Martha. Pourquoi détester la bonne ? J'ai fait tout le sale boulot à sa place. Elle aurait dû me payer. »

Nate a le sentiment, et ce n'est pas la première fois, qu'il a raconté trop de choses à cette femme. Elle interprète ses confidences de travers, et s'en sert contre lui. « C'est injuste, dit-il. Elle te respecte. Elle n'a jamais tenté d'intervenir. Pourquoi veux-tu qu'elle te déteste ? » Il ne répond pas à la question sur le sale boulot. Est-ce ainsi que tu vois les choses ? voudrait-il lui demander, mais il redoute la réponse. *Va faire disperser tes cendres ailleurs.* Conversation de vestiaires de lycée. Il sent sa propre odeur, ses chaussettes mouillées, son pantalon usagé. Elle le raillait, autrefois, en lui frottant le dos quand ils étaient tous deux assis dans sa baignoire aux pieds griffus. *Ta femme ne s'occupe pas de toi.* De plus d'une façon.

« Ouais, dit Martha. Pourquoi me détesterait-elle ? Elle a toujours voulu manger son gâteau et le garder en même temps. C'est toi, Nate. Le gâteau d'Elizabeth. Tu n'es qu'un morceau de gâteau. »

Nate se souvient que quand il l'a vue pour la première fois, derrière son comptoir chez Adams, Prewitt et Stein, elle mâchait furtivement du chewing-gum, habitude qu'elle a abandonnée aussitôt qu'il lui a fait comprendre qu'il n'aimait pas cela. « Je comprends que tu sois en colère », avance-t-il. C'est l'une des tactiques préférées d'Elizabeth, comprendre, et il se sent un peu hypocrite de s'en servir. Il sait bien qu'en vérité il ne comprend pas vraiment. Elizabeth non plus, d'ailleurs, quand elle lui fait le coup. Mais cela l'amadoue toujours.

« Je m'en fous bien, que tu comprennes ou non », rétorque Martha d'une voix belliqueuse. Pas question de l'amadouer à force de compréhension. Elle le dévisage carrément, les yeux dissimulés dans l'ombre.

« Je ne suis pas venu pour parler de cela », déclara Nate, plus très sûr de ce qu'ils ont dit. Il n'est jamais très sûr de lui, dans ce genre de conversation. La seule chose vraiment claire, c'est qu'elle le juge dans son tort. Il lui a fait du tort. Il l'a trompée. Mais dès le début il s'est efforcé d'être franc, de ne pas mentir. On devrait quand même lui rendre cette justice.

« Alors pourquoi es-tu venu ? gronde Martha. Tu t'es sauvé de chez ta mère ? Tu voulais qu'une autre dame gentille te file un biscuit et te tire ta crampe ? »

Nate trouve l'expression brutale. Il ne répond pas. Et il se rend compte que c'était cela qu'il venait chercher, bien qu'il n'en ait aucune envie à l'instant même.

Martha s'essuie le nez et la bouche d'un revers de main. Nate devine à présent que ce n'est pas dans une intention d'effet romantique qu'elle a tamisé les lumières, mais parce qu'elle s'attendait à pleurer et qu'elle ne voulait pas le lui laisser trop bien voir. « Tu ne peux pas brancher et débrancher selon ta fantaisie, déclare-t-elle.

— Je pensais que nous pourrions parler, soupire-t-il.

— Je t'écoute. C'est ma spécialité. » Nate ne pense pas que ce soit forcément vrai. Elle l'écoute quand il lui parle d'elle, d'accord. Là, elle est tout oreilles. *Tu as les plus belles cuisses du monde.* Elle a de belles cuisses, c'est vrai – mais les plus belles du monde ? Comment pourrait-il le savoir ?

« Tu as sans doute appris ce qui était arrivé », commence-t-il enfin. Incapable de dire pourquoi la mort de Chris devrait créer en lui ce besoin d'être consolé. Suivant la sagesse populaire, il devrait être en liesse, toutes cornes disparues, son honneur lavé dans le sang répandu.

« Tu veux dire, pour Elizabeth ? demande Martha. Dans cette ville, tout le monde sait toujours ce qui arrive à tout le monde. Tout le monde est venu me raconter ça, tu penses ! Ils adorent ça. Ils adorent me regarder quand ils prononcent ton nom. Ou le sien. L'amant d'Elizabeth s'est fait sauter le crâne. Il y en a qui disent le *jules* d'Elizabeth. Et alors ? Que dois-je en dire ? Vacherie de vacherie ? Bien fait pour elle ? Elle a fini par l'avoir ? »

Nate n'avait jamais su qu'elle était si dure, même au cours de leurs plus violentes discussions. Ce qui lui avait tout d'abord plu en elle, c'était ce vague, ce manque de but, cette absence de contours qui lui conférait cette espèce de flottement nébuleux. Maintenant, on dirait qu'elle a été lâchée de très haut sur le trottoir et qu'elle a gelé là, toute répandue en angles et en cassures.

« Elle ne l'avait pas vu depuis un moment, proteste-t-il, prenant parti pour Elizabeth comme Martha l'y contraint rituellement. Il voulait qu'elle plaque les enfants. Elle ne pouvait pas.

— Bien sûr que non », ricane Martha, les yeux rivés sur son verre vide ; et elle le laisse tomber sur le tapis entre ses pieds. « Supermaman ne pourrait jamais lâcher ses gosses. (Elle se met à pleurer, sans faire le moindre effort pour cacher son visage.) Viens vivre avec moi, articule-t-elle. Vis avec moi. Je voudrais tant que tu nous donnes une chance. »

Nate songe, c'est sans doute déjà fait. C'est fini, à présent. Il commence à se dégager de son siège pour se lever. Elle va être sur lui dans un instant, les bras noués autour de son cou comme une brassée d'algues, le visage ruisselant sur sa poitrine, le pelvis tendu contre son sexe à lui pendant qu'il reste là, accablé.

« Quel effet crois-tu que cela fasse ? interroge-t-elle. On dirait une aventure d'escalier de service avec la fille de vaisselle, sauf que tout le monde le sait, et que tu rentres le soir chez ta bon Dieu de femme et tes bon Dieu de gosses, et que je lis des romans policiers jusqu'à 4 heures du matin pour ne pas devenir folle. »

Nate médite sur la fille de vaisselle. Ce choix de métaphores le stupéfie. Qui peut encore se targuer d'avoir un escalier de service ? Il se souvient d'un soir où, tous deux roulés dans le lit avec un verre de gin à la main, ils avaient bien ri en regardant un film à la télévision. La bonne, enceinte du fils et héritier, se faisait chapitrer par la mère au visage de glace. C'était au début, quand ils s'amusaient encore bien ensemble. Ce n'était pas un samedi ; c'était avant qu'Elizabeth ne décide : soyons raisonnables. Il faut garder la notion que nous pouvons compter l'un sur l'autre. Elle avait pris les mardis, et lui les samedis parce que c'était le week-end et que Martha n'avait pas à se lever de bonne heure le lendemain matin. Et puis cet autre soir, quand Martha avait annoncé : « Je crois que je suis enceinte. » Il avait tout d'abord pensé : Elizabeth n'acceptera pas cela.

Si je la console, elle va me traiter d'hypocrite, songe-t-il.

Et si je ne la console pas, je suis un macho. Dehors, pendant qu'il en est encore temps. J'ai commis une regrettable erreur. Je vais filer prendre mes chaussures dans l'entrée, mais je n'aurais pas dû attacher mon vélo. « Nous pourrions peut-être déjeuner ensemble un de ces jours », suggère-t-il de la porte du salon.

« Déjeuner ? (La voix de Martha le suit dans l'entrée.) Déjeuner ? » Une lamentation déjà lointaine.

Il pédale dans la pluie en visant délibérément les flaques, se mouillant complètement les jambes. Idiot. Il lui manque quelque chose que tout le monde semble avoir. Il ne peut jamais prévoir l'avenir, même quand c'est dégagé. C'est un genre de difformité, comme d'être trop grand. Les gens franchissent les portes, lui se cogne la tête. En une fois ou deux seulement, un rat apprendrait à se courber. Combien de fois, combien de temps lui faudra-t-il, à lui ?

Au bout d'une demi-heure, il s'arrête au coin de chez Dupont et Spadina, où il sait que se trouve une cabine téléphonique. Il appuie sa bicyclette contre la paroi de la cabine, et y pénètre. Un cube de verre, avec la lumière allumée, en pleine vue. Un imbécile à l'esprit faible s'y glisse et y demeure, dans l'attente de voir Superman l'emporter sous les regards ahuris des gens dans leurs voitures, tandis que des vieilles dames appellent la police.

Il sort une pièce de sa poche et la garde un moment à la main. Son jeton, son talisman, son seul espoir de salut. A l'autre bout de la ligne, une femme mince attend, son pâle visage encadré de cheveux sombres, la main levée, les doigts prêts à bénir.

Pas de réponse.

Dimanche 31 octobre 1976

ELIZABETH

Assise dans sa cuisine, Elizabeth attend de se faire surprendre. Elle se fait toujours surprendre à cette époque de l'année ; elle est également surprise le jour de son anniversaire, à Noël, et pour la Fête des Mères, que les enfants s'obstinent à vouloir célébrer bien qu'elle leur ait dit et répété qu'il s'agit d'une affaire strictement commerciale et qu'il est inutile de la fêter. Elle est devenue experte dans l'art d'être surprise. Elle est bien contente de s'être souvent exercée ; elle pourra traverser l'épreuve ce soir sans faux pas : l'exclamation, le sourire ravi, les rires. Mais comme elle en est loin, quelle distance il lui faut parcourir pour seulement entendre ce qu'elles lui disent. Elle voudrait pouvoir les toucher, les serrer contre elle, mais elle ne peut pas. Des petits baisers de bonne nuit sur leurs joues, telles des gouttes de rosée glacée ; leurs lèvres sont de parfaites fleurs roses.

L'odeur du potiron roussi se répand dans l'entrée : ce sont leurs deux lanternes de la Toussaint, enfin exposées côte à côte à la fenêtre du salon, comme il convient, et le soir où il convient. Déjà bien suffisamment admirées par elle. Évidées dans la cuisine sur les journaux étalés, parmi des poignées entières de graines blanches nouées dans un réseau de fils visqueux, évoquant quelque abominable chirurgie cervicale ; et deux petites filles accroupies au-dessus des têtes orange, armées de cuillères et de couteaux d'épluchage. De petites chirurgiennes folles. Elles y mettaient tant d'ardeur, surtout Nancy. Elle voulait que la sienne porte des cornes. Nate a fini par lui suggérer d'utiliser des carottes, et la citrouille de Nancy s'agrémente maintenant d'une paire de cornes branlantes, en plus de son rictus maussade. Celle de Janet est plus placide : un sourire arrondi, des yeux en demi-lune tournés vers le ciel. Sereine, vue sous un certain angle, et débile sous un autre. Celle de Nancy laisse paraître une redoutable énergie, une allégresse démoniaque.

Elles vont brûler ainsi toute la soirée, et puis la fête sera terminée.

En petite fille raisonnable, Janet jettera sa citrouille à la poubelle, et fera place nette pour s'atteler ensuite à autre chose. Mais Nancy, si l'on peut en juger d'après son attitude de l'an passé, conservera la sienne bien en vue sur sa commode jusqu'à ce qu'elle s'affaisse et pourrisse, sans pouvoir se résoudre à la jeter.

Elles l'ont forcée à éteindre la lumière et demeurer dans

l'obscurité, avec juste une bougie ; et elle n'a pas su leur expliquer pourquoi cela lui répugnait. La lumière tremblote sur le mur, sur la vaisselle sale qu'il faudrait vider et empiler dans le lave-vaisselle, sur la pancarte qu'elle-même a fixée sur la porte du placard, il y a plus d'un an :

CHACUN RANGE SES AFFAIRES !

Un conseil raisonnable. Et qui l'est resté, mais la cuisine a changé. Elle n'est plus ce lieu familier où l'on pouvait suivre un conseil raisonnable. En tout cas plus pour elle. Sur le réfrigérateur trône un dessin, dont les bords commencent à godailler, et qui est l'œuvre de Nancy l'an dernier ; une petite fille à la bouche rouge sourit, le soleil brille et lance des rayons jaunes ; le ciel est bleu, chaque chose apparaît telle qu'elle devrait être. Une contrée étrangère.

Une silhouette sombre s'élance de la porte sur elle. « Hou, maman ! » « Oh ! ma chérie, s'exclama Elizabeth. Laisse-moi te regarder.

— Je t'ai vraiment fait peur ? demande Nancy en recroquevillant ses doigts de manière menaçante.

— Tu es effrayante, acquiesce Elizabeth. C'est absolument superbe. »

Nancy a composé une nouvelle variation de son déguisement préféré. Chaque année elle se travestit en monstre. Cette fois-ci, elle a épinglé des écailles de papier orange sur son collant noir ; elle a modifié le vieux masque de chat de Janet en ajoutant des cornes en papier d'aluminium et quatre crocs rouges, deux en haut et deux en bas. Sa queue, l'ancienne queue de chat de Janet, s'orne à présent de trois fourches rouges en carton. Elizabeth pense qu'elle aurait pu trouver mieux que des bottes en caoutchouc, mais elle sait aussi que toute critique serait fatale. Nancy est tellement excitée qu'elle pourrait fondre en larmes.

« Tu n'as pas crié », constate Nancy d'un ton de reproche, et Elizabeth se rend compte qu'elle a oublié. Une erreur, un échec.

« C'est parce que tu m'as coupé le souffle, explique-t-elle. J'ai eu trop peur pour crier. »

Nancy accepte l'excuse. « Ils vont tous avoir drôlement peur, dit-elle. Ils ne sauront pas qui je suis. A toi », crie-t-elle

41

en direction de l'entrée, et Janet fait son entrée d'un air compassé. L'an dernier, elle était fantôme, et l'année d'avant, chat — toujours classique. Elle tend à choisir la sécurité ; trop d'originalité risque d'attirer des moqueries, comme cela arrive parfois à Nancy.

Cette année, elle ne porte pas de masque. Au lieu de cela, elle s'est maquillée : lèvres rouges, sourcils noirs en arc de cercle, joues rougies. Ce n'est sûrement pas le maquillage d'Elizabeth, étant donné qu'Elizabeth n'en porte aucun par principe. Et sûrement pas un rouge à lèvres si rouge ! Elle porte en châle une ancienne nappe à fleurs voyantes que quelqu'un leur avait donnée — peut-être la mère de Nate ? — et qu'Elizabeth s'était hâté d'offrir aux enfants pour leur coffre à jouets. Au-dessous, elle porte une robe d'Elizabeth, remontée à la taille à l'aide d'un foulard rouge. Elle paraît étonnamment vieille, on dirait une femme rétrécie par l'âge aux dimensions d'une fillette de dix ans ; ou bien une naine de trente ans. Avec, en plus, un curieux effet d'équivoque.

« Tu es superbe, ma chérie, déclare Elizabeth.

— En principe, je suis une gitane », annonce Janet, sachant bien qu'on ne peut guère compter sur Elizabeth pour s'en rendre compte, et voulant lui épargner l'embarras d'avoir à demander. Quand elle était petite, elle expliquait ses dessins de la même façon. Mais Nancy s'offensait terriblement si l'on ne devinait pas.

« Tu dis la bonne aventure ? » interroge Elizabeth.

Janet sourit timidement avec ses lèvres rouges éclatantes. « Oui. (Et puis elle corrige) : Pas pour de vrai.

— Où as-tu pris ma robe ? » s'enquiert prudemment Elizabeth. Elles sont censées ne rien emprunter sans demander d'abord, mais elle ne veut pas gâcher la soirée en le rappelant trop strictement.

« Papa m'a dit que je pouvais, répond Janet poliment. Il a dit que tu ne la portes plus. »

C'est une robe bleue, bleu nuit ; la dernière fois qu'elle l'a portée, c'était avec Chris. Il avait été le dernier à défaire l'agrafe, dans le dos, car en rentrant chez elle, elle n'avait pas pris la peine de la rattacher. Il est troublant de voir sa fille la porter, arborer cette invitation sexuelle, cet étendard. Nate n'a pas le droit de prendre de telles décisions concernant

42

ses affaires à elle. Mais il est vrai qu'elle ne la porte plus.

« Je voulais te faire une surprise, ajoute Janet, sentant que sa mère est consternée.

— Ce n'est pas grave, ma chérie », répond Elizabeth : éternels mots magiques. Elles semblent trouver plus important d'étonner Elizabeth que d'étonner Nate. Il leur arrive même de le consulter.

« Votre père vous a déjà vues ?

— Oui, répond Janet.

— C'est lui qui a accroché ma queue, précise Nancy en sautillant sur un pied. Il sort, ce soir. »

Elizabeth les accompagne jusqu'à la porte d'entrée pour les voir partir, et elle s'attarde dans le rectangle de lumière tandis que les petites filles descendent avec précaution les marches du perron à cause du masque et de la queue de Nancy. Elles portent des sacs en papier, les plus grands qu'elles aient pu trouver. Elle leur a bien dit et redit ses instructions : pas plus loin que le pâté de maisons. Restez avec Sarah parce qu'elle est plus grande. Défense de traverser au milieu de la rue, mais seulement au coin. N'ennuyez pas les gens s'ils n'ont pas envie d'ouvrir. Il y a des gens par ici qui peuvent ne pas comprendre, parce que leurs coutumes sont différentes. Retour à la maison avant 9 heures.

D'autres voix d'enfants crient déjà : *Préparez votre argent. Préparez votre argent. Les sorcières arrivent.* C'est l'un des innombrables divertissements dont elle s'est naguère sentie, et se sent encore, exclue. On ne leur permettait pas de décorer des citrouilles ni de se déguiser ni d'aller crier dans les rues comme les autres. Il fallait se coucher de bonne heure et, dans l'obscurité, écouter les rires lointains. Sa tante Muriel ne voulait pas avoir à payer des frais de dentiste à cause des sucreries.

Dimanche 31 octobre 1976

NATE

Nate commence par se laver soigneusement les mains avec le savon à l'avoine qui plaît en ce moment à Elizabeth. Ce savon a quelque chose de dur, austèrement écossais, pénitentiel. Auparavant, elle s'est offert des envies de santal, de cannelle, de musc, de parfums d'Arabie, pastel et soyeux à la fois. C'était l'époque où elle achetait des lotions aux noms exotiques et parfois du parfum. Elle ne lui avait pas oint le corps de ces lotions, et ce n'était pas pour lui qu'elle-même se parfumait derrière les oreilles, même s'il pouvait à peine se souvenir de ces temps anciens où elle l'avait fait. Il pourrait très bien s'en souvenir s'il le voulait vraiment, il le sait, mais il n'a pas envie d'y penser, à toutes ces senteurs et ces danses odorantes de papillons qui s'adressaient à lui seul. Pourquoi toucher des nerfs sensibles ? Tout a disparu, les flacons sont vides, tout s'use.

Et maintenant, c'est le savon à l'avoine, évoquant gerçures et engelures. Et pour les mains, rien de plus folichon que la glycérine et l'eau de rose.

Nate s'en met un peu sur les mains. Il ne fouille habituellement pas dans les cosmétiques d'Elizabeth ; seulement quand il a les mains raides et irritées par le varsol qu'il emploie pour faire disparaître les taches de peinture et de polyuréthane. Il reste quand même toujours une auréole brune, une demi-lune autour de la base de chaque ongle ; et puis il ne parvient jamais à se débarrasser complètement de l'odeur de peinture. Naguère, cette odeur lui a plu. Elle signifiait, *tu existes*. Loin des abstractions du papier, des préjudices et des assignations, des circonlocutions d'un langage délibérément desséché afin qu'en disparût toute valeur sensuelle. Cela se passait à l'époque où tout objet matériel semblait doué d'une aura mystérieuse et magique, supérieure au pouvoir faiblissant de la politique et du droit — par exemple. Il avait tout quitté dans sa troisième année d'exercice. Adopte une position éthique. Évolue. Change. Réalise ton potentiel.

Elizabeth avait approuvé cette décision parce que c'était le genre de chose qui aurait mis sa tante en fureur. Elle avait même dit qu'ils pourraient vivre de son salaire à elle en attendant qu'il ait démarré. Son indulgence prouvait qu'elle ne ressemblait en rien à sa tante Muriel. Mais à mesure que le temps passait, et qu'il parvenait tout juste à couvrir ses frais, elle s'était révélée de moins en moins approbatrice. Solidaire, comme on disait. Cette maison trop petite, avec les locataires au-dessus, et l'atelier au sous-sol, tout cela était censé être provisoire, lui avait-elle rappelé. Et puis elle avait cessé de le lui rappeler.

C'est en partie sa faute à elle. La moitié d'elle-même désire un artiste pauvre et sensible, et l'autre moitié réclame un avocat solide et agressif. C'est l'avocat qu'elle a épousé, mais ensuite elle l'a trouvé trop conventionnel. Qu'est-il donc censé faire ?

De temps à autre, mais seulement de temps à autre, il se voit comme un morceau de mastic pétri au gré des exigences incessantes et des réprobations cruelles des femmes avec qui il ne peut s'empêcher de nouer des relations. Avec un irréprochable sens du devoir, il s'efforce de les satisfaire. Et s'il échoue, ce n'est point à cause d'une faiblesse intrinsèque ou d'un manque de volonté, mais parce que leurs propres désirs sont désespérément contradictoires. Et il y en a plus d'une, de ces femmes. Elles abondent. Elles grouillent.

« Des jouets ? s'est étonnée sa mère. Est-ce bien utile ? » Traduisez : dans le monde entier on emprisonne des gens, on les torture, on les fusille — et toi, tu fabriques des jouets. Elle avait voulu faire de lui un avocat de gauche, sans cesse dressé pour prendre la défense des victimes injustement accusées. Comment lui faire comprendre que, mis à part les stériles transactions d'argent, contrats et cessions immobilières, la plupart des gens dont il avait eu à s'occuper chez Adams, Prewitt et Stein, avaient fait l'objet d'accusations justifiées ? Elle lui aurait répondu qu'il s'agissait là simplement d'un stage de formation, d'un apprentissage auquel il lui fallait se soumettre pour être enfin prêt à partir en croisade.

Le bulletin d'Amnesty International continue à arriver chaque mois, l'exemplaire de sa mère marqué d'astérisques pour lui montrer où il doit envoyer ses lettres de protestation courtoisement formulées. Des enfants torturés devant leurs mères. Des fils qui disparaissent, pour reparaître quelques mois plus tard avec des ongles arrachés, le visage couvert de brûlures et de contusions, le crâne fracassé, et jetés sur le bord d'une route. Des vieillards dans des cellules humides qui meurent des suites de problèmes rénaux. Des chercheurs scientifiques drogués dans des asiles psychiatriques soviétiques. Des Noirs sud-africains abattus ou frappés à mort pour s'être « enfuis ». Sa mère a épinglé une carte du monde au mur de sa cuisine, pour pouvoir la contempler en essuyant sa vaisselle. Elle y fixe de petites étoiles rouges, comme celles qu'employaient autrefois les maîtres d'école pour récompenser le second en écriture. Ces innocentes étoiles d'école primaire indiquent chaque nouveau cas révélé de torture ou de meurtre de masse ; le monde n'est plus qu'une constellation d'étoiles.

Cependant sa mère poursuit ses croisades, intrépide astronome, marquant soigneusement chaque nouvelle atrocité, envoyant ses lettres de protestation poliment rédigées et impeccablement dactylographiées, parfaitement inconsciente de la futilité de ce qu'elle fait. De l'avis de Nate, elle pourrait tout aussi bien adresser ses lettres à la planète Mars. Elle l'a élevé dans la croyance que Dieu est ce qu'il y a de bon en l'homme. Il est loin du compte, Dieu. Nate trouve ces bulletins si insupportablement atroces qu'il ne peut plus les lire. Il les jette à la poubelle dès qu'ils arrivent, et puis il descend au sous-sol pour manier le marteau et le ciseau. Il se console en songeant que ses jouets sont ceux avec lesquels joueraient les enfants torturés s'ils le pouvaient. Tout enfant devrait posséder des jouets. Faire disparaître tous les jouets parce que certains en sont privés, ce n'est pas la réponse. Sans ses jouets, plus rien ne vaudrait la peine qu'on se batte. Il laisse donc sa mère, cette femme de valeur, rédiger les lettres ; et lui, il fabrique les jouets.

Ce soir, il a fini des chevaux à bascule ; cinq, il trouve plus facile de les faire par cinq. Il les a passés hier au papier de verre. Aujourd'hui, il a peint les yeux. Des yeux ronds, dénués d'expression, des yeux de créatures faites pour servir au plaisir des autres. Les yeux soulignés au pinceau noir des filles qui se prostituent sur le strip. Ce n'était pas ainsi qu'il avait rêvé ses chevaux : il les avait voulus joyeux. Mais de plus en plus, désormais, les jouets qu'il fabrique ont ce regard vide, comme s'ils ne pouvaient pas le voir.

Il ne dit plus aux gens qu'il fabrique des jouets en bois dans son sous-sol. Il déclare qu'il travaille dans le secteur du jouet. Et ce n'est pas parce que l'artisanat a cessé d'apparaître comme charismatique ou même charmant. Il ne l'a jamais considéré comme charismatique ou charmant : il a vu là quelque chose qu'il pourrait faire bien. Faire quelque chose bien : voilà ce qu'il voulait. Maintenant il se débrouille assez bien. Son chiffre mensuel est équilibré. Une fois déduits le prix des fournitures et la ristourne des magasins, il lui reste de quoi payer la moitié du remboursement de la maison, et de quoi acheter des produits alimentaires, des cigarettes, et suffisamment d'alcool pour tenir. Elizabeth ne l'entretient pas. Mais elle se comporte comme si elle l'entretenait.

Nate commence à se raser. Il s'égratigne la gorge en voulant simplement rectifier le contour de sa barbe, libérer son cou et le dessous de sa mâchoire des poils ; mais le rasoir remonte, et contourne peu à peu sa barbe comme une tondeuse à gazon tournant autour d'une pelouse. Il a rasé la moitié de sa barbe avant même de savoir qu'il avait l'intention de la détruire. De derrière l'épaisse toison émerge un visage qu'il n'a pas vu depuis cinq ans, pâle, moucheté de sang, décontenancé de se trouver ainsi exposé. Ses mains ont décidé qu'il était temps de devenir quelqu'un d'autre.

Il se rince le visage. Il n'a pas de lotion après rasage — il y a si longtemps qu'il ne s'en est plus servi — et frictionne sa peau fraîchement tondue avec la glycérine et l'eau de rose d'Elizabeth. Le visage qui le regarde dans le miroir de la salle de bains paraît plus vulnérable, mais aussi plus jeune, et plus morose, maintenant que la mâchoire se révèle, et que la soyeuse sagesse a disparu. Un homme qui se caresse la barbe est une chose, un homme qui se caresse la mâchoire en est une autre.

Avant de quitter la maison, il regagne sa chambre et fouille dans les piles de monnaie, à la recherche de pièces de dix cents. Puis il change de chaussettes. Il n'envisage pas d'avoir à ôter ses chaussettes ce soir ; il est extrêmement improbable que cela lui arrive. Néanmoins. Il a les pieds blancs, semblables à des racines, et ses ongles de pied ont pris une teinte gris-jaune, à force de devoir demeurer emmurés à la cave. Il voit, l'espace d'un instant, ses pieds bronzés courir sur le sable et la roche chaude. Loin d'ici.

LESJE

Lesje et William jouent aux cartes. Ils sont assis devant la table à jeu qui leur sert aussi à manger quand ils prennent leurs repas ensemble, devant leur baie vitrée d'où l'on a une vue époustouflante sur la baie vitrée de l'étage correspondant de l'immeuble d'en face. La fenêtre d'en face est éclairée, car il fait déjà nuit, et deux personnes sont attablées derrière la vitre, mangeant ce que Lesje suppose être des spaghetti. Tout en bas dans les rues, songe Lesje, il se passe des tas de choses. Et c'est pour cela qu'elle voulait vivre ici, au milieu, au cœur de tout : parce que tout s'y passerait. « Tout » et « y » sont des mots qui ont conservé toute leur abstraction. Elle n'a encore rencontré ni l'un ni l'autre.

Lesje a collé une lanterne de la Toussaint en papier, qu'elle a achetée chez Woolworth's, à l'intérieur de leur propre fenêtre. L'année dernière, elle avait acheté des sucreries dans l'espoir de voir défiler chez elle toute une bande de petits enfants déguisés ; mais les enfants ne peuvent apparemment pas pénétrer jusqu'au quatorzième étage de cet immeuble d'habitation. Les gens qui habitent ici, et qu'elle rencontre uniquement dans les ascenseurs, sont célibataires ou en tout cas sans enfants.

Lesje voudrait bien parcourir les rues, elle aussi, pour assister à tout. Mais William a suggéré ce jeu de cartes, qui lui détend l'esprit.

« Quinze deux, quinze quatre, quinze six, et une paire qui fait huit », annonce-t-il. Il mâchouille un cure-dent en plastique. Lesje n'a que quinze deux en main, et une paire d'as qu'elle a placés là elle-même. Elle bat et coupe, William distribue. Il ramasse ses cartes, et ses lèvres se crispent. Il fronce les sourcils dans l'effort de décider comment il va attaquer.

Le jeu de Lesje est si mauvais qu'elle n'a guère le choix. Elle s'autorise une petite promenade au clair de lune, sur un sentier défoncé par les iguanodons géants mais herbivores ; elle distingue clairement dans la boue les empreintes de leurs pattes arrière à trois doigts. Elle suit leur trace jusqu'à ce que la forêt s'amenuise et voici qu'apparaît, au loin, le lac argenté dont la surface se brise ici et là sous la poussée d'une tête de reptile ou l'arrondi d'un dos qui plonge. Quel privilège ? Comment pourra-t-elle jamais convaincre les autres de ce qu'elle a vu ?

(Le lac, bien entendu, est ce lac Gladys si clairement indiqué sur la carte de la page 202 du *Monde Perdu* de sir Arthur Conan Doyle. Lesje a lu ce livre à l'âge de dix ans. Il était répertorié à la bibliothèque dans la rubrique « Géologie », et elle préparait un travail sur les roches. Les roches l'avaient passionnée, avant qu'elle ne découvre les dinosaures. Ses amies de classe lisaient Trixie Belden, Nancy Drew, Cherry Ames l'hôtesse de l'air. Lesje ne s'intéressait guère à ce genre d'histoire. En règle générale, elle n'aimait pas les histoires distinctes des faits réels. Mais *Le Monde Perdu* était différent. On avait découvert en Amérique du Sud un plateau où survivaient des formes de vie du Haut Jurassique, en même temps que d'autres, modernes. Elle ne se rappelle pas ce qui lui est venu en premier : la passion des fossiles, ou bien ce livre ; elle pense que ce devait être le livre. Peu importait que tous les membres de l'expédition fussent des hommes. Elle était tombée amoureuse, non pas du Pr Challenger, trop autoritaire et trop bavard, ni même du jeune journaliste ou du lord anglais qui visait si bien, mais de l'autre, le maigre, le sceptique, le froid Pr Summerlee. Combien de fois était-elle demeurée ainsi au bord de ce lac, tenant dans ses mains les mains maigres du professeur, à regarder ensemble un plésiosaure — et il se laissait enfin convaincre, convertir ?

Elle possède toujours ce livre. Ce n'est pas vraiment qu'elle l'ait volé, mais plusieurs fois elle a oublié de renouveler l'emprunt, et les moqueries de la bibliothécaire l'ont tellement embarrassée que finalement elle a menti. Je l'ai perdu, déclara-t-elle. J'ai perdu *Le Monde Perdu*.)

Le lac scintille au clair de lune. Très loin, sur un banc de sable, tremblote une mystérieuse forme blanche.

William a de nouveau déplacé son cure-dent entre ses lèvres. Elle n'a pas fait attention, et il a au moins vingt points d'avance sur elle. « A toi », annonce-t-il. La satisfaction lui rosit les joues.

« Quinze deux, annonce-t-elle.

— Tu gagneras la prochaine fois », dit William pour la consoler, comme il peut bien s'offrir le petit luxe de le faire.

Le téléphone sonne. Lesje sursaute et lâche le valet de carreau. « Tu veux le prendre, William ? » Elle soupçonne que ce doit être le type qui se trompe de numéro, et elle n'est pas d'humeur à supporter une sérénade monotone.

« C'est pour toi », déclare William, surpris.

« Qui était-ce ? s'enquiert-il quand elle revient.

— Le mari d'Elizabeth.

— Qui ?

— Exactement : Le Mari Qui d'Elizabeth. Tu l'as rencontré, souviens-toi, à la réception de Noël, l'an dernier. Tu te rappelles Elizabeth — elle a un peu l'air d'une statue ; c'est celle qui...

— Bon, d'accord », interrompt William. La vue de son propre sang lui fait perdre conscience, alors l'histoire de Chris ne l'a pas enthousiasmé. Mais il fallait bien que Lesje la lui raconte, car elle était bouleversée.

« Que voulait-il ?

— Je n'ai pas bien compris. »

Dimanche 31 octobre 1976

NATE

Nate court. Sa bicyclette est quelque part dans la nuit, derrière lui, attachée à un banc. L'air est frais, bizarre sur sa peau nouvellement dénudée.

Il court pour le plaisir, détendu, à longues enjambées, sur l'herbe pourrissante qui semble grise dans la lumière des réverbères, sur les feuilles mortes dont il devine les couleurs plus qu'il ne les voit : orange, jaune, brun. On ramasse les feuilles mortes dans de grands sacs-poubelles en plastique vert, maintenant, et on les charge sur des camions pour les emporter au loin, mais autrefois on les rassemblait au râteau, et puis on en brûlait de grands tas dans les rues, avec la fumée qui s'élevait en volutes douceâtres du centre de ces montagnes. Il courait dans la rue avec les autres en imitant le bruit des bombardiers, et puis ils sautaient, dispersant les feuilles tout alentour. C'était défendu, mais quand on ratait son coup ce n'était pas grave, car les feuilles se consumaient lentement. Et les hommes de tâche leur criaient d'aller se faire voir ailleurs.

Avec qui courait-il, il y a vingt ou vingt-cinq ans ? Un type qui s'appelait Bobby, Tom quelque chose. Ils ont disparu, à présent, leurs traits se sont estompés ; il leur consacre cette nostalgie que l'on réserve à ceux qui sont morts trop jeunes. Perdus, mais uniquement par la faute de sa mémoire. C'est lui-même, avec ses culottes lacées et ses pièces aux genoux, avec ses moufles perlées de glace et trempées d'avoir bombardé l'ennemi, le nez coulant sur sa lèvre supérieure, lui-même courant comme un dératé, qu'il regrette.

Et après cela, plus jamais ce ne fut totalement pour le plaisir, courir au lycée comme troisième homme de l'équipe de relais, tout autour de la piste, en tenant le témoin qu'il faisait intérieurement semblant de prendre pour de la dynamite, et qu'il fallait passer au suivant avant qu'il explose. Il était trop maigre pour le football, mais il savait courir, en ce temps-là. Ils n'avaient jamais rien gagné, mais une fois ils s'en étaient sortis seconds. Dans l'album de fin d'année, on l'avait appelé *Monsieur Propre*. Sa mère avait cru y voir un compliment.

Lorsqu'il étudiait à la faculté de droit, il revenait encore et toujours ici, au parc de la Reine, ovale comme une piste de course. *Le parc de la Reine.* Il se souvient des plaisanteries, des couples qu'il voyait vraiment, en imperméable, en anorak, les rencontres fortuites qui n'éveillaient en lui qu'une vague curiosité, un vague embarras. C'est vers cette époque que son dos a commencé à lui faire mal, et qu'il a cessé de courir ; peu de temps après, il a rencontré Elizabeth. Une erreur évolutive, déclara le médecin en parlant de sa taille ; les hommes auraient dû cesser leur croissance à un mètre cinquante. Au-delà, ils se trouvaient déséquilibrés. Il expliqua à Nate que sa jambe droite était infinitésimalement plus courte que la gauche, ce qui n'avait rien d'exceptionnel chez les hommes grands, et qu'il devrait porter une talonnette. Renseignement au sujet duquel Nate n'avait rien fait. Il refuse d'aller grossir les rangs des hommes des bois tout en aluminium, de ceux qui portent des fausses dents, des yeux de verre, des seins en caoutchouc, des chaussures orthopédiques. Pas encore, pas encore. Pas avant qu'il n'y soit contraint.

Il court dans le sens des aiguilles d'une montre, face à la circulation, et les voitures sombres et luisantes lui opposent leurs yeux de chouette avant de le croiser. Derrière lui se trouvent les palais du Parlement, cœur rose et bas d'une province accroupie. A l'intérieur, tout de peluche rouge et moelleux comme un coussin, de ténébreuses et lucratives transactions s'effectuent sans doute, pour déterminer qui construira quoi et où, ce qui sera démoli, et qui en profitera. Il se souvient avec plus qu'un simple embarras, une totale incrédulité, qu'il a naguère envisagé d'entrer dans la politique. Municipale, probablement. *Pompeuse andouille.* Arrêter les promoteurs, sauver les gens ; d'où ? Et pour quoi faire ? Il a été de ceux qui croyaient à la bonté et à la justice de l'univers, et se tenaient prêts à intervenir pour hâter le processus. C'est précisément ce que fait sa mère. Il se rappelle la souffrance contournée, le sentiment de trahison, quand il a enfin compris que c'était impossible. 1970, abolition des droits civiques, une guerre sans envahisseur et sans ennemi, et les journaux applaudissaient. Ce n'étaient pas les arrestations arbitraires, les procédés d'intimidation, le naufrage d'existences entières, qui l'avaient épouvanté ; cela ne le surprenait guère. Il avait toujours su que cela se produisait ailleurs et, malgré la suffisance ambiante, il n'avait jamais douté que cela pût arriver ici aussi. C'étaient les applaudissements de la presse. Les éditoriaux, le courrier des lecteurs. La voix des gens. Si c'était là tout ce qu'ils avaient à dire, qu'il soit maudit s'il allait leur servir d'interprète.

Son idéalisme et sa déception l'ennuient désormais autant l'un que l'autre. Sa jeunesse l'ennuie. Il portait un complet et écoutait les hommes plus âgés parler entre eux de ceux qui détenaient le pouvoir, dans l'espoir d'apprendre quelque chose. En évoquant ce souvenir, il se fait tout petit ; cela lui rappelle le collier qu'il a naguère porté, quand la mode déclinait déjà.

Devant lui, de l'autre côté de la rue, se dresse le Musée, illuminé à cette heure par des projecteurs d'un orange criard. Il y rôdait naguère à l'heure de la fermeture dans l'espoir de surprendre Elizabeth à la sortie. Au début, elle s'était montrée distante et un peu condescendante, comme s'il avait été un genre de demeuré pervers à qui elle eût montré de la bonté. Cela le démontait complètement : cela, et aussi l'impression qu'elle savait parfaitement ce qu'elle faisait. En courant dans le parc de la Reine, les samedis matin, il l'imaginait à l'intérieur de la bâtisse grise, assise comme une madone dans un sanctuaire, diffusant une paisible lumière. Bien qu'en vérité elle n'ait jamais travaillé le samedi. Et lui se voyait courant au-devant d'elle, tandis qu'elle reculait, tenant une lampe à la main comme Florence Nightingale. Il est bien content de ne lui avoir jamais raconté cette vision grotesque. Elle en aurait ri dans son dos, à l'époque, et puis elle en aurait reparlé par la suite pour l'embarrasser. Une vraie boîte de chocolats, aurait-elle dit. La dame à la lampe. Jésus-Christ. Ou plutôt la dame à la hache, c'était plus ressemblant. Maintenant, c'est vers un autre personnage qu'il court.

Il passe devant le Mémorial de la Guerre, à l'extrémité du parc, un énorme bloc de granit brut et sans aucun ornement, à l'exception d'une sorte de protubérance gothique au sommet. Pas de femmes chargées de fleurs, ni d'anges ni même de squelettes. Juste une borne, un repère. AFRIQUE DU SUD peut-on lire de l'autre côté ; c'était ce qu'il pouvait lire chaque jour en allant travailler en voiture, avant de la revendre. Avant de tout lâcher. Quelle guerre ? Il n'y a jamais beaucoup réfléchi. La seule vraie guerre s'est déroulée en Europe, Churchill disait qu'il faudrait se battre sur les plages, un trafic forcené de chewing-gum et de bas en nylon, son père disparu dans un coup de tonnerre au-dessus de la France. Avec une honte adoucie, il se souvient comme il a joué là-dessus. *Foutez-lui la paix, les gars, son père est mort à la guerre.* L'un des rares usages qu'il considère comme encore valables pour le patriotisme ; et à peu près le seul usage en ce qui concerne la mort de son père, dont il ne se souvient absolument pas.

Il court vers le sud, avec Victoria College et St. Mike sur sa gauche. Il a fait un tour presque complet. Il ralentit ; il ressent l'effort, à présent, dans ses cuisses et sa poitrine, et le sang lui martèle dans le crâne. Voilà bien longtemps qu'il n'a pas autant respiré. Dommage qu'il y ait toutes ces vapeurs d'essence. Il devrait arrêter de fumer, et courir ainsi chaque jour. Il devrait se lever chaque matin à 6 heures, courir une demi-heure, et descendre à un paquet par jour. Une vie plus régulière, et attention aux œufs et au beurre. Il n'a pas encore quarante ans, et même pas du tout ; peut-être n'a-t-il même pas encore trente-cinq ans. Il a trente-quatre ans, à moins que ce n'ait été l'an dernier ? Il a toujours éprouvé une certaine difficulté à se rappeler l'année de sa naissance. Et sa mère aussi. C'est un peu comme s'ils étaient tous deux complices pour faire comme s'il n'était pas vraiment né, pas comme tout le monde. Nathanael : don de Dieu. Sa mère éhontée prend bien soin de souligner cette signification. Elle l'a fait observer à Elizabeth peu de temps après leur mariage. Eh bien, merci beaucoup, Dieu ! s'était exclamée Elizabeth avec bonne humeur. Elle l'avait redit par la suite, mais avec moins de bonne humeur.

Il court maintenant avec un regain d'effort, sprintant vers les zones d'ombre où il a laissé sa bicyclette. Un tour. Il arrivait à faire deux tours, et même, à une époque, presque trois. Il pourrait recommencer. Les jours de plein soleil, il courait en regardant son ombre, sur sa droite jusqu'au Mémorial, et sur sa gauche au retour ; une habitude contractée dans l'équipe de relais. Dépasse ton ombre, disait l'entraîneur, un Écossais, qui enseignait l'anglais en classe de troisième quand il quittait son rôle d'entraîneur sportif. *Les Trente-neuf marches* de John Buchan. Son ombre qui l'accompagne ; même quand il y avait des nuages, il ressentait sa présence. Elle l'accompagne en ce moment même, différente dans cette lumière des rues tellement plus faible que celle du soleil, étirée au-devant de lui chaque fois qu'il passe devant un réverbère, et puis elle rétrécit, et perd la tête, pour se multiplier ensuite et puis bondir au-devant de lui à nouveau.

Il ne courait jamais la nuit, avant ; cela ne lui plaît pas tellement. Il devrait s'arrêter et rentrer à la maison. Les enfants vont bientôt rentrer, peut-être même sont-elles déjà là, à l'attendre pour lui montrer les trésors entassés dans leurs sacs en papier. Mais il continue à courir, comme s'il y était forcé ; comme s'il courait vers quelque chose.

Dimanche 31 octobre 1976

ELIZABETH

Elizabeth est assise sur son canapé moelleux, face aux bols. Deux têtes privées de corps brûlent derrière elle. Les bols trônent sur le buffet en pin. Pas ses bols à elle, bien sûr, elle ne leur permettrait pas de s'en servir : mais trois bols de la cuisine, l'un en pyrex, le second en porcelaine blanche, et le troisième en inox.

Deux de ces bols contiennent les paquets que les enfants ont préparés cet après-midi, enveloppés tant bien que mal dans des serviettes en papier froissé, orange et noir, avec un motif de chat et de sorcière. Noués avec de la ficelle. Elles auraient bien voulu des rubans, mais il n'y en avait pas. Dans chaque paquet, elles ont placé des petits bonbons, quelques smarties, des raisins secs. Elles voulaient que leur mère fasse des biscuits au gingembre avec des têtes de citrouilles dessus, comme chaque année, mais elle a prétendu qu'elle n'en avait pas le temps cette année. Excuse minable. Elles voient bien tout le temps qu'elle passe allongée sur son lit.

Le troisième bol, celui en inox, est rempli de piécettes pour les quêtes que font les enfants en ce moment au profit de l'UNICEF. Sauvez les enfants. Les adultes, comme toujours, forcent les enfants à ce sauvetage, sachant bien comme ils en sont eux-mêmes incapables.

On va bientôt sonner à la porte, et elle ira ouvrir. Ce sera une fée ou un homme-araignée ou un diable ou un animal, les enfants de ses voisins, les amis de ses enfants, sous la forme de leurs propres désirs ou des peurs de leurs parents. Elle leur sourira et les admirera et prendra quelque chose dans les bols pour le leur donner, et puis ils s'en iront. Elle refermera la porte, et se rassiéra et attendra le prochain coup de sonnette.

Pendant ce temps, ses enfants font la même chose chez les voisins, arpentant les allées, traversant les pelouses des nouveaux venus comme elle-même, et les carrés de tomates flétries ou les plates-bandes de tournesols fanés chez les Italiens et les Portugais dont le quartier vient si récemment d'être découvert comme étant pittoresque.

Ses enfants sont occupées à marcher, courir, attirées par les lumières orange qui luisent aux fenêtres. Plus tard dans la nuit, elle fouillera tout leur butin pendant leur sommeil, à la recherche des lames de rasoir dans les pommes, des bonbons empoisonnés. Même si leur joie ne la touche plus, la peur pour elles demeure vive. Elle n'accorde aucune confiance aux intentions de l'univers à leur égard. Nate se moquait de ses inquiétudes, de ce qu'il appelait ses obsessions : les coins de table aigus quand elles apprenaient à marcher, les prises de courant, les fils électriques, les mares, les étangs, les ruisseaux (on peut se noyer dans cinq centimètres d'eau), les véhicules en marche, les balançoires en fer, les rampes et les marches d'escalier ; et puis, plus récemment, les hommes qui rôdent, les voitures qui ralentissent, les ravins. Il faut qu'elles apprennent, disait-il. Tant qu'il n'arrive rien de grave, elle paraît idiote. Mais si jamais il arrive quelque chose, d'avoir eu raison ne la consolera guère.

Ce devrait être Nate, qui attende sur ce canapé qu'on sonne à la porte. Ce devrait être lui, cette fois, qui ouvre la porte sans savoir qui ce sera, et qui tende les sucreries. Elizabeth s'en est toujours chargée jusqu'à présent, mais Nate devrait comprendre que c'est au-dessus de ses forces cette fois-ci. S'il se servait un peu de sa tête, il le saurait.

Mais il est sorti ; et cette fois, il ne lui a pas dit où il allait.

Chris est venu sonner à la porte, une fois, sans la prévenir. Debout sur le perron, sous la lumière de la véranda qui creusait de véritables cratères lunaires sur son visage.

Que fais-tu là ? Elle s'était fâchée ; il n'aurait pas dû agir ainsi, c'était une invasion, et la chambre des enfants se trouvait juste au-dessus. Il l'avait attirée dehors, s'était penchée vers elle sans un mot, en pleine lumière. Va-t'en. Je t'appellerai plus tard, mais je t'en prie, va-t'en. Tu sais que je ne peux pas. Un chuchotement, un baiser, concessions au chantage, dans l'espoir qu'elles n'entendraient rien.

Elle a envie d'éteindre les lumières, de décrocher les poti-rons, de verrouiller la porte. Elle peut faire semblant de ne pas être chez elle. Mais comment expliquera-t-elle les bols encore pleins de sucreries, ou, même si elle jette les petits paquets, comment répondra-t-elle aux questions de leurs amis ? *On est allé chez vous et il n'y avait personne.* Il n'y a rien à faire.

La sonnette retentit, et retentit encore. Elizabeth pioche dans les bols, manœuvre la porte. Il aurait été plus facile de poser les bols au bas de l'escalier ; c'est ce qu'elle va faire. Elle se trouve nez à nez avec un Chinois, un Frankenstein, et un enfant en costume de rat. Elle fait semblant de ne pas les reconnaître. Elle tend à chacun un petit paquet, et égrène des pièces dans leurs tirelires. Ils s'exclament joyeusement entre eux, la remercient, et retraversent la véranda sans bien savoir, en vérité, de quelle nuit il s'agit, ni ce que représentent vrai-ment leurs petits corps costumés. Toutes les âmes. Non pas de simples âmes amies, mais toutes les âmes. Ils sont des âmes revenues, gémissant aux portes, affamées, pleurant leurs vies perdues. On leur donne de la nourriture, de l'argent, n'im-porte quoi pour remplacer l'amour et la chair, en espérant que cela suffira et qu'elles s'en iront.

DEUXIÈME PARTIE

ELIZABETH

Elizabeth se dirige vers l'ouest, sur le trottoir nord de la rue, dans l'air froid et gris qui prolonge le ciel uniformément gris poisson. Elle ne lance pas le moindre coup d'œil dans les vitrines ; elle sait à quoi elle ressemble, et ne se permet aucune fantaisie de regard alentour. Elle n'a aucun besoin de son image ni de l'image que les autres ont d'elle ou d'eux-mêmes. Jaune pêche, rose bonbon, framboise, prune, cuirs, sabots, plumes, lèvres, griffes, tout cela ne lui est d'aucune utilité. Elle porte un manteau noir. Elle est toute dure, tendue, ce point sombre autour duquel tournoient d'autres couleurs. Elle fixe ses yeux droit devant elle, elle a les épaules droites, la démarche régulière. Elle marche.

A certaines boutonnières, sur certaines poitrines qui s'approchent d'elle, s'affichent encore ces souvenirs, ces pétales de sang en étoffe rouge, crachés par le trou de feutrine noire sur la poitrine, épinglés au milieu. Le Jour du Souvenir. Une petite épingle dans le cœur. Qu'est-ce donc, qu'ils cherchent à vendre au profit des handicapés mentaux ? Des Graines d'Espérance. A l'école, on marquait une pause, pendant laquelle quelqu'un lisait un psaume de la Bible, et puis on chantait un hymne. Les têtes se courbaient en s'efforçant de prendre un air solennel, mais sans savoir pourquoi. Au loin, ou bien était-ce à la radio, des coups de fusil.

Si vous nous reniez, nous qui mourons

Ne dormirons plus, bien que le coquelicot
pousse en terre de Flandre.

C'est un Canadien qui a écrit cela. *Nous sommes les Morts.*
Nation morbide. A l'école, il a fallu l'apprendre par cœur
deux années de suite, à l'époque où l'on apprenait encore par
cœur. Une fois, c'était elle qu'on avait choisie pour le réciter.
Elle apprenait très facilement ; on appelait cela être bonne en
poésie. Elle était bonne en poésie, avant de quitter l'école.

Elizabeth a acheté un coquelicot, mais elle le garde dans sa
poche au lieu de l'arborer, et presse son pousse contre
l'épingle.

Elle se rappelait l'époque où cette promenade, ou n'importe quelle autre, dans cette partie de la ville, l'aurait
enchantée. Ces fenêtres avec leurs promesses, finalement,
sexuelles, qui remplacent d'autres fenêtres et d'autres promesses simplement de sécurité. Des tailleurs. Quand s'était-il
produit ce basculement dans le danger ? A un moment situé
dans les dix dernières années, les solides tailleurs de lainage et
les foulards en tissu Liberty avaient cédé la place à des tenues
plus exotiques : des jupes fendues importées de l'Inde, des
sous-vêtements de satin, des talismans d'argent que l'on faisait osciller entre les seins comme des vairons accrochés à
l'hameçon. Mords là. Et puis les meubles, l'ambiance, les
accessoires. Des lampes aux abat-jour colorés, de l'encens,
des boutiques entièrement consacrées au savon ou aux épais
draps de bain, aux bougies, aux lotions. Des séductions. Et
elle était séduite. Elle avait naguère ressenti des frissons sur la
peau, rien qu'à flâner dans ces rues, à voir ces vitrines offertes,
qui ne réclamaient rien, et surtout pas d'argent. Simplement
un mot. Oui.

La marchandise est demeurée la même, même si les prix
ont grimpé et si les boutiques se sont multipliées, mais ce parfum de séduction s'est dissipé. Désormais, ce ne sont plus que
des biens de consommation. On paie, on se sert, on n'a pas
autre chose que ce qu'on voit. Une lampe, une bouteille. Si
elle avait le choix, elle prendrait le premier, l'autre, mais une
petite voix assourdie s'élève en elle, à présent, qui annule le
choix en disant simplement : faux.

Elle s'arrête à la devanture d'un kiosque, et se penche pour regarder dans la vitrine. Elle devrait acheter un journal, pour avoir quelque chose à lire dans la salle d'attente. Elle ne veut pas se retrouver sans rien sur quoi se concentrer, et pour le moment elle déteste le genre de magazines qu'on trouve dans ces kiosques. Des magazines avec des couleurs plus vraies que nature, parlant de santé, de maternité et de shampooing à la mayonnaise. Il lui faut quelque chose en noir et blanc. Des corps tombant du dixième étage, des explosions. La vraie vie. Mais elle n'a pas envie de lire un journal non plus. On n'y parle que des élections au Québec, qui doivent avoir lieu dans trois jours, et dont elle se désintéresse totalement. Elle ne s'intéresse pas davantage aux élections qu'au football. Une compétition entre des hommes, dans un cas comme dans l'autre, où l'on s'attend qu'au mieux elle fera la claque. Les candidats ne sont que des séries de points gris s'opposant en première page des journaux, ricanant des concurrences silencieuses mais non sans paroles. Elle se soucie fort peu de savoir qui l'emportera, et pourtant Nate s'en préoccupe, Chris s'en serait préoccupé. Il y a toujours eu cette accusation non formulée, dirigée contre elle comme si ce qu'elle était, sa manière de parler, eût constitué une agression, une intrusion. Le problème de langue, disait-on.

J'ai quelque chose aux oreilles. Il me semble que je deviens sourde. De temps à autre, mais pas tout le temps, j'entends un son aigu, comme une sonnerie, un vrombissement. Et je me rends compte que j'éprouve des difficultés à entendre ce qu'on me dit. Je dis sans cesse : Pardon ?

Non, je ne suis pas enrhumée.

Elle prépare son discours, puis le répète au médecin et répond à ses questions, les mains sur ses genoux, les pieds côte à côte dans leurs souliers noirs, son sac posé à côté de ses pieds. Une dame. Le médecin est une femme ronde à l'air sensé, vêtue d'une blouse blanche, et avec une lampe fixée au front. Elle interroge gentiment Elizabeth, et prend des notes en hiéroglyphes, comme tous les médecins. Elles franchissent ensuite une porte, Elizabeth s'installe sur un fauteuil de skaï noir, la doctoresse examine l'intérieur de la bouche d'Elizabeth, puis ses oreilles, l'une après l'autre, à l'aide d'une lampe fixée à l'extrémité d'une sonde. Elle demande à Elizabeth de se pincer le nez et de souffler, pour voir si l'on décèle le moindre son anormal.

« Pas d'obstructions », annonce la doctoresse d'une voix joviale.

Elle fixe un casque d'écoute sur la tête d'Elizabeth. Elizabeth contemple fixement le mur où est accroché un tableau en plâtre peint : un arbre, un enfant au visage de lutin levé vers les branches, et un poème tracé en lettres enjolivées :

Je crois que jamais je ne verrai
Un poème aussi beau qu'un arbre.
Un arbre dont la bouche affamée se presse
Contre le sein doux et abondant de la terre...

Arrivée jusque-là dans sa lecture, Elizabeth s'interrompt. Même cet arbre idéalisé dans son rectangle de plâtre ressemble à une pieuvre, avec ses racines emmêlées comme des tentacules agrippés à l'arrondi moelleux de la terre, et aspirant voracement. Nancy a commencé de la mordre au sixième mois, avec sa première dent.

Le médecin tripote les boutons de l'appareil relié aux écouteurs d'Elizabeth, produisant d'abord des sons aigus de science-fiction, et puis des vibrations basses, des rumeurs.

« J'entends », annonce Elizabeth à chaque changement de registre. Elle sait exactement le genre d'objet que cette femme doit avoir dans son salon : des housses en chintz, des lampes en porcelaine représentant des nymphes. Des caniches en céramique sur la cheminée, comme chez la mère de Nate. Un cendrier avec des coccinelles sur le rebord, en couleurs naturelles. Toute cette pièce témoigne d'une époque.

La doctoresse libère Elizabeth de ses écouteurs et lui demande de revenir avec elle dans son bureau. Elles s'asseyent. Cette expression de douceur indulgente semble vouloir annoncer à Elizabeth qu'elle a un cancer des oreilles.

« Votre ouïe ne présente aucune anomalie, déclare-t-elle. Vos oreilles sont en bon état, et votre audition normale. Peut-être avez-vous un peu d'infection résiduelle, qui parfois provoque une obturation bénigne. Quand cela se produit, il suffit de vous pincer le nez et de souffler, comme en avion. La pression vous débouchera les oreilles. »

(« Je crois que je deviens sourde », a dit Elizabeth.

— Peut-être est-ce simplement que tu ne veux pas entendre certaines choses ? » a suggéré Nate.)

Il semble à Elizabeth que la secrétaire l'observe curieusement quand elle lui confie qu'elle n'a pas besoin d'autre rendez-vous. « Je n'ai rien », explique-t-elle. Elle redescend en ascenseur, et traverse le hall vieillot tout en cuivre et en marbre, toujours au pas. Lorsqu'elle parvient au seuil de l'immeuble, le vrombissement a repris, fort, monotone comme le bruit d'un moustique ou le chantonnement d'un enfant, ou comme une ligne à haute tension en hiver. De l'électricité quelque part. Elle se souvient d'une histoire qu'elle a lue un jour, dans le *Reader's Digest,* dans la salle d'attente du dentiste, au sujet d'une vieille dame qui commençait à entendre des voix d'anges dans sa tête et pensait que sans doute elle devenait folle. Au bout d'assez longtemps, et après des recherches persistantes, on avait découvert qu'elle était branchée sur une station de radio locale par l'intermédiaire de son dentier métallique. Le *Reader's Digest* relatait cette anecdote comme une irrésistible plaisanterie.

Il est près de 5 heures, le ciel s'assombrit ; le trottoir et la rue luisent sous la bruine. Les avenues sont bouchées par la circulation. Elizabeth descend du trottoir et traverse la rue en diagonale, devant une voiture postale, et derrière une autre. Un camion de livraisons vert s'immobilise brusquement dans la file des voitures, à un mètre d'elle. Le conducteur klaxonne comme un forcené, et crie :

« Espèce d'idiote, tu veux te faire tuer ? »

Elizabeth poursuit son chemin sans lui prêter attention, de son pas régulier, militaire. Veut-elle se faire tuer ? Le vrombissement de son oreille droite s'arrête comme si l'on avait coupé le courant.

Elle n'a rien aux oreilles. Le bruit vient d'ailleurs. Ce sont des voix d'anges.

LESJE

Lesje déjeune avec le mari d'Elizabeth, le mari qui appartient à Elizabeth. Possessif, ou, en latin, génitif. Ce mari ne semble pas être le mari d'Elizabeth, ni d'ailleurs d'aucune autre. Mais surtout pas d'Elizabeth. Elizabeth, par exemple, n'aurait jamais choisi le restaurant universitaire. Ou bien il n'a pas d'argent, ce qui est possible si l'on considère son aspect embrouillé et effiloché, fait de pièces et de morceaux, comme un lichen sur la roche ; ou bien il ne pense pas qu'elle puisse fonder son opinion de lui sur le choix d'un restaurant. C'est un restaurant laissé pour compte lorsque les autres sont montés en grade, et qui a conservé son mobilier des années 50, ses menus peu appétissants, son air de résignation miteuse.

Ordinairement, jamais Lesje n'y prend ses repas, en partie parce qu'elle associe cette cantine à la situation d'étudiant, et qu'elle en a passé l'âge. Elle n'a pas bien compris pourquoi elle déjeune avec le mari d'Elizabeth, sauf que sa manière de le lui proposer − dans une sorte d'explosion − n'avait pas permis qu'elle répondît non.

La colère et le désespoir des autres ont toujours été son point faible. Elle est faite pour apaiser, et elle le sait. Même dans les groupes de femmes qu'elle a fréquentés à l'université, pour l'unique raison que sa camarade de chambre l'y a entraînée à force de lui faire honte, elle était demeurée prudente, redoutant de dire ce qu'il ne fallait pas ; de s'entendre accuser. Elle avait écouté avec une horreur croissante le récital des autres, leurs révélations sur leurs insatisfactions, leur vie sexuelle, la grossièreté de leurs amants, et même leur mariage, car certaines d'entre elles étaient mariées. Ce n'était pas le contenu de leurs révélations, qui horrifiait Lesje, mais la prise de conscience du fait qu'elles en attendaient autant d'elle. Elle s'en savait incapable, ce langage lui était inconnu.

Et rien ne servirait d'affirmer qu'elle était scientifique, et non point politique. D'après elles, tout était politique.

Déjà elles l'observaient d'un œil calculateur : ses murmures d'assentiment n'avaient pas suffi. Bientôt elles allaient la mettre en demeure de s'exécuter. Prise de panique, elle fouilla son passé, en quête de quelque offrande acceptable, mais la seule chose qu'elle parvenait à trouver semblait si mineure, si triviale, qu'elle savait bien qu'on ne l'accepterait pas. C'était ceci : sur le dôme doré du hall du musée, tout en haut, on pouvait lire : QUE TOUS LES HOMMES CONNAISSENT SON ŒUVRE. Ce n'était qu'une citation de la Bible, mais susceptible de les occuper un bon moment ; elles étaient imbattables sur la phallocratie divine. D'autre part, elles risquaient de refuser complètement. Allons, Lesje. Quelque chose de *personnel*.

Elle avait dit à sa camarade de chambre, qui étudiait l'histoire sociale et portait des lunettes teintées de grand-mère, qu'elle n'avait vraiment plus le temps de participer au groupe, et que son cours de palynologie se révélait plus lourd qu'elle ne l'avait d'abord pensé. Ni l'une ni l'autre n'en croyaient un seul mot, et peu de temps après Lesje emménagea dans un logement pour elle seule. Elle ne pouvait plus supporter ces tentatives incessantes d'engager un dialogue essentiel pendant qu'elle mangeait ses cornflakes ou se séchait les cheveux. A cette époque, les nuances la troublaient ; elle était bien plus heureuse au milieu des choses concrètes. Aujourd'hui, il lui semble qu'elle aurait dû écouter plus attentivement.

Nate ne l'a pas encore épouvantée en la priant de parler d'elle-même, bien qu'il parle depuis l'instant où ils se sont assis. Elle a commandé ce qu'il y avait de moins cher au menu, un croque-monsieur et un verre de lait. Elle l'écoute en mangeant des petites bouchées et en cachant ses dents. Nate n'a pas encore fait la moindre allusion à la raison pour laquelle il l'a appelée. Tout d'abord, elle a cru que c'était parce qu'elle avait connu Chris, qu'elle connaissait Elizabeth, et qu'il avait besoin d'en parler. Cela pouvait se comprendre. Mais jusqu'à maintenant, il n'a encore rien mentionné de tel.

Lesje ne voit pas comment il parvient à surmonter toute une conversation, même de cinq minutes, sans mentionner un événement qui pour elle aurait bouché toute l'avant-scène.

S'il s'agissait de sa vie à elle, mais ce n'est pas le cas. Jusqu'à ce déjeuner, composé d'un croque-monsieur et — que mange-t-il donc? — d'un sandwich de dinde au pain blanc, elle a considéré Nate, si même elle y a pensé, comme le personnage le moins intéressant de ce triangle tragique.

Elizabeth, qui hante à présent le musée d'un visage blême, l'œil cerné, un peu trop ronde pour y ressembler complètement, mais évoquant quand même assez bien quelque reine abandonnée et sortie tout droit d'une pièce de Shakespeare, est évidemment la plus intéressante. Chris l'est aussi, parce qu'il est mort. Lesje le connaissait, mais pas très bien. Certains, au musée, le trouvaient distant; et d'autres, trop intense. Le bruit courait qu'il était de caractère féroce, mais jamais elle n'avait pu le constater. Elle n'a travaillé avec lui qu'à un seul projet : les Petits Mammifères du Mésozoïque. C'est terminé, à présent, et tout est installé dans la vitrine, avec des boutons que l'on presse pour entendre les commentaires. Lesje a fait toute la spécification, et Chris a fabriqué les maquettes, en recouvrant les formes de bois avec de la fourrure de rat musqué, de lapin et de marmotte. Elle allait souvent le voir dans cet atelier obscur, tout au bout du corridor où l'on conservait les chouettes empaillées ainsi que diverses espèces de gros volatiles. Les spécimens, deux de chaque espèce, étaient rangés dans des petits tiroirs métalliques, comme une morgue pour animaux. Elle apportait du café pour eux deux, et buvait le sien pendant qu'il travaillait à assembler les silhouettes d'animaux en bois et polyester. Ils inventaient ensemble certains détails : les yeux, les couleurs. C'était curieux, de voir un homme aussi massif se concentrer sur des détails méticuleux. Chris n'était pas d'une grandeur exceptionnelle; ni même particulièrement musclé. Mais il donnait une impression de masse, comme s'il pesait plus que n'importe qui d'autre ayant la même taille, comme si ses cellules étaient plus compactes, serrées entre elles par quelque mystérieuse force de gravitation. Lesje ne s'était jamais demandé s'il lui plaisait ou lui déplaisait : ce n'est pas le genre de question qu'on se pose en présence d'un roc.

Maintenant, il est mort et donc aussitôt plus lointain, plus mystérieux. Ce décès la déconcerte : elle ne peut pas imaginer de faire une chose pareille, non plus qu'elle ne peut imaginer personne de sa connaissance. Chris semblait bien être la dernière personne susceptible de le faire. A ses yeux tout au moins. Mais les gens ne sont pas sa spécialité, elle est mauvais juge.

Mais Nate : elle n'a guère songé à Nate. Il n'a pas l'air d'un mari trahi. Pour l'instant, il parle des élections au Québec, qui ont lieu en ce moment même. Il croque un morceau de dinde, et mâche ; de la sauce lui dégouline le long du menton. A son avis, les séparatistes devraient gagner, car l'autre gouvernement est terriblement corrompu. Et aussi à cause du comportement notoire du gouvernement fédéral en 1970. Lesje se souvient vaguement d'arrestations succédant à des enlèvements. Elle travaillait avec acharnement ses cours sur les Invertébrés, à l'époque ; en quatrième année, chaque note comptait.

Pense-t-il que ce serait une bonne chose, à long terme ? demande Lesje. Ce n'est pas la question, répond Nate. Le problème est d'ordre moral.

Si William avait dit une chose pareille, Lesje l'aurait trouvé pompeux. Mais là, elle n'y voit rien de pompeux. Le long visage de Nate (il portait sûrement la barbe ; elle se souvient d'une barbe, quand il venait avec les enfants chercher Elizabeth à son travail, ou bien dans les réceptions ; mais son visage est tout pâle, imberbe). Ce corps nonchalant qui lui pend aux épaules comme sur un cintre, impressionne Lesje. Il est plus âgé, il doit savoir des choses qu'elle devine à peine ; il a dû accumuler de la sagesse. Son corps doit être ridé, et son visage laisse paraître l'ossature. Contrairement à celui de William. William grossit depuis qu'ils vivent ensemble ; ses os reculent dans sa tête, derrière la molle barricade de ses joues.

William se déclare hostile au Parti québécois parce qu'ils veulent inonder James Bay et vendre l'électricité.

« Mais l'autre camp le fait aussi, a objecté Lesje.

— Si j'habitais là-bas, je ne voterais pour aucun des deux », s'est contenté de répondre William.

Quant à elle, Lesje ignore pour qui elle voterait. Elle pense qu'elle préférerait sans doute déménager. Le nationalisme sous toutes ses formes la met mal à l'aise. Dans la maison de ses parents, c'était un sujet interdit. Comment aurait-il pu en être autrement, avec ses deux grands-mères aux aguets, qui l'interrogeaient séparément, prêtes à bondir ? Elles ne s'étaient jamais rencontrées. Toutes deux avaient refusé d'assister au mariage de ses parents, qui consistait en une cérémonie civile. Mais au lieu de faire porter leur fureur sur leurs enfants fautifs, elles l'avaient concentrée l'une sur l'autre. Quant à Lesje, elle suppose qu'elles l'ont toutes deux aimée ; et toutes deux avaient en quelque sorte porté son deuil, comme si elle eût été morte. C'était à cause de son patrimoine génétique endommagé. Impur, impur. Chacun estimait que Lesje aurait dû se débarrasser de la moitié de ses chromosomes et se reconstituer pure, par quelque miracle. Dans la cuisine où Lesje lisait *Le Livre des Stalactites et des Stalagmites Expliqués aux Jeunes* assise sur une chaise en chrome et en plastique, derrière elle, sa grand-mère ukrainienne parlait à sa mère dans une langue inconnue, en se brossant les cheveux et en pleurant.

« Maman, qu'est-ce qu'elle dit ?

— Elle dit que tu as les cheveux très noirs. »

La grand-mère ukrainienne se penchait vers elle pour la consoler d'un chagrin qu'elle ignorait encore. Sa grand-mère ukrainienne lui avait un jour donné un œuf, l'un de ces œufs décorés et intouchables que l'on posait sur la cheminée parmi les photos dans leurs cadres d'argent. En découvrant cet œuf, la grand-mère juive l'avait jeté à terre et piétiné de ses petites bottines, dans un accès de rage de souriceau.

Ce sont de vieilles femmes, lui expliqua sa mère. Elles ont vécu durement. On ne peut pas changer les gens, après cinquante ans. Lesje sanglota sur les fragments de son bel œuf peint tandis que sa petite grand-mère, repentante, la caressait de ses pattes brunes. Elle acheta un autre œuf à Lesje, qui dut lui coûter bien plus que simplement de l'argent.

Les deux grands-mères s'exprimaient comme si elles avaient personnellement souffert de la guerre, connu les chambres à gaz, été violées, transpercées à la baïonnette, fusillées, affamées, bombardées, brûlées dans les fours crématoires, et comme si elles n'en avaient réchappé que par miracle : ce qui n'était pas vrai. La seule qui eût connu tout cela était tante Rachel, la sœur de son père, et son aînée de vingt ans, qui se trouvait déjà mariée et installée quand la famille était partie. Tante Rachel était une photo sur la cheminée de la grand-mère, une femme grassouillette. Elle avait mené une vie aisée, et c'était bien tout ce que révélait cette photo : du confort. Aucune appréhension ; ce fut Lesje qui l'observa, beaucoup plus tard, en regardant la photo d'un œil coupable. Son père et sa mère ne parlaient pas de tante Rachel. Que pouvait-on en dire ? Nul ne savait ce qu'il était advenu d'elle. Bien qu'elle eût essayé, Lesje ne parvenait pas à l'imaginer.

Lesje ne révèle rien de tout cela à Nate, qui lui explique pourquoi les Français sont comme ils sont. Lesje ne s'intéresse pas vraiment à la question. Elle souhaite uniquement demeurer en dehors de tout.

Nate a presque fini son sandwich ; il n'a pas mangé une seule de ses frites. Il a les yeux fixés sur la table, à gauche du verre d'eau de Lesje, et il émiette un morceau de pain du restaurant universitaire. Devant lui, la table est couverte de miettes. Il faut voir les choses dans leur contexte historique, explique-t-il. Il abandonne le morceau de pain, et allume une cigarette. Lesje répugne à en demander une – les siennes sont finies, et ce n'est pas le moment d'aller en chercher – mais au bout d'un instant, il lui en offre une et, même, la lui allume. Elle a l'impression qu'il observe fixement son nez, et cela la rend nerveuse.

Elle voudrait lui demander : pourquoi suis-je ici ? Vous ne m'avez tout de même pas invitée à déjeuner dans ce restaurant de troisième ordre pour refaire le monde, n'est-ce pas ? Mais il réclame déjà l'addition. En attendant, il lui confie qu'il a deux filles. Il précise leur nom et leur âge, à deux reprises, comme pour s'assurer qu'elle a bien compris. Il aimerait bien les amener au musée un prochain samedi, dit-il. Elles s'intéressent beaucoup aux dinosaures. Peut-être pourrait-elle les leur faire voir ?

Lesje ne travaille pas le samedi, mais comment pourrait-elle refuser ? Priver ces enfants de dinosaures ? Elle devrait lui savoir gré de cette occasion de répandre la bonne parole, de convertir des ouailles, mais non : les dinosaures ne sont pas une religion, pour elle, seulement une réserve. Et puis aussi, elle éprouve une certaine déception. Il aurait dû y avoir autre chose, après tous ces bredouillements au téléphone, cette assignation dans un restaurant où, songe-t-elle soudain, on est assuré qu'Elizabeth ne met jamais les pieds. Lesje répond poliment qu'elle se fera un plaisir de promener les enfants de Nate à travers le musée et de répondre à toutes les questions qu'elles voudront poser. Elle commence à enfiler son manteau.

Nate paie le déjeuner, bien que Lesje ait proposé de payer sa part. Elle préférerait même payer le déjeuner entier, tellement il semble fauché. Plus important encore, elle ne comprend toujours pas ce qu'il attend d'elle en échange de ce croque-monsieur et de ce verre de lait offerts ; elle ne comprend pas ce qu'elle doit faire ou donner en retour.

Lundi 15 novembre 1976

NATE

Nate est assis au bar de l'hôtel Selby devant un verre de bière, et il regarde la télévision. A LA JOURNÉE, AU MOIS, annonce la pancarte du hall en gros caractères, comme si les deux choses étaient pareilles. Il boit au Selby par habitude : Martha n'habite qu'à trois rues de là, et il est tombé dans la routine de prendre quelques bières avant de la voir ou bien, quand il n'était pas trop tard, en repartant. Il n'a pas encore choisi de bar de remplacement.

Mais il va bientôt devoir s'y résigner : le Selby, qui était plein de visages anonymes quand il a commencé d'y venir, commence à rassembler des gens qu'il connaît. Ce ne sont pas vraiment des amis, et il ne les connaît que parce qu'ils viennent ici. Pourtant, il est devenu un habitué, mais beaucoup d'anciens habitués ont disparu. Des ouvriers de Cabbagetown, usés, presque toujours silencieux, et ne marmonnant guère que des expressions mécaniques, et par là même rassurantes, de leur désarroi. A présent, l'endroit est envahi par ces mêmes gens qui occupent les maisonnettes retapées et les duplex de Cabbagetown. Des photographes, des types qui disent qu'ils écrivent un livre. Ils parlent trop, sont trop cordiaux, l'invitent à leur table quand il n'a aucune envie de se joindre à eux. Il bénéficie d'un certain prestige parmi eux, un sculpteur sur bois, un travailleur manuel, un artisan — l'homme au couteau. Il préfère les bars où il est le premier de son espèce.

Le bar qu'il va chercher devra être calme et modeste, sans juke-boxes, ni flippers, ni adolescents boutonneux qui boivent trop et puis vont vomir aux toilettes. Il veut un bar à moitié plein d'hommes en blouson et chemise à col ouvert laissant voir l'encolure du tee-shirt, des buveurs lents et solides ; des vrais spectateurs de télévision comme lui-même. Il aime bien suivre les informations sur la chaîne nationale, et puis écouter les résultats sportifs.

Il ne peut pas le faire chez lui, car Elizabeth a depuis longtemps chassé son vieux téléviseur portatif en noir et blanc du salon, où elle estimait qu'il n'avait pas sa place, et puis de la cuisine. Elle décréta qu'elle ne pouvait pas supporter tout ce vacarme pendant qu'elle faisait la cuisine et qu'il devrait décider s'il préférait regarder la télévision ou manger, parce que s'il choisissait la télévision, elle préférait sortir dîner ailleurs et le laisser se débrouiller. C'était autrefois, avant que Nate soit obligé de se mettre à la cuisine. Il essaya de l'introduire dans la chambre à coucher — il avait des visions de programme-cinéma nocturne, vautré au lit avec un verre de scotch à la main et Elizabeth confortablement blottie contre lui — mais cela ne dura même pas un seul soir.

Le téléviseur a abouti dans la chambre de Janet, où les enfants regardent les dessins animés du samedi matin. Quand il s'est établi dans une chambre séparée, il n'a pas eu le cœur à le leur reprendre. Quelquefois, il la regarde avec elles, ou bien il s'installe dans leur chambre pour l'après-midi quand on retransmet un match de football. Mais elles s'endorment toujours avant les informations de 23 heures. Il pourrait toujours aller regarder la télévision chez sa mère, qui la regarde tous les soirs, mais c'est vraiment trop loin, et puis elle n'a jamais de bière chez elle. De toute façon, cela ne l'intéresse guère. Les tremblements de terre, les famines, c'est différent. Chaque fois qu'on annonce une famine quelque part, Nate peut parier que sa mère va l'appeler dès le lendemain pour l'adjurer d'adopter un orphelin ou de vendre des jouets pour la paix dans le monde à ses clients. Des morceaux de bois

peint représentant des gnomes, des oiseaux en papier plié.
« Les décorations de sapins de Noël ne vont pas sauver le
monde », lui fait-il observer. Alors elle déclare qu'elle espère
que les enfants prennent bien leurs pilules d'huile de foie de
morue chaque matin. Elle soupçonne Elizabeth de déficience
vitaminique.

Elizabeth, en revanche, ne s'intéresse à aucun type d'informations. Elle ne lit pratiquement pas les journaux. Nate n'a
jamais connu personne qui s'intéresse aussi peu aux nouvelles
qu'Elizabeth.

Ce soir, par exemple, elle s'est couchée à 7 heures ; elle n'a
même pas envisagé d'attendre les résultats des élections. Nate,
qui regarde tout s'effondrer, là, sur le petit écran, ne comprend pas cette indifférence. Il s'agit d'un événement de
portée nationale, et peut-être même internationale, et elle
dort. L'équipe spéciale des commentateurs se contient à
grand-peine, dans un sens ou un autre. Les séparatistes présents se retiennent aussi à grand-peine d'afficher leur exulta-
tion, car ils sont censés demeurer objectifs, mais leurs visages
expriment l'allégresse chaque fois que l'ordinateur annonce
une nouvelle victoire pour le Parti québécois. Quant aux
Anglais, ils vont finir par faire dans leur culotte. René
Lévesque n'arrive pas à y croire ; on dirait que quelqu'un
l'a en même temps embrassé et frappé dans les parties géni-
tales.

Les caméras font alterner les plans entre les commentateurs
aux lèvres pincées et la foule rassemblée au siège du Parti
québécois, où se déroule une ample célébration. On danse
dans les rues, et des chants de jubilation éclatent à tout instant. Il tente de se rappeler une allégresse aussi puissante de
son côté de la frontière, mais il ne trouve rien d'autre que le
premier match de hockey entre les Canadiens et les Russes,
quand Paul Henderson avait marqué le but de la victoire. Les
hommes s'embrassaient, les plus saouls pleuraient. Mais il ne
s'agit pas de hockey, cette fois. En observant la déconfiture
des libéraux vaincus et l'air vexé des journalistes anglais, Nate
arbore un sourire de triomphe. *Bien fait pour leur gueule.* C'est
là sa vengeance personnelle contre tous ceux qui écrivent aux
journaux dans ce pays. La répression engendre la révolution,
bande de boursicoteurs, songe-t-il. *Mangez donc de la merde.* Je

ne fais que citer le Premier ministre, expliquerait-il aux vieilles dames s'il avait l'antenne.

Cependant, en regardant les autres buveurs tout autour de lui, il éprouve un certain malaise. Il sait bien que son plaisir est essentiellement théorique, et peut-être même assez snob. Personne ici ne s'intéresse vraiment à la théorie. Il n'y a pas beaucoup d'écrivains dehors, ce soir, surtout des types en blouson, et ils ne le prennent pas très bien ; ils sont grincheux et même carrément furieux, comme s'ils voyaient leurs voisins donner une réception tonitruante sans les y avoir invités. « Ces foutus mangeurs de grenouilles, marmonne-t-il, il y a longtemps qu'on aurait dû les foutre dehors. »

Quelqu'un d'autre suggère que c'est une catastrophe économique : qui, désormais, voudra prendre le risque d'investir ? « Quelle économie, ricane son copain. Tout vaut mieux que la stagflation. » Thème que reprennent les commentateurs, supputant l'avenir entre une chanson et un baiser.

Nate sent une vague d'exaltation l'envahir brusquement, depuis le bas-ventre, presque sexuelle, jusqu'au bout de ses doigts qui s'agrippent au verre. Aucun d'eux ne sait, aucun de ces cons ne sait. La terre bouge sous leurs pieds et ils ne le sentent pas. Il peut arriver n'importe quoi !

Mais au lieu du visage de singe ratatiné de René Lévesque, qui remercie ses partisans dans l'arène Paul Sauvé, là, sur l'écran, il voit Lesje, ses yeux, ses mains fines, en face de lui à table, pendant le déjeuner, légèrement voilée par la fumée. Il ne se rappelle rien de ce qu'elle a dit ; mais a-t-elle seulement dit quelque chose ? Peu lui importe, peu lui importe même qu'elle ne dise jamais rien. Il veut seulement la regarder, regarder en elle, dans ces yeux sombres qui sont peut-être bruns, il ne s'en souvient pas non plus. Il se rappelle l'ombre qu'il y a décelée, semblable à l'ombre fraîche d'un arbre. Pourquoi a-t-il tant attendu, à se trémousser comme un malade dans des cabines téléphoniques sans réussir à parler ? Au déjeuner, il a émietté des morceaux de pain et parlé politique alors qu'il aurait dû, oui, il aurait dû la prendre dans ses bras, là, au restaurant universitaire. Et ils auraient été transportés, ils auraient été ailleurs. Comment pourrait-il savoir où, puisque ce serait un lieu où il n'est jamais encore allé ? Un endroit totalement différent de la contrée qui se trouve dans le peignoir bleu d'Elizabeth, ou sur la planète de Martha, prévisible, lourde, moite. Tenir Lesje doit être comme de tenir une plante inconnue, lisse, délicate, où apparaissent soudain des fleurs orange. *Exotiques,* comme les appellent les fleuristes. La lumière serait irréelle, et le sol sous leurs pieds jonché d'ossements. Sur lesquels elle aurait toute puissance. Elle se dresserait devant lui, porteuse d'une sagesse curative, et drapée dans des voiles. Il tomberait à genoux, et se désintégrerait.

Refoulant cette image, Nate la situe dans le temps : une représentation de *Elle* un samedi en matinée, lorsqu'il était encore un gamin de douze ans impressionnable et se masturbait chaque nuit. Sa mère se moquait de lui, et de ces matinées ; je suis sûre que ce n'est pas bon pour toi, disait-elle. Tous ces cow-boys et ces coups de feu. Une femme drapée dans du tulle, très mauvaise actrice − il lui avait lancé des flèches et des boulettes en papier en ricanant comme tous les autres, et puis il en avait rêvé pendant des semaines. Néanmoins, il n'a qu'une envie : sauter sur sa bicyclette et pédaler comme un fou jusque chez Lesje, grimper le long du mur comme Spiderman, et surgir par la fenêtre. *Ne dis rien*, lui chuchoterait-il. *Viens avec moi.*

Au fait, elle vit avec un type. Nate se souvient vaguement de lui, qui tenait le bras de Lesje à la réception de Noël, l'an dernier, au musée. Une tache rose négligeable. Il l'oublie presque aussitôt et revient à Lesje, quand il lui a allumé une cigarette. Mais il est trop tôt encore pour la toucher. Il sait qu'elle se lève le matin, qu'elle prend son petit déjeuner, qu'elle va travailler et fait des choses incompréhensibles, disparaît de temps en temps aux toilettes, mais il n'a aucune envie d'entrer dans ces détails. Il ne sait rien de sa vraie vie, et n'en veut rien savoir. Pas trop, pas encore.

ELIZABETH

Ils gravissent les marches et passent devant le marchand de pop-corn, avec ses pommes caramélisées, ses ballons, ses crécelles et ses moulins en plastique d'un rouge et d'un bleu agressifs, qui font un bruit d'oiseaux desséchés battant encore des ailes. Une famille. En ressortant, il faudra acheter quelque chose pour les enfants, car c'est ce que font les familles.

Elizabeth a promis de venir parce que Nate a raison, c'est très mauvais pour les enfants de ne plus jamais rien faire en famille. Les enfants ne s'y sont pas laissé prendre. Elles n'ont pas manifesté de folle joie, juste un peu d'étonnement teinté d'appréhension. « Mais d'habitude tu ne viens jamais quand papa nous emmène », a observé Nancy.

A présent, dans la rotonde voûtée où les marées d'enfants du samedi s'écoulent par les tourniquets, la pression lui paraît au-dessus de ses forces. C'est ici qu'elle travaille. C'est également ici que travaillait Chris. Elle n'éprouve guère de difficultés à y venir en semaine, d'abord parce qu'elle a une bonne raison, et puis toutes sortes d'obligations lui occupent l'esprit ; mais à quoi bon venir un samedi ? Pourquoi employer son temps libre à revenir errer parmi les costumes vides et les carcasses métalliques et les ossements que leurs possesseurs ont abandonnés ? Quand rien ne l'y oblige.

Elle avait toujours pris soin de ne pas lui parler ni même le voir pendant les heures de travail. Ce n'était pas pour se cacher, même si elle ne s'exhibait guère, car ce n'était pas la peine ; grâce à un processus de fuites discrètes, tout le monde au musée finissait toujours par tout savoir. Mais elle recevait un salaire pour faire un certain travail, tant d'heures par jour, et elle prenait cela au sérieux. Elle n'avait pas consacré ce temps-là à Chris.

Pas depuis la première fois — quand ils avaient fait l'amour presque tout habillés, sur le sol de son atelier, au milieu des

77

chutes de fourrure et des copeaux, à côté de l'écureuil africain encore inachevé. Les yeux de verre n'étaient pas encore en place, et les orbites vides les contemplaient fixement. Dans tout le musée flotte encore l'odeur de ce jour-là : un mélange de contraceptif, de sciure, et puis le parfum des cheveux de Chris, un parfum en fusion, riche, presque brûlé. D'or roussi. La fermeture à glissière de son pantalon, froide contre la chair de la cuisse d'Elizabeth, et les grincements de dents. Elle se disait : plus jamais je ne me résignerai à moins que cela. Comme s'il s'agissait d'un marché, et peut-être en était-ce bien un, bien qu'elle n'eût jamais pu voir qui marchandait en face d'elle.

Les enfants se sont précipitées dans la boutique du musée, et elles regardent les poupées, les lions en tissu fabriqués à Singapour, les bébés en terre cuite qui proviennent du Mexique. Nate farfouille dans son portefeuille. L'idée vient de lui et c'est donc à lui de payer mais elle sait, et savait déjà en quittant la maison, qu'il n'aurait pas suffisamment d'argent.

« Peux-tu me prêter cinq dollars ? demande-t-il. Je te rembourserai lundi. »

Elle lui tend l'argent, qu'elle avait déjà préparé. Toujours cinq dollars. Il lui arrive de rembourser ; quand il ne le fait pas, c'est par oubli. Elle ne le lui rappelle plus comme elle le faisait du temps où elle croyait que tout devait être juste et égal.

« Je n'entrerai pas, déclare-t-elle, Je te retrouverai dehors à 4 heures et demie. Nous pourrions emmener les filles manger une glace chez Murray ? »

Il paraît soulagé. « O.K., dit-il.

— Dis-leur de bien s'amuser. »

Elle se dirige vers le parc, au sud, avec l'intention de traverser l'avenue et de se promener sous les arbres, et peut-être de s'asseoir sur un banc pour respirer l'odeur des feuilles mortes. La dernière odeur des feuilles avant que tombe la neige. Elle s'arrête au bord du trottoir, et attend de pouvoir traverser. Quelques couronnes défraîchies ornent encore le cénotaphe. AFRIQUE DU SUD, peut-on lire.

Elle fait demi-tour, et reprend la direction du musée. Elle

ira au planétarium ; cela lui passera le temps. Bien qu'elle aide à concevoir les affiches et les expositions, elle n'y est encore jamais allée. Elle travaille, lorsque ont lieu les matinées en semaine, et jamais elle n'irait exprès le soir voir ce genre de spectacle, pendant son temps libre. Mais aujourd'hui elle a envie d'aller quelque part où elle ne soit jamais allée.

Le revêtement du hall est en brique, et sur le mur incurvé s'inscrit cette phrase :

LES CIEUX VOUS APPELLENT ET TOUT AUTOUR DE VOUS
FONT TOURNOYER LEURS ÉTERNELLES BEAUTÉS
ET VOTRE REGARD PERSISTE À CONTEMPLER LE SOL.

DANTE

Et juste au-dessous : RENSEIGNEMENTS. VENTE DE BILLETS.

Elizabeth trouve rassurant que même les beautés éternelles coûtent de l'argent. Le spectacle est annoncé pour 3 heures. Elle s'approche du guichet pour acheter un billet, tout en sachant qu'elle pourrait sûrement entrer en montrant sa carte d'employée.

« Désastres cosmiques ou Laserium ? demande la caissière.

— Pardon ? » Puis elle comprend que Désastres cosmiques doit être le titre du spectacle. Quant à *Laserium,* cela n'évoque pour elle qu'une colonie de lépreux.

« Le Laserium ne commence qu'à 4 heures un quart, précise la caissière.

— Alors, Désastres cosmiques », répond Elizabeth. Le Laserium finirait trop tard.

Elle s'attarde dans le hall en regardant les couvertures des livres dans la vitrine de la librairie. *Les étoiles appartiennent à tout le monde. L'univers. Trous noirs.* Elle n'a jamais éprouvé beaucoup de sympathie pour les étoiles.

L'auditorium est un dôme ; on se croirait à l'intérieur d'un sein. Elizabeth sait que l'on est censé y voir une représentation du ciel ; elle se sent néanmoins un peu étouffée. Elle s'adosse confortablement à son fauteuil de peluche rouge, et contemple le plafond nu où brille une faible lueur. Tout autour d'elle les enfants se tortillent et bavardent jusqu'à l'extinction totale de la lumière. Puis ils se taisent.

C'est le coucher du soleil. Tout autour se déroule le profil de Toronto, ses contours et ses repères : le Park Plaza, si trapu désormais à côté du Hyatt Regency ; Britannica à l'est ; Sutton Place, l'immeuble météorologique, la Tour CN. C'est la Terre.

Une voix leur explique qu'ils voient ce qu'ils verraient du haut du planétarium. « Eh, c'est chouette ! » s'exclame le garçon assis à côté d'elle. Il émane de lui un parfum de buble gum. Elizabeth le devine auprès d'elle, présence rassurante. Semelles de chaussures de tennis en caoutchouc.

La lumière s'estompe à l'horizon du côté ouest, et les étoiles commencent à scintiller. La voix nomme les constellations : la Petite et la Grande Ourse, le Trône de Cassiopée, Orion, les Pléiades. La voix explique que l'on croyait autrefois à la résurrection des morts sous forme d'étoiles ou de constellations, ce qui était une conception fort poétique, mais bien sûr inexacte. Les étoiles sont en vérité beaucoup plus extraordinaires et inattendues qu'on ne l'imaginait dans l'Antiquité. Ce sont des boules de gaz en feu. La voix se lance dans une rhapsodie de nombres et de distances, tandis qu'Elizabeth détourne son attention.

L'Étoile du Nord : une petite flèche blanche la désigne. La voix accélère la marche du temps, et les étoiles se mettent à tournoyer autour du pôle. Pour voir cela dans la réalité, il faudrait rester éveillé des nuits entières avec les yeux bien ouverts et attentifs. On croyait dans l'Antiquité que c'était les étoiles qui tournaient ainsi, alors que c'est en réalité la Terre.

Et dans l'Antiquité, on croyait encore bien d'autres choses. La musique d'augures. Le spectacle d'aujourd'hui concerne les événements stellaires inhabituels, poursuit la voix. Les étoiles tournent à reculons dans le temps, jusqu'à l'année 1066. Image de la Tapisserie de Bayeux, avec Guillaume le Conquérant arborant un air d'allégresse. On croyait autrefois que les comètes annonçaient des dislocations, des guerres, des épidémies, des fléaux, la naissance d'un grand héros, la chute d'un trône ou la fin du monde. La voix émet un rire dédaigneux. A présent, tout le monde sait que c'est faux.

La comète de Halley apparaît dans le ciel, d'abord lointaine, et puis de plus en plus lumineuse, avec sa queue flottant comme un nuage éclaté. Le mot « comète » vient de *cometes*, velu. Dans l'Antiquité, on se représentait les comètes comme des étoiles velues.

La comète de Halley s'éteint, puis disparaît. Elle reviendra, annonce la voix, en 1985.

Des étoiles commencent à tomber, quelques-unes à la fois, et puis de plus en plus. Ce ne sont pas des étoiles, explique la voix, mais simplement des météorites. Les météorites tombent en pluie. Ce sont sans doute des débris d'étoiles explosées. Tandis que tombent les étoiles, des reproductions de tableaux — scènes de foules, danses de la mort, maisons en feu — apparaissent brièvement au plafond et la voix récite quelques vers de Shakespeare. Puis la voix montre l'aurore boréale, et entreprend d'en expliquer les causes. Certaines personnes prétendent l'avoir entendue, une sorte de bruit aigu et frémissant, mais sans avoir jamais pu l'enregistrer. Elizabeth sent un faible chuchotement contre son oreille.

Elle a froid. Elle sait qu'il fait chaud dans la salle, et elle sent l'odeur des enfants, des manteaux, du beurre fondu sur le pop-corn ; mais l'aurore boréale lui donne froid. L'envie lui prend de se lever et de quitter l'auditorium. Elle cherche la porte des yeux, mais sans pouvoir la trouver. Elle n'aime pas l'idée de sortir à tâtons dans l'obscurité.

A présent, la voix va révéler quelque chose d'extraordinaire. Ils ont tous entendu parler de l'étoile de Bethléem, n'est-ce pas ? Oui. Eh bien, peut-être a-t-il réellement existé une étoile de Bethléem. Au-dessus des têtes, les étoiles reprennent leur rotation à reculons dans le temps : deux mille ans. Vous voyez ?

Les enfants font *Oh*. Une étoile apparaît, de plus en plus grosse, de plus en plus lumineuse, jusqu'à ce que son éclat illumine la moitié du ciel. Puis elle diminue. Tel un feu d'artifice, elle disparaît.

« C'était une supernova, explique la voix. Une étoile mourante. » Quand un astre parvient à la fin de sa vie, il lui arrive d'exploser, brûlant ainsi toute l'énergie qui lui reste dans un flamboiement spectaculaire. Un jour, notre soleil en fera autant. Mais pas avant des milliards d'années.

Alors la matière restante, n'ayant plus l'énergie nécessaire à l'équilibre de son propre champ de gravitation, s'effondrera peut-être en elle-même, formant une étoile neutronique. Ou bien un trou noir. La voix et sa fléchette désignent un espace dans le ciel où l'on ne voit rien. Personne ne peut voir un trou noir, dit la voix ; mais à cause de leur effet sur les objets alentour, on sait qu'il en existe. Aucune lumière, par exemple, ne les traverse. Personne ne comprend encore très bien les trous noirs, mais on pense qu'il s'agit d'étoiles réduites à une densité si forte qu'aucune lumière ne peut s'en échapper. Elles aspirent l'énergie au lieu de la distribuer. Si l'on tombait dans un trou noir, on y disparaîtrait à jamais ; mais aux yeux d'un observateur, on aurait l'air de rester gelé pour l'éternité sur l'horizon du trou noir.

Le secteur noir s'étend, parfaitement rond et noir, jusqu'à ce qu'il remplisse le centre du dôme. Un homme en costume d'argent tombe vers le trou, l'atteint, s'immobilise.

L'homme demeure écartelé sur le fond noir, tandis que la voix explique qu'il a disparu en réalité. Il n'est plus qu'une illusion d'optique. Ce serait là un véritable désastre cosmique, admet la voix. Et si la terre, sans le savoir, approchait d'un trou noir ? L'homme d'argent disparaît, et les étoiles se remettent à scintiller pendant que la voix explique que cela semble extrêmement improbable.

Toute tremblante, Elizabeth contemple le ciel qui n'est pas vraiment le ciel, mais une machine compliquée, avec des minuscules lumières projetées par des diapositives et des boutons. Les gens ne deviennent pas des astres quand ils meurent. Les comètes ne provoquent pas de fléaux. Il n'y a personne dans le ciel en réalité. Il n'existe pas de sphères d'obscurité, pas de soleil noir, pas d'homme d'argent gelé pour l'éternité.

Samedi 20 novembre 1976

LESJE

Lesje se sent gauche, comme si les os de ses coudes et de ses genoux ne se touchaient pas vraiment, mais qu'ils étaient fixés l'un à l'autre par de la ficelle. Dégingandée. Ses dents sont sûrement plus grandes que d'habitude, et sa poitrine plus plate. Elle redresse les épaules. Les enfants de Nate ne sont pas vraiment hostiles, mais elles se tiennent sur la défensive, et l'évaluent d'un œil vigilant. Le nouveau prof. Prouvez-nous que cela valait la peine de venir. Prouvez-nous que vous méritez notre attention. Et puis qui êtes-vous, et où nous entraînez-vous ? Quand il lui a demandé de faire cette visite spéciale, Nate a affirmé que ses filles s'intéressaient énormément aux dinosaures, mais pour le moment elle n'en croit pas un mot.

Toutes trois regardent à travers la vitre l'effigie du paléontologue agenouillé dans sa vitrine parmi les roches factices. Il porte un chapeau et a la peau d'un blanc crayeux, avec des traits d'as de l'aviation et une coupe de cheveux d'avant la guerre de 1914. On l'a surnommé Sam le Muet. Contrairement au Pr Morgan, débraillé et le visage enfoui sous d'épais favoris, qui dirigeait l'unique chantier de fouilles auquel Lesje ait eu le privilège de participer, en tant que vernisseuse en chef et bonne à tout faire. Il rangeait sa pipe dans sa poche droite, et vidait ses cendres dans la gauche. Il prit feu plusieurs fois, et il fallut l'éteindre. *Balivernes. L'homme ne sait même pas de quoi il parle.* Le nom de Lesje lui apparaissait comme l'une des plus énormes plaisanteries qu'il eût jamais entendues. *Alors vous voulez être paléontologue. Feriez mieux d'apprendre la cuisine. C'est le plus mauvais café de ma vie.* Lesje, docile et craintive — parce qu'elle respectait son jugement, qu'elle avait lu tous les comptes rendus de lui qu'elle avait pu trouver, ainsi que son livre sur les dinosaures carnivores des plaines canadiennes —, cherchant à l'amadouer avec un café amélioré, avec du thé, avec du scotch, courant en tout sens comme une hôtesse de l'air idiote pour découvrir le moyen de l'apprivoiser, jusqu'au jour où elle avait découvert que ce moyen n'existait pas. Heureusement, son patron actuel, le Dr Van Vleet, est totalement différent, bien qu'il soit sans doute encore plus vieux. Mais, en revanche, Lesje ne l'imagine guère fouillant quoi que ce soit. Il s'est spécialisé dans la classification des dents.

Mais l'homme de la vitrine est un modèle. Il tient un fossile ; sans doute éprouve-t-il l'extase de la découverte scientifique, mais son visage n'en laisse rien paraître.

« Que fait-il ? » veut savoir Nancy. Lesje soupçonne qu'elle n'a aucune envie réelle de le savoir, mais que cela entre simplement dans le cadre des questions polies que les enfants doivent poser, et que Lesje doit se triturer la cervelle pour tenter d'y répondre.

« Il procède au moulage d'un os avec du plâtre, explique Lesje. Il faut qu'il fasse très attention, parce que ce n'est pas un véritable os, mais simplement un fossile. Les parties les plus tendres de l'os se sont décomposées, et la forme de l'os s'est remplie de minéraux, de sorte qu'on dirait une pierre. C'est très friable.

— Je le sais déjà, intervient Nancy. Papa nous l'a dit.

— C'est votre métier ? interroge Nancy.

— Oui, en partie.

— C'est un drôle de métier, décide Nancy.

— Mais je fais aussi d'autres choses », proteste Lesje en se demandant pourquoi elle se défend devant une fillette de neuf ans. Peut-être n'en a-t-elle même que huit ? « En vérité, je n'ai jamais fait beaucoup de fouilles. Je me suis surtout occupée de la conservation des os. Certains fossiles doivent être traités pour leur conservation dès qu'on les trouve, sans quoi ils tombent en miettes. Nous les recouvrons de gelva — c'est une sorte de résine. »

Les enfants contemplent fixement le paléontologue rigide dans sa vitrine, et Lesje trouve que plus on le regarde, et plus il ressemble à un cadavre, avec cette pâleur et ce regard fixe. Janet a le visage crispé comme si elle avait perçu une odeur révélatrice, tandis que Nancy manifeste une curiosité dénuée d'arrière-pensée. Comment Lesje pourra-t-elle leur expliquer pourquoi elle fait cela, pourquoi elle adore cela ? Le jour où l'on a découvert un albertosaure, un fémur, une vertèbre. Morgan : « Qu'avons-nous là ? » Déçu parce qu'il s'agissait d'une espèce fort connue. Mais pas Lesje : *Revenez à la vie !* avait-elle eu envie de crier, tel un prophète de l'Ancien Testament, tel Dieu, levant les bras et provoquant des éclairs ; et la chair inconnue aurait repoussé, recouvert les os, et les terres stériles seraient devenues fécondes et auraient fleuri.

Mais cela ne peut pas se produire, alors ce qu'il peut exister de mieux réside dans ces expositions, où la végétation est en matière plastique, et où les os, articulés et réarticulés après des discussions passionnées sur la manière dont ces créatures avaient vraiment marché, dressent leurs têtes géantes et leurs orbites caverneuses très au-dessus des cous tendus de ceux qui, par la grâce de leurs ancêtres, vivent encore.

Dans la pénombre du Crétacé, les enfants pressent des boutons et regardent les diapositives en couleur accomplir leur cycle tandis que ronronnent les voix enregistrées du musée. Lesje sait qu'elle est en trop. Nate marche à côté d'elle, d'un pas distrait, indifférent, et l'envie vient à Lesje de le secouer. De quoi s'agit-il, pourquoi l'a-t-il entraînée dans cette affaire ? Forcée à sacrifier son temps libre (elle aurait pu faire des courses ! lire ! faire l'amour !) pour cette absence d'événement ? Passe-t-elle une inspection, a-t-elle échoué ? S'il cherche à lui faire la cour — et elle ignore comment elle réagirait s'il entreprenait pareille chose, elle n'a pas réfléchi plus loin que cette première pression de main sur une partie de son corps suffisamment interdite pour être décisive — pourquoi ne le fait-il pas ? (Pas ici, bien sûr ; ni maintenant ; pas devant les enfants. Qui d'ailleurs ne s'en apercevraient sûrement pas.)

Mais il ne semble guère s'agir de cela.

Samedi 20 novembre 1976

NATE

Elles marchent toutes les trois devant lui, indistinctes dans la pénombre. Des monstres les entourent, reptiliens, squelettiques, figés dans des poses menaçantes comme dans une galerie des horreurs géante. Nate sent ses propres os s'user, et les cavités s'emplir de pierres. Pris au piège. Cours, Nancy, cours, Janet, ou le temps va vous rattraper et vous aussi, vous serez prises au piège et raidies à jamais. Mais, sûre qu'il ne peut pas la voir, Janet en profite pour se mettre tranquillement les doigts dans le nez.

La silhouette de Lesje s'incline vers les enfants. Allongée : Notre-Dame-des-Ossements. « Disparu signifie qu'il n'en reste plus un seul spécimen », explique-t-elle. Nate espère qu'elle ne trouvera pas ses filles trop ignorantes et sottes. Il est certain de leur avoir déjà expliqué plusieurs fois ce que signifie « disparu ». Et il leur a souvent fait visiter cette galerie, bien que Nancy préfère les momies égyptiennes, et Janet les armures, les chevaliers et les gentes dames. Donnent-elles la réplique à Lesje pour venir en aide à leur père ; est-ce un intérêt feint qu'elles manifestent — sont-elles déjà si perspicaces, si rusées ? Son jeu à lui est-il donc si transparent ?

« Et pourquoi pas ? s'étonne Janet. Pourquoi ont-ils tous disparu ?

— Personne n'en sait rien, répond Lesje. Le monde changeait, et les nouvelles conditions ne leur convenaient plus. (Elle marque un temps d'arrêt.) Nous avons trouvé beaucoup d'œufs avec des bébés-dinosaures dedans. Vers la fin, ils ne pouvaient même plus éclore.

— Il faisait trop froid, andouille, déclare Nancy à Janet. C'était l'époque glaciaire.

— Pas exactement », commence Lesje, et puis elle décide de ne pas poursuivre.

Elle se retourne vers lui, hésitante, pour l'attendre.

Nancy s'élance vers lui et l'empoigne par la manche afin qu'il se penche. Elle veut aller voir les momies, maintenant, lui murmure-t-elle. Janet, sa petite délicate, va protester, et il faudra trouver un compromis ; le temps passera, et bientôt la journée sera passée.

Comment pourrait-il les abandonner ? Pourrait-il supporter ces sorties du samedi organisées à l'avance ? Ne plus les voir qu'une fois par semaine, ce serait le prix à payer la livre de chair. Comment s'est passée la semaine, les enfants ? Vachement bien, papa. Guindées. Plus d'histoires pour se coucher le soir, plus de poursuites-surprises dans l'entrée, plus de voix à la porte de la cave. Injuste. Mais si ce n'est pas cela, ce sera une autre injustice, Lesje, encore intacte, pleurant sur le seuil d'une chambre à coucher quelque part dans l'avenir. Une peinture vive s'écaillant sur elle, des morceaux de verre fin et bombé, un ornement brisé. Quant à lui, avec des éclats plein ses mains meurtrières, assis au bar de l'hôtel Selby, réfléchissant à l'éthique essentielle. S'en trouverait-il mieux qu'il ne vit à présent ? Il regarderait des matches de hockey avec d'autres buveurs, et ferait écho à leurs cris de joie éraillés. L'éthique essentielle. Il a appris que c'était là l'unique objectif désirable. Maintenant qu'il n'y croit plus, pourquoi s'entête-t-il à vouloir y parvenir ?

Revenant en boitillant de l'école, couvert de bleus et de bosses parce que sa mère lui a interdit de se battre. *Même quand ils me frappent en premier ?* Même quand ils te frappent en premier. Mais il avait cherché un moyen de contourner l'interdiction. *Ils frappaient un garçon plus petit.* Motif insuffisant. *A trois contre un.* Toujours insuffisant. *Ils l'ont traité de youpin.* Ah ! là oui. Les yeux de sa mère lançaient des éclairs. Au nom de la tolérance, tue. Mon merveilleux garçon. Devenu hypocrite à l'âge de six ans, et mesurant cinq centimètres de plus que n'importe lequel de ses tourmenteurs, Nate se battait avec une joie farouche et inventait de nouvelles injustices pour justifier ses yeux triomphalement au beurre noir. Des Actes et non des Proclamations de foi, comme disent les Unitariens.

Il peut se répéter toutes les raisons de ne pas agir, dans telle ou telle situation ; cependant il connaît suffisamment bien son propre passé pour craindre de finir inexplicablement par agir. En dépit de ses scrupules, et même avec d'autant plus de désespoir insensé qu'il éprouve ces scrupules. A cause de son égoïsme, comme on le lui fera sûrement observer. Mais pas Elizabeth. Elle prétend qu'elle se moque de savoir ce qu'il fait, qui sont ses petites amies, comme elle les appelle, tant que les enfants demeurent protégées. Comme elle le dit également. Et par là elle entend *ses* enfants à elle. Nate est sûr qu'elle est secrètement convaincue de les avoir conçues par parthénogenèse, après avoir commodément oublié la nuit du drap de bain et l'autre nuit, toutes les autres nuits. La paresse et l'habitude. Quant à lui, il aimerait croire que ses enfants ont jailli de son front, déjà formées. Elles lui appartiendraient ainsi totalement.

Les choses étant ce qu'elles sont, Nate sait parfaitement qui obtiendrait la garde des enfants. Bien qu'ils n'aient jamais parlé de séparation. Même aux pires moments, jamais elle ne lui a dit de s'en aller, et jamais il n'a menacé de le faire. Mais cela est suspendu entre eux dans chaque conversation ; c'est l'arme secrète, la solution finale, la seule chose inexprimable.

Il soupçonne qu'ils y songent tous deux presque sans interruption : l'envisageant, et puis renonçant.

Mieux vaut s'arrêter maintenant. Au lieu d'emporter Lesje, de lui faire quitter le sol couvert de moquette de la Galerie de l'Évolution des Vertébrés pour la transporter dans l'escalier jusque dans l'isolement reculé des Insectes et Mammifères, il va la remercier et lui serrer la main, la touchant quand même pour cette unique fois, pressant contre sa paume la fraîcheur de ses longs doigts fins. Et puis il ira voir les momies, et ensuite les armures, en s'efforçant de ne pas voir dans ces objets fabriqués des images de lui-même. Dehors, il se réconfortera avec du popcorn et une cigarette, comme substituts pour le double scotch dont il aurait eu grand besoin à ce moment-là. Ils attendront sur les marches de pierre du musée, en famille, adossés à la plaque qui se trouve à droite de la porte, LES ARTS DE L'HOMME A TRAVERS TOUS LES AGES, jusqu'à ce que Elizabeth resurgisse des limbes où elle a erré, sa lourde silhouette en manteau noir gravissant les marches d'un pas régulier pour venir les reprendre à l'heure convenue.

Lundi 29 novembre 1976

ELIZABETH

Elizabeth gît dans son bain. Il fut une époque où elle prenait des bains pour son plaisir ; maintenant, elle prend son bain comme elle se nourrit. Elle entretient son corps comme on entretient une voiture, elle le garde propre, avec les pièces détachées en bon état, pour le jour où elle pourra s'en resservir, l'habiter à nouveau. Pour le plaisir. Elle mange trop, elle le sait, mais mieux vaut manger trop que pas assez. Pas assez, là réside le vrai problème. Elle a perdu la capacité de juger, car elle n'a jamais vraiment faim. Il ne fait aucun doute qu'elle prend trop de bains aussi.

Elle prend garde d'employer une eau moins chaude que la température du corps, tant elle craint de s'endormir dans le bain. On peut se noyer dans cinq centimètres d'eau. On dit que si l'eau est à la même température que le sang, le cœur risque de s'arrêter, mais seulement s'il a une déficience. Pour autant qu'elle sache, son cœur n'a aucune déficience.

Elle a rapporté du travail à la maison. Elle rapporte souvent du travail à la maison, car elle semble incapable de pouvoir se concentrer à son bureau. Elle ne parvient pas à se concentrer dessus chez elle non plus, mais là, au moins, personne ne risque de la surprendre à contempler fixement le mur. Elle a toujours tapé elle-même la plupart de ses textes ; elle est une dactylo fantastique, c'est normal, elle n'a fait que cela pendant des années, mais c'est aussi qu'elle n'aime pas déléguer son travail. Elle a gravi les échelons jusqu'à sa situation actuelle parce qu'elle répondait bien au téléphone, et qu'elle connaissait toujours les détails de la fonction située au-dessus de la sienne un petit peu mieux que la personne qui l'occupait en réalité, de sorte qu'elle se méfie toujours des secrétaires. Mais à présent, la paperasse s'accumule. Elle va devoir se ressaisir.

Elle fronce le sourcil dans l'effort de se concentrer sur le livre qu'elle tient devant elle d'une main desséchée.

Mais il nous est difficile de saisir ces changements. Il nous est difficile de nous mettre à la place de gens qui vivaient dans la Chine antique (de même que des millions de gens vivent dans le Tiers Monde), cultivant de petits arpents de terre, réduits à donner presque tout ce qu'ils produisent aux seigneurs féodaux, à la merci des inondations et de la famine — qui après une longue guerre, dépossèdent le propriétaire.

Elizabeth ferme les yeux. C'est le catalogue d'une exposition itinérante. Des peintures paysannes. L'exposition se trouve à présent en Angleterre, et ils pourront l'avoir à leur tour dans deux ans s'ils le désirent. Elle est censée étudier le catalogue, et en rendre compte. Elle est censée rédiger un rapport où elle devra dire si elle pense que l'exposition en vaut la peine, et si elle est susceptible d'intéresser le public canadien.

Mais elle ne peut pas, elle ne peut pas s'y intéresser. Elle ne peut pas s'intéresser au public canadien, et encore moins à ce catalogue composé par quelque marxiste dans un fauteuil en

Angleterre. Du point de vue de ce marxiste, elle est la propriétaire. Elle s'interroge sur ses locataires, avec leurs visages olivâtres et leur enfant anormalement silencieux, toujours un peu trop propre et trop bien habillé. Ce sont des étrangers, mais Elizabeth ne sait pas d'où, et il serait grossier de le leur demander. Quelque part en Europe de l'Est, lui semble-t-il, réfugiés. Ils sont discrets et ils paient leur loyer, nerveusement, toujours avec un jour d'avance. Mènent-ils une longue guerre d'usure pour la déposséder ? Il ne semble pas. Ces peintures viennent d'un monde si totalement étranger que cela pourrait tout aussi bien se passer sur la lune.

Elle saute l'introduction, et passe aux illustrations. *Nouveau village, Nouvel esprit. Continuez à progresser. Nouvel aspect de notre porcherie.* Pure propagande. Et les images sont hideuses. Avec ces couleurs criardes et ces visages soigneusement souriants, elles lui rappellent les images que l'on distribuait autrefois à l'école du dimanche et qu'elle détestait tant. *Jésus m'aime.* Elle ne l'a jamais cru une seule seconde. Jésus était Dieu, et Dieu aimait tante Muriel ; tante Muriel s'en montrait parfaitement convaincue. Quant à Elizabeth, elle savait que Dieu ne pouvait pas aimer tante Muriel et elle-même en même temps.

Elles n'avaient jamais fréquenté l'église avant d'aller vivre chez tante Muriel. Tante Muriel devait bien le savoir. Elizabeth remporta un prix pour avoir appris par cœur des versets des Saintes Écritures, et Caroline se donna en spectacle. C'était le jour de Pâques ; elles portaient leurs chapeaux bleus tout neufs, dont l'élastique coupait le menton d'Elizabeth, et leurs manteaux assortis. Taille dix ans et taille sept ans, mais identiques : tante Muriel adorait les habiller en jumelles. La chaire était décorée de jonquilles, mais le ministre ne parlait pas de la Résurrection. Il préférait l'Apocalypse. *Le soleil devint noir comme un sac de crin et la lune tout entière rougeoya comme du sang, les étoiles du ciel tombèrent sur la terre, et le ciel se retira comme un livre qu'on roule.*

Elizabeth pliait et dépliait son image du Christ sortant du trou dans la roche, le visage translucide, avec deux femmes en bleu prosternées devant lui. Elle lui repliait la tête et puis tirait le haut du papier pour le faire jaillir comme un diable d'une boîte. L'église sentait le parfum, trop fort, et des ondes de poudre poussiéreuse lui provenaient de tante Muriel, toute beige et bien droite à côté d'elle. Elle avait envie de retirer son manteau. *Regarde, regarde !* s'exclama Caroline en se dressant. Elle désignait un vitrail, celui du milieu, où le Christ vêtu de pourpre frappait à une porte. Elle s'accroupit, puis essaya de franchir le banc situé devant elle, déplaçant la toque en vison de Mme Symon. Elizabeth demeura immobile, mais tante Muriel se pencha en avant et tira sur le manteau de Caroline. Le ministre fronça le sourcil dans sa chaire tendue de violet, et Caroline se mit à hurler. Tante Muriel lui empoigna le bras, mais elle se libéra d'une secousse, passa devant la rangée de genoux sagement alignés, et s'élança dans l'allée centrale. Ils auraient dû comprendre. Quelque chose n'allait pas. Elle affirma par la suite que le violet lui tombait dessus, mais tante Muriel raconta à tout le monde qu'elle venait de subir des troubles digestifs. Nerveuse, disait-on ; cela arrivait souvent aux petites filles. Jamais on n'aurait dû l'amener au service solennel.

Tante Muriel décida que c'était la faute du pasteur et prit la tête du mouvement qui tentait de s'en débarrasser. Ils n'avaient pas à écouter ce genre de sermons. Cela ressemblait plutôt à l'Église baptiste. Des années plus tard, on avait parlé de lui dans les journaux parce qu'il avait exorcisé une fillette qui était en fait atteinte d'une tumeur du cerveau, et qui en était morte quand même. Vous voyez ! s'exclamait tante Muriel. Bête comme un pied.

Quant à Caroline, lorsque, sept ans plus tard, ce cri prit sa forme définitive et qu'elle manifesta totalement, atrocement ce qu'elle avait voulu dire, ce fut bien autre chose ; c'était un jugement. Ou bien un manque de volonté, selon ce que ressentait tante Muriel ce jour-là.

A l'hôpital, et ensuite à l'institution, Caroline ne parlait plus, ni même ne bougeait. Elle ne voulait plus manger seule, et il fallait lui mettre des couches comme à un bébé. Elle gisait sur le côté, les genoux repliés contre la poitrine, les yeux clos, les poings serrés. Elizabeth s'asseyait auprès d'elle, respirant l'odeur écœurante de la chair inerte. « Salope, Caroline, murmurait-elle. Je sais que tu es là. »

Trois ans plus tard, alors que Caroline avait dix-sept ans, l'infirmier qui la baignait fut appelé d'urgence, d'après ce qu'on raconta. Ils étaient censés ne jamais laisser les patients comme Caroline seuls dans une baignoire ; telle était la règle. Ils n'étaient même pas censés baigner du tout les patients comme Caroline, mais quelqu'un avait décidé que cela l'aiderait à se détendre, à se dénouer ; c'est ce qu'on affirma lors de l'enquête. Et donc il se produisit que Caroline glissa. Elle se noya plutôt que de faire cet unique geste, tourner la tête, qui lui aurait sauvé la vie.

Parfois Elizabeth s'était demandé si Caroline l'avait fait exprès, si pendant tout ce temps, emmurée dans son corps, elle était demeurée consciente, à attendre l'occasion. Elle s'était demandé pourquoi. Mais quelquefois, elle se demandait seulement pourquoi elle-même n'en faisait pas autant. Dans ces moments-là, Caroline devient logique, cohérente, pure ; de pur marbre, en comparaison avec sa propre chair lentement infiltrée, avec les hoquets de ces poumons pourrissants et de son cœur mou et tentaculaire.

Quelqu'un chante dans la pièce. Ou plus exactement, fredonne ; Elizabeth se rend compte qu'elle l'entend depuis un moment. Elle ouvre les yeux pour localiser ce son ; ce doit être le tuyau, la vibration de l'eau au loin. Le papier mural est trop vif — des volubilis — et elle sait qu'elle devrait faire attention. Pas d'ouvertures. Elle n'avait pas trouvé le moins du monde admirables ces gens qui, dans les années 60, avaient éventré leurs chats et sauté par les fenêtres : elle les avait jugés stupides. Quiconque a déjà entendu ces voix ou vu ce qu'elles pouvaient faire, aurait su ce qu'elles disaient.

« Fermez-la » ordonne Elizabeth. Leur accorder de l'attention, même si peu, se révèle nocif. Elle va plutôt se concentrer sur le texte. *Critique de Lin Piao et de Confucius devant les restes des chars de guerre d'un ancien propriétaire d'esclaves,* lit-elle. Les conducteurs de chars étaient enterrés vivants. Elle scrute l'image dans l'espoir de les distinguer, mais elle ne parvient à voir que les squelettes des chevaux. Des paysans indignés manifestent autour de la tombe.

Sa main tient le livre, et son corps s'écarte d'elle en s'étirant dans l'eau, entourée de porcelaine blanche. Sur le rebord, très loin, si loin qu'il lui semble que jamais elle ne pourra les atteindre, se trouvent les jouets que les filles tiennent absolument à conserver pour jouer dans leur bain, alors qu'elles devraient être bien trop grandes : un canard orange, un bateau rouge et blanc avec une roue à aubes qui se remonte, un pingouin bleu. Ses seins aplatis par la gravité, son ventre. Silhouette de sablier. Le *Petit Livre de Comptines* de Nancy :

> *Deux corps on m'a donnés*
> *Réunis en un seul,*
> *Plus je reste immobile*
> *Et plus je peux courir vite.*

Sur la page suivante, on pouvait lire une fabulette parlant d'un cercueil. Cela ne convient guère à des enfants, avait-elle observé le jour de Noël. Nate l'avait acheté, dans un petit coffret de livres.

Ses genoux sortent de l'eau bleue, telles des montagnes ; des nuages de mousse flottent tout autour. *Bodykins,* importé. Elle l'a acheté pour Chris, perdue dans un rêve de sybaritisme ; au début, avant de savoir qu'il ne voulait pas lui laisser regarder son corps, sauf d'un centimètre de distance. Il n'aimait pas qu'elle s'écarte de lui, il voulait qu'elle le sente pressé contre elle, mais pas qu'elle le voie. Je t'aurai là où tu vis, lui annonça-t-il plus tard, beaucoup trop tard, où vit-elle ?

Le sable coule dans son corps en sablier, depuis sa tête jusqu'à ses pieds. Quand tout aura coulé, elle sera morte. Enterrée vivante. Pourquoi attendre ?

Mardi 7 décembre 1976

LESJE

Lesje est sortie déjeuner avec Marianne. Elles ont juste pris un sandwich chez Murray's qui est tout près et pas trop cher ; à présent elles se dirigent vers Yorkville et Cumberland pour regarder les vitrines. On ne peut plus rien y acheter décrète Marianne, que Lesje considère comme une autorité en la matière ; c'est vraiment trop cher. Il faut aller à Queen Street West, désormais. Mais Queen Street West est bien trop loin.

Marianne déjeune habituellement avec Trish, qui est

actuellement absente, victime de la grippe. Elles l'ont déjà invitée à participer à ces expéditions, mais elle refuse toujours en prétextant qu'elle a du travail en retard, et qu'elle mangera un sandwich sur le pouce. Elles n'ont sans doute pas grand-chose de plus à offrir que les commérages dont elles accompagnent le café du matin. Marianne admet volontiers — est-ce une plaisanterie ? — qu'elle a choisi la biologie pour rencontrer des étudiants en médecine et épouser un médecin. Lesje n'approuve guère cette frivolité.

Mais aujourd'hui, c'est bien sur les commérages qu'elle compte. Elle en meurt d'envie, elle veut apprendre tout ce que pourra lui dire Marianne sur Elizabeth et, surtout, sur Nate, le mari d'Elizabeth, qui ne lui a ni téléphoné, ni écrit, ni rendu visite depuis qu'ils se sont serré la main devant le panneau SORTIE de la galerie des dinosaures. Ce n'est pas qu'elle s'intéresse à lui, en vérité, mais elle est déconcertée. Elle veut savoir s'il se comporte souvent ainsi, s'il procède souvent à de telles approches. Cependant, elle ne sait pas trop comment extorquer ce genre de renseignements à Marianne sans lui raconter ce qui s'est passé ; ce qu'elle ne tient nullement à faire. Mais pourquoi ? Il ne s'est rien passé.

Elles s'arrêtent au coin de Bay et de Yorkville pour contempler un tailleur en velours frappé bleu avec une ganse d'or nattée et, au-dessous, un chemisier avec des volants aux poignets et un col à la Peter Pan.

« Vraiment trop impie », ricane Marianne ; c'est son mot habituel pour définir le mauvais goût voyant. Malgré ses yeux bleus, ses cheveux blonds, et son prénom de madrigal, Marianne est juive ; ce que Lesje considère comme « purement juif » par opposition à sa propre situation hybride. L'attitude de Marianne à l'égard de Lesje est fort compliquée. Tantôt elle semble l'inclure parmi les juifs ; elle n'aurait pas dit « vraiment trop impie » devant elle si elle l'avait trouvée du genre catholique aussi. Bien que, comme le lui avait expliqué avec une douceur malveillante l'une de ses tantes, quand elle avait neuf ans, Lesje ne fût en vérité pas juive. Elle ne pourrait entrer dans la catégorie des juifs que si c'était par sa mère, et non par son père. Il semble que seules les femmes puissent transmettre le gène, comme pour l'hémophilie.

A d'autres moments, Marianne s'obstine sur le nom ukrainien de Lesje. Cela ne semble toutefois pas la troubler comme cela troublerait sans doute ses parents; au contraire, elle trouve cela surprenant, et peut-être même un peu drôle.

« Pourquoi t'en soucier ? Ethnique, c'est la grande mode en ce moment. Change ton nom de famille, et tu pourras avoir une bourse du Multiculturalisme. »

Lesje sourit en entendant toutes ces plaisanteries, mais faiblement. Elle est tout à fait multiculturelle, mais pas à la manière dont les donneurs de bourses l'entendent. Et la famille de son père a déjà changé de nom au moins une fois, bien que ce ne fût pas pour obtenir une bourse. Ils l'ont fait dans les années 30 : on ne savait jamais, si Hitler envahissait l'Amérique — et même sinon, il y avait déjà bien assez d'antisémites dans ce pays. A cette époque, racontaient les tantes de Lesje, on ne répondait pas à la porte si l'on ne savait pas qui frappait. Ce qui explique pourquoi Lesje s'est retrouvée affublée du nom extravagant de Lesje Green; elle admet cependant que Lesje Etlin n'aurait guère paru plus crédible. Pendant deux ans, à l'âge de neuf puis dix ans, elle avait prétendu s'appeler Alice, à l'école. Lesje signifiait Alice, disait sa mère, et c'était un prénom tout à fait acceptable, celui d'un grand poète ukrainien. Dont jamais Lesje ne pourrait lire les poèmes.

Elle reprit cependant son vrai prénom, pour la raison suivante. Si elle devait un jour découvrir un pays encore jamais découvert (ce qu'elle comptait bien faire), elle voulait lui donner son nom. Il existait déjà un Groenland et ce n'était pas du tout le genre de contrée qu'elle avait à l'esprit. Le Groenland était stérile, glacé, dénué de vie, alors que Lesje voulait découvrir une région tropicale, riche et luxuriante, abondant en formes de vie exubérantes, toutes de type archaïque et supposées disparues, ou totalement inconnues, même sous forme fossilisée. Elle représentait soigneusement cette contrée dans ses carnets, et y nommait la flore et la faune.

Mais elle ne pouvait pas l'appeler Aliceland ; ce n'était pas un bon nom. L'une de ses critiques à l'égard du *Monde perdu* concernait les noms attribués aux éléments topographiques. Le lac Gladys, par exemple : *vraiment trop impie*. Et l'ensemble du plateau ancien s'appelait le territoire Maple White, en souvenir de l'artiste dont les dessins de ptérodactyles, trouvés tout fripés dans sa main tandis qu'il délirait à l'instant de mourir, avaient mis le Pr Challenger sur la piste. Lesje était certaine — bien que ce ne fût pas précisé dans le livre — que Maple White avait dû être canadien, et du genre le plus rose et le plus frigide qui fût. Avec un nom pareil, que pouvait-il être d'autre ?

Mais *Lesjeland.* Cela sonnait presque africain. Elle pouvait en tracer la carte : vu sous cet angle, cela n'avait rien de ridicule.

Un jour, déjà devenue adulte, elle avait visité le pavillon d'Odessa lors du Festival des Traditions populaires. Elle évitait habituellement ce genre de manifestations. Elle se méfiait de la bonne volonté suscitée par les institutions, et des costumes que plus personne ne portait. En réalité, il n'existait plus de Polonais comme ceux du pavillon polonais, ni d'Indiens comme les Indiens, ni d'Allemands chantant des yodels. Elle ne savait pas très bien pourquoi elle y allait, cette fois ; peut-être dans l'espoir d'y retrouver ses racines. Elle avait mangé des aliments qu'elle se souvenait très vaguement d'avoir autrefois goûtés chez sa grand-mère, et dont elle n'avait jamais connu les noms — *pirogi, medvynk* —, et regardé des grands garçons et des filles aux nattes roux sombre et chaussées de bottes rouges sauter et tourbillonner sur une estrade ornée de fleurs en papier, chanter des chansons qu'elle ne savait pas chanter et danser des danses qu'elle n'avait jamais apprises. D'après le programme, certains de ces danseurs s'appelaient Doris, Joan, Bob, et d'autres portaient des noms comme le sien : Natalia, Halyna, Vlad. A la fin, avec cette attitude de dérision de soi qu'elle connaissait déjà chez Marianne quand elle disait *Schwartze* pour imiter sa mère parlant des femmes de ménage, ils chantèrent une chanson apprise dans les camps de vacances ukrainiens :

> *Je ne suis certes pas russe,*
> *Ni non plus polonais et encore moins roumain,*
> *Donne-moi un baiser, donne-moi deux baisers,*
> *Embrasse-moi qui suis ukrainien.*

Lesje admirait les beaux costumes, l'agilité, la musique ; mais elle était une étrangère. Elle se sentait aussi exclue que s'ils eussent été une horde de ses propres cousins. Des deux côtés. *Embrasse-moi qui suis multiculturelle.*

On ne l'avait jamais envoyée en colonie de vacances ukrainienne ni juive. On ne l'avait autorisée à fréquenter ni l'église dorée avec son dôme de conte de fées, en forme d'oignon, ni la synagogue. Ses parents l'auraient avec joie envoyée aux deux si cela avait permis d'instaurer la paix, mais ses grands-mères s'y opposaient formellement.

Elle songe parfois qu'elle résulte non pas de l'union classique de ses parents, mais de quelque invraisemblable copulation entre ces deux vieilles dames qui ne se sont jamais rencontrées. Elles avaient existé dans une étrange parodie de mariage, se haïssant mutuellement bien plus qu'aucune des deux ne haïssait les Allemands, et cependant obsédées l'une par l'autre ; elles étaient même mortes à un an d'intervalle, tel un vieux couple très uni. Elles avaient infesté la maison de ses parents à tour de rôle, et s'étaient battues à son sujet comme pour une robe au moment des soldes. Si l'une la gardait, il fallait aussitôt donner son tour à l'autre pour éviter des scènes dramatiques ; sanglots du côté de la grand-mère Smylski, et rage du côté de la grand-mère Etlin (qui avait conservé son nom, refusant de chercher à se protéger avec tous les autres). Ni l'une ni l'autre n'avaient très bien appris l'anglais, bien que la grand-mère Etlin eût glané quelques insultes scatologiques en côtoyant les gosses du quartier qui traînaient dans son magasin, et qu'elle employait dans des versions abrégées quand elle voulait manifester sa volonté. « Couillon de Jésus, crotte de bique, va crever ! » hurlait-elle en frappant le seuil de ses bottines noires. Elle savait que c'était là le meilleur endroit pour ce faire : les parents de Lesje feraient à peu près n'importe quoi pour la faire entrer et l'arracher à la curiosité du quartier. *Les Anglais.* Ces clones neutres de leur imagination n'avaient pas de minuscules grands-mères en bottines noires qui hurlaient : « J'espère que vos fesses vont pourrir ! » sur le seuil de leurs maisons ; ni rien de même vaguement analogue. Mais maintenant, Lesje sait que si.

Ce qu'il y avait d'étrange à propos de ses deux grands-mères, c'était leur ressemblance. Chacune vivait dans une petite maison sombre qui sentait la cire et la naphtaline. Toutes deux étaient veuves, toutes deux logeaient à l'étage des locataires masculins au regard triste, toutes deux avaient des services en porcelaine fine et des quantités de photos de famille dans des cadres d'argent sur les meubles de leur salon, et toutes deux buvaient leur thé dans un verre.

Avant d'être assez grande pour aller à l'école, elle avait passé la moitié de chaque semaine chez elles à tour de rôle, parce que sa mère devait travailler. Assise par terre dans la cuisine, elle découpait des images dans des revues et des catalogues de la petite agence de voyages où travaillait sa mère et les empilait soigneusement — les femmes formant un tas, les hommes un autre, les chiens un autre, les maisons un autre encore — tandis que les grands-mères buvaient leur thé en conversant avec ses tantes (la sœur de son père, et les femmes des frères de sa mère) dans des langues qu'elle ne comprenait pas et que ses parents n'employaient jamais à la maison.

Cela aurait dû la rendre trilingue. Au lieu de cela, on la jugeait mauvaise en anglais, gauche, nulle en orthographe et manquant d'imagination. En classe de septième, devant faire une rédaction sur « Mes vacances d'été », elle avait raconté sa collection de pierres en décrivant techniquement chaque échantillon. L'institutrice lui avait donné une mauvaise note, et infligé un sermon. « Il fallait écrire quelque chose de personnel, quelque chose de ta vie à toi, et non pas tiré d'une encyclopédie. Tu as bien dû faire *autre chose,* pendant tes vacances. »

Lesje ne comprenait pas. Elle n'avait rien fait d'autre pendant ses vacances, rien dont elle pût se souvenir, et sa collection de pierres était une chose personnelle, tirée de sa vie à elle. Mais elle ne pouvait pas l'expliquer. Elle ne savait pas expliquer pourquoi la découverte que chaque pierre différait des autres et portait un nom distinct lui importait tant. Les noms constituaient un langage ; fort peu de gens le savaient sans doute, mais si seulement on rencontrait une personne qui le sût, on pouvait discuter. De pierres seulement, mais c'était déjà quelque chose. Elle montait et descendait l'escalier en murmurant ces noms, et en se demandant si elle les prononçait bien. « Schiste, disait-elle, magma, ignée, malachite, pyrite, lignite. » Les noms des dinosaures, quand elle les avait découverts, lui apportaient encore plus de satisfaction, car ils étaient multisyllabiques, apaisants, moelleux. Et même si elle ne savait pas épeler *apercevoir, embarrasser,* ou *carrière,* elle sut tout de suite orthographier *diplodocus* ou *archéoptérix.*

Estimant qu'elle se laissait trop envahir par ces choses, ses parents tentèrent de lui faire donner des leçons de danse pour la rendre plus sociable. Ils en attribuaient le reproche — en silence bien sûr — à la grand-mère Etlin qui l'avait pour la première fois emmenée au musée, non pas parce qu'elle s'intéressait à ce que l'on y montrait, mais parce qu'il y faisait sec et que ce n'était pas cher. Comme la grand-mère Smylski avait les lundis, mardis, et mercredis, la grand-mère Etlin exigeait d'avoir aussi trois jours d'affilée, même si cela violait le sabbat : ce qui d'ailleurs ne troublait guère la grand-mère Etlin. Elle demeurait cachère par habitude, mais ne manifestait aucune autre forme de piété. Après l'entrée à l'école de Lesje, cette habitude du samedi était restée. Au lieu d'aller à la synagogue, Lesje allait au musée qui, tout d'abord, lui apparut un peu comme une église ou un sanctuaire, comme s'il avait fallu s'y agenouiller. Le calme y régnait, avec une odeur mystérieuse et une profusion d'objets sacrés : améthyste, quartz, basalte.

(Quand sa grand-mère mourut, Lesje eut le sentiment qu'on aurait dû la mettre au musée, dans une vitrine, comme les momies égyptiennes, avec une notice. Une idée impossible ; mais ce fut la forme que prit son deuil. Mais elle n'avait pas la naïveté de le dire, cependant, lorsqu'elle venait fêter le sabbat dans le grand salon rose et blanc de sa tante, où ils mangeaient tous du gâteau au café. On l'avait finalement envoyée à la synagogue aussi, mais elle n'y avait rien découvert de mystérieux. Ni la synagogue propre et colorée, ni le salon rose ne lui avaient paru le moins du monde évoquer sa grand-mère. Une vitrine dans un coin sombre, avec ses bottines noires tout au fond et quelques bijoux en or étalés auprès d'elle avec ses perles d'ambre.)

« Explique-moi tout », lui disait sa grand-mère en lui serrant bien fort la main, pour la protéger décida Lesje beaucoup plus tard ; et Lesje lui lisait le texte des notices. Sa grand-mère ne comprenait rien du tout, mais hochait la tête en souriant d'un air de sagesse ; non pas à cause des roches impressionnantes, comme l'avait alors cru Lesje, mais parce que sa grand-mère semblait évoluer à son aise dans cet univers qu'elle-même trouvait incompréhensible.

Dans la dernière année de la vie de sa grand-mère, quand elle avait douze ans et que toutes deux devenaient un peu vieilles pour ces matinées, elles avaient vu au musée quelque chose dont sa grand-mère était restée bouleversée. Elle s'était depuis longtemps accoutumée à la galerie des momies et ne s'exclamait plus *Gevalt* chaque fois qu'elles abordaient le département des dinosaures — qui n'était pas alors plongé dans l'obscurité ni équipé de voix automatiques. Mais c'était autre chose. Elles avaient vu une femme indienne revêtue d'un superbe sari rouge et bordé d'or. Elle portait par-dessus son sari une blouse blanche, et deux petites filles l'accompagnaient, manifestement siennes, arborant des kilts écossais. Toutes trois disparurent par une porte « Réservée au Personnel ». « Gevalt », marmonna sa grand-mère en fronçant le sourcil, mais sans véritable peur.

Lesje les suivit du regard, transportée. Telle devint alors sa nationalité.

« Ça t'irait bien », suggère Marianne. Elle conseille parfois Lesje sur ce qu'elle devrait porter, mais Lesje n'en tient habituellement aucun compte car elle s'en sent incapable. Obligée de prendre garde à son régime, Marianne estime que Lesje devrait apparaître royale. Elle pourrait l'être, insiste Marianne, si seulement elle se tenait droite. Elles contemplent une robe longue en lainage couleur prune, discrète, d'un prix exorbitant.

« Je ne la mettrais jamais », répond Lesje ; voulant exprimer : William ne m'emmène jamais nulle part où je puisse la porter.

« Tiens, là, reprend Marianne en s'approchant de la vitrine voisine, voilà la petite robe noire de base d'Elizabeth Schoenhof.

— Vraiment trop impie, non ? suggère Lesje, croyant que Marianne se moque, et secrètement ravie.

— Oh ! non, proteste Marianne, regarde cette *coupe*. Elizabeth Schoenhof n'est pas impie, c'est plutôt l'aristocratie protestante. »

Découragée, Lesje s'enquiert de la différence.

« L'aristocratie protestante, c'est quand tu peux t'en foutre. Quand tu as un vieux tapis qui a l'air sordide mais qui vaut un million de dollars, et que presque personne n'en sait rien. Tu te rappelles quand la reine a pris un os de poulet avec ses doigts et que c'était dans tous les journaux, et puis que tout d'un coup cela se *faisait*? Voilà, l'aristocratie protestante. »

Il semble à Lesje que jamais elle ne pourra apprivoiser ces nuances. William avec ses vins : le corps, le bouquet. Pour elle, ils ont tous goût de vin. Peut-être Nate Schoenhof appartient-il à l'aristocratie protestante, mais elle ne le pense toutefois pas. Il hésite trop, il parle trop, il regarde autour de lui quand il ne le faudrait pas. Il ne sait sans doute même pas ce qu'est l'aristocratie protestante.

Peut-être qu'Elizabeth non plus. Mais cela fait peut-être justement partie de l'appartenance à l'aristocratie protestante : il est superflu de le savoir.

« Et Chris ? » s'enquiert-elle. Il ne correspond assurément pas à la définition énoncée par Marianne.

« Chris ? répond Marianne, c'était le chauffeur. »

Mardi 23 décembre 1976

ELIZABETH

Oui, je sais que j'ai subi un choc peu commun. Je m'en rends bien compte, car je ressens les ondes. Je comprends qu'il s'agissait d'un acte dirigé contre moi en apparence mais pas en réalité, les empreintes laissées par l'enfance étant ce qu'elles sont, bien que je n'en puisse citer aucune dans son cas à lui qui puisse justifier cela. Il avait eu une enfance malheureuse, mais n'est-ce pas vrai de tout le monde ? Je me rends compte aussi que mes réactions sont normales dans les circonstances présentes, qu'il a voulu me culpabiliser, et que je ne suis pas coupable. Pas de cela. Je ne sais pas très bien si je me sens responsable ou non. J'éprouve de la colère, de temps à autre ; à part cela, je suis vide de tout. J'ai l'impression que mon énergie m'échappe sans cesse comme si j'avais des fuites d'électricité. Je sais que je n'ai aucune responsabilité, que je ne pouvais pas faire grand-chose, et qu'il aurait tout aussi

101

bien pu tuer Nate ou les enfants, plutôt que lui-même. Je le savais déjà à l'époque, et non, je n'ai pas alerté la police ni les autorités en matière d'hygiène mentale. On ne m'aurait pas crue. Je sais tout cela.

Je sais que je dois continuer à vivre, et je n'ai aucune intention de m'y soustraire. Ne vous inquiétez pas. Si je comptais me taillader les poignets avec un couteau de cuisine ou sauter du viaduc de Bloor Street, je l'aurais déjà fait. Je suis mère, si même je ne suis pas vraiment épouse, et je prends cette tâche au sérieux. Jamais je ne voudrais laisser à mes enfants une image pareille. On me l'a infligée, à moi, et cela ne m'a pas plu.

Non, je ne veux pas parler de ma mère, de mon père, de ma tante Muriel, ni de ma sœur. J'en sais très long sur eux aussi. J'ai déjà emprunté cette rue de brique jaune deux fois, et ce que j'ai découvert se résume essentiellement au fait qu'il n'existe pas de magicien. Ma mère, mon père, ma tante et ma sœur ne m'ont pas quittée. Chris ne me quittera pas non plus.

Je suis une adulte, et je refuse de me considérer comme la seule somme de mon passé. Je puis faire des choix et en subir les conséquences, même si elles diffèrent parfois de ce que j'avais imaginé. Cela ne signifie pas que je doive aimer cela.

Non merci. Je ne veux pas de cachets pour m'aider à tenir le coup. Je ne désire pas voir changer mon état d'esprit. Je pourrais vous le décrire en détail, mais je ne pense pas que cela puisse vous procurer le moindre profit, non plus qu'à moi-même.

Elizabeth est assise sur le banc gris de la station de métro Ossington, ses mains gantées de cuir noir posées sur ses genoux, et ses pieds bottés sagement rangés côte à côte. Elle a le ton légèrement belliqueux, elle le sait mais ne comprend pas pourquoi. La première fois qu'elle a évoqué cette conversation, ce matin même dans son bureau, elle était parfaitement calme. Ayant ainsi décidé que le psychiatre si gentiment suggéré par Nate n'a rien à lui lire ni à lui donner, elle a téléphoné pour annuler le rendez-vous.

Elle profite du temps ainsi libéré pour rentrer de bonne heure à la maison. Elle emballera ses cadeaux de Noël, et les cachera sous son lit avant que les enfants ne rentrent de

l'école. Elle sait déjà que le crissement du papier et les couleurs vives des rubans lui seront intolérables, avec ces étoiles
bleues, rouges, blanches, qui lui brûleront les yeux comme si
l'atmosphère avait disparu. C'est l'espérance, cette fausse pro-
messe d'espérance, qu'elle ne supporte pas. Tout est pire à
Noël ; il en a toujours été ainsi. Mais elle y arrivera, elle peut
faire confiance à Nate pour l'y aider, même s'il ne l'aide guère
à autre chose.

Peut-être est-ce vers cela qu'ils se dirigent : la camaraderie,
un fragile bras tendu, un appui, deux vieillards descendant
prudemment le perron, une marche verglacée après l'autre.
Elle s'assurera qu'il n'oublie pas son remède pour l'estomac
et gardera l'œil sur sa consommation d'alcool, et il lui fera
hausser le son de son appareil acoustique pour lui lire des
anecdotes divertissantes dans le journal. Les coups d'État, les
massacres, ce genre de choses. Les soirs de semaine, ils regar-
deront des feuilletons américains à la télévision. Ils auront des
albums de photos et, quand les filles viendront le dimanche
avec leurs propres enfants, ils sortiront ces albums du placard
et les feuilleteront tous fièrement ; et quand elle se reverra
telle qu'elle est aujourd'hui, en cet instant précis, assise dans
la station de métro Ossington en attendant le bus qui dessert
le nord de la région, avec cette faible lumière que filtre la pellicule de graisse et de cendre recouvrant les parois vitrées du
quai, elle retrouvera cette déchirure en elle-même. Et puis ils
déjeuneront de saumon à la crème servi sur un toast et recouvert d'un œuf mimosa, ainsi qu'il conviendra à leur budget
limité. Nate jouera avec les petits-enfants, et elle fera la vaisselle toute seule dans la cuisine, sentant comme toujours le
souffle de Chris dans son cou.

Il vaut presque mieux s'imaginer seule dans un petit appartement, avec ses précieux bols et quelques plantes. Non, ce
serait pire. Si Nate demeurait avec elle, au moins quelque
chose s'animerait. Continuez à remuer, disait-on aux gens
presque gelés, à ceux qui avaient absorbé des boîtes entières
de comprimés, à ceux qui se trouvaient en état de choc.
Déménagez Vous-même, Transports pour l'Aventure. Je veux
être transportée. Transportez-moi. *Nous sommes les figés. Il y a
bien longtemps. Nous faisions telle ou telle chose. Et désormais nous
restons assis.*

Hier soir, elle a frappé à la porte de la chambre de Nate, pour lui remettre une paire de chaussettes qu'il avait abandonnée dans le salon, sans doute parce qu'elles étaient mouillées. Il lui avait ouvert, et était apparu torse nu. Et soudain, elle qui n'avait plus voulu se laisser toucher par lui depuis plus de deux ans, qui avait trouvé ce long corps maigre un peu répugnant, qui avait choisi au contraire la chair épaisse, musclée, richement veinée, de Chris, qui avait remodelé le temps et l'espace de manière à ne plus jamais se trouver confrontée à ce torse qui lui faisait face à présent, bien enfermé dans une zone strictement délimitée par elle — voilà qu'elle aspirait à être entourée de ces bras, serrée contre de l'os, mais de l'os chaud et rassurant, à être bercée. Elle avait envie de demander : ne pouvons-nous donc rien sauver ? Parlant de ce naufrage. Mais il avait reculé, et elle s'était contentée de lui tendre ses chaussettes sans un mot, comme d'habitude.

A une époque, elle aurait su dire à tout instant s'il se trouvait dans la maison, qu'elle l'entendît ou non. Elle ne le sait plus. Il sort plus souvent, à présent, et lorsqu'il est là, sa présence ressemble à la lumière d'une étoile disparue depuis des milliers d'années-lumière : un fantôme. Il ne lui apporte plus de tasses de thé, par exemple. Mais ils persistent à s'offrir des cadeaux pour Noël. Les enfants souffriraient de voir disparaître ce rituel. Elle a fini par lui acheter quelque chose, cette année encore. C'est un étui à cigarettes en argent. Elle s'attarde d'un esprit pervers sur ce contraste : l'étui en argent sortant de sa poche élimée, sous son chandail effiloché. Naguère il lui offrait des chemises de nuit, toujours un peu trop grandes, comme s'il avait cru ses seins plus volumineux qu'ils n'étaient vraiment. Désormais, ce sont des livres. Sur des sujets neutres qu'il suppose intéressants pour elle : les antiquités, le verre moulé, les couettes en duvet.

« Alors, tout est prêt pour Noël ? »
Un homme est assis à côté d'Elizabeth. Il est là depuis déjà plusieurs minutes ; elle a perçu une sorte d'ombre floue et brune sur sa gauche, et enregistré le mouvement des jambes se croisant et se décroisant. Des mouvements comme le frémissement d'une haie, furtifs, presque inexistants. Elle tourne

légèrement la tête pour le regarder, l'espace d'un bref instant. Il porte un pardessus marron un peu trop serré — ce doit être inconfortable sous les bras — et un chapeau marron. Ses yeux luisent vers elle, bruns aussi, et petits comme des raisins secs. Ses mains nues, avec des poils sombres sur les phalanges, sont posées sur l'épaisse valise qu'il tient sur ses genoux.

Elle sourit. Il y a déjà bien longtemps qu'elle a appris à sourire facilement, gracieusement, sans effort. « Non, pas encore. Mais on n'est jamais vraiment prêt, n'est-ce pas ? »

L'homme se rapproche en dandinant ses fesses sur le banc. Elle sent une légère pression contre sa hanche.

« On dirait que vous attendez quelqu'un, reprend-il.

— Non, je n'attends personne ; seulement l'autobus.

— Je pense que nous devons être voisins, suggère-t-il. Je suis sûr de vous avoir déjà vue dans la rue.

— Je ne le pense pas, répond Elizabeth.

— J'en suis certain, je nè l'oublierais pas. » Il baisse la voix « Une femme comme vous. »

Elizabeth s'écarte un peu de la pression qui pèse sur sa cuisse. Son autre cuisse se trouve désormais coincée contre l'accoudoir. Elle peut toujours se lever. Mais il se met aussitôt à parler de la valeur immobilière. C'est là un sujet raisonnablement inoffensif, et Elizabeth s'y connaît assez bien. Ils ont tous deux acheté vers la même époque, semble-t-il, et tous deux connu les tortures de la rénovation, bien qu'il ait refait le sol de son salon en plaques de liège, ce que jamais Elizabeth n'aurait choisi. Il lui raconte une histoire d'entrepreneur, de mensonges, de défauts qui apparaissent, de système électrique défectueux. Elizabeth se détend, s'adosse au banc. Il est assez commun, mais quel soulagement de parler avec quelqu'un doté de sens pratique, capable de faire des choses concrètes. Une compétence simple, des pieds bien sur terre. Une base rocheuse.

L'homme a des enfants, trois, et aussi une épouse. Ils parlent de l'école du quartier. Il aime beaucoup lire, lui confie-t-il, mais pas des romans. Il aime les livres d'histoire, les récits de crimes célèbres, les guerres mondiales. Il lui demande ce qu'elle pense des résultats des élections au Québec. « Ils ne s'en tireront jamais, estime-t-il. Bien trop de dettes.

— Sans doute », acquiesce Elizabeth dont l'attention flotte ailleurs, maintenant que la menace a disparu.

« Nous pourrions prendre un verre, un de ces jours », suggère-t-il brusquement.

Elizabeth se redresse. « Je ne pense pas.... commence-t-elle.

— Vous ne le regretteriez pas, insiste-t-il, l'œil brillant. (Il se penche vers elle d'un air confidentiel. L'haleine lourde de cognac douceâtre.) Je sais, reprend-il. Je sais ce que vous souhaitez. Vous pourriez ne pas le croire à me voir, mais je le sais.

— Pour l'instant, je ne souhaite rien », répond-elle, comprenant aussitôt qu'elle ment. Ce qu'elle souhaite, c'est souhaiter quelque chose.

« D'accord, admet-il. Mais si vous changez d'avis, dites-le-moi. (Il lui tend une petite carte de visite, qu'elle prend et garde dans sa main gantée sans y jeter les yeux.) Mon numéro de bureau, précise-t-il.

— Mais oui, je vous appellerai », dit-elle en riant pour en faire une plaisanterie. Elle goûte littéralement le cognac qu'il a encore dans la bouche, comme une flamme bleue sur sa langue à elle. Elle regarde la carte : un nom et deux numéros, rien de plus.

« Quelle est votre profession ? s'enquiert-elle, agrippée au travail, au monde objectif.

— Voilà, déclare l'homme en ouvrant les serrures de sa valise. Choisissez. Prenez un souvenir. » Il soulève le couvercle. La valise est pleine de petites culottes de femme, en échantillons : rouges, noires, blanches, mauves, roses, bordées de dentelles, brodées, toutes simples, ou bien même — elle s'en rend compte — ouvertes à l'entre-jambes.

« Je circule beaucoup, reprend l'homme d'un air lugubre. Pour vendre. Surtout dans les aéroports. Ce sont de gros clients, les aéroports. (Il tire du lot un slip noir avec le mot STOP brodé sur un empiècement hexagonal en satin rouge. Cet article-là a beaucoup de succès », annonce-t-il en prenant une intonation insinuante de vendeur. Il brandit son doigt par l'ouverture de l'entre-jambes, et l'agite.

Elizabeth se lève. « Voici mon bus », déclare-t-elle d'une voix dégagée. Cette main enveloppée de nylon noir et semblant quelque marionnette dans un déguisement vide de femme, l'excite soudain, absurdement. Enfin, enfin.

Mais pour un bref instant seulement. L'homme s'estompe presque aussitôt, s'aplatit, s'embrume.

« Merci pour la conversation », lui lance-t-elle, estimant qu'elle doit bien le remercier pour quelque chose.

Il retire sa main, et lève un regard triste sur elle. « Croyez-vous que je le ferais si je n'étais pas obligé ? »

Jeudi 23 décembre 1976

NATE

Alors que Nate est en plein milieu de son bain, occupé à savonner ses longues jambes osseuses, Elizabeth ouvre la porte sans frapper et entre. Elle rabat le couvercle du siège des toilettes et s'assied dessus, penchée en avant, les coudes posés sur ses genoux recouverts par sa jupe sombre. Elle veut lui montrer quelque chose qu'elle a acheté pour Nancy à l'occasion de Noël. C'est un petit nécessaire de maquillage théâtral ; elle l'a trouvé chez Malabar, où elle est allée exprès. On y trouve plusieurs bâtons de maquillage gras, du faux sang, quelques moustaches assorties de sourcils. Nancy sera ravie, dit Elizabeth, et Nate sait bien que c'est vrai. Elizabeth trouve toujours d'excellentes idées de cadeaux pour les enfants. Lui, il est réduit à leur demander ce qu'elles veulent.

Assise sur le siège des toilettes derrière lui, sur sa gauche, Elizabeth le rend nerveux. Il est obligé de tourner complètement la tête pour la voir, tandis qu'elle le voit presque en entier – nu, sans défense – sans faire le moindre effort. Il a conscience des grumeaux de savon, des particules grises, des pellicules issues de sa propre peau qui souillent l'eau. Il se frotte vigoureusement les bras à l'éponge végétale, bien rêche sur la peau, telle une langue de tigre. C'est à lui qu'appartient cette éponge ; il les achète dans une petite boutique de Bathurst où l'on ne vend rien d'autre ; non pas l'une de ces boutiques consacrées à la salle de bains, mais un petit magasin terne, dépourvu d'ornements, où l'on reconnaît une atmosphère de matière brute. Nate aime entrer dans cette échoppe et choisir son éponge parmi les tas qui s'amoncellent sur le petit comptoir. Lui-même, en eau profonde, le couteau entre les dents, taillant l'éponge naturelle sur les bancs de corail, remontant prendre son souffle à la surface, et brandissant l'éponge au-dessus de sa tête pour la jeter dans le bateau ancré. En combat serré avec une pieuvre géante, face contre face, il lui coupe l'un après l'autre ses tentacules. Rien d'autre en tête que la volonté de se dégager. Des nuages d'encre obscurcissent l'eau, des marques rondes lui couvrent les jambes. Il lui plonge son couteau entre les deux yeux.

Elizabeth n'aime pas ses éponges naturelles. Elle affirme qu'il ne prend pas le temps de bien les rincer ni de les sécher entre chaque bain, et qu'elles moisissent. Il est vrai qu'elles moisissent. Elle ne comprend pas que si chaque éponge devait durer à jamais, il serait privé du plaisir d'aller les acheter dans son petit magasin.

En ouvrant la porte, elle a fait entrer de l'air froid. Nate tire le bouchon de vidange et sort de la baignoire en serrant une serviette contre son bas-ventre, avec l'impression d'être agressivement en érection.

Maintenant qu'il est debout dans cette pièce manifestement trop petite pour eux deux, il compte qu'elle va sortir. Mais elle tourne simplement ses genoux vers le mur, et demande : « Où vas-tu, ce soir ?

— Comment sais-tu que je sors ? »

Elle sourit. Davantage comme elle était avant ; comme elle était, mais vieillissant — comme lui. « Tu prends un bain. » Elle appuie son menton sur ses doigts entrelacés, et lève les yeux vers lui. Sa pose de nymphe-sur-une-feuille-de-nénuphar. Il se ceint l'abdomen de la serviette, et retourne le bord pour la nouer.

« Je vais à une réception, annonce-t-il. Une fête de Noël.

— Chez Martha ?

— Comment le sais-tu ? » Il n'avait nullement l'intention de le lui dire, bien qu'il n'ait rien à cacher. Cela le surprend toujours, cette façon qu'elle a de s'informer de ses activités sans jamais paraître même s'y intéresser.

« Elle m'a invitée.

— Oh ! » Il aurait dû se douter que Martha jugerait approprié d'inviter Elizabeth. Il croise les bras sur sa poitrine ;

habituellement, il aurait employé le déodorant Arrid Extra Dry d'Elizabeth pour ses aisselles, mais il ne peut pas faire cela quand elle se trouve dans la salle de bains. Il sent sa bouche s'affaisser.

« Ne prends pas cet air consterné, reprend-elle. Je n'y vais pas.

— C'est complètement terminé, tu sais », précise-t-il ; il sait bien qu'aucune obligation morale de le lui dire n'intervient, mais il le lui dit quand même.

« Je le sais, répond-elle. J'en ai beaucoup entendu parler. Elle me téléphone au bureau. »

C'est une chose qui a toujours révolté Nate : elles parlent de lui ensemble, dans son dos. C'est Elizabeth qui a commencé, en invitant Martha à déjeuner, tout au début ; pour s'expliquer, disait-elle, pour que tout soit clair. Martha s'en plaignit d'abord à lui, mais elle y alla. « Pourquoi ne pas avoir une relation cordiale ? observait Elizabeth. Ce n'est tout de même pas comme si j'étais une femme jalouse. Je n'en ai vraiment pas le droit. (Elle riait doucement, de ce rire moelleux qui avait enchanté Nate au début.) Nous ferions mieux de nous comporter en adultes raisonnables. »

« De quoi avez-vous parlé ? demanda-t-il ensuite à Martha.

— De toi.

— Comment cela ?

— Pour déterminer à qui tu appartiens, expliqua Martha. Nous sommes parvenues à la conclusion que tu appartiens à Elizabeth, mais que j'obtiens un privilège de baisage un soir par semaine.

— Je ne pense pas qu'Elizabeth dirait une telle chose, objecta Nate.

— Non, tu as raison, acquiesça Martha. Elle est sacrément trop discrète. Disons qu'elle me l'a simplement *donné à comprendre*. Elle le pense certainement, mais je suis bien la seule qui puisse jamais le dire. Vieille gueule de harangère. »

Nate avait envie de lui dire de ne pas s'abaisser ainsi, mais elle n'avait nullement le sentiment de s'abaisser. Elle croyait simplement dire ce qu'elle pensait. Elle se voyait honnête et franche, tandis qu'à ses yeux Nate et Elizabeth n'étaient que des hypocrites cherchant à contourner les problèmes. Mais elle ne disait ce qu'elle pensait qu'à Nate ; jamais à Elizabeth.

Maintenant, Nate ne tient plus du tout à savoir ce qu'elles se disent entre elles lors de ces conversations téléphoniques au bureau. Il n'a aucune envie non plus d'aller à cette réception chez Martha, mais il s'y sent obligé. Sa présence est censée établir le fait qu'ils peuvent encore rester amis. C'est ce qu'a prétendu Martha au téléphone. Il n'a vraiment pas envie d'être ami avec elle, mais il pense qu'il devrait. Il voudrait se montrer aussi gentil et délicat que possible. Il ne restera pas longtemps, il va simplement faire acte de présence, passer en coup de vent.

« Elle avait l'air d'aller bien, se défend Nate, quand elle m'a invité.

— Ne te fais pas d'illusions », réplique Elizabeth. C'est l'un de ses axiomes : Nate se fait toujours des illusions. Elle tend ses mains derrière elle, sur le couvercle des toilettes, et se redresse, ce qui fait ressortir sa poitrine. Est-ce une invitation ? Est-ce possible ? Nate refuse de l'envisager. Il détourne vivement la tête, et se contemple dans le miroir.

« Je reviendrai vers 10 heures, affirme-t-il.

— J'en suis sûre, répond Elizabeth, Ta popularité n'est pas exactement en hausse dans ce secteur-là, tu sais. »

Tu sais. Toujours pour lui laisser entendre qu'il n'en sait rien. Elles le font toutes les deux : ce sont constamment des allusions à l'existence de choses qu'il ignore, de choses importantes qu'il a manquées et qu'elles, avec leur finesse supérieure, saisissent chaque fois.

Elizabeth se lève, l'effleure en passant, ramasse l'éponge végétale qu'il a laissée au fond de la baignoire et l'essore.

« Amuse-toi bien », recommande-t-elle, et elle quitte la salle de bains en emportant la boîte de fausses moustaches.

Martha a préparé une soupière de lait de poule, qui trône sur la table de sa salle à manger avec les bouteilles de scotch et de gin, les mélanges, et le seau à glace. Une cloche rouge en papier accordéon est accrochée au-dessus de la table, et Nate s'y cogne la tête quand il se redressse avec son verre de whisky. S'il veut des œufs, il ira se les faire cuire. Il aime bien savoir exactement ce qu'il boit.

Martha porte une robe longue en tissu synthétique, rouge,

assortie à la cloche. Le décolleté trop large fait paraître ses épaules encore plus larges qu'elles ne sont. Nate ne lui a jamais vu cette robe. Elle a passé l'un de ses bras nus au bras de l'homme qui se trouve auprès d'elle, Elle tient son visage levé vers lui, et sourit en lui parlant. Depuis qu'elle l'a accueilli elle n'a plus prêté la moindre attention à Nate. Ce nouvel homme est blond clair, plus petit que Nate, et il arbore un petit début de panse d'homme d'affaires sous le gilet de son costume trois pièces.

Nate connaît quelques-unes des personnes présentes, des résidus de sa vie antérieure. Quelques secrétaires et réceptionnistes, deux ou trois hommes entrés dans la société plus ou moins en même temps que lui. Quelqu'un lui tape sur l'épaule.

« Nate. Comment ça va ? (Paul Callaghan, rival de naguère, et devenu condescendant.) Toujours dans les copeaux ?

— Pas mal, oui.

— Tu es sûrement le plus malin de nous tous, s'exclame Paul. Une vie peinarde. Pas d'infarctus à quarante ans, hein ! » Il s'éloigne comme un nuage, souriant déjà à quelqu'un d'autre.

Nate parle avec une fille en robe blanche. Il ne la connaît pas, bien qu'elle prétende l'avoir déjà rencontré lors d'une fête chez Martha, il y a deux ans. Elle raconte son métier à Nate. Elle fabrique des maquettes en plastique de vaches du Holstein, que l'on vend à des éleveurs et à des marchands. Les vaches doivent être construites à l'échelle exacte, et parfaites jusque dans les moindres détails. Elle espère arriver à peindre des portraits individuels de vaches, ce qui est bien mieux rétribué. Elle demande à Nate quel est son signe.

Nate sait qu'il devrait s'en aller. Il a fait son devoir. Mais la fille s'empare de sa main et se penche sur sa paume pour scruter sa ligne de vie. Il peut voir un peu dans son décolleté, et il fixe un regard oisif sur ce paysage serré. Il n'est pas très doué pour les rencontres occasionnelles.

Martha est là, tout contre son oreille. Elle veut lui dire un mot, susurre-t-elle. Elle lui prend l'autre main, et il se laisse conduire à travers le salon, puis l'entrée, jusque dans la chambre. Le lit est recouvert de manteaux.

« Tu es répugnant, déclare Martha. Tu me donnes envie de dégueuler. »

Nate la dévisage d'un air effaré, penchant la tête vers elle comme si cela pouvait l'aider à comprendre. Martha lui lance son poing à la figure, puis entreprend de lui donner des coups de pied dans les tibias. Sa longue jupe l'entrave, alors elle le frappe de toutes ses forces en visant le ventre, elle lui martèle la cage thoracique. Nate lui empoigne les bras et la maintient contre lui. A présent elle pleure. Il pourrait la jeter sur le lit, la rouler dans les manteaux pour l'immobiliser, et tenter de lui faire dire ce qu'il a fait.

« Que t'ai-je fait ?

— Draguer cette fille devant moi, à mon réveillon. Tu cherches toujours à m'humilier, sanglote-t-elle d'une voix entrecoupée de hoquets. Et tu ne sais pas ? Eh bien, tu y arrives.

— Mais pas du tout, proteste Nate. Nous parlions de vaches en plastique.

— Tu ne sais pas ce que c'est que d'être abandonnée, reprend Martha. (Nate relâche son étreinte. Martha recule et s'empare d'un kleenex sur la table de nuit pour s'essuyer le visage. Pourquoi n'essaies-tu pas d'être un peu sensible, pour changer ? »

La tête de l'homme nouveau apparaît dans l'entrebâillement de la porte, se retire, puis reparaît. « J'interromps quelque chose ?

— Oui, réplique Martha d'une voix brutale.

— Je partais », déclare Nate. Il farfouille dans les manteaux de fourrure et de lainage, à la recherche de son caban.

« Il est dans le placard de l'entrée, dit Martha. Tu sauras sûrement le trouver tout seul, non ? »

Comme il neige, Nate n'a pas pris son vélo. Il y a cinq blocs jusqu'au métro, mais il est content, il a envie de marcher. Son sourcil droit, là où Martha l'a frappé, commence à lui faire mal. Y a-t-il une écorchure ? Elle portait une bague. Ce qui l'ennuie n'est pas la douleur, mais l'expression docte d'Elizabeth quand elle le verra.

Il n'a parcouru qu'un demi-bloc quand il entend Martha derrière lui.

« Nate. Arrête. »

Il se retourne. Elle court en trébuchant dans ses chaussures dorées et sa longue robe, sans manteau. Souriante, allègre, les yeux brillants. « Je viens de prendre tous les comprimés que j'avais dans mon armoire à pharmacie, annonce-t-elle. Soixante-deux aspirines à la codéine, et vingt-quatre valium. J'ai pensé que tu voudrais me dire adieu.

— C'est complètement idiot, Martha. Tu as vraiment fait cela ?

— Attends, et tu verras bien, réplique-t-elle en riant. Attends jusqu'à 5 heures du matin, quand il faudra que tu viennes reconnaître le corps. Bon dieu, tu pourras me flanquer dans ta foutue cave, tiens ! Tu n'auras qu'à me vernir. Je ne t'ennuierai plus avec mes exigences. »

L'homme en costume trois pièces descend le perron de Martha d'un pas incertain. « Martha », appelle-t-il, légèrement contrarié, comme pour rappeler un chat enfui.

« Martha me dit qu'elle a pris tous les comprimés de l'armoire à pharmacie, lui annonce Nate.

— En effet, elle sort de la salle de bains — mais pourquoi ferait-elle une chose pareille ? demande le type à Nate.

— Arrêtez de parler de moi comme si j'étais une chose », intervient Martha. Elle oscille un peu. Nate ôte son caban et le lui tend. « Tiens, dit-il.

— Je n'en ai pas besoin », proteste Martha. Elle se remet à pleurer.

« Il faut l'emmener à l'hôpital », déclare Nate. Il connaît bien la procédure, il a connu cela avec les enfants. Boules de naphtaline, aspirine pour bébés, pilules contraceptives d'Elizabeth.

« Je n'irai pas, sanglote Martha. Je veux mourir.

— Prenons ma voiture, suggère l'homme. Elle est garée dans l'allée. » Nate empoigne Martha sous les bras. Elle s'affaisse. Il entreprend de la traîner en direction de la voiture de l'autre, qui est toute neuve, une Torino bleu nuit. Martha perd une chaussure, et l'homme la ramasse et la garde, la brandissant comme un trophée à la fin d'un match sportif ou bien dans une procession religieuse.

« Rends-moi ma bon Dieu de godasse », articule Martha une fois installée dans la voiture. Elle remet sa chaussure, et ajuste ses cheveux en se regardant dans le rétroviseur. L'autre type conduit ; Nate s'est installée à l'arrière avec Martha pour l'empêcher, comme dit le conducteur, « de faire n'importe quoi ». Lorsqu'ils parviennent au service des urgences de l'hôpital général de Toronto, elle semble en pleine forme.

« Tu ne peux pas me forcer à entrer là, annonce-t-elle à Nate.

— Ou bien tu marches, ou bien nous te traînons, lui offre-t-il. As-tu réellement pris tous ces cachets ?

— Devine, puisque tu es si fort en psychologie féminine. A toi de le découvrir. » Mais elle marche entre eux deux sans plus protester.

Elle leur laisse raconter l'affaire des comprimés à l'infirmière. Nate précise qu'ils ne savent pas si elles les a vraiment ingurgités ou non.

« Avez-vous vérifié les flacons ? s'enquiert l'infirmière. Étaient-ils vides ? »

Ils n'ont pas pensé à contrôler les flacons, admet Nate. Ils s'étaient hâtés de la conduire à l'hôpital.

« En vérité, c'est une plaisanterie, déclare Martha. Ils ont bu. C'est cette atmosphère de fête : ils trouvaient drôle de m'amener jusqu'ici et de me faire laver l'estomac. »

L'infirmière hésite, et son regard sévère va de Nate à l'autre homme. « Vous pouvez même sentir leur haleine pleine d'alcool, insiste Martha. Ils ne sont pas comme cela, sauf quand ils boivent. Regardez, ils se sont battus. »

L'infirmière scrute l'œil enflé de Nate. « Est-ce vrai ? » interroge-t-elle.

« Ils m'ont amenée de force, reprend Martha. On voit encore les marques sur mes bras. Ai-je l'air d'une personne qui vient d'ingurgiter tout un flacon de comprimés ? (Elle tend ses bras nus.) Voulez-vous me voir marcher droit ? »

114

Mardi *28 décembre 1976*

LESJE

Lesje prend sa place dans la file qui s'étend devant la caisse du magasin de vins et spiritueux. L'époque est révolue où on lui demandait de montrer une pièce d'identité pour vérifier son âge, mais le même sentiment d'anxiété l'étreint. Chaque fois qu'elle doit présenter un document pour prouver qu'elle est bien celle qu'elle est, elle reste convaincue qu'ils trouveront quelque chose d'anormal, ou bien que le nom d'une autre personne s'y trouve indiqué. Le pire qui se produise, c'est qu'ils prononcent parfois son nom de travers en lui lançant ce regard significatif, nous vous prenions pour l'une des nôtres, mais à présent nous savons qu'il n'en est rien.

Elle achète une bouteille de vin pour célébrer le retour de William, ce soir même. William se trouve actuellement à London, Ontario, où il a fêté Noël en famille. Impossible (bien sûr ! elle comprend !) d'envisager qu'elle aurait pu l'accompagner. L'année dernière, cette séparation leur est apparue comme une complicité où tous deux riaient du puritanisme, de la xénophobie, et de l'étroitesse d'esprit en général de leurs familles respectives. Cette année, elle y voit une trahison.

Non qu'elle eût pu l'accompagner s'il l'avait invitée. Elle était attendue chez ses parents pour le dîner de Noël, et comme chaque année elle y était allée docilement. Comment pourrait-elle les priver de leur unique fille, leur seule enfant, eux qui se sont privés de hordes de sœurs, de frères, d'oncles, de tantes, de cousins et d'arrière-cousins, et tout cela, c'est clair, pour elle seule ?

La maison de ses parents n'est ni assez loin au nord pour impressionner, comme celles de ses tantes, ni assez loin au sud pour surprendre, comme celles de ses grands-mères. Les frères de sa mère se sont bien débrouillés dans l'immobilier, et la sœur de son père a épousé un magasin de porcelaine. Ses parents ont entrepris de partir vers le nord, mais s'étaient

115

laissé coincer à mi-chemin, dans une indescriptible rue du sud de Saint-Clair. On aurait dit que toute leur envie de transformation et de changement s'était déchargée en un seul acte, leur mariage l'un avec l'autre. Il ne leur en restait plus pour des histoires de garages à deux voitures.

Son père ne possède pas ce féroce instinct des affaires, à moins que ce ne soit de simple survie, que l'on attribue aux Juifs ; qui avait soutenu son grand-père de porte en porte pour acheter des vieux chiffons ; et qui, un jour, avait valu à sa grand-mère six points de suture sur le crâne pour avoir défendu la petite mercerie de son salon contre un jeune homme armé d'une barre de fer. *Tournez seulement le dos, et ils vous volent comme dans un bois. Mais pas les gosses chinois. Ceux-là, il n'y a pas besoin de les surveiller.* Le père de Lesje est parvenu jusqu'à sa modeste aisance d'aujourd'hui, agrémentée d'une télévision en couleur et d'une Chevrolet d'occasion, à force de chewing-gum et de bonbons qui collent aux dents, deux pour un penny, et à force d'économiser sou par sou. Et était-il reconnaissant ? Non. Marié avec une *shiksa,* une impie de la pire espèce. (Comme Lesje.)

Il possède une petite entreprise de confection pour fillettes, il est vrai, mais à contrecœur : sa mère l'y a littéralement séquestré après la mort de son père. *Les Robes de la Petite Nell,* cela s'appelle ; après avoir été, *A la Clochette du Rémouleur.* Le grand-père de Lesje avait naguère eu un associé qui avait trouvé ces noms dans les livres qu'il avait lus. Les robes sont faites pour les petites filles, et Lesje a grandi dans ces robes qu'elle détestait. Pour elle, le luxe ne résidait pas dans les petits cols en piqué et en dentelle qu'arboraient les modèles de la Petite Nell, mais dans les jeans et les tee-shirts que portaient les autres.

Le Petite Nell ne se développe ni ne s'amenuise. On n'y fabrique même pas les robes : elles viennent de Montréal. C'est simplement un magasin de diffusion. Le magasin est là, un point c'est tout, comme son père ; et aussi bien que lui, le magasin a des méthodes d'existence dont elle n'a pas la moindre idée.

Elle a pris place à la table recouverte de la plus belle nappe de sa mère, et non sans tristesse a contemplé son père tandis qu'il avalait la dinde à la sauce d'airelles, la purée, le pudding dictés par une fête religieuse que jamais il n'aurait célébrée en suivant le cours naturel de son existence, et que sa mère aurait célébrée deux semaines plus tard. A Noël, ils ont toujours mangé de la nourriture canadienne. Quelle capitulation, cette dinde ; ou bien peut-être est-ce là un autre terrain neutre pour eux. Tous les ans, ils s'imposent ce dîner pour prouver quelque chose. Ailleurs, une série de cousins se remettait de Hanoukkah, et une autre série s'apprêtait à chanter et danser comme ils avaient appris au camp de vacances ukrainien. La mère de Lesje, versant de la sauce brûlante sur les tranches de pudding à la cuisine, pleurnichait avec un silence stoïque. Cela arrivait également chaque année.

Jamais elle ne pourrait inviter William à ce repas, ni même dans cette maison. N'irrite pas ton père, disait sa mère. Je sais que les jeunes ne sont plus comme autrefois, mais il t'imagine toujours comme sa petite fille. Tu crois qu'il ne le sait pas, que tu vis avec quelqu'un ? Il le sait. Mais il ne veut pas le savoir.

« Comment marchent les affaires, dans le monde de l'os ? » a demandé son père, proférant sa plaisanterie habituelle pour tenter de se réconcilier avec le métier qu'elle a choisi.

« Merveilleusement », a-t-elle répondu. Il ne voyait pas la plaisir que pouvait éprouver une jolie fille à se traîner à quatre pattes dans la poussière et à creuser le sol comme un chien pour déterrer des os. Après sa première année d'université, il lui avait demandé ce qu'elle comptait faire plus tard.

« Je serai paléontologue. »

Silence. Et puis : « Et que feras-tu pour gagner ta vie ? »

Sa grand-mère ukrainienne aurait voulu qu'elle devienne hôtesse de l'air. Sa grand-mère juive avait souhaité la voir devenir avocate et se marier — si possible avec un autre avocat. Son père voulait qu'elle réussisse dans la vie. Sa mère voulait qu'elle soit heureuse.

Lesje ne sait pas trop quel vin choisir, étant donné que William se pose en connaisseur. Il affecte volontiers un air condescendant. Il a même refusé une bouteille au restaurant, un jour, et Lesje s'est dit : Il a dû attendre ce moment-là très longtemps. Elle a fouillé la poubelle pour en exhumer la bouteille qu'ils ont bue la veille de son départ, et elle a recopié le nom indiqué sur l'étiquette. Celui-là, c'est lui qui l'a choisi. S'il se moque, elle le lui dira. Mais cette pensée ne la réconforte pas.

Elle aperçoit Nate Schoenhof devant elle, faisant la queue. Un battement de cœur, et voilà que sa curiosité se réveille. Depuis un mois et demi, il n'a plus reparu, elle ne l'a même pas vu attendre Elizabeth au musée. Pendant quelque temps elle s'est sentie, pas exactement rejetée, mais déçue, comme si elle avait assisté à un film et que le projecteur était tombé en panne au milieu de l'histoire. Il lui semble à présent qu'elle voudrait lui poser des questions. Elle prononce son nom, mais il ne l'entend pas, et elle ne peut pas quitter la queue pour aller lui tirer la manche. Mais le client placé juste derrière lui s'en aperçoit, et lui tapote l'épaule de la part de Lesje. Il se retourne, la voit.

Il l'attend à la porte. « Je vais vous raccompagner », propose-t-il.

Ils se mettent en route, chacun chargé de sa bouteille. Il fait nuit, maintenant, et la neige continue à tomber ; des paquets de flocons mouillés flottent dans l'air immobile et humide, et il faut patauger dans la gadoue. Il ne fait pas froid. Nate bifurque dans une rue transversale et Lesje le suit, tout en sachant qu'elle fait un détour, car ils prennent la direction de l'est et elle habite plus au sud. Peut-être a-t-il oublié où elle vit.

Elle lui demande s'il a passé un bon Noël. Exécrable, répond-il, et elle ?

« Assez moche. » Ils rient un peu. Elle aurait bien du mal à expliquer combien c'était moche, ou même pourquoi ce l'était. « Je déteste Noël, explique-t-elle. Depuis toujours.

— Pas moi, dit-il, pas autrefois. Quand j'étais petit, je me disais toujours qu'il y aurait quelque chose de magique ; quelque chose d'inattendu.

— Et cela se produisait ?

— Non. (Il réfléchit un moment.) Une fois, je mourais d'envie d'une mitraillette. Ma mère refusait absolument. Elle disait que c'était un jouet immoral, pourquoi tenais-je tant à faire semblant de tuer les gens, il y avait bien assez de cruauté dans le monde, et ainsi de suite. Mais voilà qu'au matin de Noël, je l'ai trouvée sous le sapin.

— N'était-ce pas magique ?
— Non. Je n'en avais plus envie.
— Est-ce que vos enfants aiment Noël ? » interroge Lesje.
Nate le suppose, oui. Elles l'aimaient encore davantage quand elles étaient trop petites pour savoir ce qu'étaient des cadeaux, et qu'elles s'affairaient sans arrière-pensées dans les papiers.

Lesje remarque qu'il a un œil au beurre noir, avec semble-t-il une éraflure au-dessus. Elle ne veut pas lui demander ce qui lui était arrivé — cela paraît vraiment trop personnel — mais le lui demande quand même.

Il s'arrête, et la dévisage d'un air lugubre. « Quelqu'un m'a frappé, répond-il.

— Je croyais que vous alliez me dire que vous vous étiez cogné dans une porte, observe Lesje. Vous vous êtes battu ?

— Oh ! non. Pas moi. C'est une femme qui m'a frappé. »

Ne trouvant rien d'approprié à répondre, Lesje garde le silence. Pourquoi pourrait-on vouloir frapper cet homme ?

« Ce n'était pas Elizabeth, précise Nate. Jamais elle n'a frappé personne, physiquement. C'était quelqu'un d'autre. Je suppose qu'elle avait ses raisons. »

Il la met au courant, il la laisse s'intéresser. Elle n'est pas sûre de le vouloir. Mais sa main s'élève, attirée vers cette mystérieuse blessure, et lui touche le front. Elle voit sa moufle à rayures blanches et violettes se découper sur la peau de Nate.

Il s'immobilise, baisse les yeux vers elle en cillant, comme s'il ne pouvait croire à ce qu'elle vient de faire. Va-t-il pleurer ? Non. Il fait don de lui-même, il s'offre à elle, sans un mot. Me voici. Peut-être pourrez-vous faire de moi quelque chose. Elle comprend soudain que c'est ce qu'elle attendait depuis la première fois qu'il lui a téléphoné.

« Ce n'est pas juste », articule-t-il.

Lesje ne sait pas de quoi il parle. Elle ouvre les bras. Il l'entoure d'un bras, et de l'autre porte son sac en papier. Elle lâche sa bouteille de vin sur le trottoir, où la neige étouffe le bruit. Alors qu'ils s'éloignent, elle y pense soudain et se retourne, s'attendant à la voir brisée et à voir la neige tout autour rougie ; il est trop tard pour aller en chercher une autre. Mais elle est intacte, et Lesje a soudain le sentiment d'une immense chance.

TROISIÈME PARTIE

ELIZABETH

C'est le 3 janvier. Elizabeth est assise sur le canapé capitonné rose et lisse, dans le salon de sa tante Muriel, qui est réellement un salon, et non pas une salle de séjour, car on ne peut vraiment pas dire que tante Muriel vit.

Tante Muriel est tout à la fois l'araignée et la mouche, la suceuse des sucs de la vie et l'enveloppe vide. Elle n'était autrefois que l'araignée, l'oncle Teddy étant la mouche, mais depuis la mort de l'oncle Teddy, tante Muriel a repris les deux rôles. Elizabeth n'est même pas vraiment sûre que l'oncle Teddy soit mort. Tante Muriel le conserve sans doute dans un coffre quelque part au grenier, emprisonné dans de vieilles nappes en dentelle écrue, paralysé mais toujours vivant. Elle monte de temps en temps pour en manger quelques miettes. Tante Muriel, si manifestement peu tante. Rien de même vaguement affectueux en elle.

Elizabeth sait qu'elle exagère et manque de charité, dans ses opinions sur tante Muriel. Ce type d'ogre n'existe pas. Cependant, tante Muriel est bel et bien là, assise en face d'elle, grandeur nature avec la masse de son buste enserrée dans de l'élastique renforcé sur une armature de plastique, et le lainage bleu doux de sa robe remarquablement coupée tendu sur ses cuisses de footballeur, tandis que ses yeux semblables à deux gravillons, froids et inexpressifs, demeurent fixés sur Elizabeth et relèvent, Elizabeth le sait, tous les détails fâcheux de son propre aspect. Ses cheveux (trop longs, trop libres), son pull-over (au lieu d'une robe), l'absence d'une croûte de rouge à lèvres et de poudre sur son visage, tout est raté. Tante Muriel en est gratifiée.

Ce n'est jamais qu'une vieille dame sans amis, songe Elizabeth dans l'effort de lui trouver une excuse. Mais pourquoi ? Pourquoi n'a-t-elle pas d'amis ? Elizabeth a conscience de ce qu'elle devrait penser. Elle a lu des livres et des revues, elle connaît l'histoire. Tante Muriel a eu une jeunesse contrariée. Très dominateur, son père la brimait et refusait de l'envoyer au collège parce que les collèges étaient pour les garçons. Elle se trouvait contrainte de broder (broder ! avec ces doigts énormes !), torture qu'elle imposa par la suite à Elizabeth, qui cependant s'en tira mieux, et dont la nappe à thé ajourée et brodée au point d'armes se trouve toujours dans une caisse, au fond du placard d'Elizabeth, en témoignage de son talent. Dotée d'une forte personnalité et d'un cerveau vigoureux, tante Muriel n'était pas jolie, et la société patriarcale l'en avait punie. Tout cela est vrai.

Cependant, Elizabeth ne peut pardonner à tante Muriel qu'en théorie. Étant donné ses propres souffrances, pourquoi tante Muriel a-t-elle choisi de les transférer sur d'autres chaque fois qu'elle le pouvait ? Elizabeth se revoit encore, à l'âge de douze ans, tordue sur son lit dans ses premières douleurs menstruelles, et tante Muriel auprès d'elle brandissant le flacon d'aspirine hors d'atteinte. *C'est le châtiment de Dieu.* Elle ne disait jamais pourquoi. D'après la vision qu'avait d'elle Elizabeth, jamais aucune carrière n'aurait pu satisfaire la soif meurtrière de tante Muriel. Il aurait fallu l'envoyer dans l'armée. C'est uniquement dans un tank, casquée et gantée, les mitrailleuses braquées sur quelque chose, absolument n'importe quoi, qu'elle aurait pu être heureuse.

Alors pourquoi Elizabeth se trouve-t-elle ici ? Plus important encore : pourquoi a-t-elle amené les enfants ? Les exposant à cette malveillance ? Assises à côté d'elle, elles se tiennent bien droites, avec leurs chaussettes blanches tirées jusqu'aux genoux et leurs chaussures à brides qu'elles ne portent volontiers en aucune autre circonstance, leurs petites bouches soigneusement closes et leurs cheveux retenus par une barrette solidement arrimée, les mains sur les genoux, et de grands yeux fixés sur tante Muriel comme si elle était d'une espèce inconnue, mammouth ou mastodonte, disons, comme ceux du musée qu'on a récemment découverts en creusant un iceberg.

En vérité, les enfants aiment bien rendre visite à tante Muriel. Elles apprécient cette grande maison, le silence, les meubles encaustiqués, les tapis persans. Elles aiment les petits canapés sans croûte que tante Muriel présente, bien qu'elles soient attentives à n'en prendre qu'un seul chacune ; et puis le piano à queue, même si elles n'ont pas le droit d'y toucher. Quand il vivait encore, oncle Teddy leur donnait à chacune vingt-cinq cents. Mais pas tante Muriel. Quand la propre mère d'Elizabeth est enfin parvenue à se faire frire jusqu'à croustiller, dans cette dernière chambrette de Shutter Street, en mettant le feu à son matelas avec une cigarette échappée de ses lèvres, et trop ivre pour se sentir brûler, tante Muriel a dressé une liste aussitôt après l'enterrement. Elle y énumérait tous les objets qu'elle avait prêtés, donnés, ou abandonnés. *Une ampoule, 60 watts, au-dessus de l'évier. Un rideau de douche en plastique bleu. Un sucrier Wedgwood. Une veste d'intérieur Viyella en cachemire.* Des cadeaux d'avare et des choses ébréchées dont elle ne voulait plus. Tante Muriel entendait les récupérer.

On a senti la fumée et enfoncé la porte pour la sortir de là, mais elle avait déjà la moitié du corps brûlé au troisième degré. Elle a survécu une semaine à l'hôpital, gisant sur un matelas mouillé avec des médicaments et les futiles défenses du corps, cellules blanches tombant jusque dans les draps. Qui sait ce qu'elle se rappelait, si même elle savait qui j'étais ? Elle ne m'avait pas vue depuis dix ans, mais il devait bien lui rester la vague notion qu'elle avait naguère eu des filles. Elle me laissait tenir sa main, la gauche, qui n'était pas brûlée, et je me disais : Elle ressemble à la lune, une demi-lune. Avec un côté qui brille encore.

Elizabeth a toujours jugé tante Muriel responsable de cette mort. Et de bien d'autres, comme celle de sa sœur. Pourtant, elle est venue. En partie parce qu'elle est snob, elle le reconnaît. Elle veut montrer aux enfants qu'elle a grandi dans une maison où l'on annonçait le dîner au son du gong, et où il y avait huit chambres à coucher, et non dans une petite maison

125

jumelle comme celle (charmante, cependant — elle y a fait tant de choses) où elles habitent maintenant. Et puis tante Muriel est leur unique proche parente. Il semble bien à Elizabeth que c'est parce que tante Muriel a tué ou chassé tous les autres, mais tant pis. Elle est leur racine, leur racine, leur vieille racine malade et tordue. D'autres gens, comme ceux de Buffalo, pensent que Toronto a changé, rejeté ses manières puritaines pour devenir élégante et libérale, mais Elizabeth sait qu'il n'en est rien. Au centre, là où devrait se trouver le cœur, il n'y a que tante Muriel.

Elle a exilé tante Muriel de Noël en disant finalement non, il y a quatre ans, à la sinistre table augmentée de ses six rallonges, avec les raviers de cristal posés symétriquement et remplis de sauce aux airelles et de cornichons, la nappe de toile fine, les ronds de serviette en argent. Nate ne voulait plus l'y accompagner ; voilà pourquoi. Il disait qu'il voulait profiter de ses enfants et de son déjeuner, et qu'il ne voyait aucune raison d'aller chez tante Muriel si Elizabeth devait s'effondrer au lit avec une migraine dès l'instant du retour. Une fois, en 1971, elle avait même vomi sur la neige du bord de la route, en revenant : la dinde, la sauce aux airelles, le choix de hors-d'œuvres de tante Muriel, tout.

Tout d'abord, elle avait mal pris le refus de Nate, l'interprétant comme un manque de solidarité. Mais il avait raison, il a raison. Elle ne devrait plus revenir.

Tante Muriel poursuit son monologue, ostensiblement adressé aux enfants, mais en vérité à Elizabeth. Elles ne devraient jamais oublier, leur dit-elle, que leur grand-père possédait la moitié de Galt. *Arrière-grand-père, Guelph,* songe Elizabeth. Peut-être tante Muriel retombe-t-elle enfin en enfance ; ou bien cette mythologie familiale n'est-elle en fin de compte qu'une mythologie où, comme dans toutes les histoires orales, les détails subissent des mutations. Mais tante Muriel ne se corrige pas, cependant. Jamais on ne l'a surprise à se corriger. Elle affirme à présent que Toronto n'est plus ce qu'il était, non plus que le reste du pays, d'ailleurs. Les Pakistanais envahissent la ville, et les Français s'emparent du gouvernement. Une vendeuse (comprenez : étrangère, à la peau sombre, avec un accent — ou les trois à la fois) s'est montrée grossière à son égard mercredi dernier, chez Creeds. D'ailleurs, Creeds est tombé très bas. Là où l'on exposait naguère des manteaux de fourrures, dans les vitrines, on peut voir à présent des danseuses du ventre. Sans doute Elizabeth, avec ses attitudes (sous-entendu dégénérées), trouve-t-elle cela parfait, mais pour sa part elle n'a jamais pu s'y faire. Elle est vieille, et se souvient des jours meilleurs.

Elizabeth ne sait pas ce qui est pire, cette conversation ou celle de l'an dernier, où tante Muriel a soumis les enfants au récit des procès et des tribulations qu'elle a dû surmonter pour tenter de rassembler la famille tout entière dans un seul coin du cimetière Mount Pleasant. Dans son récit, elle ne faisait aucune distinction entre les vivants et les morts, et mentionnait sa propre tombe comme si elle y eût déjà été installée ; quant aux autres, ils n'apparaissaient que comme les invités d'un pique-nique organisé par elle-même. L'oncle Teddy se trouvait déjà en bonne place, bien sûr, mais il restait encore à déplacer la mère et la sœur d'Elizabeth, enterrées à Saint-James, et à exhumer son grand-père de l'ancienne Nécropolis. Quant au père d'Elizabeth, nul ne savait où il était allé mourir.

Elizabeth aurait sans doute pu s'opposer à ces opérations si elle l'avait voulu, mais la force lui en manquait. Elle savait comment réagissait tante Muriel quand on la contrariait. Si tante Muriel voulait jouer aux échecs avec sa famille décédée, eh bien, qu'elle le fasse. Heureusement, ils étaient tous dans des urnes, et non dans des cercueils. On n'imaginait pas, poursuivait tante Muriel, comme certains avocats et certains directeurs de cimetières pouvaient être impudents. Évidemment, ils avaient presque tous un accent étranger, de nos jours. Elle avait ensuite décrit une suite compliquée de tractations immobilières qui semblaient liées à la cession d'un emplacement en échange d'un autre. Elle envisageait finalement d'acquérir un vaste ensemble de concessions, et de l'échanger contre un mausolée. Elizabeth se retenait de demander si tante Muriel avait réservé un emplacement pour elle.

Dans le taxi du retour, Nancy observe : « Elle est drôle. »

Cette vision de tante Muriel n'avait jamais effleuré Elizabeth. Drôle de quelle façon, veut-elle savoir.

« Elle dit des trucs drôles. »

Elizabeth se rend soudain compte que pour elles, tante Muriel ne représente rien d'autre qu'une curiosité. Elles aiment aller la voir pour la même raison qu'elles aiment aller au musée. Tante Muriel ne peut ni les toucher ni leur faire du mal, elles sont hors d'atteinte. Elle ne peut toucher et blesser qu'Elizabeth. Parce qu'elle a autrefois exercé sa puissance sur Elizabeth, il lui en restera toujours quelque chose. Elizabeth est adulte dans l'essentiel de sa vie, mais avec tante Muriel elle redevient en partie enfant. Prisonnière, orpheline, infirme, folle, face à l'implacable surveillante que reste tante Muriel.

Elle lui rend visite par défi, alors. Regardez, j'ai grandi. Je marche sur deux jambes, en vacillant peut-être, mais vous ne me tenez pas dans l'une de ces urnes que vous chérissez tant, pas encore. Et puis voyez, ce sont ici mes propres enfants. Regardez comme elles sont belles, intelligentes, normales. Vous n'avez jamais eu d'enfants. Vous ne pouvez pas les toucher. Je ne vous laisserai pas faire.

Samedi 15 janvier 1977

LESJE

Lesje fait quelque chose de moche. Si quelqu'un d'autre, l'une de ses amies, Marianne par exemple, en faisait autant et le lui disait, elle penserait : moche. Ou même minable. Très minable, une liaison avec un homme marié, un homme marié qui a deux enfants. Les hommes mariés qui ont des enfants sont proverbialement minables, avec leurs histoires tristes, leurs désirs furtifs et leurs évasions mesquines. Encore plus minable, de faire cela dans un hôtel, et un hôtel nécessairement miteux car, comme il le dit lui-même, Nate est un peu fauché. Lesje n'a pas proposé de payer elle-même la note d'hôtel. Naguère, il y a de cela déjà bien longtemps, son groupe de femmes aurait ricané à l'idée de cette réticence, mais il y a quand même une limite.

Lesje ne se sent pas minable. Elle ne sait pas ce qu'en pense Nate. Il s'est assis sur l'une des chaises (il y en a deux, toutes deux du genre danois moderne à bon marché, avec des angles usés, assorties au couvre-pieds bleu et usagé qui n'a pas encore été défait), et lui raconte comme il trouve affreux qu'ils doivent venir dans cet hôtel au lieu de pouvoir aller ailleurs. Cet ailleurs que suggère son intonation n'est pas un autre hôtel, plus convenable. C'est une prairie ensoleillée, une plage déserte et chaude, une colline boisée où errent des vents doux.

Lesje ne s'offusque pas de l'hôtel, même si le ronronnement du ventilateur commence à l'agacer. Il projette un air épais et chaud qui sent le renfermé et le tabac froid, et ils n'ont pas trouvé le bouton qui permettrait de l'éteindre. Si cet hôtel avait résulté d'un choix, elle réagirait différemment, mais il s'agit d'une nécessité. Ils ne peuvent pas aller chez Lesje à cause de William, qui était absent quand Lesje est sortie mais qui peut revenir à n'importe quel moment, pour trouver le petit mot que Lesje a obligeamment posé sur la table : *Retour à 18 heures*. Ils ne peuvent pas non plus aller chez Nate, jamais, à moins que Lesje ne prenne des heures à son compte pendant la semaine. Elle travaille suivant le même horaire qu'Elizabeth, bien qu'Elizabeth bénéficie sans doute d'une plus grande souplesse. Mais c'est aujourd'hui samedi, et ELIZABETH EST CHEZ ELLE. Sans parler des enfants. Nate n'a pas mentionné les enfants, mais même ainsi il est parvenu à lui faire comprendre que, malgré tout son respect, son admiration, son désir, elle représente pour ses enfants le mal dont il doit les protéger.

D'où cet hôtel pour l'après-midi. Ils y sont venus en métro, ne possédant ni l'un ni l'autre une voiture. Ce fait exclut également le flirt dans les rues peu passantes, que Lesje juge indispensable en cette étape préliminaire. Ils se sont bien embrassés dans les rues peu passantes, mais ce n'était vraiment pas confortable : leurs pieds gelaient dans la neige fondue, les voitures les éclaboussaient de bouillasse brune, et leurs bras s'agrippaient tant bien que mal aux encombrantes épaisseurs de leurs manteaux d'hiver respectifs. Mais pas de tâtonnements sur le siège avant d'une voiture.

Lesje considère les tâtonnements sur le siège avant comme

une étape essentielle. Les seules autres aventures qu'elles ait eues étaient avec William, champion du tâtonnement, et avant lui avec un géologue en quatrième année d'université qui, même alors, en 1970, arborait une coupe de cheveux militaire. Aucune de ces deux liaisons n'avait été très romanesque, chacune se fondant en quelque sorte sur des intérêts communs. Lesje éprouvait quelque difficulté à trouver des hommes qui fussent aussi maniaquement fixés sur leurs sujets d'intérêt qu'elle-même sur les siens. Ils existaient, mais ils manifestaient une nette tendance à sortir avec le genre Économie Domestique. Après une journée entière passée à méditer sur l'incommensurable et les hydrolaccolithes ils n'avaient plus envie que de se vautrer dans un fauteuil en mangeant des carottes râpées et des salades à la guimauve. Ils ne souhaitaient guère parler des tibias de mégalosaures ou s'interroger sur le nombre d'alvéoles des cœurs de ptérosaures, qui étaient précisément les sujets chers au cœur de Lesje. Le géologue avait constitué une assez bonne affaire, car ils pouvaient trouver un compromis dans les strates rocheuses. Ils partaient en expédition avec leurs petites pioches et leur attirail, et ils écorniflaient les falaises pour recueillir des échantillons ; et puis ils mangeaient des tartines de confiture et copulaient amicalement derrière des massifs de verges d'or et de chardons. Elle trouvait cela agréable, mais sans excès. Elle a conservé une collection d'échantillons de roches datant de cette liaison, et qu'elle peut regarder sans éprouver la moindre amertume. C'était un gentil garçon, mais elle n'était pas amoureuse de lui. Elle n'est pas précisément un modèle de bon ton ni de distinction, elle le sait, mais jamais elle ne pourrait aimer vraiment un homme qui dit « ouais ».

Quant à William, c'est leur goût commun pour les espèces disparues qui les lie. Elle le confine aux dinosaures, toutefois, alors que William l'applique à tout. Sauf les cafards ; on a trouvé un cafard vivant dans un réacteur nucléaire. La prochaine période, d'après William, sera l'Age des Insectes. La plupart du temps, cela le met de fort joyeuse humeur.

Lesje n'est pas très sûre de ce qu'elle entend par *amoureuse*. Elle a bien cru, à un moment, être amoureuse de William ; jusqu'à ce qu'elle s'offense de ne pas s'entendre proposer le mariage. Mais ces derniers temps, elle a commencé à remettre ses sentiments en question. Au début, elle a apprécié la relative simplicité, et même l'aspect rudimentaire, de leur vie ensemble. Tous deux se passionnaient pour leur travail, et semblaient s'être apporté sans effort une nette satisfaction réciproque, sans rencontrer de points de friction majeurs. Mais Nate a changé les choses, il a changé William. Ce qui a naguère été une totale absence de complication est devenu un manque de complexité fort embarrassant. Par exemple, William serait passé à l'action dès la porte refermée. Pas Nate.

Ils sont assis de part et d'autre du grand lit qui, tel le destin, occupe le centre de la pièce, chacun avec une cigarette et buvant, dans les verres de l'hôtel, le whisky du flacon de poche de Nate, rallongé à l'eau du robinet. Les yeux fixés de l'autre côté du lit comme s'il constituait un gouffre insondable, Lesje écoute Nate s'excuser tout en se voilant le visage de la main, car la fumée lui fait cligner des yeux. Nate ne veut pas d'une simple aventure, explique-t-il. Lesje en est touchée ; elle ne pense pas à lui demander ce qu'il veut d'autre. William n'a jamais pris une telle peine pour s'expliquer.

Lesje sent qu'un moment important se prépare. Sa vie va changer ; plus rien ne sera comme avant. Les murs de la chambre, ornés de losanges verdâtres, s'estompent et elle se meut dans l'air libre que ne souillent plus ni la neige ni les vapeurs d'essence, mais où règnent le soleil et la propreté ; à l'horizon, elle distingue le scintillement de l'eau. Pourquoi Nate n'écrase-t-il pas sa cigarette pour se lever et venir la prendre dans ses bras ? Maintenant qu'il la tient dans cette chambre minable.

Mais au lieu de cela, il se verse un second verre de whisky et poursuit ses explications. Il veut que tout soit clair dès le début. Il ne veut pas que Lesje croie briser un ménage. Comme elle le sait sans doute, Elizabeth a eu d'autres amants, dont le dernier en date était Chris. Elizabeth n'en a jamais fait mystère. Elle voit en Nate le père de ses enfants, mais pas son mari. Ils ne vivent plus ensemble, c'est-à-dire ne couchent plus ensemble, depuis des années ; il ne sait plus combien. Ils continuent à habiter la même maison à cause des enfants. Ils ne peuvent ni l'un ni l'autre supporter l'idée de vivre séparés des enfants. Elizabeth ne verra donc aucune objection à ce que

Nate fasse ce que Lesje souhaite vivement lui voir entreprendre de toute urgence.

La mention d'Elizabeth surprend Lesje, qui s'aperçoit qu'elle n'a pas pensé à elle un instant. On n'entre pas ainsi dans la vie d'une autre femme pour lui prendre son mari. Toutes les femmes du groupe s'accordaient, tout au moins en théorie, à reconnaître l'aspect répréhensible de cette attitude, mais elles estimaient également que les gens mariés ne devaient pas se considérer comme la propriété l'un de l'autre, mais comme des organismes vivants et évolutifs. Cela revenait donc à statuer que voler un homme ne se faisait pas, mais que l'évolution personnelle était recommandée. Il fallait savoir prendre la bonne attitude, et demeurer honnête avec soi-même. Ces circonvolutions avaient découragé Lesje, qui ne comprenait vraiment pas pourquoi on devait leur consacrer tant de temps. Mais elle ne s'était alors jamais trouvée dans cette situation. Maintenant, elle y est.

Elle n'éprouve assurément aucune envie de jouer le rôle de l'Autre Femme dans quelque triangle banal et conventionnel. Elle ne sent nullement une Autre Femme ; elle n'est ni enjôleuse ni vicieuse, elle ne porte pas de déshabillés ni de vernis rouge aux ongles de pieds. William la trouve peut-être exotique, mais elle ne l'est absolument pas ; elle est toute simple, étroite d'esprit et dépourvue de sophistication, une scientifique et non pas de ces mantes religieuses expertes dans l'art d'embobiner les maris. Mais Nate ne semble plus être le mari d'Elizabeth. Sa famille lui est certainement devenue extérieure ; en lui-même, il est seul, libre. Elizabeth n'est donc pas la femme de Nate, elle n'est pas épouse du tout. Elle est veuve, au contraire, veuve de Chris si même elle l'est de quelqu'un, se mouvant seule dans son chagrin sous les voûtes d'arbres d'une avenue, et les feuilles d'automne tombent en virevoltant sur ses cheveux un peu défaits. Lesje la réduit à cette image romantiquement endeuillée, l'y encadre, et puis l'oublie.

William représente une tout autre affaire. William y trouvera à redire, d'une manière ou d'une autre, mais à redire sans l'ombre d'un doute. Mais Lesje n'a pas l'intention de lui en parler, tout au moins pas encore. Nate a laissé entendre que, malgré sa certitude de recevoir l'approbation d'Elizabeth et même de la réjouir à l'annonce de cette nouvelle, puisque d'une certaine façon ils restent amis, ce n'est pas le moment de la lui révéler. Elizabeth vient de traverser une période d'adaptation, pas aussi rapide qu'il l'aurait souhaité, mais enfin, une adaptation. Il veut qu'elle en vienne à bout, avant de lui fournir un nouvel élément nécessitant encore une adaptation. Cela concerne en partie les enfants.

Si donc Nate entend protéger Elizabeth et les enfants de Lesje, Lesje s'estime autorisée à protéger William de Nate. Elle éprouve une certaine tendresse à l'égard de William quand elle pense à son besoin de protection. Il n'en a encore jamais eu besoin, mais maintenant elle songe à sa nuque inconsciente, à la fragilité du creux qui se trouve à l'angle de sa clavicule, à ses veines jugulaires, à son inaptitude à bronzer au lieu de brûler, à la cire qui lui obstrue les oreilles à son insu, à ses discours puérilement pompeux. Elle n'a aucune envie de blesser William.

Nate pose son verre, écrase sa cigarette dans le cendrier de l'hôtel. Il contourne le périmètre bleu du lit, s'approche de Lesje, s'agenouille devant elle qui est toujours assise sur la chaise danoise moderne. Il lui écarte la main de la bouche, l'embrasse. Jamais on ne l'a touchée avec tant de douceur. Le style de William a quelque chose de brusque et d'adolescent, elle s'en rend compte à présent, et le géologue était toujours pressé. Nate n'est nullement pressé. Ils sont ici depuis déjà deux heures, et elle a toujours ses vêtements sur elle.

Il la soulève dans ses bras, la dépose sur le lit, s'allonge auprès d'elle. Il l'embrasse à nouveau, avec une certaine hésitation, lentement. Puis il lui demande l'heure qu'il est. Lui-même n'a pas de montre. Lesje lui annonce qu'il est 5 heures et demie. Il se redresse. Lesje commence à se sentir dépourvue de charme. Ses dents sont décidément trop grandes, non ?

« Il faut que je téléphone à la maison, explique-t-il. J'ai promis d'emmener les petites dîner chez ma mère. »

Il prend le téléphone et compose le numéro. Le fil traverse la poitrine de Lesje. « Allô, chérie », dit-il, et Lesje comprend que c'est Elizabeth. « Juste pour confirmer. Je les prendrai à 6 heures, d'accord ? »

Les mots « à la maison », « chérie » et « ma mère » ont troublé Lesje. Un vide se forme autour de son cœur, et s'élargit ; il lui semble ne plus exister. Quand Nate repose le téléphone en place, elle se met à pleurer. Il l'entoure de ses bras et la console en lui caressant les cheveux. « Nous avons tout notre temps, ma chérie, dit-il. Ce sera mieux la prochaine fois. »

Ne m'appelle pas comme ça, voudrait-elle protester. Elle s'assied sur le lit, les bras ballants, les pieds passés par-dessus bord, pendant que Nate sort les manteaux du placard, enfile le sien, puis lui tend le sien. Elle voudrait être celle qui sort dîner avec lui. Chez sa mère. Elle ne veut pas rester seule ici sur ce lit bleu, ni sortir seule dans la rue, ni retourner chez elle où elle sera également seule, que William soit rentré ou non. Elle veut attirer Nate contre elle sur le lit. Elle ne croit pas du tout qu'ils puissent avoir tout leur temps. Il est trop tard, elle ne le reverra sûrement plus jamais. Elle ne comprend pas pourquoi son cœur bat si douloureusement, haletant comme s'il manquait d'oxygène dans les ténèbres béantes de l'espace. Il lui prend quelque chose, l'en prive. S'il l'aime vraiment, pourquoi faut-il qu'il l'exile ?

Samedi 15 janvier 1977

NATE

Couillon, marmonne Nate. Dégonflé. Tricheur. Il lit l'éditorial du *Courrier du Globe,* et cela l'incite presque toujours à pousser ce type d'exclamations, mais cette fois c'est à lui-même qu'il s'en prend. *Idiot.*

Il se revoit penché en avant sur la chaise de la chambre d'hôtel, ressassant ses scrupules tandis que Lesje demeure assise à l'autre bout de la pièce, inaccessible, étincelante comme un croissant de lune. Il ne sait pas pourquoi il n'a pas voulu, pas pu. Il a eu peur. Il ne veut pas la blesser, voilà. Mais elle a été blessée quand même. Pourquoi pleurait-elle ?

Ses mains tremblent encore. Heureusement qu'il reste une gorgée de whisky dans le flacon qu'il a dans sa poche. Il le sort de sous son chandail, avale sa gorgée à la hâte, et allume aussitôt une cigarette pour camoufler l'odeur. Sa mère, en femme vertueuse, ne boit pas. Elle ne fume pas non plus, mais Nate sait quel est le point mineur dans sa représentation des crimes moraux. Elle achète parfois de la bière pour lui, mais elle condamne sans appel tout ce qui est véritablement alcoolisé. Et qui empoisonne l'organisme.

Les enfants lui tiennent compagnie dans sa minuscule cuisine et, assises sur le dessus des placards qui prolongent l'évier, elles la regardent faire la purée. Elle la fait à la main : point de batteur électrique chez elle. Elle bat les œufs en neige à la main, fouette la crème à la main. L'un de ses tout premiers souvenirs de sa mère, c'est un coude tournoyant comme une étrange machine de chair. Son téléviseur est en noir et blanc, et plus ancien encore que celui de Nate. Elle porte des tabliers imprimés, à bavolets.

De la cave, le pathos de son enfance remonte pour l'engloutir : là se trouvent son gant de base-ball, dont le cuir est tout craquelé, trois paires de chaussures de course trop petites, ses patins à roulettes, et ses genouillères de goal, le tout soigneusement embaumé dans un coffre. Bien qu'elle donne presque tout, sa mère conserve ces objets comme s'il s'agissait de reliques, comme s'il était déjà mort. Pour être juste, Nate doit bien avouer que si elle ne s'en était pas chargée, c'est lui qui aurait gardé tout cela. Les genouillères, en tout cas.

Il a lu que les goals attrapent des ulcères ; ça en dit long. Il n'était pas assez lourd pour jouer à un autre poste, il ne faisait pas le poids pour intercepter. Il se rappelle l'angoisse, quand tout le monde comptait sur lui pour s'élancer au-devant d'un boulet de caoutchouc glacé qui arrivait à la vitesse de la lumière ; et le désespoir quand il le manquait. Mais il adorait cela. C'était pur : on gagnait ou on perdait, et on le voyait sans contestation possible. Quand il l'expliquait à Elizabeth, elle trouvait cela puéril. Ses concepts à elle sur le fait de gagner ou de perdre sont plus gris, plus enchevêtrés. Est-ce parce qu'elle est femme ? Mais ses enfants le comprennent, jusqu'à présent ; en tout cas, Nancy.

Il peut voir les enfants par-dessus son journal, avec leurs petites têtes encadrées par la carte du monde où sa mère plante toutes ces étoiles rouges pour désigner les violations des droits de l'homme sur la terre entière. Juste à côté se trouve une nouvelle affiche, proclamant : UN SEUL ÉCLAIR, ET LA CENDRE À JAMAIS. Sa mère a ajouté l'abolition de l'énergie nucléaire à sa longue liste de croisades. Curieusement, elle n'y mêle pas les enfants. Elle ne leur ordonne pas de finir ce qu'elles ont dans leur assiette à cause des enfants qui meurent de faim en Europe, en Asie, ou en Inde. (Quant à lui, il engloutit piteusement jusqu'à ses dernières miettes de pain sous le regard bleu et bienveillant de sa mère.) Elle ne leur demande pas si elles économisent leur argent de poche pour la Campagne pour les Médicaments. Elle ne les traîne pas aux services religieux de l'Église unitarienne, avec son décor neutre et ses hymnes à la fraternité humaine, son icône d'un petit garçon noir immobile à côté d'une poubelle là où la plupart des églises placent leur Dieu. La dernière fois qu'ils sont venus dîner chez sa mère, il a failli s'étrangler sur ses navets quand Nancy a entrepris de raconter une histoire terre-neuvienne. Mais sa mère a ri, tout simplement ; elle laisse les enfants lui raconter toutes sortes d'histoires : des histoires d'imbéciles, des histoires de Moby Dick, et toutes sortes de plaisanteries plus douteuses les unes que les autres. « Qu'est-ce qui est bleu, et recouvert de biscuits et de mouches ?

– C'est une Louvette morte. »

Nate se serait attiré des reproches pour se moquer ainsi des débiles, des baleines, ou des Louvettes : tous avaient leur dignité. Et pis encore, les Terre-Neuviens. Est-ce parce que Nancy et Janet sont des filles, et que donc on ne s'attend pas à leur voir atteindre les hauts sommets de gravité que l'on estimait, et estime encore, devoir trouver en lui ? Ou bien est-ce simplement que sa mère est devenue grand-mère, et que ce sont là ses petites-filles ? En tout cas, elle les gâte monstrueusement. Elle leur donne même des sucreries. Même s'il lui en sait gré, Nate se surprend à lui en vouloir aussi. Il entend sa mère rire, à présent, en même temps qu'il entend le moulin à purée. Il regrette qu'elle n'ait pas ri davantage avec lui.

Elle souriait, cependant. Elle a grandi parmi les Quakers et, pour ce qu'il a pu en voir, les Quakers sont plus sourieurs que rieurs. Nate n'a pas très bien compris pourquoi elle était passée chez les Unitariens. Il a entendu qualifier l'Unitarianisme de lit de plume pour les chrétiens tombés, mais sa mère ne ressemble pas à une femme tombée d'où que ce soit. (Où

est le lit de plume pour les Unitariens tombés ? se demande-
t-il. Comme lui-même.)

Il s'efforce de ne pas parler théologie avec sa mère. Elle
croit encore que le bien l'emportera sur le mal.

Elle a toujours pris la guerre en exemple de la vertu triomphante, bien que le père de Nate y ait trouvé la mort. Il ne se
rappelle plus si c'est avant ou après le décès qu'elle a pris un
emploi d'infirmière à mi-temps à l'hôpital militaire où elle
travaille toujours, et où tous ces hommes sans bras et sans
jambes, si jeunes quand elle a commencé, vieillissent en
même temps qu'elle et, raconte-t-elle, s'aigrissent, et puis
s'éteignent un à un, disparaissent. Elle devrait quitter cet
emploi si déprimant, trouver quelque chose de plus réconfor-
tant ; il le lui a déjà conseillé. Mais « tout le monde les a
oubliés, répond-elle avec un regard alourdi de reproche.
Pourquoi les oublierais-je aussi ? » Pour quelque mystérieuse
raison, les pieux sacrifices de sa mère le mettent hors de lui. Et
pourquoi pas, voudrait-il répliquer, tu es un être humain.
Mais il ne l'a jamais fait.

Son père, non pas amputé mais simplement mort, lui sourit
à présent du haut de la cheminée, jeune visage encadré par les
lignes sévères de l'uniforme. Transgresseur des idéaux
pacifistes de sa mère, et cependant héros. Il a fallu très longtemps à Nate pour déterminer comment son père était mort
exactement. « C'était un héros », sa mère n'en disait jamais
davantage, et le laissait à ses visions de sauvetage sur la plage,
balayant d'une seule main les mitrailleuses embusquées de
l'ennemi, ou bien flottant comme un sombre vampire au-
dessus d'une ville enténébrée par le couvre-feu, avec son
parachute claquant au vent derrière lui comme une cape.

Finalement, le jour de ses seize ans, il avait à nouveau posé
la question et — le jugeant peut-être prêt désormais à assumer
les faits de la vie — elle le lui avait dit. Son père était mort en
Angleterre, d'une hépatite, sans jamais arriver sur les lieux de
la guerre.

« Tu m'avais dit que c'était un héros », protesta-t-il,
écœuré.

Les yeux de sa mère s'arrondirent, plus bleus que jamais.
« Mais, Nathanael. Il en était *un*. »

Malgré tout, il regrette de ne pas l'avoir su plus tôt ; il se serait senti moins étouffé. C'est difficile de se mesurer à un mort, il le sait bien, mais encore plus avec un héros.

« A table, Nate », appelle sa mère. Elle entre, portant la purée, et les filles suivent avec les couverts ; ils s'installent autour de la petite table ovale qui occupe une extrémité de la salle de séjour. Nate a déjà demandé s'il pouvait se rendre utile, mais depuis son mariage, sa mère l'exile dans la salle de séjour pendant la préparation des repas. Elle ne lui laisse même plus faire la vaisselle.

Ce sont les mêmes assiettes beiges à fleurs orange qu'il lavait sans fin, à contrecœur. Elles dépriment Elizabeth, et c'est l'une des raisons pour lesquelles elle ne participe pratiquement jamais à ces visites. Elizabeth dit que chez la mère de Nate, tout semble avoir été gagné en prime dans des paquets de lessive, et c'est assez vrai. La table est plastifiée, les chaises lavables, les assiettes criardes, et les verres rebondissent probablement quand ils tombent. Elle n'a pas de temps pour les chichis, riposte-t-elle, ni d'ailleurs les moyens. Encore une chose qui la trouble, au sujet des jouets en bois qu'il fabrique. « Seuls les gens riches peuvent se permettre de les acheter », observe-t-elle d'un ton accusateur.

Ils mangent des hamburgers frits dans un reste de graisse, de la purée, et des betteraves en conserve à la margarine, tandis que la mère de Nate interroge les enfants sur leur école et rit gaiement à leurs affreuses plaisanteries. Nate sent son estomac se figer ; les betteraves en conserve lui pèsent, et se mélangent difficilement à son whisky furtif. Toutes trois sont tellement innocentes, si loin de le soupçonner. Il a l'impression de les regarder au travers d'une vitre éclairée : à l'intérieur, une paisible vie domestique, dans cette maison dont il connaît si bien les goûts et même les odeurs. Tout y est bon, rassurant. Et dehors, l'obscurité, le tonnerre, l'orage, lui-même tel un monstre aux vêtements loqueteux, aux ongles abîmés, aux yeux rouges et envieux, à l'affût, pressant son groin contre la vitre. Lui seul connaît la noirceur du cœur humain, les secrets du mal.

« Poule mouillée, marmonne-t-il.

— Que dis-tu, mon chéri ? » s'enquiert sa mère en tournant ses yeux bleus lumineux vers lui. Plus vieux, désormais, avec des rides derrière ses lunettes, mais les mêmes yeux brillants, ardents, toujours au bord d'une émotion qu'il ne sait pas bien affronter : la déception, la joie. Le projecteur permanent sous lequel il a toujours vécu, seul en scène, unique vedette du spectacle.

« Je me parlais à voix haute, répond-il.

— Ah ! (Sa mère se met à rire.) Je le fais tout le temps. Tu dois tenir cela de moi. »

Après le dessert, qui se compose de pêches au sirop, elles font la vaisselle toutes les trois ensemble, et Nate se retrouve à nouveau exilé dans le coin salon pour y faire ce que les hommes sont censés faire après le dîner. Si son père avait vécu, Nate se demande si sa mère aurait pris le parti de la libération des femmes. Les choses étant ce qu'elles sont, elle n'a pas eu à le faire. Enfin si, bien sûr, au niveau théorique, et elle aime beaucoup énumérer les manières pratiquement innombrables dont les droits fondamentaux des femmes ont été spoliés, bafoués, mutilés et détruits par les hommes. Mais s'il possédait des pantoufles, elle les lui apporterait.

Il va téléphoner à Lesje, la revoir. Il ne la reverra plus. Il est le roi des cons, il a tout gâché, elle ne voudra jamais le revoir. Il faut absolument qu'il la revoie. Il est amoureux d'elle, de ce corps délicat et froid, de ce visage tourné en lui-même comme une statue en contemplation. Assise derrière une fenêtre éclairée, drapée de blanc doux, elle joue de l'épinette, et ses doigts lumineux courent sur les touches. Rugissant, il bondit au travers de la vitre.

Samedi 15 janvier 1977

ELIZABETH

Elizabeth est assise devant le secrétaire de sa chambre (érable, *env.* 1875). Elle possède une chaise assortie, achetée dans la même vente aux enchères. C'est effarant d'imaginer comment les dames de cette époque parvenaient à poser leurs énormes fesses rembourrées sur la chaise construite à cet effet.

On était censé se poser gracieusement, les jupes retombant en plis élégants, le faux col ondoyant tout autour du vrai cul bien dissimulé. Aucun support visible. L'apparition d'un nuage.

Dans ce secrétaire, Elizabeth conserve : son carnet de chèques et ses chèques annulés, ses factures, son budget, les listes de choses à faire dans la maison (une pour les urgences, et une autre pour les choses à long terme), sa correspondance personnelle, et le journal qu'elle a entrepris de tenir il y a quatre ans, mais qu'elle a abandonné. Ce meuble est demeuré fermé depuis la mort de Chris.

Elle peut à présent penser : *la mort de Chris*. Elle ne pense jamais au *suicide de Chris*. Cela impliquerait une mort imposée à lui-même ; et elle y voit au contraire une chose qu'il lui a faite à elle. Il n'en ressent pas les effets, contrairement à elle. Par exemple, elle n'a plus rouvert le bureau jusqu'à aujourd'hui parce que dans le tiroir du haut à gauche, bien proprement serrées ensemble par un élastique, se trouve le paquet de lettres qu'il lui a adressées en septembre et octobre ; toutes sur des pages de cahier rayé et au stylo bille, et d'une écriture de plus en plus grosse et vaste comme une toile d'araignée, jusqu'à ce 15 octobre où quatre mots emplissaient toute une page. Elle n'aurait pas dû conserver ces lettres, elle le sait ; elle devrait les jeter tout de suite, sans y jeter un seul regard. Mais elle a toujours tout gardé.

Elle évite de regarder les lettres en se penchant sur son carnet de chèques. Maintenant qu'elle s'y replonge, elle y prend même un certain plaisir. L'ordre issu du chaos, toutes ces factures impayées qu'elle règle à présent et classe dans son registre. Nate a payé plusieurs notes urgentes — le téléphone, l'eau — mais tout le reste l'attendait, parfois avec deux ou trois lettres de protestation polie sollicitant, puis réclamant. Elle aime bien tenir ses comptes en ordre, ne rien devoir à personne. Elle aime savoir qu'il lui reste de l'argent à la banque. Elle entend bien avoir toujours suffisamment d'argent pour faire face à un imprévu.

Contrairement à sa mère, qui avait passé deux jours entiers à pleurer dans le fauteuil à fleurs, devant la fenêtre, quand leur père avait soudain disparu. « Mais qu'est-ce que je vais faire ? » demandait-elle en l'air comme si quelqu'un l'avait écoutée, tenant tout prêt un modèle d'existence pour elle. Sa sœur Caroline, grimpant sur les genoux de leur mère, pleurait aussi et retombait sans cesse, pour tenter de remonter le long des jambes drapées d'étoffe glissante de sa mère, tel un scarabée fou.

Elizabeth n'avait pas pleuré. Ni grimpé. Lorsqu'il devint clair que leur mère n'allait pas quitter son fauteuil pour leur faire à dîner, elle compta les pièces de vingt-cinq cents que l'oncle Teddy lui avait glissées dans sa robe au gré de leurs rares visites dans la grande maison de tante Muriel. Elle fouilla le sac de sa mère, jetant à terre les tubes de rouge à lèvres et les mouchoirs fripés, et ne trouva qu'un billet de deux dollars tout froissé et quelques centimes. Puis elle se glissa hors de l'appartement en se servant de la clé trouvée dans le sac de sa mère pour refermer derrière elle. Elle descendit à l'épicerie la plus proche et acheta du fromage et du pain, qu'elle rapporta d'un air solennel dans un sac en papier brun, faisant résonner ses bottes en caoutchouc sur les marches de l'escalier. Cela n'avait rien d'un exploit, et elle avait déjà bien souvent fait ce genre de choses. « Allez, mange, disait-elle à sa mère, furieuse contre elle et contre sa sœur. Mange, et arrête de pleurer ! »

Cela n'avait pas marché. Sa mère avait continué à pleurer, et Elizabeth s'était repliée dans la cuisine pour manger son pain et son fromage, blême de fureur. Elle n'en voulait pas à son père. Elle avait toujours soupçonné qu'on ne pouvait pas compter sur lui. Elle en voulait à sa mère de ne pas s'en être aperçue.

C'est tante Muriel qui lui a appris à tenir ses comptes, à équilibrer son compte en banque, et ce qu'est l'*intérêt*. Bien qu'elle considérât la plupart des livres comme des bêtises et n'accordât même au travail scolaire qu'une valeur marginale, tante Muriel a consacré beaucoup de temps à cet aspect de l'éducation d'Elizabeth. Elizabeth lui en est reconnaissante. L'argent compte, disait tante Muriel — et le dit encore, si seulement on veut bien l'écouter — et Elizabeth sait que c'est vrai. Ne serait-ce que pour avoir vécu les applications de la leçon : tante Muriel l'entretenait, payait ses jolis sous-vêtements bien coupés et ses manteaux de tweed bleu et ses leçons de piano, et donc Elizabeth lui appartenait.

L'attitude de tante Muriel à l'égard d'Elizabeth était ambiguë. La mère d'Elizabeth n'était bonne à rien, et donc Elizabeth ne devait pas valoir mieux. Mais comme Elizabeth était aussi la nièce de tante Muriel, elle devait bien quand même en avoir quelque chose. Tante Muriel s'efforçait donc de développer ce qui, chez Elizabeth, ressemblait le plus à tante Muriel, et de réprimer et punir les autres aspects. Tante Muriel admirait la force, et Elizabeth sent qu'au-dessous de tout le reste, elle-même possède maintenant la force d'un rhinocéros.

Tante Muriel est totalement dépourvue d'ambiguïté dans la plupart des choses. Ses rares instants d'hésitation concernent les membres de sa famille. Elle ne sait pas toujours exactement où les situer dans la Grande Chaîne Humaine. Mais sa propre place lui apparaît parfaitement, toutefois. D'abord il y a Dieu. Puis viennent tante Muriel et la reine, tante Muriel ayant une très légère avance. Arrivent ensuite cinq membres de l'Église du Mémorial Timothy Eaton, que fréquente tante Muriel. Là, un gouffre s'étend. Puis les Canadiens et Anglais blancs et non juifs, et les Américains blancs et non juifs — rigoureusement dans cet ordre. Nouveau gouffre, suivi de tous les autres êtres classés en ordre décroissant suivant la couleur de leur peau et leur religion. Puis les cafards, les mites, les poissons rouges et les microbes, uniques formes animales avec lesquelles tante Muriel ait jamais eu le moindre contact. Enfin viennent tous les organes sexuels, à l'exception de ceux des fleurs.

C'est ainsi que la décrit Elizabeth pour amuser les gens quand elle entreprend de raconter tante Muriel : en particulier à Phil Burroughs, du département romain et grec, et qui a pour tante Janie Burroughs, membre des mêmes cercles que tante Muriel. Contrairement à Nate, Philip comprend parfaitement de quoi elle parle, on peut lui faire confiance.

Tante Muriel peut constituer une histoire cocasse, mais cela n'affecte pas sa malveillance. Elle est puriste autant que puritaine. Il n'existe aucune nuance de gris pour tante Muriel. Son seul dilemme moral visible réside dans l'obligation où elle se juge de placer sa famille au même rang que la congrégation de Timothy Eaton, parce qu'ils lui sont liés par le sang ; mais elle se sent en même temps forcée de les classer avec les cafards et les poissons rouges à cause de leur comportement.

Ainsi, celui de la mère d'Elizabeth, auquel, encore maintenant, tante Muriel évite de faire la moindre allusion. Elizabeth n'a jamais très bien compris pourquoi sa mère avait disparu. Par découragement, sans doute ; par incapacité à imaginer autre chose à faire. Selon la version de tante Muriel, la mère d'Elizabeth a quitté sa famille sous l'impulsion d'une dépravation innée — pour filer avec l'avocat de son propre père, et tante Muriel y décelait une sorte d'inceste qui, heureusement, n'avait pas duré longtemps. Elle, tante Muriel, avait aussitôt secouru les enfants abandonnés, et entrepris de les gaver de tous les avantages possibles.

Même enfant, Elizabeth n'admettait guère cette version des faits. Elle pense à présent que ce devait être le contraire, que tante Muriel les a volées, sa sœur et elle, pendant que sa mère était partie pour une de ses expéditions — « chercher du travail », comme elle leur disait. Et puis une fois qu'elle avait bien barricadé les enfants chez elle, tante Muriel avait dû annoncer à leur mère qu'elle était inapte à s'occuper d'elles, et que s'il le fallait elle le ferait prouver devant le tribunal. C'est plus dans le style de tante Muriel : une sorte de banditisme puritain.

Elle se souvient de l'événement en soi, mais cela ne lui dit rien. Elle jouait avec Caroline à découper des vedettes de cinéma ; et puis soudain tante Muriel était là, ordonnant : « Mettez vos manteaux, mes enfants. » Elizabeth avait demandé où elles allaient. « Chez le médecin », répondit tante Muriel, ce qui semblait plausible. Caroline à la fenêtre du troisième étage. *Voilà maman. Où ?* En bas, sur le trottoir, le visage levé à la lumière du réverbère, un manteau bleu ciel, avec des éphémères tout autour d'elle. La fenêtre ouverte, l'odeur des feuilles nouvelles. *Maman, maman,* crient-elles ensemble. Les pas de tante Muriel dans l'escalier, dans le couloir. Pourquoi hurlez-vous ainsi ? Ce n'est pas votre mère. Maintenant, fermez la fenêtre, ou tout le quartier va vous entendre. La femme qui se détourne et s'éloigne, la tête tristement courbée. Caroline hurlant devant la fenêtre close, et tante Muriel lui desserrant les doigts cramponnés à la poignée.

Pendant des mois, Elizabeth s'était endormie sur une scène du *Magicien d'Oz*. Le livre même était resté en arrière, il faisait partie de l'existence d'avant chez tante Muriel, mais elle s'en souvenait. C'était la scène où Dorothy lance un seau d'eau sur la Vilaine Sorcière de l'Ouest, et la fait fondre. Tante Muriel était la Sorcière, bien sûr. La mère d'Elizabeth était Glinda la Bonne. Un jour, elle reviendrait et s'agenouillerait pour embrasser Elizabeth sur le front.

Elle s'adosse à la chaise, ferme les yeux. Les yeux secs. Chris voulait lui faire quitter son emploi, sa maison, et ses deux enfants. Pour lui. Qu'elle se mette à sa merci. Sa tendre merci. Il aurait fallu qu'elle soit bien folle, et lui-même devait être fou pour imaginer qu'elle ferait une chose pareille. Aucun support visible. Il aurait dû laisser les choses comme elles étaient.

Elle se redresse, tend vivement la main vers le paquet de lettres, lit celle du dessus. VA TE FAIRE FOUTRE. Son dernier message. Elle était furieuse contre lui quand elle l'a lu.

Elle range dans une enveloppe ses talons de chèques, les factures réglées, et les doubles des reçus pour le paiement du loyer des locataires du dessus, et y inscrit : 1976. Et voilà une année bouclée. Maintenant, elle peut en commencer une autre. Le temps ne s'est pas arrêté pendant son absence — l'image qui lui vient désormais. Elle est tout juste parvenue à tenir le coup au bureau, mais elle a beaucoup à rattraper. L'exposition de couettes, par exemple, qu'il faut organiser et lancer. Les filles ont besoin de sous-vêtements neufs, et il faut acheter à Nancy des après-ski ; depuis déjà plusieurs jours elle rentre de classe avec un pied mouillé. Et puis Nate n'a pas l'air de tourner rond. Il y a quelque chose de nouveau dans sa vie, dont il ne lui a pas parlé. Peut-être a-t-il une nouvelle petite amie, maintenant que Martha a quitté la scène. Pourtant, il le lui avait toujours dit, jusqu'à présent. Elle passe les jours en revue, à la recherche d'indices ; à la base de son crâne commence l'ancien frisson, la vieille peur d'événements, de cataclysmes se préparant sans elle, rassemblant leurs forces comme une marée d'équinoxe à l'autre bout du monde. Dans son dos. Hors de contrôle.

Elle se lève, tourne la clé dans la serrure du secrétaire. Elle ne manque pas de force. Elle a de l'argent en banque, pas assez, mais quand même un peu. Elle n'a pas besoin de compter sur les autres, d'être en état de dépendance. Elle ne dépend que d'elle-même.

Mercredi 19 janvier 1977

LESJE

Les organismes s'adaptent à leur environnement. Par nécessité, la plupart du temps. Ils s'adaptent aussi à leurs propres besoins, et souvent avec une certaine fantaisie, on pourrait presque dire une perversité. Si l'on prend, par exemple, la troisième griffe modifiée de la patte arrière d'un des dinosaures préférés de Lesje, le deinonychus, de taille moyenne, mais mortel. Cette troisième griffe, contrairement aux deux autres, ne touche pas terre ; elle ne sert donc pas à marcher ni courir. Ostrom, l'expert reconnu et d'ailleurs premier découvreur du deinonychus, a conclu de la position et de la forme (recourbée comme une faux et aiguisée comme un rasoir) de cette griffe qu'elle servait exclusivement à vider les entrailles. Les pattes avant du deinonychus, proportionnellement plus longues que celles du tyrannosaure ou du gorgosaure, maintenaient la proie à une distance commode ; Deinonychus se tenait alors sur une seule patte, en se servant de la troisième griffe de l'autre pour ouvrir le ventre de sa proie. Un acte d'équilibre ; et aussi une façon bien excentrique d'affronter l'existence, c'est-à-dire de capturer et d'accommoder sa nourriture. On n'a encore rien découvert qui approche même le deinonychus. C'est cette excentricité, ce caractère unique, cette joyeuse acrobatie, qui séduit Lesje. Une sorte de danse.

Elle a bien des fois observé cette danse innocente et pourtant sanglante, blottie bien à l'abri de sa cime d'arbre qui, aujourd'hui, se trouve être un conifère. Il n'y a rien en vue pour le moment, toutefois ; pas même un ptérosaure. William

145

les a effrayés. Il erre au-dessous d'elle parmi les cycas à tronc bulbeux, mal à son aise. Quelque chose ne va plus ; rien n'est plus comme il avait l'habitude. Le soleil est étrange, il flotte de curieuses odeurs. Il n'a pas encore saisi qu'il se trouve en une autre époque.

Ne pas saisir constitue précisément son adaptation. Lesje est son environnement, et son environnement a changé.

Attablé en face d'elle, William mange les nouilles romanoff que Lesje vient de sortir de leur emballage Betty Crocker pour lui. Elle-même n'a pas faim pour le moment. Il la bombarde de pessimisme : des matières polluantes envahissent l'atmosphère, plus de trois cents dont la plupart n'ont pas encore été identifiées. De l'acide sulfurique et du mercure tombent, une brume métallique, une pluie acide, dans les lacs purs de Muskoka et plusieurs points situés au nord. D'abominables poissons remontent à la surface et se retournent, exposant leur ventre avant d'exploser. Si l'on ne multiplie pas immédiatement (immédiatement !) les contrôles par dix, les Grands Lacs vont mourir. Un cinquième des eaux fraîches du monde. Et pour quoi ? Pour fabriquer des petites culottes proclame-t-il d'une voix accusatrice, tandis que sa fourchette immobile laisse redégouliner les nouilles dans son assiette. Des élastiques, des voitures, des boutons en plastique ! Lesje acquiesce ; elle le sait, mais elle n'y peut rien. Il le fait exprès.

En cet instant même, poursuit infatigablement William, des oiseaux mangent des vers, et des PCB irréductibles se concentrent dans les graisses de leur chair. Quant à Lesje, elle est certainement déjà hors d'état de mener une grossesse normalement à terme, si l'on considère l'énorme quantité de DDT qu'elle a déjà accumulé dans son propre organisme. Sans parler des bombardements de radiations auxquels sont soumis ses ovaires, et qui lui vaudront presque certainement de donner naissance à un enfant bicéphale, ou bien à une masse de chair inerte de la taille d'un pamplemousse, équipée de cheveux et d'un jeu de dents complet (William cite des exemples), ou encore à un enfant avec les deux yeux sur un seul côté du visage, comme un carrelet.

Lesje, qui n'a nulle envie d'en entendre davantage pour le moment, même si c'est parfaitement juste, contre-attaque avec la toute nouvelle théorie concernant l'extinction des dinosaures. Les coquilles d'œufs devenues si fines que les bébés ne pouvaient plus incuber, à cause d'une dramatique augmentation des radiations cosmiques. (Cette théorie n'a pas très bonne réputation au musée, où l'on préfère une hypothèse plus graduelle : néanmoins, cela donne à William matière à réflexion. Cela pourrait se produire cette fois-ci encore. Sait-on quand peut exploser une étoile ?) Lesje demande à William s'il veut une tasse de café instantané.

Morose, William répond oui. C'est cette morosité, la disparition de son habituelle jovialité, qui constitue l'adaptation. Tel un chien reniflant l'air, il sent la différence en Lesje ; il sait, mais ne sait pas ce qu'il sait. D'où son état dépressif. Quand Lesje lui apporte son café, il s'exclame : « Tu as oublié que je le prends avec du lait. » D'une voix plaintive. Plaintif n'est pas un mot que Lesje associe à William.

Lesje s'installe dans son fauteuil. Elle a envie de ruminer, mais si elle va dans la chambre, William y verra une invitation, il la suivra et voudra faire l'amour. Ce que Lesje ne souhaite nullement faire en ce moment. (Problème : la copulation du deinonychus. Rôle de la troisième griffe recourbée comme une faux et aiguisée comme un rasoir : comment pouvait-elle ne pas gêner ? Accidents ?) Malgré le fait que chaque cellule de son corps s'est alourdie, liquide, massive, lumineuse d'énergie aqueuse, chaque noyau produit sa propre lumière. Collectivement, elle scintille comme une luciole ; elle est une lanterne, un signal musqué. Il n'est guère surprenant que William plane, priapique, anxieux, parce que deux fois elle s'est enfermée pour prendre sa douche, et qu'une fois elle lui a parlé de violente crampe d'estomac. Le pauvre William bourdonne gauchement, tel un hanneton se heurtant à l'écran.

Mais comment se fait-il que Nate n'ait plus reparu ? Il devait téléphoner le 17 ; déjà deux jours de retard. Elle cherche des prétextes pour traîner du côté du téléphone, au cas où il sonnerait ; elle reste à la maison quand, normalement, elle sortirait, et sort quand elle n'en peut plus. Elle aurait dû lui donner le numéro du bureau ; mais il pourrait facilement la joindre en passant par le standard, s'il le voulait. Ou bien est-ce qu'il a déjà téléphoné, et que William, devinant tout, lui a dit quelque chose de si dégoûtant et si menaçant que plus jamais Nate ne rappellera ? Elle n'ose pas le lui demander. Elle n'ose pas non plus appeler Nate. Si c'est Elizabeth qui répond, il sera contrarié. Si l'une des petites filles répond, il sera également contrarié. Et si c'est lui-même, il sera contrarié aussi parce qu'il pensera que l'une d'elles aurait pu répondre.

Lesje se réfugie dans son travail, qui a naguère constitué une parfaite évasion.

Une partie de son travail concerne l'éducation du public dans le domaine de la paléontologie des vertébrés. En ce moment, le musée prépare pour les écoles un ensemble audiovisuel sur les dinosaures, qui comprendra des diapositives et des commentaires enregistrés sur cassettes, des fascicules, des affiches et des guides pour les expositions du musée. On espère que cet ensemble éducatif remportera autant de succès que la vente des reproductions de diplodocus et de stégosaure (plastique gris, fabriqué à Hong-Kong) et l'album de coloriage des dinosaures le donnent à penser. Mais jusqu'où peut-on aller ? Faut-il parler de la vie familiale des dinosaures ? De leur système de ponte, de couvage, et — sujet délicat mais toujours du plus grand intérêt — de fertilisation ? Ou bien faut-il taire tout cela ? Sinon, les divers groupes et associations de parents en plein essor ne vont-ils pas s'opposer à cet enseignement et boycotter le matériel ? Ce type de questions n'aurait normalement pas effleuré Lesje, mais le Dr Van Vleet y a pensé, et lui a demandé d'y réfléchir et de lui soumettre des solutions.

Lesje ferme les yeux, voit devant elle les squelettes articulés des expositions du musée, dans une grotesque imitation de vie. Qui pourrait formuler la moindre objection à une copulation effectuée depuis quatre-vingt-dix millions d'années ? La vie amoureuse des pierres, la sexualité des ossements. Pourtant, elle voyait bien comme des passions aussi gargantuesques, l'ébranlement de la terre, une seule narine obstruant tout l'écran, des soupirs de désir résonnant comme la sonnerie brutale d'une usine, pouvaient bouleverser certaines gens. Elle se souvient de son institutrice de huitième jetant les œufs de crapauds qu'elle avait apportés à l'école. Elle avait voulu raconter à la classe comment elle les avait vu pondre dans un fossé, l'énorme femelle cramponnée par un mâle si petit qu'il semblait d'une espèce différente. La maîtresse écouta ce récital en solo, puis déclara qu'elle ne pensait pas que la classe eût vraiment besoin de savoir ce genre de chose. Comme toujours, Lesje avait accepté le verdict des adultes, et elle avait en silence regardé l'institutrice emporter le bocal plein des précieux œufs de crapauds hors de la salle pour aller les jeter dans les toilettes des filles.

Pourquoi n'avaient-ils pas besoin de savoir ce genre de choses ? Lesje se le demande à présent. Qu'ont-ils besoin de savoir ? Sans doute pas grand-chose. Certainement pas les questions qui lui viennent dans ses moments de réflexion personnelle. Les dinosaures avaient-ils des pénis, par exemple ? Bonne question. Leurs descendants, les oiseaux, ont une poche cloacale, tandis que certains serpents ont non seulement un pénis, mais deux. Le dinosaure mâle tenait-il la femelle par la nuque, comme un coq ? Les dinosaures vivaient-ils en troupeaux, s'unissaient-ils pour la vie comme les oies, avaient-ils des harems, les mâles se battaient-ils entre eux à la saison des amours ? Peut-être cela permettrait-il d'expliquer la troisième griffe modifiée du deinonychus. Lesje décide de ne pas soulever ces questions. Les dinosaures pondaient des œufs comme les tortues, et voilà tout.

William annonce qu'il a encore faim, et va à la cuisine se faire un sandwich. Il exprime là son mécontentement devant l'inaptitude de Lesje à satisfaire ses exigences : Lesje le sait, mais s'en moque. Habituellement, elle courrait lui faire son sandwich, car William s'est toujours proclamé monstrueusement maladroit dans une cuisine. Il va sûrement casser quelque chose ou se couper le doigt avec une boîte de sardines (grand ennemi des conserves, William traverse cependant des périodes de fringale de sardine qu'il lui faut alors impérieusement assouvir). Il va y avoir de la destruction et du carnage, des blessures, des marmonnements et des malédictions ; William émergera de la cuisine avec un sandwich horrible à voir, tout déchiqueté, et avec de l'huile de sardine plein sa chemise. Il viendra s'exhiber pour qu'elle le console, et elle sait déjà qu'elle le fera. En l'absence de Nate qui, quand elle y songe, ne lui a rien proposé du tout. Une vaste plaine. Un risque.

Le téléphone sonne, et William décroche avant même que

Lesje ait quitté son fauteuil. « C'est pour toi », annonce-t-il.

La respiration brusquement bloquée, Lesje empoigne l'appareil.

« Allô, prononce une voix de femme. Ici, Elizabeth Schoenhof. »

La gorge de Lesje se contracte. La voici découverte. Les grands-mères convergent vers elle en brandissant sa culpabilité, leur chagrin.

Mais c'est tout le contraire. Elizabeth l'invite tout simplement à dîner, avec William, bien sûr. Nate et Elizabeth, déclare Elizabeth, seraient tous deux fort heureux qu'ils puissent se rendre libres et venir.

Vendredi 21 janvier 1977

ELIZABETH

Elizabeth déjeune avec Martha dans la cafétéria orange du musée. Toutes deux mangent sobrement : potage, yogourt aux fruits, thé. Elizabeth a insisté pour payer. Martha ne s'est pas défendue pour payer sa part comme elle l'aurait fait naguère. C'est un signe de sa défaite.

De même que leur déjeuner ici. La cafétéria du musée n'a rien d'exceptionnel. Naguère, aux beaux jours de l'ascendant de Martha, quand Elizabeth avait vu en elle la possibilité d'une menace, elle s'était donné beaucoup de mal pour que leurs déjeuners aient lieu dans de bons restaurants où Elizabeth pouvait étaler sa science des grands menus et saouler légèrement Martha avec des apéritifs et du vin. Martha ne tient pas très bien l'alcool, et cela a beaucoup servi à Elizabeth. Elle-même buvait de toutes petites gorgées au bord de son verre, pendant que Martha descendait la carafe entière, et finissait par déblatérer beaucoup plus qu'elle ne l'aurait dû sur les activités et les imperfections de Nate. Chaque fois que Martha proférait une critique à l'encontre de Nate, Elizabeth opinait en murmurant un acquiescement, alors même que ces réflexions désobligeantes l'irritaient car elles touchaient au vif son choix de mari ; et la gratitude embuait les yeux de Martha. Ce n'est pas que Martha ait la moindre affection pour elle. Ni l'une ni l'autre ne se font la moindre illusion sur ce point. Elle n'aura bientôt plus besoin de convier Martha à déjeuner ; un café suffira. Et ensuite elle aura des rendez-vous chez le dentiste. Beaucoup.

Elizabeth a ôté ses plats du plateau, pour les poser sur une serviette en papier, mais Martha n'a pas le temps aujourd'hui de procéder à ce genre de délicatesse. Elle mange à même le plateau aspirant sa soupe, son visage carré renfrogné dans une expression maussade. Elle a tiré en arrière ses cheveux foncés et raides et les a fixés contre son crâne à l'aide d'une barrette en plastique imitant l'écaille. Elle a le teint plombé, crispé ; plus rien de la joviale paysanne à l'ample poitrine généreuse à laquelle Elizabeth s'était tout d'abord trouvée confrontée. Elle est ici pour se plaindre de Nate, comme s'il avait cassé un carreau avec son ballon et qu'Elizabeth était sa mère.

« Je l'ai frappé, déclare Martha, juste entre les deux yeux. Je n'aurais sans doute pas dû, mais ça m'a fait du bien. C'est un salaud, vous savez. Sous toute cette *compréhension*. Je ne comprends pas comment vous pouvez vivre avec lui. »

Autrefois, Elizabeth aurait acquiescé ; mais désormais, elle peut s'offrir quelques luxes. Pauvre Nate, songe-t-elle. Il est tellement naïf. « C'est un père fabuleux, explique-t-elle. Il n'en existe pas deux comme lui. Les filles l'adorent.

— Je ne risque pas de le savoir, moi », riposte Martha. Elle croque sauvagement son biscuit ; des miettes s'éparpillent sur le plateau. Aucune classe, se dit Élizabeth ; elle n'en a jamais eu. Élizabeth a toujours su que tôt ou tard Martha jouerait trop gros. Pour sa part, elle s'efforce de demeurer dans les litotes. Elle ouvre son yogourt à la pêche, et se met à remuer délicatement le fond.

« Au début, je ne comprenais pas pourquoi vous étiez si gentille avec moi, reprend Martha avec un peu de son ancienne belligérance. De m'emmener déjeuner, et tout ça. Je ne voyais vraiment pas. Si j'avais été vous, je ne l'aurais pas fait.

— Je crois à la nécessité de demeurer civilisés dans ce genre d'affaires, explique Elizabeth.

151

— Mais ensuite j'ai compris. Vous vouliez nous superviser. Comme un genre de surveillant dans la cour de récréation. Pour vous assurer que ça n'allait pas trop loin — hein ? Vous pouvez bien l'avouer, maintenant que tout est fini. »

Elizabeth fronce légèrement le sourcil. Elle n'apprécie guère cette appréciation de ses propres motivations, même si ce n'est qu'un petit peu vrai. « Je trouve cela assez injuste, Martha », proteste-t-elle. Derrière Martha, il se passe quelque chose de plus intéressant. Lesje Green vient d'entrer en compagnie du conservateur de la paléontologie des vertébrés, le Dr Van Vleet. Ils longent le comptoir et choisissent leurs plats, à présent. Ils déjeunent souvent ensemble ; tout le monde sait que cela ne cache rien, car le Dr Van Vleet a près de quatre-vingt-dix ans et, de notoriété publique, Lesje vit avec un jeune homme qui travaille au ministère de l'Environnement. Sans doute déjeunent-ils ensemble parce qu'ils ne trouvent personne d'autre qui accepte de parler des vieux cailloux et des ossements qui les obsèdent.

Elizabeth a toujours trouvé difficile de communiquer avec Lesje : bizarre, parfois pédante, emmerdante. Trop spécialisée. Aujourd'hui, cependant, elle la suit des yeux avec davantage d'intérêt. Le tuyau, maintenant qu'elle a pris le temps d'y réfléchir, date de cette fameuse visite au musée en novembre dernier. Les enfants lui ont parlé de la dame des dinosaures qui leur a tout expliqué, alors que Nate n'en a pas soufflé mot. Il avait pourtant proposé à Elizabeth de venir avec eux, ce qui ne cadre pas ; mais Nate est un tel gaffeur qu'il est parfaitement capable de ce genre de choses. Il apparaît de plus en plus dans la lune, il se frotte contre les meubles. Elle est pratiquement sûre de ne pas se tromper, et demain soir elle saura.

« Nous parlions censément à cœur ouvert, continue Martha, mais nous ne l'avons jamais fait, n'est-ce pas ? Je veux dire que nous parlions beaucoup de lui, mais jamais je ne vous ai dit ce que je pensais de vous, et jamais vous ne m'avez dit ce que vous pensiez de moi. Nous n'avons jamais été vraiment franches, hein ? »

La franchise démange impérieusement Martha, en ce moment, un match de hurlements ne lui déplairait pas — ici même, dans la cafétéria. Elizabeth regrette que Nate n'ait pas choisi une petite amie plus stylée. Mais une secrétaire juridique dans un cabinet d'avocats de quatre sous, que voulez-vous ! Pour sa part, Elizabeth n'a pas de temps à perdre en escalade de franchise. Elle ne voit aucun intérêt à dévoiler ses vraies opinions à Martha, et elle sait déjà ce que Martha pense d'elle.

Mais elle sait qu'elle gagnerait, dans n'importe quelle compétition. Martha ne dispose que d'un seul vocabulaire, celui qu'elle emploie ; tandis qu'Elizabeth en possède deux. La distinction courtoise qu'elle a acquise, simple façade, mais fort utile : insinuante, flexible, adaptable. Et puis un langage totalement différent, plus ancien, plus dur, qui lui reste des rues et des cours d'école, à l'opposé de la courtoisie, où elle a dû se tailler une place chaque fois que ses parents prenaient la poudre d'escampette. Ces déménagements à la cloche de bois se faisaient la nuit pour échapper aux témoins et aux propriétaires. Elizabeth s'endormait sur les robes de sa mère, superbes robes délicates qui lui restaient d'une autre époque et qu'elle entassait en vrac, et se réveillait en sachant qu'il lui faudrait cette fois encore affronter de nouveaux visages, de nouvelles initiations. Si quelqu'un la poussait, elle poussait deux fois plus fort, et si quelqu'un bousculait Caroline, elle fonçait tête baissée, droit sur l'estomac. Elle pouvait ainsi atteindre de grands enfants, et même des garçons. Jamais on ne s'attendait à cela chez une enfant si petite. Il lui arrivait de perdre, mais pas souvent. Elle perdait quand ils étaient plus de deux contre elle.

« Tu deviens un vrai voyou », gémissait sa mère dans ses moments larmoyants, en nettoyant le sang. En ce temps-là, Elizabeth saignait constamment. Sa mère n'y pouvait certes pas grand-chose ; ni d'ailleurs à rien d'autre. Le grand-père d'Elizabeth les avait aidés du temps qu'il vivait, tout en marmonnant que son père était un bon à rien, mais dans les derniers mois de sa vie il s'était laissé mettre le grappin dessus par tante Muriel, et avait modifié son testament. C'est en tout cas ce qu'avait dit sa mère après l'enterrement.

Et puis ils déménagèrent encore, dans un appartement plus étriqué s'il est possible, et sa mère tournait désespérément en rond dans la minuscule pièce avec des choses dans les mains, une théière, un bas, ne sachant pas où les poser. « Je n'ai pas été habituée à cela », répétait-elle. Elle alla se coucher, avec une migraine ; cette fois-là, il y avait un lit. Le père d'Elizabeth rentra avec deux amis, et lui raconta une blague : *Qu'ont dit les poulets quand leur mère a pondu une orange ? Oh ! de la marmelade d'oranges.*

Personne ne mit Elizabeth au lit, mais on ne le faisait jamais. Son père faisait parfois semblant de vouloir la coucher, mais c'était simplement un prétexte pour s'affaler tout habillé sur le lit de sa fille. Sa mère se releva, et tout le monde continua à boire dans la salle de séjour. Elizabeth avait l'habitude. En chemise de nuit, elle s'assit sur les genoux de l'un des hommes, et sentit sa peau mal rasée contre sa joue. Il l'appelait « chouchou ». Sa mère se leva pour aller dans la chambre des petites filles, et trébucha sur le pied de son père. Il l'avait fait exprès : il adorait faire des blagues. « La plus belle femme du monde », déclama-t-il dans un grand rire, tout en la relevant du linoléum dont Elizabeth se rappelle à son gré le motif de fleurs jaune et marron. Il lui posa un baiser distrait sur la joue, avec un clin d'œil ; les autres hommes éclatèrent de rire. La mère d'Elizabeth se mit à pleurer, et couvrit de ses mains son visage de porcelaine.

« Tu es une vraie merde », déclara Elizabeth à son père. Les hommes rirent de plus belle.

« Tu ne le penses pas sérieusement, dit-il. Ton pauvre vieux papa. » Il la chatouilla sous les aisselles. Le lendemain matin il avait disparu. Ce fut après cet incident, que l'espace devint intermittent.

Presque personne ne sait cela au sujet d'Elizabeth. On ne sait pas qu'elle est une réfugiée, avec les habitudes désespérées d'une réfugiée. Nate le sait un petit peu. Chris le savait, à la fin, Martha l'ignore, ainsi que Lesje, et cela procure à Elizabeth un énorme avantage. Elle sait que rien en elle-même ne l'obligera à se tenir bien. Elle pourra parler en s'appuyant sur cette autre vie s'il le faut. Si on la pousse, plus rien ne l'arrêtera. Autrement dit : en arrivant à rien, elle s'arrêtera.

A quelques pas de sa table, Lesje s'avance en penchant affreusement son plateau, le visage empreint de cette expression d'un autre monde qui signifie sans doute qu'elle songe à d'obscures choses, mais qui pour Elizabeth évoque plutôt une petite crise d'épilepsie. Elle s'assied, et renverse presque sa tasse de café d'un coude anguleux. Elizabeth jauge rapidement ses vêtements, encore un blue jeans. Mais Lesje peut se le permettre, elle est si maigrichonne. Et puis elle n'est qu'assistante. Elizabeth, pour sa part, est obligée de s'habiller avec plus de soin.

« Excusez-moi, Martha, dit-elle. Voici quelqu'un que je dois absolument voir. » Contrariée, Martha déchire le couvercle en papier d'aluminium de son yogourt.

Elizabeth s'approche doucement, et pose la main sur l'épaule recroquevillée de Lesje en appelant : « Lesje. »

Lesje lâche sa cuillère en poussant un cri aigu, puis se retourne et dit : « oh ! »

— Il ne faut jamais la surprendre par-derrière, explique le Dr Van Vleet. Je l'ai appris depuis longtemps. L'expérience s'acquiert à force d'erreurs.

— Je suis navrée, déclare Elizabeth. Je voulais juste vous dire comme nous sommes heureux que vous soyez libre demain soir. »

Lesje acquiesce, et parvient finalement à articuler : « Moi aussi, enfin, nous. » Elizabeth adresse un aimable sourire au Dr Van Vleet, s'arrête juste assez longtemps à côté de Martha pour lui dire qu'elle a été ravie de déjeuner avec elle, et qu'elle espère la revoir bientôt ; elle regrette beaucoup, mais elle doit regagner son bureau.

Elle se sent très calme. Elle fera face.

Elle travaille tout l'après-midi, dictant des notes et tapant elle-même certaines lettres requérant davantage de réflexion. Ils ont donné le feu vert pour l'exposition d'Art paysan chinois, et il faut à présent se mettre à l'œuvre ; mais la Chine se vend bien, en ce moment, et l'exposition devrait être assez facile à lancer.

Juste avant la fermeture, elle couvre sa machine à écrire, et prend son sac et son manteau. Elle s'est juré de réaliser un autre projet aussi, aujourd'hui.

Elle gravit l'escalier, franchit la porte en bois qui est interdite au public, emprunte le couloir bordé de casiers métalliques des deux côtés. L'atelier de Chris. Un autre homme y travaille désormais. Il lève les yeux de sa table de travail à l'entrée d'Elizabeth. Petit, le cheveu rare, tout à fait différent de Chris.

« Que puis-je pour vous ? s'enquiert-il.

— Je suis Elizabeth Schoenhof, dit-elle. Je travaille au département des expositions temporaires. Je me demandais si vous n'auriez pas quelques chutes de fourrure. N'importe quoi fera l'affaire : les enfants s'en servent pour habiller leurs poupées. »

L'employé sourit et se lève pour chercher. On a prononcé son nom devant Elizabeth, mais elle l'a oublié : Nagle ? Elle se renseignera. Connaître les techniciens de tous les services, cela fait partie de son travail : pour le cas où elle aurait besoin de faire appel à leurs compétences.

Tandis qu'il fourrage dans le fouillis qui s'amoncelle sur les étagères, Elizabeth regarde tout autour d'elle. La pièce a changé, on l'a réorganisée. Le temps ne s'est pas arrêté, rien ne s'est figé. Chris a définitivement disparu. Elle ne peut pas le ramener, et pour la première fois n'en éprouve nulle envie. Il la punira plus tard pour cette pensée, sans aucun doute, mais pour le moment elle est débarrassée de lui.

Elle descend lentement les marches de marbre, en tripotant une poignée de petits morceaux de fourrure. Des miettes. Tout ce qui reste de Chris, qu'elle ne se rappelle déjà plus totalement. A la porte, elle fourre le tout dans son sac, puis prend le métro jusqu'à Saint-George et de là jusqu'à Castle Frank. Elle parcourt à pied le viaduc jusque vers le milieu, au-dessus du ravin enneigé et des voitures qui glissent très vite, tout en bas. De même que tante Muriel, elle obéit à certains rites funéraires. Elle ouvre son sac, et jette un à un dans l'espace les petits morceaux de fourrure.

Samedi 22 janvier 1977

LESJE

Assise dans le salon d'Elizabeth, Lesje tient en équilibre sur son genou gauche une petite tasse de ce qui doit être un excellent café. De sa main droite, elle tient un verre à liqueur à moitié plein de bénédictine. Elle ne sait pas comment elle a pu se retrouver ainsi chargée de deux récipients sans nulle part où les poser. Elle est absolument certaine que d'ici à quelques instants elle en renversera au moins un, et sans doute les deux, sur le tapis couleur champignon d'Elizabeth. Elle meurt d'envie de s'en aller.

Mais tous les autres jouent à un jeu qui substitue le mot « élan » à n'importe quel autre dans des titres de romans canadiens. Cela fait apparemment partie d'une plaisanterie.

« Mon Élan et Moi », lance Elizabeth, et aussitôt tout le monde rit.

« Facétie d'Élan », renchérit la femme du type des Grecs et des Roumains, qui travaille à CBC.

« L'Élan de Dieu », reprend le mari, prénommé Philip. Personne ne l'appelle Phil. Elizabeth rit, et demande à Lesje si elle veut encore un peu de bénédictine.

« Oh ! non, je suis bien comme ça », répond Lesje en espérant avoir simplement murmuré, mais craignant d'être gauche. Elle a besoin d'une cigarette, mais n'a plus de main libre. Elle ne lit pas de romans, et n'a reconnu aucun des titres que les autres, même Nate, même parfois William, ont maniés si facilement. *Le Dernier des Élans,* pourrait-elle dire. Mais ce n'est pas canadien.

Tout le dîner s'est déroulé ainsi. Juste avec un couple d'amis, lui avait dit Elizabeth. Sans façon. Alors Lesje est venue en pantalon, avec une longue veste en tricot, et les deux autres femmes portent des robes. Pour une fois, Elizabeth n'est pas en noir ; elle arbore une ample robe de mousseline grise qui lui donne l'air plus jeune et plus mince qu'elle ne semble au bureau. Elle porte même un collier, une chaîne avec un poisson d'argent. L'autre femme ruisselle de mauve. Avec ses rayures voyantes et désinvoltes, Lesje a l'impression de n'avoir que douze ans.

Elle n'a pu voir Nate qu'une seule fois avant ce soir. En désespoir de cause, elle l'a appelé chez lui ; l'une des petites filles a répondu. « Attendez. » Brutalement, le heurt du téléphone tombant par terre. Il a dû glisser de la table. Un cri. « Papa, c'est pour toi. »

Ils avaient pris rendez-vous dans le café de la galerie commerciale située en bas de chez Lesje. Audacieux : et si William ?...

« Pourquoi nous invite-t-elle à dîner ? » voulait savoir Lesje, absolument affolée. Elle ne pouvait plus reculer, à présent, cela semblerait bizarre. Et à William aussi. Et si elle avait refusé dès le début, cela aurait paru bizarre aussi.

Nate lui tenait prudemment la main. « Je ne sais pas, répondit-il. J'ai renoncé à m'interroger sur ses motivations. Je ne sais jamais pourquoi elle fait les choses.

— Nous ne sommes pas tellement liées, au bureau, expliqua Lesje. Elle est au courant ?

— Sans doute, répondit Nate. Elle ne m'a pas prévenu d'avance qu'elle comptait t'inviter à dîner. Je ne pouvais pas lui dire de ne pas le faire. Elle invite souvent des gens à dîner ; autrefois, surtout.

— Tu lui as tout dit ? » Soudain, c'était le genre de chose qu'il faisait sûrement.

« Pas vraiment, dit-il. J'ai sans doute mentionné ton nom deux ou trois fois. Je pense beaucoup à toi. Peut-être s'est-elle fiée à cet indice-là. Elle devine tout.

— Mais même si elle le sait, pourquoi m'inviter à dîner ? » C'est bien la dernière chose qu'elle ferait, pour sa part. Une ancienne petite amie de William, qui est assistante dentaire, propose régulièrement qu'ils aillent tous les trois déjeuner quelque part ensemble. Lesje s'y est toujours formellement opposée.

« J'imagine qu'elle a juste envie de te voir, suggère Nate, de tout près. Ne t'inquiète pas, tout se passera bien. Elle ne va rien *faire*. Le dîner te plaira, elle cuisine très bien quand ça lui chante. »

Lesje ne risquait guère de s'en apercevoir. Elle était tellement paralysée d'appréhension qu'elle pouvait à peine mâcher. Le bœuf bourguignon aurait pu être un pâté de sable, en ce qui la concernait. Elizabeth fit très gentiment mine de ne pas remarquer que Lesje laissait presque tout dans son assiette. Au début du dîner, elle posa à Lesje trois questions très bien informées sur la structure du pouvoir dans le service de Paléontologie des vertébrés, et toute réponse honnête à l'une de ces trois questions aurait pu coûter son emploi à Lesje, en cas d'indiscrétion. Lesje chercha maladroitement des faux-fuyants, et Elizabeth orienta la conversation sur le petit monde de la télévision canadienne, sujet sur lequel la femme du type des Grecs et des Romains apporta une abondante provision de potins.

Au moment du dessert, Elizabeth concentra son intérêt sur William. Elle trouvait son travail au ministère de l'Environnement fascinant, et tellement essentiel. Sans doute devrait-elle bien faire l'effort d'aller jeter toutes ses vieilles bouteilles et ses journaux dans ces trucs, ces poubelles spécialisées. Satisfait, William lui administra tout un sermon sur le funeste destin qui attendait l'humanité si elle ne faisait pas cet effort, et Elizabeth continua à acquiescer courtoisement.

Pendant ce temps, Nate s'animait à l'arrière-plan, fumant sans cesse, buvant continuellement mais sans laisser paraître aucun effet particulier, évitant le regard de Lesje, aidant à empiler les assiettes et servant le vin. Elizabeth le dirigeait sans paraître lui commander : « Mon chéri, voudrais-tu me donner une cuillère à crème ? » — « Mon chéri, voudrais-tu mettre le café en route, pendant que tu es à la cuisine ? » Lesje demeurait immobile sur sa chaise, à grignoter les bords de sa meringue en regrettant que les enfants ne soient pas là. Au moins, elle aurait eu quelqu'un à qui parler sans rougir et bredouiller et craindre à chaque instant qu'un torrent de scories se déverse sur la belle nappe de fil si elle ouvre la bouche. Quelque chose sur les suicides ou les chambres d'hôtel, par exemple. Mais les enfants sont allées passer la nuit chez des amis. Quelquefois, a dit Elizabeth, et même si l'on adore passionnément ses enfants, on éprouve le désir de se sentir un peu adulte et libre. Nate n'est pas toujours d'accord, a-t-elle précisé en s'adressant directement à Lesje. C'est un père tellement tendre. Il aurait voulu vivre avec les enfants vingt-quatre heures par jour. « N'est-ce pas, mon chéri ? »

Ne l'appelez donc pas *mon chéri,* voudrait dire Lesje. Vous ne pouvez pas me tromper. Mais sans doute s'agit-il surtout d'une habitude. Après tout, ils sont mariés depuis déjà dix ans.

Ce qu'Elizabeth a pris grand soin de souligner. Toute la soirée elle a mentionné les plats préférés de Nate, les vins préférés de Nate, les goûts vestimentaires de Nate. Elizabeth regrette qu'il ne se fasse pas plus souvent couper les cheveux dans le cou ; elle l'a longtemps fait elle-même avec les ciseaux à ongles, mais elle n'arrive plus à le faire tenir tranquille pendant le temps qu'il faut. Le comportement de Nate le jour de leur mariage a également été mentionné, mais pas expliqué ; tout le monde dans la pièce semblait connaître l'histoire, même le couple Grecs et Romains. A l'exception de Lesje et, bien sûr, de William qui se trouvait alors dans la salle de bains. Où Lesje voudrait ardemment être en ce moment.

William fume la pipe — affectation qu'il réserve exclusivement aux réunions mondaines. « J'en connais un encore mieux, annonce-t-il. Qui sait jouer au Star Trek ? » Mais personne ne sait et, quand William commence à expliquer le jeu, tout le monde trouve cela trop compliqué.

« Au canot de sauvetage ? » suggère la femme des Grecs et des Romains.

Nate demande à la ronde si quelqu'un veut encore de la bénédictine. Pour sa part, il va se servir un scotch. Quelqu'un veut-il se joindre à lui ?

« Excellente idée ! », s'exclame Elizabeth. Elle explique qu'il s'agit d'un jeu très simple. Nous sommes tous dans un canot de sauvetage, et la nourriture vient à manquer. Ce qu'il faut, c'est convaincre tous les autres des raisons pour lesquelles nous-mêmes devons rester dans l'embarcation au lieu d'être jetés par-dessus bord. » Elle ajoute que ce jeu apparaît bien souvent très révélateur sur le plan psychologique.

« Je me sacrifie pour le bien du groupe, annonce Nate d'emblée.

— Oh ! s'exclame Elizabeth avec une grimace railleuse. Il fait toujours pareil. C'est son éducation quaker. En vérité, cela signifie qu'il n'a pas envie de se casser la tête.

— Unitarien, corrige Nate. Je pense simplement qu'il s'agit là d'un jeu particulièrement malfaisant.

— C'est pour cela qu'on l'appelle « le canot de sauvetage », déclare Elizabeth d'un ton badin. Bon, alors Nate est déjà par-dessus bord. Les requins se disputent sa carcasse. Qui veut commencer ? »

Comme personne ne se manifeste, Elizabeth déchire en morceaux une serviette en papier, et l'on procède au tirage au sort.

« Bon, commence le type des Grecs et Romains, je connais

le Morse, et cela peut aider à nous sauver. Et puis je suis adroit de mes mains, et quand nous aborderons à une île déserte, je pourrai construire une cabane et ainsi de suite. Je suis assez fort en plomberie aussi. Un vrai bricoleur. (Il sourit.) Il est toujours utile d'avoir un homme chez soi. »

Elizabeth et la femme qui travaille à la télévision admettent en riant qu'il faut le garder dans l'embarcation.

Vient ensuite le tour d'Elizabeth. « Je suis excellente cuisinière, annonce-t-elle. Mais le plus important, c'est que j'ai un instinct de survie extrêmement puissant. Si vous essayez de me jeter par-dessus bord, j'en entraînerai au moins un avec moi. Qu'en dites-vous ? Et de toute façon, je pense que nous ne devrions jeter personne par-dessus bord, ajoute-t-elle. Nous ferions mieux de garder tout le monde, et puis de les manger. Récupérons donc Nate.

— Je suis déjà très très loin, proteste Nate.

— Elizabeth emploie des menaces, observe la femme de CBC. Nous pourrions tous en faire autant ; à mon avis, cela ne devrait pas compter. Mais si nous voulons réfléchir à long terme, je pense qu'il faudrait me garder plutôt qu'Elizabeth. Elle a pratiquement passé l'âge d'avoir des enfants, et si nous voulons établir une colonie, il nous faudra des bébés. »

Elizabeth blêmit. « Je suis sûre que j'arriverais bien encore à m'en extraire quelques-uns, dit-elle.

— Sûrement pas beaucoup, réplique gaiement l'autre femme. Allons, Liz, ce n'est qu'un jeu.

— Lesje ? interroge Elizabeth. A vous de vous engager sur la planche. »

Lesje ouvre la bouche, puis la referme. Elle se sent devenir écarlate. Elle sait bien qu'il ne s'agit pas d'un jeu, mais d'une sorte de défi. Mais même ainsi, elle ne voit absolument aucune raison pour qu'on lui laisse la vie sauve. Elle n'est pas bonne cuisinière, et de toute façon il n'y a pas grand-chose à cuisiner. Elle ne sait pas construire d'abris. La femme de la télévision a déjà employé l'argument des bébés, et quoi qu'il en soit, Lesje a le pelvis très étroit. A quoi peut-elle servir ? Rien de ce qu'elle sait, de ce qu'elle sait vraiment, n'est le moins du monde nécessaire pour survivre.

Tous la regardent, à présent, embarrassés par tout le temps que cela lui prend, par sa visible confusion. « Si nous trouvons des ossements, articule-t-elle finalement, je pourrai vous dire à qui ils appartiennent. » Comme si l'histoire des ossements comptait, à part pour elle-même et quelques rares autres maniaques. Elle a voulu tenter de plaisanter, mais ce n'est pas très brillant. « Excusez-moi », murmure-t-elle d'une voix étranglée. Elle pose soigneusement sa tasse sur le tapis beige, puis son verre. Elle se lève, fait demi-tour et se prend le pied dans la tasse. Elle s'élance hors de la pièce.

« Je vais chercher un torchon », entend-elle Nate annoncer.

Elle s'enferme dans la salle de bains d'Elizabeth, et se lave les mains avec le savon brun spécial d'Elizabeth. Puis elle s'assied, ferme les yeux, les coudes appuyés sur ses genoux et les deux mains sur la bouche. Ce doit être la bénédictine. Est-elle vraiment si maladroite, si inutile ? Du haut de son arbre, elle observe un ornithomime aux grands yeux, semblable à un oiseau, qui court dans les fourrés à la poursuite d'un petit proto-mammifère. Combien d'années pour apprendre à avoir des poils, à enfanter, à nourrir les petits ? Combien pour le cœur à quatre alvéoles ? Ces choses sont quand même importantes, il ne faudrait pas qu'elles disparaissent avec elle. Il faut lui permettre de poursuivre ses recherches, ici, dans cette forêt de conifères primitifs et de cycades aux troncs comme des ananas.

Tout le monde a un certain nombre d'os, songe-t-elle, agrippée à sa lucidité. Non pas à eux, mais à quelqu'un d'autre, et il faut nommer ces os, savoir comment les désigner, autrement que sont-ils, ils sont perdus, coupés de leur propre signification, ils auraient tout aussi bien pu n'être pas sauvés pour vous. On ne peut pas les nommer tous, il y en a trop, le monde en est plein, en est fait, alors il faut choisir lesquels. Tout ce qui a déjà disparu nous a laissé ses ossements, et nous laisserons les nôtres à notre tour.

C'est là ce qu'elle sait — son domaine, comme on dit. Et c'est comme un domaine que l'on peut parcourir en disant : Voici nos limites. Elle sait pourquoi les dinosaures font beaucoup de choses qu'ils font, et elle peut deviner le reste, procéder à des suppositions savantes. Mais au nord de son domaine commence l'histoire, et le brouillard y règne. Elle a une impression d'hypermétropie à distinguer au loin le lac et ses rivages ainsi que les sauropodes au dos luisant qu'elle voit si bien lézarder au clair de lune, quand sa propre main semble si floue. Elle ignore, par exemple, pourquoi elle pleure.

ELIZABETH

Elizabeth gît dans son lit, les bras le long du corps, les pieds rassemblés. La faible lueur du réverbère s'infiltre par les lames du store en bambou et zèbre le mur, brisée ici et là par l'ombre des plantes vertes, dont les doigts recourbés ne tiennent ni ne saisissent rien. La fenêtre est entrouverte, et la plaque de bois qui recouvre les trois trous du châssis a été déplacée, ce qui laisse passer un courant d'air froid. Elizabeth l'a ouverte avant de se coucher, car elle avait besoin d'air.

Elizabeth gît avec les yeux grands ouverts. Au-dessous d'elle, dans la cuisine, Nate déplace des assiettes. Elle le repère, et puis l'écarte de ses pensées. Elle peut voir, au travers du plafond sombre, des solives, des couches de plâtre et du linoléum usé, des carrés bleus qu'elle, propriétaire négligente, aurait dû remplacer depuis longtemps, au-delà des lits où dorment les locataires, une mère, un père, un enfant, toute une famille, au travers du plafond rose de leur chambre et des chevrons, au travers du toit rapiécé qui fuit, elle voit l'air, le ciel, l'espace où rien ne la sépare du néant. Les étoiles dans leur enveloppe gazeuse continuent à brûler. L'espace ne l'effraye plus. Elle sait qu'il est inhabité.

Où es-tu parti ? Je sais que tu n'es pas dans cette boîte. Les Grecs rassemblaient tous les éléments du corps ; sinon, l'âme ne pouvait pas quitter la surface de la terre. Vers les îles heureuses. C'est Philippe qui a raconté cela ce soir, entre le bœuf bourguignon et la meringue nappée de sauce au chocolat parfumée de cannelle. Puis il a changé de sujet, avec un brusque embarras en se souvenant qu'il n'aurait pas dû parler de coutumes funéraires. Je souriais, je souriais. C'était un cercueil fermé, bien sûr. Ils l'ont expédié vers le nord dans de la glace sèche, rigide parmi les cristaux si froids, et il émanait de lui une brume, comme dans un film de Dracula. Cette nuit je songeais, ils ont oublié quelque chose. Une partie de lui est restée en arrière.

Incapable de bouger, elle s'était quand même fait conduire par Nate en taxi jusqu'au train, et elle y était restée assise comme une dalle de pierre jusqu'à Thunder Bay, et puis dans cet indescriptible autocar. English River. Upsala d'un côté, Bonheur de l'autre, et Osaquan au bout de la route. Il lui rappelait ces noms fréquemment, ainsi que l'indignité d'être né à English River. « Les Anglais », y disait-on encore – Écossais, Français, Indiens, n'importe quoi. L'ennemi, les spoliateurs. Elle comptait parmi les Anglais.

Assise sur le banc du fond, elle s'était agenouillée quand les autres s'agenouillaient et relevée quand ils se relevaient, tandis que Chris, entouré de quelques fleurs chiches, subissait la cérémonie. Heureusement, cela se passait en anglais et elle pouvait suivre. Ils prononcèrent même le Notre Père, dans une version légèrement modifiée. Pardonne-nous nos fautes. Quand elle était petite, elle pensait qu'il s'agissait des fautes d'orthographe. Et comme elle n'en faisait pas, elle n'avait rien à se faire pardonner. Le vieux prêtre se retourna vers l'assistance, le calice levé, en marmonnant d'un air dégoûté. Le latin était mieux, voilà manifestement ce qu'il pensait.

On ne l'enterra cependant pas à un carrefour avec un piquet. Mort par mésaventure. Les épaules se voûtaient, les têtes s'inclinaient, sa mère, tout en noir, occupait le premier banc, avec un vrai voile. Alignés à ses côtés se trouvaient – Elizabeth le supposa – les autres enfants.

Ensuite on servit du café à la maison. Les voisines apportèrent des biscuits. Une de ces petites maisons du nord posées sur la roche, rose et bleue comme un gâteau, et entourée de sapins très sombres. Un traîneau garé dans la grange, des meubles sortis tout droit d'un catalogue de vente par correspondance, avec des rideaux usagés et trop courts de dix centimètres. Tout était exactement tel qu'elle l'avait su. L'anglais scolaire du père, le visage ténébreux de la mère, affaissé par le chagrin et les convenances. Nous voulions lui donner sa chance. Il travaillait bien. Toujours bon élève. Une éducation. Arrivé jusqu'au bac. Un emploi stable. Elizabeth songeait : Mensonges. Vous l'avez fichu à la porte. Frappé quand il ne voulait pas vous ressembler ; ici même, dans cette grange. Nous nous racontions beaucoup de choses.

La mère : étiez-vous une amie ? De la ville, hein ? Puis comme elle l'avait craint, rejetant son voile, montrant ses mauvaises dents, approchant son visage sinistre d'Elizabeth tandis que ses cheveux se transformaient en serpents : *Vous l'avez tué.*

Mais jamais elle n'aurait pu arriver jusqu'au train. Ni même au taxi. Chris a disparu sans son aide ni sa connivence. Pour autant qu'elle sache, les parents de Chris, si même ils vivent encore, n'ont jamais entendu parler d'elle. Et ses images sont toutes fausses également. Il lui avait d'abord laissé entendre, à demi-mot, qu'il était en partie indien et en partie français, métis, cet hybride mythique ; archaïque, indigène, authentique comme elle-même ne l'était pas, ayant pleinement gagné ce sentiment de peine. Il se moquait d'elle, de la blancheur de sa peau et sans doute de son sang, lui faisait l'amour comme pour lui extorquer un paiement, et elle se laissait bousculer. Comme si, autrement, elle avait risqué de vouloir lui échapper. Et puis un après-midi, allongés sur son lit enfumé, épuisés, ils avaient dépassé ce stade pour pénétrer dans le monde des confidences dangereuses, l'enfance chapardeuse d'Elizabeth, la faim, les cheveux hirsutes derrière les prétentions navrées de sa mère. N'envie jamais personne, lui avait-elle dit, avant de savoir. Maintenant, raconte-moi.

C'était le crépuscule, ils avaient tiré les rideaux, il lui frottait l'épaule de sa main, inlassablement, pour la première fois il allait lui donner quelque chose, céder quelque chose, il pouvait à peine s'y résoudre. Et cet effort la faisait sourciller, ce n'était pas ce qu'elle voulait. N'abandonne jamais tes défenses, aurait-elle dû lui dire ; elles sont là pour te défendre.

Il était pour un quart français, et pas indien du tout. Le reste était anglais et finnois ; sa mère s'appelait Robertson. Ils n'étaient même pas assez pauvres pour que ce fût romantique, ils tenaient le magasin de tabac, le bon, pas l'autre. Rien d'un trappeur. Les coups étaient bien réels, mais pas aussi fréquents qu'il ne l'avait prétendu. Était-ce quand elle avait commencé à relâcher son attention, était-elle donc si cruelle, si snob ? Probablement.

Malgré cela, elle n'avait pas su que répondre à ce visage de mère estompé comme une lune, une lune vue de près, froide et ravagée. Non, a-t-elle répondu plus d'une fois. C'était la malveillance, l'orgueil, sa faute à lui. Ce n'était pas moi.

Maintenant, elle se le demande enfin. Et si ? Et si elle l'avait laissé tranquille. Devancé cette folie, cette énergie qui l'envahissait. N'auriez-vous pas quelques chutes de fourrure ? Mes filles en font des vêtements de poupées. Pour Chris à qui rien ne restait, qui ne possédait aucune réserve pour s'alimenter, aucun don à offrir. Elle savait fort bien ce qu'elle faisait. Être aimée, être aussi haïe, constituer le centre. Elle possédait ce qu'il désirait : la puissance sur une certaine partie du monde ; elle savait comment se tenir, quelle fourchette prendre, et ce qui allait avec quoi. Il avait deux cravates, l'une verte et l'autre violette. Aucune des deux ne convenait. Il avait meilleure allure en T-shirt, lui disait-elle ; elle n'aurait pas dû.

Détenant ce pouvoir, elle le lui avait laissé voir et toucher. Elle lui avait laissé voir qu'il était déficient, et lui avait promis, quoi ? Une métamorphose, un effleurement de l'épaule, la chevalerie. Puis elle avait reculé, lui montrant qu'il constituait une pause, une belle image sur une brochure, un homme en pagne agitant un cocotier. Treize à la douzaine. L'abandonnant nu.

Elle songe : je l'ai traité comme les hommes traitent les femmes. Beaucoup d'hommes, beaucoup de femmes ; mais moi, jamais, je le jure sur ta foutue tête. Il n'a pas pu le supporter. Éprouve-t-elle pour lui de la pitié, enfin, ou bien du mépris ?

En bas, Nate remue l'argenterie, il la rince, Elizabeth le sait, avant de la ranger dans le panier en plastique du lave-vaisselle. Elle a entendu ce bruit assez souvent. Elle détourne son regard des étoiles, et pour changer regarde au travers du plancher. Nate va et vient dans la cuisine, le mégot aux lèvres, perdu dans quelque rêve mélancolique. Nostalgique, navré. Elle l'a observé, ce soir, pendant ce dîner qui ne lui a procuré aucun plaisir, pendant les jeux de salon, elle a bien vu, il est

166

amoureux de cette girafe. Le café sur le tapis, une irritation sans gravité, il faudra le faire nettoyer à la vapeur ; c'est aussi une satisfaction. Lesje est un clown. Mais malgré sa gaucherie et son manque d'équilibre, elle est jeune, beaucoup plus jeune qu'Elizabeth. Elizabeth trouve cela banal. Médiocre, prévisible. Nate a déjà été ce qu'on appelle *amoureux*. Elle lui dispensera sa permission, manifestera de l'intérêt, l'aidera, attendra que cela se termine. Elle connaît déjà la chanson, elle saurait faire tout cela avec une main attachée dans le dos.

(Mais pourquoi se donner cette peine, murmure une autre voix. Pourquoi ne pas le lâcher ? Pourquoi cet effort ?)

Il y a autre chose, se souvient-elle à présent, et c'est dangereux. Avant, il voulait être protégé. Il voulait une femme qui fût une porte qu'il pouvait franchir et refermer derrière lui. Tout avait été parfait tant qu'elle avait bien voulu faire semblant d'être une cage, Nate une souris, et son cœur un fromage. C'est un sentimental irrémédiable, elle le sait. Terre maternelle et nourricière dont Nate était la taupe, furetant du bout de son museau tandis qu'elle le berçait. Je ne verrai sans doute jamais de poème aussi beau qu'un arbre. Quand elle renonça, il trouva Martha, qui y parvenait presque aussi bien.

Mais cette fois-ci il veut protéger. En regardant d'en haut le dessus de son crâne, sa nuque, sa façon de remuer les mains, délibérément, elle le sait même si lui ne le sait pas.

Elizabeth se redresse dans son lit. Des fils électriques s'allument dans ses jambes et ses doigts, les murs avec leurs ombres ont repris leur place, le plancher est là, le plafond s'est refermé. L'espace autour d'elle forme un cube dont elle est le centre. Il y a quelque chose à défendre.

Reste à ta place, Nate. Je ne tolérerai pas ce vide.

Samedi 22 janvier 1977

NATE

Tristement, Nate empile des assiettes. L'usage veut qu'il fasse la vaisselle quand Elizabeth cuisine. C'est l'un des usages, règlements, codicilles et rectificatifs. La vie avec Elizabeth implique tout un labyrinthe législatif, et le fait que certaines lois demeurent implicites ne contribue guère à simplifier les choses. De même qu'un piéton insouciant, il n'a conscience de son infraction que quand le pare-chocs le heurte, le sifflet retentit, la grande main s'abat. L'ignorance de la loi n'est pas une excuse. Il imagine que Lesje doit vivre sans de tels règlements.

Il se voit penché pour chuchoter par le trou de serrure de la salle de bains : *Je t'aime*. Irrévocable engagement, même s'il n'est pas certain que Lesje, barricadée depuis une demi-heure derrière la porte, l'ait entendu. Il ne sait pas très bien pourquoi elle était si bouleversée. Il avait vu son visage quand elle a quitté la pièce. La tache de café qui s'étalait derrière elle sur le tapis ; mais c'était autre chose.

Il aurait voulu franchir la porte de la salle de bains, la réconforter, il a envisagé de frapper doucement, et puis non. Et si elle ouvrait la porte ? S'il disait ces mots en face d'elle, sans cloison pour les dissimuler l'un à l'autre, il lui faudrait agir. Bien qu'il soit sincère. Il se retrouverait flottant dans l'espace, précipité dans un avenir qu'il n'imaginait pas encore et laissant derrière lui Elizabeth, campée sur cette terre ferme qu'elle a toujours revendiquée comme sienne, sur quelque sombre monticule, avec les visages des enfants formant deux pâles ovales à ses côtés. S'éloignant de lui.

Il pense à elles (qui se déchaînent en ce moment même sur les lits de la chambre de leur amie Sarah, sautant et rebondissant dans l'obscurité en étouffant des fous rires) et voit, non pas leurs visages quotidiens, mais deux petits portraits. Dans des cadres d'argent, en robes de fête d'anniversaire, avec ces teintes mortes d'une photo noir et blanc coloriée. Elizabeth et lui ne possèdent aucun portrait de ce genre. Ses enfants immobilisées, figées. Dorées à l'or fin. Il essaie de se rappeler comment c'était avant leur naissance, et n'y parvient pas. Il ne peut remonter qu'au souvenir d'Elizabeth se traînant pendant les derniers jours, puis descendant lourdement de la voiture qu'il avait achetée des mois auparavant pour cette occasion, et se pliant en deux sur le capot ; lui-même débordant de sollicitude et d'angoisse. On ne laissait pas entrer les pères dans les salles de travail, en ce temps-là. Il l'accompagna jusqu'au bureau d'accueil, et se vit décocher un regard réprobateur par l'infirmière. Vous voyez ce que vous avez fait. Il l'installa dans une chambre, demeura auprès d'elle pendant qu'elle se contractait et se détendait, et la suivit des yeux tandis qu'elle disparaissait au fond du couloir sur une chaise roulante. Le travail dura très longtemps. Vautré dans un fauteuil recouvert de vinyle vert, la bouche pâteuse, il lisait des vieux numéros de *Sports Illustrated* et de *Parents*. Il éprouvait l'obsédant besoin de boire quelque chose, mais il n'y avait là qu'un distributeur automatique de café. Derrière des portes, un tremblement de terre avait lieu, un raz-de-marée, un cyclone qui pouvait détruire sa vie en quelques minutes, et il en était exclu.

Autour de lui, des machines ronronnaient ; il somnola un peu. Il aurait dû ressentir de la joie et de l'anxiété, il le savait. Et au lieu de cela il se demandait : Et s'ils meurent tous les deux ? Le jeune père affligé se tenait au bord de la tombe, accablé de chagrin, tandis que la femme naguère si vibrante et sensuelle, et qui sentait la fougère écrasée, descendait à jamais dans les entrailles de la terre, serrant contre elle un enfant mort-né, couleur de rognon. Il marchait sur une route, n'importe laquelle, le pouce levé, en direction de quelque cargo légendaire, le sac au dos. Un homme brisé.

Quand on l'avait enfin laissé entrer, tout était terminé. Il y avait un bébé là où jusqu'alors ne se trouvait aucun bébé. Epuisée, Elizabeth gisait en chemise blanche d'hôpital, à demi redressée, avec son nom inscrit à son poignet sur un bracelet en matière plastique. Elle lui lança un regard morne, comme s'il était représentant ou agent de recensement.

« Ça va bien ? » demanda-t-il, conscient à l'instant même d'avoir dit « ça » au lieu de « tu », ou « elle ». Il n'avait même pas dit : « Ça s'est bien passé ? » Mais cela avait dû bien se passer ; elle se trouvait là, devant lui, elle n'était pas morte. Ils avaient surestimé le risque.

« Ils ne m'ont pas fait la piqûre à temps », répondit Elizabeth.

Il baisse les yeux vers le bébé, emmitouflé comme un pâté en croûte, qui repose sur un bras d'Elizabeth. Il se sent soulagé et reconnaissant, mais aussi volé. Elle lui a dit plusieurs fois par la suite qu'il n'avait pas idée de ce que c'était, et c'était vrai. Mais elle se comportait comme si c'était sa faute à lui.

Il pense qu'ils étaient plus proches avant la naissance de Janet, mais il ne s'en souvient pas. Il ne se souvient pas de ce que signifie *proches,* ou plus exactement de ce que cela peut avoir signifié, autrefois, avec Elizabeth. Elle lui faisait des omelettes, la nuit, quand il avait fini d'étudier, et ils les mangeaient ensemble, assis dans leur grand lit. Il s'en souvient comme d'une époque heureuse. Nourriture d'amour, disait-elle.

Nate gratte ce qui reste de bœuf bourguignon et le verse dans un bol ; il le jettera plus tard à la poubelle. Ses trous de mémoire commencent à l'inquiéter. Ce n'est pas seulement Elizabeth, et sa façon d'être (supposée) avant, qui lui échappe. Il l'aimait, il voulait l'épouser, ils se sont mariés, et il ne se rappelle plus que des fragments. Une année de droit presque entière a déjà disparu ; son adolescence s'embrume. Martha, naguère si ferme et si tangible, devient transparente, son visage est flou ; bientôt elle s'estompera complètement.

Et les enfants. A quoi ressemblaient-elles, quand ont-elles marché, que disaient-elles, que ressentaient-elles ? Il sait que des événements sont intervenus, des événements importants dont à présent il ignore tout. Qu'adviendra-t-il de cette soirée, de ce désastreux dîner d'Elizabeth, dont les restes sont en ce moment même broyés par les dents d'acier cachées sous l'évier ?

Nate met le lave-vaisselle en marche, s'essuie les mains sur son pantalon. Il monte l'escalier en silence avant de se rappeler : les filles ne dorment pas ici cette nuit. Lesje est partie aussi ; s'enfuyant presque directement de la salle de bains, elle s'est juste arrêtée pour prendre son manteau, son jeune homme suivant dans le sillage. Ce jeune homme au visage rond comme une brioche, dont Nate ne se rappelle plus le nom.

Au lieu de regagner directement sa cage, sa cellule, il s'arrête à la porte des enfants, puis entre dans leur chambre. Il sait maintenant qu'il va partir ; mais on dirait plutôt qu'elles l'ont elles-mêmes quitté. Voici leurs poupées, les palettes de peintures dispersées, les ciseaux, les chaussettes dépareillées et les pantoufles à tête de lapin qu'elles ont oubliées dans leur hâte.

Déjà elles sont en train, en avion, en route vers quelque destination inconnue, éloignées de lui à la vitesse de la lumière.

Il sait qu'elles reviendront demain matin à temps pour l'énorme petit déjeuner du dimanche et que, de toute façon, demain tout se déroulera exactement comme avant, il se tiendra debout devant la table de la cuisine et servira des œufs brouillés sur toast aux filles, à Elizabeth, à lui-même. Elizabeth portera son peignoir bleu en éponge, et ne se sera qu'à moitié peignée. Il servira les œufs brouillés, Elizabeth lui demandera de lui verser une seconde tasse de café, et il lui semblera que rien ne doive jamais changer.

Pourtant il s'agenouille ; les larmes lui montent aux yeux. Il aurait dû se cramponner, se cramponner encore plus fort. Il prend l'une des pantoufles bleues de Nancy, à tête de lapin, et en caresse la fourrure. C'est sa propre mort à venir qu'il berce ainsi. Ses enfants perdus, kidnappés, arrachés à lui, gardés en otages. Qui a fait cela ? Comment a-t-il pu laisser arriver une telle chose ?

Mardi 8 février 1977

LESJE

Lesje dérive dans la rue au fil de la neige en dérive. Des voitures équipées de chaînes la doublent dans un tintamarre, les pneus coincés dans des ornières ; des mottes de neige boueuse alourdissent les pare-chocs. Le blizzard a soufflé pendant la nuit. Peu lui importe d'avoir froid aux pieds ; elle n'a plus de pieds. Les arbres qu'elle rencontre sur son passage sont alourdis de glace. Chaque brindille étincelle dans la lumière pâle du soleil, éclairée de l'intérieur ; le monde resplendit. Lesje tend les bras, où son sang circule pour exploser en violet à chaque main. Elle sait que l'éclat lumineux qu'elle voit n'est qu'une moufle. Mais une moufle transfigurée, dont les fibres acryliques brillent de leur propre lumière atomique. Effarée, elle cligne des yeux. Elle ne pèse plus rien, n'est plus que pores, l'univers l'accepte enfin, rien de mal ne peut lui arriver. A-t-elle jamais encore ressenti cela ?

Il n'est que 2 heures. Elle a quitté le bureau de bonne heure, en disant au Dr Van Vleet qu'elle avait l'impression de couver quelque chose. En vérité, c'est Nate qui couve quelque chose : il lui a téléphoné de chez lui, d'une voix nasale et triste, il faut absolument qu'il la voie. Lesje vole à son secours en bottes à semelle crêpe, infirmière s'élançant dans la Sibérie glacée, portée par l'amour. Elle posera la main sur son front, et il reviendra miraculeusement à la vie. Lorsqu'elle arrive devant chez lui et qu'elle monte les marches en tapant des pieds, son nez coule déjà.

Nate ouvre la porte, l'attire vite à l'intérieur, referme la porte avant de l'envelopper de ses bras. Lesje est serrée contre sa robe de chambre en laine marron qui sent le vieux tabac et le toast brûlé. Il approche sa bouche de celle de Lesje ; ils s'embrassent en reniflant. Il la soulève à demi, puis se ressaisit et la dépose à terre.

« Mes bottes vont goutter », avertit-elle, et elle se penche pour les ôter. Elle empoigne les talons de ses bottes, les yeux juste au niveau des genoux de Nate. Il porte des grosses chaussettes grises avec des rayures rouges en haut, et le talon et les orteils blancs. Pour quelque mystérieuse raison, ces chaussettes emplissent Lesje de tendresse et de désir : son corps lui revient.

En chaussettes, ils marchent sur la pointe des pieds dans le couloir et montent l'escalier, chuchotant alors qu'ils sont seuls.

Nate replie le couvre-pieds indien. Lesje le voit à peine : la pièce, tout autour d'elle, s'est embrumée, la vision d'un puits de lumière illuminant des tigres, des tigres rougeâtres dans une jungle violette. Sous les tigres, il y a des draps à fleurs. Sans un mot Nate la dévêt, lui soulevant les bras, lui repliant les coudes comme s'il déshabillait une poupée ou un enfant ; Lesje reste immobile. Il lui fait glisser son chandail par-dessus la tête, et appuie la joue contre son ventre quand il se penche pour lui retirer son pantalon. Lesje soulève un pied, puis l'autre, avec docilité. Elle sent l'air froid, il y a un courant d'air quelque part dans la chambre. Sa peau se contracte. Doucement, il l'attire sur le lit. Elle sombre dans un grand trou, des pétales voltigent tout autour d'elle.

Il est au-dessus d'elle, tous deux poussés à présent par la

crainte, le soleil traversant le ciel, les pas inexorablement dirigés vers eux, le bruit d'une porte qui ne s'est pas encore ouverte, des bottes dans l'escalier.

Lesje est couchée, la tête soulevée par deux oreillers. Nate a posé la tête sur son ventre. Le monde a retrouvé son identité, elle voit les détails, à présent que la brume lumineuse s'est dissipée. Néanmoins, elle est heureuse. Elle ne voit pas ce bonheur comme devant nécessairement aboutir à autre chose.

Nate bouge, attrape un Kleenex sur la table de nuit. « Quelle heure est-il ? » s'enquiert-il. Ils parlent d'une voix normale.

Lesje consulte sa montre. « Je ferais mieux de partir », dit-elle. Elle préférerait qu'Elizabeth et les enfants ne la trouvent pas nue dans le lit de Nate quand elles vont rentrer.

Nate roule sur le côté, et s'appuie sur un coude pendant qu'elle s'assied, et pose les pieds à terre. D'une main elle cherche sa culotte, perdue quelque part dans les fleurs. Elle se penche pour regarder par terre. Il y a là deux chaussures sur la carpette ovale, noires, posées côte à côte.

« Nate, demande-t-elle, dans quelle chambre sommes-nous ? »

Il la regarde, mais ne répond pas.

« C'est la chambre d'Elizabeth », affirme-t-elle.

Elle se lève et commence à s'habiller, se couvrant aussi vite qu'elle peut. C'est affreux, une véritable violation. Elle se sent malpropre ; c'est presque de l'inceste. Le mari d'Elizabeth, c'est une chose, mais le lit d'Elizabeth en est une autre.

Nate ne comprend pas. Il lui explique que son lit à lui est bien trop étroit pour eux deux.

Ce n'est pas la question. Elle songe : le lit n'a pas eu le choix.

Il l'aide à remettre en place le couvre-pieds plein de tigres et à retaper les oreillers. Comment peut-elle lui faire comprendre ? Elle-même ne sait pas pourquoi elle se sent tellement bouleversée. Peut-être est-ce cette impression que c'est sans importance, qu'Elizabeth et elle sont interchangeables. Ou bien le fait qu'il semble considérer le lit d'Elizabeth comme encore sien aussi, où il peut faire ce que bon lui semble. Pour la première fois, il semble à Lesje qu'elle a trompé Elizabeth, empiété sur ses droits.

Assise dans la cuisine, Lesje a posé ses deux coudes sur la table, et appuie son menton sur ses mains ; Nate lui allume une cigarette. Il est déconcerté. Il lui offre un whisky, puis une tasse de thé. Le visage de Lesje s'estompe dans la fumée.

Il y a sur le réfrigérateur un dessin d'enfant, maintenu en place par une tomate et un épis de maïs en plastique, aimantés. Ce dessin représente une petite fille, avec une masse jaune pour les cheveux, d'énormes cils autour des yeux, un sourire rouge démoniaque. Une ligne bleue tout en haut de la page représente le ciel, et un citron éclatant le soleil.

Toutes les matières moléculaires présentes en ce moment sur la terre et dans l'atmosphère s'y trouvaient déjà à la création de la terre, que cette création se soit présentée sous forme de l'explosion d'un corps plus volumineux, ou bien de la condensation de débris gazeux. Ces matières moléculaires se sont simplement associées, dissociées, ré-associées. Et même si quelques molécules se sont échappées dans l'espace, rien de nouveau n'est venu s'ajouter.

Lesje réfléchit à ces faits, qu'elle trouve réconfortants. Elle n'est qu'une combinaison, et non un objet immuable. Il n'existe pas d'objets immuables. Un jour elle se dissoudra.

Nate lui caresse la main. Il est désemparé, mais elle ne peut pas le consoler.

« A quoi penses-tu, ma chérie ? » interroge-t-il.

Jeudi 28 août 1975

NATE

Nate est à la cave. Il découpe des têtes à la scie circulaire, des têtes et des cous pour des chevaux à roulettes. Chaque cheval aura un harnais sur le front. Quand on tirera sur ce harnais, le cheval se mettra à rouler en agitant sa tête et sa queue suivant un rythme gracieux. Tout au moins l'espère-t-il.

Au cours de son travail, il s'arrête pour essuyer la sueur de son front. Il a la barbe humide, et se sent comme un matelas moisi. Il fait beaucoup plus frais ici qu'en haut, mais l'humidité est la même. Dehors, il doit faire au moins trente ou trente-cinq degrés. Ce matin, les cigales ont commencé leur chant rauque bien avant 8 heures.

« Quelle canicule », a observé Nate en rencontrant Elizabeth à la cuisine. Elle portait une robe bleu clair avec une tache dans le dos, au niveau des côtes. « Tu as vu que ta robe est tachée ? » lui a-t-il dit. Elle aime bien qu'on lui signale ce genre de fautes : les fermetures à glissière laissées béantes, les agrafes pas agrafées, les pellicules qui maculent les épaules, les étiquettes retournées à l'encolure. « Oh ! c'est vrai ? s'est-elle exclamée. Je vais me changer. » Mais elle est partie travailler dans la même robe. Ce n'est pas du tout elle, d'oublier ainsi.

Nate a envie d'une bière glacée. Il débranche la scie et se dirige vers l'escalier : c'est alors qu'il voit la tête, à l'envers dans le carré moucheté de boue de la fenêtre du sous-sol, qui le dévisage. C'est Chris Beecham. Il doit être couché dehors sur le gravier, le cou tordu suivant un angle très précis pour pouvoir introduire sa tête dans le renfoncement de la fenêtre. Il sourit. Nate lui indique le haut de l'escalier avec la main, espérant que Chris comprendra et ira directement à la porte de derrière.

Quand Nate ouvre la porte, Chris est déjà là. Il sourit toujours. « Je frappais à la fenêtre, explique-t-il.

— Je faisais fonctionner la scie électrique », s'excuse Nate. Chris n'offre aucune explication sur les raisons de sa présence ici. Nate s'efface pour le laisser entrer, lui propose une bière. Chris accepte et le suit jusque dans la cuisine.

« J'ai pris mon après-midi, annonce-t-il. Il fait trop chaud pour travailler. Ce n'est pas comme s'ils avaient l'air conditionné. »

Ce n'est que leur quatrième ou cinquième rencontre. La première a eu lieu quand Elizabeth l'avait invité à leur dîner de Noël. « Il ne connaît pratiquement personne », avait-elle dit. C'est une habitude d'Elizabeth d'inviter à dîner des gens qui ne connaissent pratiquement personne. Il arrive que ces œufs perdus à qui Elizabeth tient lieu de mère-poule soient des femmes, mais il s'agit d'hommes le plus souvent. Nate n'y voit aucun inconvénient. Il l'approuve plus ou moins, bien que ce soit le genre de choses dont sa mère serait fort capable

175

si seulement elle y pensait. En fait, elle s'oriente plus volontiers vers la correspondance que vers les dîners. Les protégés d'Elizabeth sont habituellement gentils, et les enfants adorent avoir des invités, surtout pour Noël. Janet trouve que cela ressemble ainsi davantage à une vraie fête.

Chris avait un peu trop bu, se souvient Nate. Il y avait des pochettes-surprises de Noël, et Nate avait trouvé un œil dans la sienne, un œil en plastique avec l'iris écarlate.

« Qu'est-ce que c'est ? voulut savoir Nancy.

— Un œil », répondit Nate. D'habitude, on trouvait des sifflets ou des petits personnages tout d'une couleur. C'était la première année que l'on trouvait un œil.

« A quoi ça sert ?

— Je ne sais pas », dit Nate. Il le déposa sur le bord de son assiette. Un peu plus tard, Chris tendit le bras à travers la table, s'en empara, et le colla au milieu de son front. Puis il se mit à chanter *Les rues de Laredo* d'une voix lugubre. Les enfants trouvèrent cela extrêmement drôle.

Depuis lors, il est arrivé plusieurs fois à Nate, quand il remontait du sous-sol, de trouver Chris dans son salon, prenant un verre avec Elizabeth. Ils étaient assis de part et d'autre de la pièce, et ne disaient pas grand-chose. Chaque fois, Nate se versait à boire et se joignait à eux. Il rate rarement une occasion de boire en compagnie. Quelque chose surprenait Nate : bien qu'Elizabeth invite volontiers des canards boiteux pour les dîners de fête, elle convie rarement les gens à venir prendre un verre, à moins que leur situation au musée ne soit égale ou supérieure à la sienne. Chris n'entre manifestement dans aucune de ces catégories. Pour autant que Nate ait compris, il est plus ou moins taxidermiste, gardien honoraire des chouettes empaillées. Un technicien, et non un cadre. Nate n'exclut pas la possibilité qu'il soit l'amant d'Elizabeth — ce ne serait pas le premier — mais jusqu'à présent elle le lui disait toujours. Tôt ou tard. Il attendra qu'elle le lui dise avant d'y croire. La situation n'est pas particulièrement bonne entre eux, mais demeure possible.

Nate ouvre deux canettes de bière, et ils s'attablent dans la cuisine. Il demande à Chris s'il préfère un verre ; Chris répond non. Ce qu'il voudrait, plutôt, c'est que Nate vienne chez lui pour jouer aux échecs. Nate est un peu déconcerté. Il explique qu'il ne joue pas très bien aux échecs, et qu'il n'y a plus joué depuis des années.

« Elizabeth dit que vous jouez bien, insiste Chris.

— C'est uniquement parce qu'elle ne sait pas y jouer », répond modestement Nate.

Mais Chris s'entête. Cela lui remontera le moral. Il se sent assez abattu, ces derniers temps. Nate ne peut pas résister quand on fait appel à ses instincts de bon samaritain. Il monte enfiler un tee-shirt propre. Quand il redescend, Chris est en train de faire tourner l'une des bouteilles de bière sur la table comme une toupie.

« Jamais joué à faire tourner les bouteilles ? » s'enquiert Chris. Non, justement.

Ils prennent la voiture de Chris, qui se trouve garée en stationnement interdit de l'autre côté de la rue. C'est une vieille Chevrolet décapotable qui a été blanche en d'autres temps, un modèle de 67 ou 68. La passion de Nate pour les voitures s'est calmée. Il n'en possède d'ailleurs plus, car il l'a vendue pour pouvoir acheter sa scie circulaire, sa scie sauteuse, sa ponceuse et les diverses autres machines dont il a besoin.

La voiture de Chris n'a plus de pot d'échappement, et il exploite agressivement cette absence en faisant tonner le moteur comme un canon à chaque feu rouge. Ils pétaradent tout au long de Davenport Avenue en traînant derrière eux des nuages de fumée polluante, qui leur valent des regards mauvais. La capote de la voiture est baissée, et le soleil leur cogne sur la tête à travers d'épaisses couches de gaz d'échappement. Lorsqu'ils parviennent à Winchester et Parliament, et que Chris gare sa voiture, de nouveau en stationnement interdit, Nate est complètement saoulé. Histoire de dire quelque chose, il demande à Chris s'il y a beaucoup de prostitution dans le quartier. Il le sait déjà. Chris lui lance un regard de franche antipathie, et lui répond oui. « Mais cela m'est égal, ajoute-t-il. Elles savent que je ne suis pas sur le marché. Nous nous saluons. »

Nate n'a plus qu'un désir : sortir de là. Dire qu'il a mal à la tête, mal dans le dos, mal n'importe où, juste assez fort pour se libérer. Il n'a aucune envie de jouer aux échecs quand il fait trente-cinq degrés, avec un type qu'il connaît à peine. Chris semble à présent très en forme, on dirait presque un homme d'affaires. Il traverse la rue d'un pas décidé et entraîne Nate dans son immeuble, dans le hall carrelé de mosaïque sale puis dans l'escalier. Trois étages. Nate halète loin derrière. Confronté à tant d'assurance, il hésite à présenter des excuses faibles.

Chris ouvre sa porte et entre. Nate le suit comme on se jette à l'eau. L'appartement est plus frais ; les plinthes de bois laissent deviner qu'il a connu des temps meilleurs. Et bien qu'il se compose de deux pièces, l'ouverture en arche qui les sépare donne l'impression qu'il n'y en a vraiment qu'une. Il flotte une odeur de pénombre : de recoins, de pourriture sèche, de produits chimiques. Le jeu d'échecs est déjà disposé, dans la pièce où se trouve le lit. Il y a là deux chaises, soigneusement placées de part et d'autre du jeu. Nate comprend que cette invitation n'avait rien d'une fantaisie impromptue.

« Vous buvez quelque chose ? » demande Chris en sortant un flacon de whisky du buffet vitré, et il verse une rasade dans un petit gobelet décoré de tulipes. Pot à moutarde, pense Nate ; il le reconnaît d'il y a dix ans. Le scotch est mauvais, mais Nate le boit ; il n'a aucune envie de se lancer dans une discussion. Apparemment, Chris compte boire au goulot. Il pose le flacon à côté de la table d'échecs, donne à Nate un couvercle de pot à confiture en guise de cendrier, prend un pion noir et un pion blanc du jeu et les manipule derrière son dos. Il tend ses poings fermés, aux énormes jointures.

« Gauche, dit Nate.

— Pas de chance », conclut Chris. Ils s'asseyent pour jouer. Chris ouvre sur un insolent coup du berger, que Nate contre aisément. Chris sourit, et verse à boire dans le verre de Nate. Ils se lancent dans le jeu avec ardeur. Nate sait que Chris va gagner, mais par orgueil il veut que cette victoire prenne un certain temps. Il joue sur la défensive, groupant ses pièces en rangs serrés, ne prenant aucun risque.

Chris joue comme un cosaque, s'élançant en avant, s'emparant des avant-postes de Nate, reculant sur d'effarantes positions. Il racle un pied sur le sol dans son impatience, quand Nate réfléchit à ce qu'il doit faire. Ils transpirent tous les deux. Le tee-shirt de Nate lui colle à la peau ; il voudrait ouvrir une fenêtre, créer un courant d'air, mais il fait encore plus chaud dehors qu'ici. Nate sait qu'il boit plus de mauvais whisky qu'il ne devrait, mais le jeu l'exaspère.

Finalement, il fait un bon coup. Chris va devoir prendre son cavalier et perdre le sien, ou bien perdre un tour. Cette fois, c'est à lui de se carrer sur son siège en fixant un regard intimidant sur Chris qui hésite. Il s'installe plus commodément sur son siège, en effet, mais au lieu de dévisager Chris d'un regard perçant, il s'efforce de ne pas se demander ce qu'il fait là, car son jeu s'en ressentirait.

Il jette un coup d'œil autour de lui. La pièce est presque nue, et parvient pourtant à donner une impression de désordre. Ce ne sont pas les objets présents qui font cela, mais leur relation entre eux. Ainsi, la table de nuit est placée cinquante centimètres trop loin du lit.

Et sur la table se trouve un unique objet, posé là exprès pour qu'il le voie, il le comprend à présent. Il s'agit d'un petit poisson d'argent, avec des écailles d'émail bleu. La dernière fois qu'il l'a remarqué, c'était au cou d'Elizabeth.

Ou bien un autre qui lui ressemblait beaucoup. Il n'est pas sûr. Il regarde Chris, et Chris le dévisage, les muscles du visage rigides, les yeux fixes. La peur envahit Nate, les poils de ses bras se hérissent, son scrotum se contracte, le bout de ses doigts s'électrise. Il songe : Chris a trop bu. Il se surprend à se demander si Chris a vraiment du sang indien comme le laisse entendre Elizabeth, car il n'a jamais pu situer ce léger accent ; puis il s'épouvante de pouvoir tomber dans de pareils clichés. D'ailleurs, Chris n'a pratiquement rien bu, et c'est lui, Nate, qui a descendu les trois quarts de ce flacon vénéneux.

S'il a vu juste, s'il n'a été amené ici (il s'en rend compte à présent) sous le minable prétexte de jouer aux échecs que pour voir cet objet, cet otage qui peut appartenir ou non à Elizabeth, ses options sont limitées. Chris sait qu'il sait. Chris s'attend à voir Nate se jeter sur lui. Alors Chris frappera Nate en retour, et ils se battront. Renversant la table d'échecs et roulant parmi les moutons de poussière qui colonisent le linoléum.

Cette solution navre Nate. Car la question est la suivante : Elizabeth est-elle une chienne ou un êre humain ? C'est une question de dignité humaine. Pourquoi se battre pour Elizabeth quand elle sait vraisemblablement fort bien choisir ce qu'elle veut ? Et l'a déjà fait. Quel que soit le vainqueur, ce combat ne résoudrait rien.

Nate pourrait faire semblant de n'avoir pas vu le poisson, mais la situation est déjà trop avancée.

Ou bien il pourrait n'en tenir aucun compte. Mais même à ses propres yeux, cela paraîtrait lâche.

« Vous avez joué ? » demande Nate.

Chris capture le cavalier de la reine, et fixe un regard intense sur Nate, le menton tendu, prêt. Il peut bondir à tout instant. Nate se dit : Il est peut-être fou. Peut-être assez fou pour avoir acheté un autre poisson et l'avoir mis là exprès. Peut-être fou à lier !

Au lieu de prendre le cavalier blanc, Nate renverse son propre roi.

« Vous gagnez la partie », dit-il. Il se lève, et ramasse le poisson sur la table de chevet.

« Je le rendrai à Elizabeth de votre part, d'accord ? » propose-t-il doucement, gentiment.

Il se dirige vers la porte, s'attendant à tout instant à sentir des poings lui marteler le dos, ou un pied lui botter les reins. Il rentre en taxi à la maison, et le chauffeur l'attend devant la porte tandis qu'il rassemble suffisamment de piécettes dans les divers endroits de la chambre pour pouvoir le payer.

Il dépose soigneusement le poisson d'argent sur la table de nuit, au milieu de la monnaie éparpillée. Elle aurait dû le lui dire. Ce n'est vraiment pas amical, cette façon de ne rien lui dire. La première fois, elle le lui a avoué et ils ont pleuré tous les deux en se serrant l'un contre l'autre, se consolant l'un l'autre de cette violation qu'ils ressentaient comme mutuelle. Et puis ils ont discuté de leurs problèmes à voix basse par-dessus la table de la cuisine, jusqu'à 4 heures du matin. Ils se sont promis des réformes, des réparations, une nouvelle orga-nisation, une autre vie. Et puis la seconde, la troisième fois. Il n'est pas un monstre, il a toujours refoulé sa blessure, il lui a pardonné.

Le fait que cette fois elle ne lui ait rien dit ne signifie qu'une seule chose : elle n'a nulle envie d'être pardonnée. Ou bien, en d'autres termes, elle ne se soucie plus qu'il lui par-donne ou non. Ou encore, il le comprend soudain, elle a peut-être décidé qu'il n'avait aucun droit de pardon à son égard.

ELIZABETH

Elizabeth est assise à la table noire de chez Fran's. En face d'elle est assis William. Devant elle se trouve une gaufre sur laquelle fond une boule de glace à la vanille coiffée d'une couche tentaculaire de sirop de cannelle encore à demi congelé. Elle regarde dégouliner lentement le sirop en espérant que la serveuse retiendra ses commentaires sur la gaufre intacte en apportant l'addition.

En face d'elle, William dévore un sandwich-club et boit de la bière non alcoolisée. Elizabeth n'écoute qu'à demi la conversation, qui consiste en un monologue de William sur les récentes recherches concernant les substances carcinogéniques que contiennent les viandes fumées. Elle est plus détendue, à présent. William ne semble pas s'apercevoir qu'ils se trouvent chez Fran's au lieu d'un coin intime et sophistiqué. Les deux premiers coins intimes et sophistiqués où ils sont entrés étaient pleins et, d'après William, il n'en existait pas d'autre dans le quartier. Un quartier qu'Elizabeth ne connaît plus très bien.

En d'autres circonstances elle aurait réservé une table à l'avance, mais elle voulait sembler agir à l'impromptu. Elle passait par hasard à proximité du ministère de l'Environnement en allant faire des courses (faux ; jamais elle ne fait ses courses à Yonge et St-Clair), et s'est souvenue de leur conversation (faux également). Elle s'est dit que ce serait passionnant de passer dire bonjour à William et d'en apprendre un peu plus sur le travail qu'il fait (archi-faux) et, si jamais William était libre à déjeuner, elle serait enchantée qu'il accepte de se joindre à elle (vrai, mais pas pour les raisons que William pouvait soupçonner).

William apparut encore plus flatté qu'elle ne l'avait imaginé. Et maintenant encore, il se rengorge visiblement en lui révélant avec ferveur tous les secrets des jambons dénaturés et la vie cachée du lard. Elle pousse un peu sa gaufre du bout de sa fourchette et de son couteau en se demandant si elle devrait lui faire un peu de genou sous la table, ou si c'est encore prématuré. Elle n'a pas encore décidé exactement comment elle procédera à partir de là. Ou bien elle séduira William pour créer un certain équilibre dans l'univers, un prêté pour un rendu, ou bien elle lui dira tout sur Nate et Lesje ; ou peut-être les deux.

Elle coupe un morceau de gaufre avec sa fourchette, le soulève. Puis elle le repose sur son assiette. Elle se rappelle pourquoi elle ne peut plus en manger.

C'est le mois de mai : Elizabeth revient à la vie. Il y a deux semaines, sa mère est enfin morte, après s'être consumée à l'hôpital beaucoup plus longuement qu'on ne l'aurait imaginé. Elizabeth est restée pendant toute cette longue mort assise auprès du lit à regarder le liquide transparent goutter d'une bouteille dans le bras épargné de sa mère, à lui tenir sa main valide, à guetter sur la bonne moitié de son visage un mouvement, un signe. Pendant deux jours elle n'a ni mangé ni dormi, en dépit de tante Muriel et du médecin, qui lui disaient que sa mère ne reprendrait pas conscience, que tout allait pour le mieux, et qu'Elizabeth ferait mieux d'économiser ses forces. Elle a suivi pas à pas l'enterrement, écouté le déroulement du service religieux, regardé sa mère disparaître pour la seconde fois dans les flammes. Elle s'est laissé serrer et presser la main par les amis de tante Muriel. Tante Muriel a organisé toute la cérémonie jusque dans les moindres détails comme s'il s'était agi d'un thé particulièrement important. Elle ne saurait pas dire si tante Muriel s'afflige ou triomphe ; elle semble vibrer d'un fatalisme satisfait. La maison regorge de fleurs funéraires — pourquoi les laisser perdre ? — arrangées dans des vases, et pue la mort.

Tante Muriel semble ne plus pouvoir s'arrêter d'en parler. Elizabeth veut cesser d'en parler. Elle veut ne plus jamais en entendre rien dire, ne plus jamais y penser. Elle ne veut plus jamais penser à sa mère. Dans deux mois à peine, elle aura terminé ses études secondaires et quittera le lycée. Tante

Muriel veut qu'elle aille à Trinity College et reste vivre à la maison ; elle prétend que cela vaudra mieux pour Caroline, mais Elizabeth y décèle une ruse pour la prendre au piège.

Pour sa part, Elizabeth n'éprouve aucune ambition de ce genre. Elle ne veut qu'une seule chose : s'enfuir. Elle ne voit pas encore quelle forme cela prendra. Elle s'imagine préparant son départ, trouvant un emploi dans les petites annonces du journal *Star,* cherchant une chambre meublée, faisant ses bagages, accumulant des provisions. Elle peut aussi se voir fuyant en chemise de nuit par la porte principale et disparaissant à jamais dans un ravin. Les deux éventualités sont également possibles.

Elle ne peut plus supporter de vivre chez tante Muriel parmi ces chrysanthèmes grisâtres et ces glaïeuls frisottés. La chambre qu'elle partage avec Caroline est tapissée d'un papier à fleurettes bleues dont les tiges sont nouées dans de petits napperons. La vie de jeune fille vue par tante Muriel ; les meubles sont peints en blanc. Sur son lit, Caroline garde encore une enveloppe à pyjama en fausse fourrure bleue qui a la forme d'un chat.

Elizabeth drague un garçon dans un drugstore. Ce n'est pas la première fois qu'elle le fait, mais c'est la première fois depuis la mort de sa mère ; et dans un drugstore. Avant, cela se passait à des coins de rues, dans des halls de cinémas. C'est interdit : tante Muriel n'autorise que les soirées dansantes des écoles privées, avec les fils de ses relations. Elizabeth déteste ces soirées et ces garçons aux joues roses, aux cheveux coupés court, que l'on y rencontre. Elle préfère les garçons comme celui-ci. Il a des cheveux gominés qui rebiquent, et une veste en cuir rouge au col relevé ; ses sourcils noirs se rejoignent presque, et il s'est coupé le menton en se rasant. Son copain grassouillet sort de la voiture en marmonnant quelque chose et en riant, et Elizabeth y monte à sa place.

La voiture est décorée de dés en plastique et de poupées de foire ornées de plumes. Elizabeth adore ce genre de voitures. Il y rôde un certain danger, mais elle sait qu'elle peut le contrôler. Elle apprécie le pouvoir latent de ses propres mains ; elle sait qu'elle peut toujours s'arrêter à temps. Cela l'excite et la satisfait, de pouvoir le faire, aller jusqu'à la limite et presque sauter. (Et puis il y a autre chose. Les garçons, n'importe lesquels, n'importe quelle bouche et quelle paire de bras, représentent une possibilité ; une qualité qu'elle peut seulement deviner, un espoir.)

Ils roulent un moment dans la ville, puis vont chez Fran's manger une gaufre. Elizabeth engloutit la sienne comme si elle n'en avait jamais vu ; le garçon l'observe en fumant, les yeux rétrécis. Il s'appelle Fred ou un nom du même genre, et va à Jarvis. Elle lui dit où elle habite, et il essaie de ne pas avoir l'air épaté. Elizabeth estime qu'il sait exactement ce que valent tante Muriel et ses prétentions. Cela ne l'empêche pas de les étaler. Tante Muriel a ses terreurs, qui sont parfaitement réelles aux yeux d'Elizabeth, mais de plus en plus aussi elle présente une certaine utilité.

Ils roulent encore un peu, se garent dans une petite rue tranquille. L'odeur de la lotion d'après rasage Old Spice emplit la voiture. Elizabeth attend que le bras vêtu de cuir approche, en haut, en bas, partout. Elle n'a pas de temps à perdre en préliminaires, cette fois, avec des maladresses pour défaire les agrafes et d'interminables frôlements dans la région thoracique ; elle ne veut pas se donner. Elle est pleine d'énergie, elle ne saurait pas dire ce que c'est — la rage, le refus. Ce qu'elle a en tête ressemble davantage à un accident de voiture, à une contraction du temps. Violence, métal sur métal.

Il est coincé avec le volant. Impatiente et plus hardie que lui, elle ouvre la portière et l'attire sur l'herbe mouillée. Une pelouse devant une maison. « Eh ! » s'exclame-t-il. Nerveux, il jette des regards vers les fenêtres tendues de rideaux.

Elle a envie de hurler, un terrible hurlement rauque qui fera frémir la nuit, qui amènera tous les yeux de crabes à leurs fenêtres en vitesse ; quelque chose qui lui dénouera la gorge. Elle veut lâcher cette main morte qu'elle tient toujours.

Elle embrasse cette bouche qui existe seulement maintenant, n'arrête ni ne détourne les mains qui parcourent son corps, et se contorsionne même pour leur faciliter la tâche. Il gémit, hésite. Puis pendant une minute elle se retient de hurler : elle s'attendait à une souffrance, mais pas celle-là, ni de cette puissance. Néanmoins elle sourit, les dents serrées : elle exulte. Elle espère qu'elle saigne, au moins un peu ; le sang ferait de l'incident un événement. Quand il s'amollit, elle se courbe en deux pour voir.

Il ne comprend pas ; à genoux à côté d'elle, il se rajuste et lui rabaisse sa jupe en s'excusant ! Maladroitement ; il est vraiment désolé, il n'a pas pu se retenir, il n'avait pas l'intention. Comme si elle était un pied sur lequel il eût marché, comme s'il avait tout bêtement éternué.

Elle quitte la voiture à une rue de chez elle. Il est plus tard qu'elle ne le croyait. Le dos de son manteau est mouillé, et elle le brosse en vain avant de sortir sa clé de son sac. Elle est absolument certaine que tante Muriel doit se tenir bien droite sur la dernière marche de l'escalier, en robe de chambre bleue, accusatrice, malveillante, triomphante. Elizabeth lui a raconté une histoire de répétition de chorale qui, incroyablement, a déjà marché plusieurs fois. Mais jamais elle n'est encore rentrée si tard. Si tante Muriel est là, si elle comprend, Elizabeth ne parvient pas à imaginer ce qu'elle fera. Elle ne peut concevoir aucune punition réelle — fureur, expulsion, menace d'être déshéritée — qui soit à la hauteur de sa crainte. Quand elle se trouve loin de tante Muriel, elle trouve des choses drôles et méchantes, vulgaires, à lui dire, mais en sa présence elle sait qu'elle restera muette. Si tante Muriel était ficelée au poteau de torture, elle serait la première à ricaner ; mais qui a le pouvoir de l'y attacher ? Tante Muriel la terrifie parce qu'elle ne sait pas où s'arrêter. Les gens ont habituellement des limites qu'ils ne franchissent pas, mais ces limites n'existent pas pour tante Muriel. L'autre crainte d'Elizabeth, c'est que de telles limites n'existent pas en elle-même non plus.

Mais en ouvrant la porte, elle trouve le vestibule désert. Elle traverse le tapis et monte l'escalier, passe devant l'horloge en marqueterie de grand-père sur le palier, les vases chinois posés sur leurs consoles fuselées tout en haut de l'escalier, serrant toujours les cuisses tandis que le sang infiltre doucement ses vêtements. Elle va devoir les laver elle-même et les faire sécher en secret. Elle veut que tante Muriel sache, qu'elle voie la preuve de cette violation ; en même temps elle fera tout pour l'empêcher de s'en rendre compte.

Elle ouvre la porte de la chambre qu'elle partage avec Caroline. Le plafonnier est allumé. Caroline gît sur le sol entre les deux lits. Elle a étalé le plaid en mohair du pied de son lit et s'est couchée dessus, les bras croisés sur sa poitrine, les yeux ouverts et fixés au plafond. A ses pieds et à sa tête sont posés les candélabres d'argent du buffet en acajou d'en bas. A côté d'elle, un flacon de cire à meubles parfumée au citron. Les bougies des chandeliers ont brûlé entièrement, puis se sont éteintes. Elle doit être allongée ainsi depuis des heures.

Dès qu'elle la voit, Elizabeth se rend compte qu'elle s'y attendait, tout au moins à quelque chose d'analogue. Caroline refusait d'aller à l'hôpital ; elle disait qu'elle ne voulait plus voir leur mère. Elle a refusé d'assister à l'enterrement et, curieusement, tante Muriel ne l'y a pas forcée. Elizabeth a enregistré tout cela, mais seulement du coin de l'œil. Caroline s'est enfermée dans un tel mutisme ces derniers temps qu'il était facile de ne pas le remarquer.

Un jour, il y a longtemps, Elizabeth parcourait la demi-cour de récréation réservée aux filles en formant avec les autres une longue chaîne. *Personne ne passe*. C'était le jeu : on ne devait s'arrêter pour personne. Elizabeth maintenait fermement le bras de Caroline sous le sien ; elle était obligée de garder Caroline avec elle dans la chaîne pour qu'elle ne se fasse pas piétiner. Caroline était plus jeune, elle avait du mal à suivre le rythme. Elle demeurait sous la responsabilité d'Elizabeth. Mais Elizabeth mobilisait toutes ses énergies, depuis maintenant des années, pour se sauver elle-même. Il ne lui en restait plus pour sauver Caroline.

Elle tombe à genoux, lisse les cheveux de Caroline en arrière pour lui dégager le front, au-dessus de ses yeux fixes. Puis elle déplie l'un des bras de sa sœur, et pose la tête sur sa poitrine. Caroline vit encore.

Une fois venues et reparties l'ambulance avec la civière, mais pas avant, Elizabeth s'était agenouillée sur le carrelage de la salle de bains du second étage, à côté de la baignoire aux pieds griffus, et elle avait vomi sa gaufre Spéciale Fran's, avec la glace, le sirop de cannelle et tout. Sa pénitence. Sans doute la seule qu'elle ait jamais pu faire. Si elle avait eu le moindre sentiment religieux, chez ces catholiques tellement abhorrés de tante Muriel, elle aurait pu allumer un cierge pour le repos de l'âme de Caroline. Mais Caroline s'en était apparemment préoccupée elle-même.

A l'hôpital, on avait déclaré que Caroline n'avait pas bu une seule goutte du produit pour cirer les meubles. La bouteille ouverte constituait un signe, le dernier message de Caroline, une indication de sa destination ; pour toutes les fonctions matérielles, elle avait désormais quitté son propre corps.

Elizabeth regarde William terminer son sandwich-club, puis commander une tarte aux pommes avec du fromage, et une tasse de café. Avec ce teint de rosière, il devrait bien se garder de porter du beige et du marron. Si Lesje vit avec un type révélant un tel mauvais goût dans le choix de ses cravates, elle ne vaut vraiment pas la peine d'être vaincue.

William ne semble pas avoir remarqué qu'Elizabeth ne mange rien ; il lui explique pourquoi le papier hygiénique de couleur est bien plus nocif que le blanc. Elizabeth sait qu'elle prendra un bien maigre plaisir à coucher avec lui ou à lui dévoiler les secrets qu'elle était venue lui dire. Peut-être ne s'en donnera-t-elle pas la peine, finalement. Elle s'étonne parfois du mal que les gens se donnent pour se distraire. Elle s'étonne elle-même.

Mercredi 16 février 1977

LESJE

Lesje répertorie des tortues géantes du Crétacé supérieur. REPTILIA, écrit-elle. *Chelonia, Neurankylidae.* GENIUS ET SPECIES, *Neurankylus baueri, Gilmore.* LOCALITÉ : Fruitland, Nouveau-Mexique, U.S.A. GÉOLOGIE : Crétacé supérieur, schiste de Fruitland. MATÉRIEL : Carapace et Plastron.

Quelle ignominie d'être déterré dans le Fruitland, songe Lesje, après tant de millions d'années de paix absolue. Elle n'est pour sa part jamais allée dans le Fruitland, mais elle imagine de petites échoppes de souvenirs où l'on vend des fruits en plastique : des petites broches en forme de raisins, des tomates montées sur aimants. Ou bien plutôt, puisque cela se passe aux États-Unis, des étudiants déguisés en pêches et en pommes géantes, et déambulant parmi les foules. Comme Disneyland.

Un certain nombre de chiffres figurent à l'encre noire sur la feuille de papier fixée à la carapace, et elle ajoute ce nombre sur la fiche. Lorsqu'elle en aura fini avec les plus gros spécimens, elle sait que tout un plateau de fragments de carapaces l'attend. Elle ira le chercher dans la salle où il est actuellement entreposé et l'emportera dans son bureau, passant devant les décapeuses et les roulettes de dentiste dont ils se servent pour nettoyer les fossiles : et puis quand elle aura terminé, elle rapportera le tout et le remettra en place sur les étagères. Après cela, elle s'attaquera aux ouïes de poissons du Miocène. Il y a des centaines d'ouïes de poissons, des centaines de fragments de tortues, des centaines de vertèbres, phalanges, griffes et dents diverses. Des milliers de kilos de roche, emprisonnées dans les formes d'une vie antique. Elle se demande parfois si le monde a encore besoin d'avoir de nouvelles ouïes de poissons du Miocène. Certains jours, elle se demande si son travail ne consiste pas simplement à faire du classement.

Comme elle s'installe dans son minuscule bureau avec les fragments de carapaces et des fiches vierges, le téléphone sonne. Il s'agit encore d'un groupe scolaire qui veut une visite guidée. Lesje leur réserve une date dans son emploi du temps. Elle n'attend plus grand plaisir de ces visites scolaires. Au début, elle a cru pouvoir leur enseigner quelque chose. Maintenant, elle sait qu'il se trouve toujours au moins un enfant par groupe pour vouloir jeter quelque chose aux dinosaures — un papier de chewing-gum, une capsule de bouteille, un caillou — pour montrer qu'il n'a pas peur. Bébés mammifères raillant leurs anciens ennemis. Ne marchez pas sur le bord, leur dira-t-elle. Si vous appuyez sur tous les boutons en même temps, vous ne pourrez rien entendre du tout.

Faut-il qu'elle se prépare une tasse de café instantané dans le laboratoire où il y a un poste d'eau, et qu'elle revienne le boire dans son bureau sans fenêtre en terminant très tard la classification du plateau, ou bien que, pour une fois, elle sorte à l'heure ?

Elle jette un coup d'œil dans le grand bureau voisin du laboratoire. Le Dr Van Vleet est déjà parti, enfilant des caoutchoucs mouillés par-dessus ses chaussures noires éraflées et s'en allant barboter dans la neige boueuse de février comme un canard voûté et revêtu de tweed. Lesje a toujours été maniaque au sujet de son travail — elle aime qu'il soit fait parfaitement — mais ces derniers temps, elle devient irritable. Jamais plus personne ne regardera ces ouïes de poissons, une fois qu'elle aura remis ce plateau en place. A part elle, qui le ressortira subrepticement un jour pour s'émerveiller de leur symétrie et de leur taille, et pour imaginer ces gigantesques poissons revêtus d'écailles glissant comme d'énormes genoux dans les eaux des océans d'alors.

Elle termine une dernière fiche, puis referme le fichier et va chercher son manteau. Elle enfile les manches, s'entortille la tête dans son châle, vérifie qu'elle a de l'argent dans son sac. Elle s'arrêtera chez Ziggy's en rentrant pour acheter quelque chose de bon pour le dîner, quelque chose de bon pour William. Depuis qu'elle envisage de le quitter sans doute un jour, elle éprouve une vive sollicitude à l'égard de William. Elle lui achète des surprises, des boîtes de sardines, des praires, des choses qu'il aime. Dès qu'il semble atteint de reniflette, elle lui apporte des cachets, des citrons, des boîtes de Kleenex. On dirait qu'elle veut lui garantir un bon état général pour le jour où elle le remettra dans le circuit, où elle l'échangera. Tu vois, lui dira-t-elle. Regarde comme tu te portes bien. Tu n'as pas besoin de moi.

Elle ne sait pas comment elle le lui annoncera, néanmoins ; ni même quand. Nate ne veut prendre aucune initiative précipitée à cause des enfants. Il envisage de louer un appartement ou, mieux encore, la moitié d'une maison pour avoir suffisamment de place pour ses machines, et il s'y établira progressivement. Il n'a pas encore indiqué à quel moment il veut voir Lesje se joindre à lui, mais simplement qu'il le désire. Plus tard. Quand les enfants seront habituées. Parfois ils lisent les petites annonces pour s'efforcer d'imaginer où il, et peut-être même eux deux, aimerait habiter.

Lesje attend ce moment avec impatience — que ce serait

bon, de se trouver avec lui dans un lit neutre, sans craindre qu'une porte s'ouvre — mais sans vraiment y croire. Elle ne parvient pas, par exemple, à s'imaginer déménageant. Plier des draps et des serviettes,décrocher ses affiches (provenant essentiellement du musée, et fixées avec du scotch invisible), empiler ses quelques assiettes et la poêle que sa mère lui a donnée quand elle a quitté la maison, dans des cartons. Si vraiment elle va déménager, elle devrait être capable de le concevoir. (Et où sera William ? Dans le bureau ? Debout, les bras croisés, pour s'assurer qu'elle n'emporte aucun de ses livres, ni le rideau de douche qu'il a lui-même acheté, ni non plus le livre de *Nourriture organique* qu'ils n'emploient jamais ?)

Nate n'a pas révélé à Elizabeth ce projet de déménagement, bien qu'il ait parlé avec elle d'autres choses. Elizabeth connaît leur liaison. Ils ont eu une bonne conversation à ce sujet pendant qu'il prenait son bain, un soir. C'est là une vieille habitude d'Elizabeth, ces conversations pendant qu'il macère dans l'eau de son bain. Nate l'a expliqué à Lesje, et elle est un peu contrariée de leur savoir ainsi des habitudes ensemble. « Elle n'était pas fâchée ? s'est enquise Lesje.

— Pas du tout, répondit Nate. Elle a été parfaite. Elle est ravie que j'aie trouvé quelqu'un qui me convienne. »

Sans qu'elle comprenne très bien pourquoi, l'approbation d'Elizabeth contrarie davantage Lesje que ne l'aurait fait une grande colère.

« Mais elle pense, poursuivit Nate, que tu devrais prévenir William. Elle trouve un peu malhonnête de ne pas le faire. Elle estime que vis-à-vis d'elle ce serait plus juste. Elle...

— Cela ne la regarde pas, intervient Lesje, tout étonnée de sa propre raideur. Qu'est-ce que cela peut lui faire, que j'en parle à William ?

— Ils sont devenus amis, explique gentiment Nate. Ils semblent déjeuner ensemble assez fréquemment. Elle dit que cela la met dans une fausse position vis-à-vis de William, de savoir quand il ne sait pas. »

Lesje n'avait pas entendu parler de cette amitié, de ces déjeuners. Elle se sent exclue. Pourquoi William ne l'avait-il jamais mentionné devant elle ? Il est vrai qu'il lui parle très rarement des gens avec qui il déjeune. Mais cela peut tout aussi bien confirmer ce qu'elle pense : qu'il ne déjeune presque jamais, tout comme elle. Elle voit aussi, derrière le message, la menace ; car il s'agissait bien d'un message, envoyé par Elizabeth et transmis par l'innocent Nate. Si elle ne prévient pas bientôt William, il y a fort à parier qu'Elizabeth s'en chargera.

Mais elle n'a pas su le lui dire. L'occasion ne s'est pas présentée, se dit-elle. Que doit-elle faire ? Interrompre une partie de cartes pour déclarer : « William, j'ai une liaison. »

Elle marche dans la rue d'un pas balancé, tête baissée, en portant le sac rempli de salade de pommes de terre et de poulet frit qu'elle vient d'acheter chez Ziggy's. William lui a fait observer un jour qu'elle marchait comme un adolescent. Mais lui aussi, alors ils sont quittes.

En arrivant dans l'appartement, elle trouve William assis devant la table à jeu, sur laquelle sont étalées les cartes d'une réussite, mais il regarde par la fenêtre.

« J'ai acheté des trucs chez Ziggy's », annonce-t-elle d'une voix joyeuse. William ne répond pas, ce qui n'a rien d'exceptionnel. Elle traverse la petite cuisine, dépose le sac sur la table, et entre dans la chambre.

Elle est occupée à tirer sur ses bottes pour les retirer, assise sur le lit, quand William entre. Une curieuse expression s'est inscrite sur son visage, comme si ses muscles étaient atteints de spasmes. Il s'approche lourdement.

« Qu'y a-t-il, William ? » demande-t-elle ; mais il la renverse sur le lit, un bras en travers des épaules et le coude enfoncé contre sa clavicule. De l'autre main, il tire sur la fermeture à glissière du pantalon de Lesje.

William a toujours aimé folâtrer un peu. Elle se met à rire, puis cesse. Cette fois, c'est différent. Le bras qu'il presse sur sa gorge la gêne pour respirer.

« Tu me fais mal, William, dit-elle. (Puis :) Arrête, William, arrête ! »

Il lui a déjà baissé son pantalon à mi-cuisse quand elle comprend que William tente de la violer.

Elle a toujours envisagé le viol comme une chose que les Russes faisaient aux Ukrainiennes et, plus furtivement, que les Allemands faisaient aux juives ; une chose que faisaient les Noirs de Détroit dans des ruelles sombres. Mais assurément pas une chose que William Wasp, issu d'une bonne famille de

London, Ontario, lui ferait un jour. Ils sont amis, ils parlent d'extinction et de pollution, ils se connaissent depuis des années. Ils vivent ensemble !

Que peut-elle faire à présent ? Si elle se débat et qu'elle lui lance des coups de genou dans les couilles, il ne lui parlera plus jamais. Elle est pratiquement certaine qu'elle y arriverait : elle a les genoux bien placés, il se trouve accroupi au-dessus d'elle, à essayer d'arracher sa petite culotte en nylon. mais si elle le laisse poursuivre, il y a de fortes chances pour qu'elle ne lui adresse plus jamais la parole. C'est absurde, et William est ridicule, à souffler et grincer des dents ainsi. Mais elle sent que si elle rit, il la frappera.

C'est effrayant ; il lui fait mal exprès. Peut-être en a-t-il toujours eu la tentation, mais sans jamais avoir de prétexte. Quel est donc le prétexte ?

« William, arrête », insiste-t-elle ; mais William s'obstine à tirer et déchirer sans mot dire, sans répit, insinuant son torse entre les genoux de Lesje. Finalement, elle se met en colère. Elle serre les jambes de toutes ses forces, crispe les muscles de son cou et de ses épaules, et laisse William se heurter contre elle. Il lui tire les cheveux, à présent, et lui enfonce ses doigts dans les bras. Finalement, il gémit, s'affaisse, se détend.

« Fini ? » interroge-t-elle froidement. Il n'est plus qu'un poids mort. Elle se dégage de sous lui, reboutonne son chemisier. Elle ôte son jeans et son slip, et s'en sert pour s'essuyer les cuisses. Les yeux rougis, William l'observe depuis le lit.

« Je suis désolé », articule-t-il.

Lesje craint qu'il ne se mette à pleurer. Dans ce cas, elle sera obligée de lui pardonner. Sans répondre, elle passe dans la salle de bains et enfourne ses vêtements dans le sac à linge. Elle se ceint la taille d'une serviette de toilette. Elle n'a plus qu'une envie : prendre une douche.

Elle appuie son front contre la surface fraîche du miroir. Elle ne peut plus demeurer ici. Où ira-t-elle ? Que fera-t-elle ? Son cœur bat la chamade, elle a des éraflures sur la poitrine et sur les bras, elle respire avec difficulté. C'est la vue de William transformé en quelqu'un d'autre qui l'a bouleversée. Elle ne sait pas à qui en incombe la faute.

Mercredi 16 février 1977

ELIZABETH

Elizabeth fait un mauvais rêve. Les enfants sont perdus. Ce ne sont encore que des bébés, toutes les deux, et par négligence, dans un moment d'inattention, elle les a mal rangées. Ou bien on les a volées. Leurs berceaux sont vides et elle se hâte dans des rues inconnues, à leur recherche. Les rues sont désertes et les haies dénudées, le ciel serait plein d'étoiles si seulement elle pouvait lever les yeux. Elle voudrait appeler, mais sait que les enfants ne pourront pas répondre, même si elles l'entendent. Elles se trouvent dans l'une de ces maisons, emmitouflées ; même leurs bouches sont dans des couvertures.

Elle se retourne, se force à s'éveiller. Elle contemple la chambre tout autour d'elle, le bureau noyé de pénombre, les plantes grimpantes, les rais de lumière filtrés par les stores, pour s'assurer qu'elle est bien là. Son cœur s'apaise, ses yeux sont secs. Il s'agit là d'un vieux rêve, qui lui est familier depuis la naissance de Nancy. A cette époque-là, elle s'éveillait en pleurant convulsivement, et Nate la réconfortait. Il l'emmenait dans la chambre des enfants pour lui montrer qu'elles allaient bien. Il croyait qu'elle rêvait de leurs propres enfants, alors que déjà elle savait, sans le lui révéler, que les enfants perdus étaient sa mère et Caroline. Elle les a exclues, toutes les deux, du mieux qu'elle a pu, mais elles reviennent quand même, sous les formes qui la tourmentaient le plus.

Elle ne veut plus se rendormir ; elle sait que, sinon, le même rêve va sûrement recommencer. Elle sort de son lit, enfile sa robe de chambre et chausse ses pantoufles, puis descend se préparer un verre de lait chaud au miel. En passant devant la chambre des enfants elle écoute, puis entrouvre la porte, juste pour être tranquille. Pure habitude. Elle continuera sans doute à agir ainsi toute sa vie, même après qu'elles seront parties. Elle continuera à avoir ce rêve. Rien ne cesse jamais.

QUATRIÈME PARTIE

LESJE

Le couteau de Lesje grince sur la porcelaine. Ils mangent du rôti de bœuf qui est un peu dur. Sa mère n'a jamais très bien su préparer le rôti. Lesje coupe, et mâche ; personne ne dit rien, ce qui n'a rien d'exceptionnel. Tout autour d'elle résonne un son qu'elle se rappelle depuis sa plus tendre enfance, un son creux, comme un écho dans une cave.

Ils n'ont su qu'elle venait qu'à la dernière minute. Néanmoins, sa mère a sorti les bonnes assiettes, celles qui ont des roses roses et un filet d'or, et qui ont appartenu à la grand-mère de Lesje. Les autres bonnes assiettes ont un bord bleu avec un filet d'argent, et représentent des châteaux d'Écosse ; elles appartenaient à l'autre grand-mère. Les assiettes à viande. Les parents de Lesje en ont hérité parce que, en dépit de ses transgressions, le père de Lesje était fils unique. Sa tante a eu le service laitier, et ne s'en remet pas. Il y a un troisième service, pour tous les jours, que les parents de Lesje ont acheté eux-mêmes : en grès qui résiste au four. Lesje le préfère, car il est d'une teinte brun clair très neutre.

Sa mère lui propose de reprendre un peu de pâte du rôti en croûte. Lesje accepte, et sa mère sourit ; un sourire calme et endeuillé. Elle ne porte de nattes enroulées autour de la tête que sur des photos, Lesje ne se souvient pas de l'avoir jamais vue coiffée ainsi, mais on jurerait que les nattes sont demeurées en place, et elles semblent resplendir sous la permanente de bonne dame qu'elle fait refaire tous les deux

197

mois. Un visage rond, des traits réguliers. Le père de Lesje est également dodu, ce qui fait de la maigreur et de la haute taille de Lesje un mystère familial. Quand elle était adolescente, sa mère lui répétait sans cesse qu'elle se remplirait avec l'âge, pour la consoler de manquer de poitrine. Mais elle ne s'est pas remplie.

La mère de Lesje est ravie de la voir soudainement venir dîner ; Lesje ne vient plus si souvent dîner, ces derniers temps. Mais elle est également déconcertée : elle lance de brefs regards inquisiteurs à Lesje, de l'autre côté de la table, tandis que Lesje engloutit son rôti en croûte, et elle espère recevoir des explications plus tard, dans la cuisine. Mais Lesje ne peut rien expliquer. Comme elle n'a jamais vraiment dit à ses parents qu'elle vivait avec William (toutefois sa mère a deviné), elle ne peut guère leur dire qu'elle a déménagé et qu'à présent elle vit avec quelqu'un d'autre. Le mariage est un événement, un fait, dont on peut discuter à table. Le divorce aussi. Ils créent un cadre, un début, une fin. Sans eux, tout est amorphe, une sorte de territoire mal délimité qui s'étend comme la prairie de part et d'autre de chaque jour. Bien qu'elle se soit physiquement déplacée d'un lieu dans un autre, Lesje n'a aucune impression précise de fin ni de commencement.

Elle a prévenu sa mère qu'elle avait déménagé. Elle a dit aussi qu'elle n'avait pas encore déballé sa vaisselle, ce qui est vrai, et lui a servi de prétexte pour s'inviter ainsi à dîner. Mais elle donnait à penser que le déménagement s'est produit aujourd'hui même, alors qu'il s'est déjà écoulé trois semaines depuis qu'elle a loué une camionnette de déménagement et qu'elle a entassé toutes ses possessions dans des cartons. Elle a déménagé dans la journée, en l'absence de William et sans l'avoir prévenu. Annoncer qu'elle déménageait aurait requis des explications, et elle répugnait à s'y lancer.

C'est effarant comme sa vie avec William a vite été sortie des tiroirs et décrochée des murs, et comme elle a pris peu de place. Elle a transporté ses cartons toute seule jusqu'à l'ascenseur, puis les a chargés dans la fourgonnette, qui était bien trop grande ; une voiture familiale aurait suffi. Et puis elle les a elle-même portés dans l'escalier branlant de la maison qu'elle a louée. C'est une maison décrépie de Beverly Street, pas formidable, mais elle n'a cherché que pendant une seule journée, et a pris le premier espace disponible qui fût à la fois peu coûteux et assez vaste pour les machines de Nate. Elle appartenait à un promoteur qui voulait la transformer en belle demeure, aussi était-il disposé à la lui louer à bas prix, pourvu qu'elle n'exigeât pas de bail.

Elle tenait absolument à partir avant que William lui présente ses excuses. S'il s'était excusé — et elle était certaine qu'il finirait par le faire — elle se serait trouvée prise au piège.

Le lendemain de ce fameux jour — elle ne sait pas comment l'appeler et s'est finalement décidée à y voir un *incident* — William partit le matin de bonne heure. Lesje a passé la nuit enfermée dans la salle de bains, recroquevillée sur le tapis de bain et couverte de draps de bain, mais ce fut un excès de précautions, car il n'essaya même pas d'entrer.

Elle avait trouvé un léger réconfort à l'imaginer au bureau, hirsute et pas rasé ; il attachait une importance maniaque à la propreté corporelle. Lorsqu'elle entendit la porte de l'appartement claquer, elle se hasarda hors de la salle de bains, se changea, et partit travailler aussi. Elle ne savait que faire ni que penser. Était-ce un violent, allait-il recommencer ? Elle résista au désir d'appeler Nate et de lui raconter *l'incident*. Après tout, ce n'était pas si terrible, elle n'avait pas été blessée et, techniquement, n'avait pas vraiment été violée. Et puis si elle le racontait à Nate, cela reviendrait à exercer des pressions sur lui pour le faire agir ; par exemple déménager pour s'installer immédiatement avec elle. Elle ne voulait pas. Elle voulait que Nate déménage quand il serait prêt, quand il voudrait vivre avec elle, et non pas à cause de ce qu'avait voulu faire William.

Après son travail, elle s'attarda un moment ; d'abord chez Murray's, devant une tasse de café, et puis le long des vitrines de Bloor Street. Finalement, elle revint chez elle et trouva William assis dans la salle de séjour, tout rose et de bonne humeur, comme s'il ne s'était rien passé. Il l'accueillit affectueusement et se lança dans un long discours sur les valeurs caloriques produites par la fermentation contrôlée des effluents liquides.

Ce comportement de William l'effrayait bien plus que ne l'aurait fait la colère ou la maussaderie. William avait-il donc oublié l'incident ? D'où avait surgi cet élan de pure haine ? Elle ne pouvait pas le lui demander, par crainte de le provoquer à nouveau. Elle resta longtemps à lire dans la salle de séjour un livre sur les ichthyosaures, tandis que William allait se coucher. Puis elle dormit sur le tapis de la salle de séjour.

« Encore un peu de purée, Lesje ? » s'enquiert sa mère. Lesje acquiesce. Elle dévore, C'est son premier vrai repas depuis trois semaines. Elle campe dans sa maison quasiment vide, dormant sur des couvertures étalées dans la chambre, mangeant des plats tout préparés, des petits pains, des hamburgers, du poulet frit. Elle jette les os et les miettes dans des sacs à poubelle verts, mais n'a pas encore de poubelle. Elle n'a pas non plus de cuisinière ni de réfrigérateur et n'a pas entrepris d'en acheter, ce qui s'explique en partie par le fait qu'elle a laissé un mois de loyer à William dans une enveloppe. Cela a creusé un trou considérable dans son compte en banque. Mais c'est aussi parce que, à son avis, Nate devrait participer aux achats domestiques de cette importance, même s'ils sont d'occasion. Une cuisinière représente une sérieuse dépense.

Lesje mange sa tarte aux pommes en se demandant ce que fait Nate. Quand son père lui demande : « Alors, comment vont les affaires, dans le monde des ossements ? » elle lui sourit faiblement. Si l'on découvrait une nouvelle espèce de dinosaures, on pourrait lui donner son propre nom. *Aliceosaure,* écrivait-elle pour s'exercer, anglicisant son prénom. A l'âge de quatorze ans, là résidait toute son ambition : découvrir une nouvelle sorte de dinosaure, et le baptiser *Aliceosaure.* Elle commit l'erreur de s'en ouvrir à son père, et comme il trouvait cela très amusant, il la taquina à ce sujet pendant des mois et des mois. Elle ne sait plus très bien quelle est son ambition, à présent.

Lesje aide sa mère à empiler les assiettes et les transporter à la cuisine. « Tu es sûre que tout va bien, Lesje ? interroge sa mère une fois qu'elles se trouvent hors de portée de voix du père. Tu me parais bien maigre.

— Oh oui, répond Lesje. Mon déménagement m'a fatiguée, c'est tout. »

Sa mère semble se contenter de cette réponse. Mais tout ne va pas si bien que cela. Nate la rejoint dans sa nouvelle maison et ils font l'amour sur les couvertures étalées, Lesje toute meurtrie par les planches dures du sol. C'est très bien, mais il ne lui a pas encore dit quand il comptait venir vivre avec elle. Elle commence à se demander s'il s'y résoudra un jour. Pourquoi le ferait-il ? Pourquoi devrait-il désorganiser sa vie ? Il prétend qu'il doit le faire comprendre progressivement aux enfants, afin de ne pas les perturber. Lesje s'estime elle-même gravement perturbée par la situation, mais elle ne peut pas l'avouer à Nate.

Elle ne semble d'ailleurs pouvoir le dire à personne d'autre. Certainement pas à Trish ni à Marianne. Elle s'attable avec elles dans la cafétéria du musée, et fume, tendue, toujours sur le point de leur raconter toute l'affaire. Mais elle ne peut pas ; elle se rend compte que de l'extérieur, le comportement de William, l'incident (qui pourrait apparaître comme un ignoble échec), sa propre fuite et son arrangement inconditionnel avec Nate, pourraient apparaître naïfs, maladroits, peut-être même risibles. Gauche, penserait Marianne sans le dire ; ou bien, suivant une nouvelle expression anglaise qu'elle vient d'adopter, *épais*. Elle abreuverait Lesje de bons conseils, comme si elle se chargeait de lui choisir toute une garde-robe. Elle lui conseillerait de marchander, de tenter des pressions, des ruses, toutes choses pour lesquelles Lesje n'a aucun talent. Tu veux qu'il vive avec toi ? Essaie de le mettre à la porte. Pourquoi acheter une vache quand le lait est gratuit ? Lesje ne veut pas devenir l'objet de telles préoccupations amusées et momentanées. Elle se rend compte qu'elle n'a pas d'amie intime.

Elle se demande si elle pourrait parler à sa mère, se confier à elle. Cela lui paraît peu probable. Sa mère a cultivé la sérénité ; sous la contrainte de la nécessité. Juliette à l'âge de cinquante-cinq ans, songe Lesje, bien que sa mère n'ait jamais été une Juliette ; elle n'a jamais été une poulette de basse-cour, comme disaient les tantes. Pas de balcons pour son père, ni d'enlèvements ; ils avaient pris le tramway jusqu'à la mairie. Lesje a étudié *Roméo et Juliette* au lycée ; le professeur pensait que cela leur plairait parce que c'était une histoire d'adolescents, et qu'elles-mêmes étaient adolescentes. Lesje ne se sentait pas du tout adolescente. Elle voulait étudier les plaines alluviales et les dépôts de marne et l'anatomie des vertébrés, et n'avait guère prêté d'attention à la pièce, sauf pour dessiner dans les marges des fougères géantes. Mais comment se seraient comportés les Montagu et les Capulet si Roméo et Juliette avaient vécu ? Tout à fait comme sa famille à elle, suppose-t-elle. Bouderies dans les réunions de famille, rancœurs, sujets interdits, telle ou telle grand-mère sanglotant dans un coin, ou rongeant son frein. De même que sa mère, Juliette serait devenue impénétrable, compacte, ronde — elle se serait rassemblée dans une sphère.

La mère de Lesje veut que sa fille soit heureuse, et si Lesje n'est pas heureuse, sa mère veut qu'elle ait quand même l'air de l'être. Le bonheur de Lesje est l'unique justification de sa mère. Lesje le sait depuis toujours, et elle a pris l'habitude de paraître, sinon vraiment heureuse, du moins tranquillement satisfaite. Active, utilement occupée. Mais tandis qu'elle essuie les assiettes avec un vieux torchon où l'on peut lire VERRES en lettres bleues, elle ne se sent plus la force de maintenir cette attitude devant sa mère. Elle a plutôt envie de pleurer, et elle voudrait que sa mère la serre dans ses bras pour la réconforter.

C'est à cause de William qu'elle a besoin d'être consolée. La perte de William, ce William si familier, la blesse finalement. Non pas à cause de lui-même, mais parce qu'elle plaçait en lui une confiance simple et affectueuse, sans arrière-pensées. Elle lui faisait confiance comme à un trottoir, elle voyait en lui ce qu'il semblait être, et plus jamais elle ne pourra éprouver cela pour personne. Ce n'est pas la violence mais la traîtrise de cette innocente apparence, qui lui fait si mal ; mais peut-être n'y avait-il là aucune innocence, peut-être était-ce elle qui l'avait inventée.

Mais, blindée comme elle l'est, jamais sa mère ne saurait s'affliger avec elle. Elle attendrait simplement que Lesje ait fini de pleurer et se soit essuyé les yeux au torchon, et puis elle lui ferait observer tout ce que Lesje s'est déjà dit elle-même : Il n'y a là rien d'irréparable. Te voici enfin libérée. C'était la seule issue. Tout est bien qui finit bien.

Ses grands-mères n'auraient rien fait de tel. Elles se seraient affligées avec elle, l'une comme l'autre ; elles avaient ce talent. Elles auraient pleuré, gémi, elles se seraient lamentées. Elles l'auraient prise dans leurs bras et l'auraient bercée contre elles en lui caressant les cheveux, elles auraient sangloté ridiculement et excessivement, comme si elle avait subi un dommage irréparable. Et peut-être était-ce le cas.

Mercredi 9 mars 1977

NATE

Au sous-sol, Nate est courbé au-dessus de son établi et tripote les manches des pinceaux qui trempent dans le bocal de café rempli de White Spirit. Il a toujours eu l'intention d'améliorer l'éclairage. Mais ce n'est plus la peine. Dans cette lueur jaunâtre et terne, il se fait l'effet d'un énorme insecte blanc et à demi aveugle, avançant à tâtons et grâce aussi à son odorat. Les vapeurs de peinture et le ciment humide, son atmosphère habituelle. Il serre l'écrou sur la petite vis rouge, pour fixer une tête de mouton fraîchement collée qui sèche ; elle fait partie d'un jouet à traîner, la Bergère et son Petit Mouton. Il n'a eu aucune difficulté à dessiner le mouton, mais la bergère lui pose des problèmes. Il n'arrive jamais à faire les visages. Une capeline, décide-t-il.

Il est censé faire ses bagages. Il en avait l'intention, il en a eu l'intention. Il a rapporté du supermarché une quantité de cartons vides en équilibre sur son vélo, et il a acheté un rouleau de ficelle solide. Il a ramassé des journaux pour emballer ses affaires ; ils forment un tas bien propre au pied de l'escalier du sous-sol depuis déjà deux semaines. Il a même emporté du papier de verre et un assortiment de clous et de vis chez Lesje, et les a laissés dans la grande pièce comme preuve de ses bonnes intentions. Il lui a expliqué qu'il souhaite procéder graduellement. D'abord, il va dire à Elizabeth qu'il a décidé de transférer son atelier dans un endroit plus vaste et plus clair. Elle s'étonnera qu'il en ait les moyens, mais il s'en tirera. Ensuite il racontera la même chose aux enfants. Quand elles auront perdu l'habitude de toujours l'avoir sous la main, il cessera progressivement de dormir ici pour aller dormir là-bas. Il veut que la rupture leur soit imperceptible, a-t-il dit.

Il a absolument l'intention d'appliquer ce plan, mais avec une petite différence qu'il n'estime pas souhaitable d'exposer à Lesje : il veut attendre qu'Elizabeth lui demande, ou même lui ordonne, de s'en aller. Cela évitera bien des complications par la suite, s'il peut lui donner l'impression qu'elle prend la décision elle-même. Il ne sait toutefois pas encore très bien comment il va y parvenir.

En attendant, il lui faut faire face à la dépression manifeste et croissante de Lesje. Elle s'est gardée d'exercer la moindre pression sur lui, la moindre pression verbale. Cependant, il n'a même plus le temps de respirer. Depuis maintenant trois semaines il grimpe en courant l'escalier de la cave dès qu'il entend les enfants rentrer de classe afin de pouvoir se montrer joyeux et insouciant, et pour leur préparer du lait chaud et des tartines. Il leur raconte des blagues, leur cuisine leurs plats préférés pour le dîner, leur raconte au lit des histoires de plus en plus longues. Hier soir, elles ont déclaré qu'elles étaient fatiguées, et qu'il serait bien gentil d'éteindre la lumière. Blessé, Nate avait envie d'ouvrir grand les bras en criant : *Je ne serai plus bien longtemps avec vous !* Mais il s'agit justement d'éviter ce genre mélodramatique. Il éteignit la lumière, les embrassa en leur souhaitant une bonne nuit, et alla se passer de l'eau chaude sur les yeux dans la salle de bains. Déjà sa réflexion dans le miroir s'effaçait, la maison l'oubliait, il était négligeable. Il se frotta les yeux et partit à la recherche d'Elizabeth.

Cela fait également partie de son plan. Il met son point d'honneur à tenter de bavarder à bâtons rompus avec elle au moins tous les deux jours, en lui tendant la perche. Peut-être le renverra-t-elle au cours d'une de ces conversations. Ils s'installent dans la cuisine et parlent de tout et d'autre chose, en buvant, elle du thé, et lui du scotch. Il n'y a pas si longtemps, elle l'aurait évité et, le soir, serait sortie ou bien montée lire dans sa chambre. Elle proclamait qu'ils n'avaient plus rien d'intéressant à se dire. Désormais, pour des raisons qui échappent à Nate, elle semble profiter de toutes les occasions pour le consulter sur le ravitaillement, et l'entretien de la maison, lui parler de la scolarité des enfants. Cela lui donne des sueurs froides. Deux ou trois fois, d'une voix très détendue, elle lui a demandé comment cela se passait avec sa petite amie, et il a répondu de manière très neutre.

Après ces conversations pendant lesquelles il doit serrer les dents pour ne pas regarder l'heure, il saute sur sa bicyclette et pédale fiévreusement dans les avenues Ossington et Dundas pour attraper Lesje avant qu'elle se couche. Deux fois déjà il a failli se faire renverser par des voitures ; une autre fois, il a heurté un pylône et est arrivé chez elle écorché et sanglant. Lesje fouillait dans ses cartons à moitié ouverts, à la recherche de pansements, tandis que le sang gouttait sur le linoléum crasseux. Il sait que ces courses folles à vélo sont dangereuses, mais il sait aussi que s'il n'arrive pas à temps, Lesje se sentira malheureuse et abandonnée. Plusieurs fois, trop épuisé pour se lancer dans cette expédition, il lui a téléphoné à la place. Elle lui parlait d'une petite voix lointaine. Il ne peut pas supporter de l'entendre dépérir ainsi.

Quelle que soit sa fatigue, il faut qu'il lui fasse l'amour, ou du moins qu'il essaye ; autrement, elle croira qu'il s'esquive. Il a les genoux tout râpés par le plancher, et ses vertèbres lui jouent des tours. Il a bien envie de lui demander d'acheter un lit, tout au moins un matelas, mais il ne peut rien lui suggérer de tel sans en payer la moitié, et il ne dispose pas actuellement d'une somme suffisante.

Après avoir calmé Lesje, il repédale jusqu'à la maison. Là, il entrechoque des assiettes dans la cuisine en se faisant un casse-croûte nocturne de foie aux oignons. Il chante des chansons de marins ou bien met un disque du début des années 60, les Travelers ou Harry Belafonte. S'il a conservé ces disques, ce n'est pas tant parce qu'il les aime que parce qu'ils lui rappellent l'époque où il les aimait. Avant son mariage, avant tout ; quand toutes les orientations semblaient encore possibles.

Il sait qu'Elizabeth entend tout ce qui se passe dans la cuisine ; elle déteste les Travelers, Harry Belafonte et le bruit nocturne en général, et l'odeur du foie la rend malade. Il s'en en aperçu au début de leur mariage et s'en est désormais abstenu, pour faire un compromis. Elle tient beaucoup à la valeur des compromis. Il espère à présent que son criant refus de compromis la convaincra qu'elle l'a assez vu.

Il n'a pas grande envie de chanter, en vérité, et de manger non plus. Quand arrive minuit, il est généralement en proie à une atroce migraine. Mais il se force, et il bat la mesure sur la table avec son couteau tout en beuglant avec Harry, la bouche pleine de viande à moitié mâchée. « Je vois une grosse TARENTULE noire », tonitrue-t-il. Et puis d'une voix langoureuse : « Reviens, Liza, reviens, petite fille, Essuie les larmes de tes grands yeux... » Avant, à l'époque de Chris, il avait chanté cette chanson avec une sentimentalité ridicule. *Liza* était alors Elizabeth, et il souhaitait la voir revenir vers lui.

Il laisse sa vaisselle sale dans l'évier ou même, quand il se sent particulièrement téméraire, sur la table pour défier le panneau d'Elizabeth :

CHACUN NETTOIE POUR SOI !

Et puis il gravit l'escalier en titubant, avale quatre comprimés d'aspirine à la codéine, et s'affale sur son lit.

Normalement, ce comportement aurait des résultats immédiats. Un rappel à l'ordre qui, faute d'être suivi d'effet, mènerait ensuite à une confrontation glaçante au cours de laquelle il s'entendrait accuser, d'une voix monstrueusement égale, de tous les péchés, depuis le chauvinisme jusqu'au sadisme en passant par l'égoïsme le plus arrogant. Dans les premières années, ces discussions le convainquaient. Son inaptitude à se plaindre, à se plaindre avec talent et vigueur, lui créait un désavantage : quand elle le mettait au défi de citer une seule de ses habitudes à elle qui le blessât autant, et qu'elle était, bien sûr, disposée, à abandonner sur-le-champ, il ne pouvait rien trouver. Il avait pris l'habitude de penser que toutes les colères et tous les sentiments d'oppression de chacun étaient justifiés : sauf les siennes, à lui. En tout cas, il ne souffrait pas d'oppression. Dans les fêtes des violentes années 60, il s'était entendu traiter de sale Blanc, de sale mâle, et même, à cause de son nom de famille, de sale fasciste allemand. Au lieu d'évoquer son passé unitarien, son grand-père mennoniste déchu et depuis longtemps disparu, dont la fabrique de fromages avait eu les vitres fracassées en 1914 à cause de son nom, son père mort à la guerre, il trouvait plus simple de se détourner et d'aller chercher une autre bière à la cuisine. Jamais non plus il n'a fait observer à Elizabeth que la maison lui appartenait autant qu'à elle ; il ne l'a jamais vraiment cru. Il a cessé de manger du foie sauf au restaurant, et n'a plus passé ses disques de Harry Belafonte qu'en l'absence d'Elizabeth.

Cette fois-ci, Elizabeth n'a réagi à aucune de ses transgressions. Quand il leur arrive de se rencontrer le lendemain matin, elle apparaît calme et souriante. Elle lui demande même s'il a bien dormi.

Nate sait bien qu'il ne pourra pas poursuivre bien longtemps cette vie coupée en deux. Il aura un ulcère, il va imploser. Une colère incohérente se développe en lui, non seulement contre Elizabeth mais contre les enfants : de quel droit le retiennent-elles ainsi à l'hameçon ? Et même aussi contre Lesje, qui le force à prendre des décisions pénibles. Sa colère est injuste, il le sait. Il déteste être injuste. Il va faire le premier pas aujourd'hui même, tout de suite.

Il s'agenouille devant le tas de journaux. Il va emballer les petits outils indispensables dans des cartons qu'il transportera un par un sur le porte-bagages de son vélo. Pour les grosses machines et les jouets en cours de fabrication, il sera obligé de louer une camionnette. Il refoule à l'arrière-fond de ses pensées l'inquiétude de ne pas savoir comment il pourra payer.

Il ramasse une gouge et fait glisser sa main autour du manche. Dans l'euphorie des premiers temps, après avoir quitté son emploi, quand il croyait encore revenir à la dignité, à la sagesse et à la simplicité de l'artisan, il a passé un temps considérable à sculpter des manches spéciaux pour ses outils. Sur certains, il grava ses initiales ; sur d'autres, il procéda à des décorations géométriques vaguement indiennes, ou des motifs de fleurs et de feuilles. Sur cette gouge-là, il avait sculpté une main dont les doigts semblaient tenir le manche, et chaque fois qu'il l'empoignait, il sentait une petite main fermée dans la sienne. Il aimait se servir de ses instruments à lui, il se sentait en sécurité, enraciné, comme s'il les avait rendus vieux par le seul fait de les sculpter. Il tient la petite main de bois et s'efforce de retrouver le plaisir d'antan. Il reste agrippé. Mais les outils s'éloignent de lui, diminués comme les jouets de son enfance. La mitraillette en plastique, le chapeau d'homme qu'il portait avec le bord rabattu, en faisant semblant que ce soit un casque colonial.

Il pose la gouge sur une feuille de journal et l'enroule à partir du coin d'en bas. Puis, méthodiquement, il enveloppe les ciseaux, les tournevis, les rabots, lisant les titres à mesure qu'il les voit défiler, et puis il place côte à côte dans un carton les outils emballés. De vieux événements lui apparaissent soudain, et lui noircissent les doigts : le Pakistanais jeté sur les rails du métro, il s'en souvient. Une jambe cassée. La petite fille morte étranglée parce que sa mère la forçait en punition à rester debout sur un pied avec une corde autour du cou. Des commérages sur Margaret Trudeau, pendant des semaines. L'explosion d'une boucherie en Irlande du Nord. La divergence croissante entre Canadiens anglais et français. L'assassinat d'un cireur de chaussures portugais ; le nettoyage des quartiers mal famés de Toronto. Les lois linguistiques du Québec : interdiction à des épiciers grecs du quartier grec d'afficher des panonceaux Coca-Cola en grec. A mesure qu'il feuillette les journaux, il se rappelle ses propres réactions quand il les a lus pour la première fois.

Nate n'emballe plus rien. Accroupi sur le sol de la cave, il s'absorbe à présent dans la lecture de vieux articles qui lui reviennent comme un long gémissement étouffé de rage et de souffrance. Et sa propre conclusion : que peut-on espérer d'autre ? Les journaux ne sont que de la futilité distillée. Chaque fois que sa mère l'irrite trop, qu'elle lui semble trop optimiste, il a envie de lui répondre : Lis donc les journaux. Triste désillusion, cette fois dans la possibilité de faire quelque chose. Elle lit les journaux, bien sûr. Elle garde même des coupures de presse dans des classeurs.

Il est plongé dans un éditorial qui lance un solennel avertissement contre la balkanisation du Canada quand la porte s'ouvre brusquement. Il lève les yeux : Elizabeth est dressée en haut de l'escalier, sa tête se découpant comme une ombre chinoise sur la lumière qui est derrière elle. Nate se relève maladroitement. Le ciseau qu'il tenait à la main, dans l'intention de l'emballer, tombe par terre.

« Tu rentres de bonne heure », observe-t-il. Il a l'impression d'être surpris à enterrer quelqu'un dans la cave.

Elizabeth porte un cardigan sur ses épaules. Elle le resserre contre elle ; lentement et sans dire un mot, elle descend les marches. Nate recule jusqu'à l'établi.

« On dirait que tu fais tes bagages », affirme Elizabeth. Il voit maintenant qu'elle sourit.

« Bah, je triais simplement quelques outils », articule Nate. A présent que le moment est venu, une envie violente, irrationnelle le prend de tout nier. « Pour les ranger. »

Immobile au bas des marches, Elizabeth inspecte la pièce, les fenêtres crasseuses, les chiffons, les tas de sciure et les copeaux qu'il ne s'est pas donné la peine de balayer.

« Comment vont les affaires ? » s'enquiert-elle. Il y a bien longtemps qu'elle avait renoncé à le lui demander. Elle ne s'y intéresse pas ; elle ne descend presque jamais ici. Tout ce qu'elle veut, c'est la moitié du loyer.

« Très bien, ment-il. Parfaitement bien. »

Elizabeth le dévisage. « Ne serait-il pas temps de cesser ces enfantillages ? » dit-elle.

Mercredi 9 mars 1977

ELIZABETH

Elizabeth serre son cardigan sur ses épaules, dans son dos. Elle a croisé les bras, et ses poings sont fermés sur la laine qu'elle tient ainsi. Camisole de force. Debout dans le vestibule, elle contemple la porte d'entrée comme si elle s'attendait à voir quelqu'un la franchir. Mais elle n'attend personne. Les portes servent aux gens à sortir, suivant leurs propres parcours. Les portes se referment derrière eux, et elle reste à regarder l'endroit qu'ils ont quitté. Consciente, semiconsciente, semi-conscience. Merde à eux tous.

Nate vient juste de franchir cette porte, en portant un carton. Il a posé le carton sur la véranda afin de pouvoir se retourner et fermer la porte soigneusement, très soigneusement, derrière lui. Il pédale de toutes ses forces pour aller baiser sa petite amie maigrichonne, comme il le fait depuis des semaines en prétendant le contraire. Cette fois, il emporte quelques rabots, ciseaux et tournevis. Elizabeth espère qu'il en fera bon usage.

Dans le cours normal des choses, elle serait demeurée indifférente à cette liaison. Elle ne se sent nullement comme le chien du jardinier : si elle n'a pas envie de tel ou tel os, ceux qui en veulent peuvent bien le prendre. Tant que Nate assume sa part de la maison et des enfants, ou en tout cas la part qu'ils sont péniblement parvenus à définir comme sienne, il peut bien s'offrir tous les divertissements qui lui plaisent. Le bowling, les modèles réduits d'avions, la fornication, Elizabeth n'y voit aucune différence. Mais elle lui tient rancune de la prendre pour une idiote. N'importe quel imbécile aurait vu qu'il faisait ses bagages ; pourquoi prendre la peine de le nier ? Quant à son numéro débile de foie aux oignons et de Harry Belafonte sur le coup de minuit, un enfant de deux ans ne s'y serait pas laissé prendre.

Elle fait demi-tour et se dirige vers la cuisine, le corps soudain lourd. Elle est restée calme, elle en est très fière, mais maintenant elle a l'impression d'avoir avalé tout un flacon d'aspirine. Des petits trous rougeoient dans son estomac, se creusant un chemin dans la chair. Un flacon d'étoiles. Elle voulait simplement des aveux complets, et elle les a obtenus. Il a reconnu qu'il envisageait de déménager son atelier de la cave dans un autre local non spécifié. Tous deux savent fort bien de quel endroit il s'agit, mais pour le moment elle a résisté au désir de pousser l'avantage.

Elle décide de se faire une tasse de café, et puis change d'avis. Plus rien d'acide pour ce soir. En revanche, elle verse de l'eau bouillante sur un cube de bouillon de poulet, et remue méthodiquement en le regardant fondre.

Elle traverse l'avenir pas à pas. A partir d'ici, deux orientations peuvent se présenter. Il s'en ira progressivement, si elle ne le bouscule plus. Ou bien elle peut accélérer le processus en lui disant de partir. Il n'existe pas de troisième possibilité. Il ne restera plus, à présent, même si elle l'en supplie.

Elle devra donc lui demander, lui dire de partir. Si elle ne peut plus rien sauver dans le naufrage, du moins sauvera-t-elle la face. Ils auront une conversation civilisée, et reconnaîtront tous deux qu'ils agissent au mieux des intérêts des enfants. Elle pourra ensuite répéter cette conversation à tous ses amis, en leur communiquant sa joie d'avoir ainsi trouvé la solution à tous les problèmes, rayonnante de confiance paisible et de sérénité.

Evidemment, il y a les enfants — les vrais, pas les imaginaires — qu'ils brandiront comme des armes défensives au cours du marchandage. Les vrais enfants ne penseront pas un seul instant que c'est mieux pour elles. Elles détesteront cette solution, et Nate aura l'avantage de pouvoir dire : *Votre mère m'a demandé de partir.* Mais elle ne se laissera pas abandonner, elle refuse d'être abandonnée contre son gré. Elle refuse d'être pathétique. Sa mère martyre, reniflant dans un fauteuil. Elle sait qu'elle s'est fait manipuler par Nate — par Nate ! — et elle déteste intensément cette idée. C'est comme d'être battue lors d'un jeu d'échec subtil et compliqué par le champion du monde du jeu de puces. Mais elle n'a pas le choix.

Elle suivra un régime, après, quand Nate sera parti. Cela fait partie d'un rituel. Elle se maquillera, peut-être même ira-t-elle chez le coiffeur, et tout le monde s'exclamera qu'elle paraît en bien meilleure forme qu'avant le départ de Nate. Elle juge cette tactique sordide et la désapprouve vigoureusement quand elle l'observe chez d'autres. Mais que peut-elle faire d'autre ? Un voyage en Europe — elle n'en a pas les moyens ; une conversion religieuse ? Elle a déjà eu un amant plus jeune qu'elle ; elle n'est vraiment pas pressée de recommencer.

Elle se balance doucement sur sa chaise, en se serrant frileusement les bras. Elle tremble. Elle veut que Chris revienne. Elle veut quelqu'un, n'importe qui, des bras qui ne soient pas creux et tricotés. Les fentes s'élargissent entre les planches de la table : il en sort une lueur grise, froide. De la glace sèche, du gaz, elle entend comme un sifflement qui vient vers son visage et qui ronge les couleurs. Elle retire ses mains de la table, et les pose ensemble sur ses cuisses. Elle sent ses veines se nouer sur sa nuque. Des doigts lui serrer des cheveux en travers de la gorge.

Elle est prisonnière de sa chaise, sans plus pouvoir bouger, un frisson lui monte le long de l'épine dorsale. Ses yeux clignent en regardant tout autour de la pièce, à la recherche de quelque chose pour la sauver. Un objet familier. La cuisinière avec une casserole dessus, une poêle sale, la planche à découper près de l'évier. Le gant pour prendre les plats du four, usagé et noirci, non, pas cela. CHACUN NETTOIE POUR SOI. Le réfrigérateur. Avec le dessin que Nancy a fait au cours préparatoire collé dessus, une petite fille qui sourit, le ciel, le soleil. La joie, songeait-elle alors en le fixant là.

Elle contemple le dessin en pressant ses mains l'une contre l'autre, et pendant un instant le soleil brille. Mais il n'y a là nul sourire amical, il se tapit de la malveillance dans le jaune, dans les cheveux. Ciel bleu, nul émail blanc mais au contraire l'obscurité de l'espace, une nuit transpercée de bouillonnements inquiétants. Quelque part dans ce vide flotte le corps disloqué, pas plus gros qu'un poing, et qui l'attire avec une impérieuse gravité. Irrésistible. Elle sombre vers lui, et l'espace lui emplit les oreilles.

Un moment après, elle est à la cuisine. La maison respire à nouveau autour d'elle, la chaudière fredonne, l'air chaud soupire par les bouches de chaleur. De là-haut lui parviennent les gloussements de la télévision ; elle entend l'eau chanter dans les tuyaux, et l'une des filles qui court avec insouciance dans le couloir en quittant la salle de bains. Jusqu'à présent, elle sait encore revenir. Complaisance, dirait tante Muriel. Rends-toi utile. Elle se concentre sur le cercle jaune que représente le bord de la tasse, tendue dans le désir de décrisper ses doigts, d'avancer. Elle soulève la tasse et y réchauffe ses mains glacées. Du liquide lui coule sur les genoux. Elle sirote de petites gorgées, elle fait passer le temps. Lorsque ses mains recouvrent leur fermeté, elle fait griller une tranche de pain et la tartine de crème de cacahuète. Un seul pas à la fois. *Les pieds sur terre.*

Elle cherche le stylo feutre qui lui sert pour les listes de provisions et commence à aligner des chiffres. Dans une colonne, les traites de la maison, l'assurance, l'électricité et le chauffage, la note mensuelle de ravitaillement alimentaire. Vêtements d'enfants et fournitures scolaires. Notes du dentiste : Janet va devoir aller chez un orthodontiste. Nourriture du chat. Elles n'ont pas de chat, mais Elizabeth a bel et bien l'intention d'en prendre un et de le compter à Nate. Pour le remplacer. Réparations. Elle va faire réparer le toit, finalement, et les marches du perron.

Dans l'autre colonne, elle inscrit le loyer que paient les

locataires. Elle ne veut pas être injuste, simplement précise, et elle veut bien déduire leur loyer des traites d'achat.

Déjà elle se sent mieux. Voilà ce qu'il lui faut : de petits objectifs, des projets, quelque chose pour s'occuper. D'autres femmes tricotent. Elle parvient même à percevoir un avant-goût de cette légèreté d'esprit qu'elle espère pouvoir décrire, plus tard, à ses amies. Et en vérité, ce ne sera peut-être pas si terrible. La libération de cet autre ensemble de lois, de ce regard constamment douloureux qui lui est bien pire qu'un défi. A vivre avec Nate, il lui semblait vivre devant un immense miroir où lui apparaissaient tous ses défauts, agrandis et déformés. Des yeux de mouche. Elle a été forcée de se voir constamment comparée au système de valeurs domestiques que Nate a apportées d'East York, de chez sa mère si pieuse au visage de bonne sœur, avec ses horribles assiettes Melmac et son odeur de vieux bois et d'huile de foie de morue. Elle sera libérée de tout cela. Cela veut dire qu'elle devra sortir elle-même les sacs d'ordures, les jours de ramassage, mais elle pense qu'elle y arrivera.

Jeudi 7 avril

LESJE

Lesje a bien du mal à se lever le matin. En cette ère préhistorique où elle vivait avec William, elle pouvait compter sur lui. Il aimait arriver à son bureau à l'heure. Il prenait une douche vigoureuse en se frottant avec une sorte d'instrument de flagellation médiéval, et en émergeait, rose comme un canard en caoutchouc, pour venir farfouiller dans la cuisine et se préparer des céréales au lait, tout en se frottant les cheveux avec une serviette, et en faisant de fréquentes incursions dans la chambre pour asticoter Lesje et lui arracher les couvertures.

Mais dorénavant, dans sa petite maison froide, elle doit se forcer elle-même à affronter l'air glacial, à sortir une par une ses jambes de sous les couvertures, tel un dipnoïque arraché à sa mare stagnante. Cette maison dépourvue de meubles, sans rien qui émane des cloisons nues pour la réconforter, absorbe le peu d'énergie dont elle dispose. Elle a l'impression de perdre du poids, et que la maison en gagne.

Parfois, tout en buvant son café instantané additionné de lait artificiel et en mâchonnant un petit pain rassis, elle s'approche de la porte de la salle de séjour, et contemple les petits tas de sciure que Nate y fait désormais. Il prétend que la salle de séjour est la seule pièce de la maison suffisamment grande pour accueillir ses machines. Bien qu'aucune de ces machines n'ait encore fait son apparition, il a apporté quelques outils et des chevaux de bois inachevés, et il a même passé deux ou trois heures là-dedans à raboter et poncer. Ces tas de sciure la rassurent. Ils signifient que Nate, tout au moins en théorie, emménage ici. Qu'il prend possession.

Il lui a expliqué très soigneusement pourquoi il continue à dormir dans ce qu'elle considère comme la maison d'Elizabeth. Lesje l'a écouté, elle a essayé, mais elle ne comprend pas. Elle se sent embarquée dans quelque chose de compliqué, subtil et désespérément embrouillé. Elle n'est plus dans son élément. Si elle contrôlait la situation, les choses se passeraient ouvertement, concrètement. Elle-même s'est comportée avec droiture. Elle aime Nate ; elle a donc quitté William pour aller vivre avec Nate. Alors pourquoi Nate n'est-il pas encore venu vivre avec elle ?

Il prétend que si. Il est même resté dormir deux nuits et, la seconde fois, après l'avoir vu trébucher au matin dans la cuisine en se crispant chaque fois qu'il tentait de se redresser, elle a cédé, et acheté un matelas d'occasion en étranglant terriblement son budget. Mais, c'est un peu comme l'achat d'une volière : l'oiseau refuse d'y entrer.

« C'est ici ma vraie maison », dit Nate. Et il a même dit, une fois, la tête posée sur le ventre de Lesje : « Je veux un enfant de toi. » Il s'est vite repris en disant : « Je veux un enfant avec toi », et puis « Je veux que nous ayons un enfant ensemble », mais le contenu a tellement frappé Lesje qu'elle n'a pas fait attention à la formulation. Elle n'a pas particulièrement envie d'un bébé, pas en ce moment ; elle ne sait pas si elle en est capable ; mais le désir de Nate l'a touchée. Il la jugeait non seulement attrayante, mais acceptable. Elle s'est relevée et lui a soulevé la tête pour le serrer contre elle avec gratitude.

Ce qu'elle ne peut s'expliquer, c'est le fossé qui sépare ce qu'il dit qu'il ressent, de ce qu'il fait vraiment. Elle ne parvient pas à réconcilier ses protestations d'amour — auxquelles elle croit ! — avec le simple fait de son absence. Son absence est probante, empirique, et s'est durcie comme de la pierre, formant une petite masse compacte qu'elle porte sans relâche au creux de son estomac.

Elle gravit les marches grises du musée, passe devant les guichets, se hâte de monter vers la Salle de l'évolution vertébrée, parcourant son trajet quotidien : le crâne humain, le chat aux crocs acérés dans son pot de goudron, les scènes illuminées de la vie sous-marine, avec leurs mosasaures affamés et leurs ammonites maudites. La porte qui mène à son bureau se trouve à l'extrémité de ce secteur de l'étage des mers anciennes. La plupart des bureaux du musée sont équipés de portes normales ; elle apprécie que celle-ci soit camouflée de manière à paraître un rocher. Faute de pouvoir vivre dans une caverne (méditation, pain et eau, pas de complications), c'est encore ce qu'elle préfère.

Elle arrive en retard, mais elle reste plus tard, le soir, parfois jusqu'à 7 heures et demie ou 8 heures, dressant sans relâche ses catalogues, courbée et déchiffrant à grand-peine des étiquettes et des fiches, fixant son esprit sur des tibias, des métatarses, des fragments du monde réel. Elle trouve un certain répit dans cette contemplation des détails ; cela interrompt ce petit bruit dans sa tête, la préoccupation d'une chose coincée derrière les boiseries. Et puis elle retarde le moment de regagner sa maison vide.

Quand elle s'y trouve seule le soir, elle erre. Elle ouvre le placard de la minuscule chambre d'appoint et regarde les quatre cintres en fil de fer que l'on a abandonnés là, en se disant qu'elle devrait faire quelque chose au sujet de ces lambeaux de papier mural mâchouillés, et de ces crottes de souris sur le plancher. Elle tente de se forcer à faire des choses utiles, comme de décaper les dépôts minéraux jaunes au dos du siège des toilettes avec un grattoir ; mais elle se trouve habituellement assise au même endroit une demi-heure plus tard, sans avoir rien accompli, les yeux perdus dans le vague. Elle se rend compte à présent que sa vie avec William, toute fortuite qu'elle lui paraissait, avait le mérite de suivre un certain nombre de routines quotidiennes. Les routines vous tiennent en place. Privée d'elles, Lesje flotte, sans but. Elle ne peut jamais attendre Nate avant 10 heures du soir.

Par la porte ouverte, elle salue de la tête le Dr Van Vleet qui lui rend son salut. Il ne lui a encore fait aucune observation sur ses retards. Elle espère qu'à sa retraite, il sera remplacé par quelqu'un d'aussi tolérant, dans tous les domaines.

Elle franchit la porte de son tout petit bureau, et se trouve devant Elizabeth Schoenhof.

Lesje n'y est nullement préparée. Elle évitait la cafétéria, les toilettes qu'Elizabeth était susceptible d'employer, tous les coins où la rencontre risquait de se produire, et elle supposait qu'Elizabeth l'évitait aussi. Elle ne se sent aucunement coupable, et n'a rien à cacher. Elle pense simplement qu'elles ne peuvent rien avoir à se dire.

Et voici Elizabeth installée sur la chaise de Lesje, à lui sourire aimablement comme si c'était son bureau et que Lesje lui rendait visite. Elle a posé son sac sur la table appuyé contre un plateau de fragments d'anguilles, et son cardigan sur le dossier de la chaise. On croirait qu'elle va dire : « Que désirez-vous ? »

Au lieu de cela, elle déclare : « J'ai apporté ces formulaires de demande moi-même, parce que le courrier intérieur est vraiment trop lent. »

Il n'y a pas d'autre siège dans la pièce, tant la place fait défaut. Elizabeth semble remplir tout l'espace. Lesje s'adosse à une carte murale où les périodes géologiques sont représentées par des blocs de couleur. Dinosaures, cent vingt millions d'années d'un jaune fauve ; l'homme, un point rouge. Elle n'est qu'une particule, une molécule, un ion perdu dans le temps. Mais Elizabeth aussi.

Elle jette un coup d'œil sur le papier que lui a tendu Elizabeth. Ils veulent quelque chose pour les vitrines du métro, de préférence une jambe et un pied. Il faudra qu'elle en parle au Dr Van Vleet, qu'elle choisisse un spécimen, qu'elle signe le bon de sortie.

« Très bien », dit-elle. Elizabeth a dû hausser le chauffage.

Lesje se sent littéralement cuire ; elle meurt d'envie d'ôter son manteau, mais il lui semble qu'en se retournant maintenant, elle risque de manquer quelque chose. D'ailleurs, elle a besoin de cette protection, de cette isolation entre elle et Elizabeth.

« Il m'a semblé que nous devrions discuter certaines choses, annonce Elizabeth, toujours souriante. Je pense que nous devrions coopérer. C'est dans l'intérêt de tous, non ? »

Lesje comprend qu'elle parle de Nate, et non d'un pied fossilisé. Mais son intonation évoque plutôt quelque entreprise charitable, un concert pour les œuvres, une vente d'entraide. Lesje ne considère pas du tout Nate comme une entreprise de charité, et elle n'a aucune envie de parler de lui. « Bien sûr, dit-elle.

— Nate et moi avons toujours tenté de coopérer, explique Elizabeth. Nous sommes parvenus à rester amis. Je pense que c'est toujours mieux ainsi, n'est-ce pas ? Nous conversons souvent pendant qu'il prend son bain. » Elle rit d'un petit rire confiant. Manifestement, elle veut faire croire à Lesje que c'est elle, Lesje, qui est au centre de toutes ces conversations.

Lesje sait sans doute possible qu'Elizabeth et Nate n'ont eu aucune conversation d'une telle intimité depuis des mois et des mois. A moins qu'il n'ait menti ? Mentirait-il ? Elle se rend compte qu'elle ne le connaît pas assez pour savoir.

Lorsqu'Elizabeth s'en va, un quart d'heure plus tard, souriant toujours, Lesje ne se rappelle absolument rien de ce qui s'est dit. Elle ôte son manteau et le suspend, puis va se faire une tasse de café instantané dans le labo. Elle n'est pas certaine qu'Elizabeth ait dit quoi que ce soit, en tout cas pas clairement, pas directement. Mais il lui reste deux impressions. L'une, c'est que Nate vient d'être ou bien va être fichu dehors pour incompétence, et qu'elle est libre de le prendre. C'est-à-dire, si elle en veut. La seconde, c'est qu'elle vient d'être engagée pour un emploi qu'elle n'avait pas sollicité. Il semblerait qu'on veuille la prendre à l'essai comme gouvernante d'enfants, Elizabeth paraissant estimer qu'elle mérite un peu de temps libre aussi. « Ce sera excellent pour les enfants, a dit Elizabeth, d'apprendre à côtoyer quelqu'un qui s'intéresse à des choses si peu communes. »

Lesje la soupçonne d'avoir voulu dire quelque chose de

plus compliqué, moins neutre. Quelque chose comme *étrangère*. Pas *sale étrangère,* pas vraiment, comme en classe de huitième, quand les grandes à têtes d'irlandaises s'agglutinaient autour d'elle en se pinçant le nez tandis qu'elle traversait la cour en s'efforçant de sourire d'un air conciliant. Arrête de prendre tes petits airs ou bien on va te les faire avaler. En voilà une à qui une bonne douche ne ferait pas de mal.

Elizabeth est trop Bourgeoise Protestante pour cela. Plutôt du genre à dire *étrangère* dans le sens de barbare. Mais intéressante, ne vous méprenez pas ; comme si elle allait se mettre à jouer du violon et danser de charmantes danses folkloriques, un peu comme dans *Le Violon sur le Toit.* Pour amuser les enfants.

Lesje se rend compte qu'elle n'a pas étudié ce qu'elle aurait dû. Les mammifères modernes, voilà qui aurait pu lui servir. Le comportement des primates. Elle se souvient d'avoir un jour lu quelque chose sur les paupières de gorilles. Le gorille dominant regarde droit devant lui et les autres baissent les yeux en faisant ciller leurs paupières colorées. Cela évite des massacres.

Demain, quand elle se sentira moins déprimée, elle interrogera Marianne sur ce point ; Marianne est très au courant du comportement des primates. Ou bien au Dr Van Vleet, ou même à n'importe qui. N'importe qui doit en savoir plus qu'elle sur ce genre de questions.

Mercredi 13 avril 1977

ELIZABETH

Elizabeth est au lit, le couvre-pieds indien remonté jusqu'au menton. La fenêtre est entrouverte, telle qu'elle l'a laissée ce matin en partant travailler, et il fait froid et humide dans la chambre. Elle consulte le réveil sur sa table de nuit et se demande s'il vaut bien la peine de se lever et de s'habiller pour retourner passer une heure ou deux au bureau. Probablement pas.

Sur son bras repose une tête. La tête de William. La tête de William repose sur son bras parce qu'ils viennent de faire l'amour. Avant cela, ils ont déjeuné, un long déjeuner coûteux au Café sur Cour, avec du potage de concombre, des ris de veau et des chuchotements. Et deux bouteilles de vin blanc, ce qui peut expliquer les chuchotements. William soupira beaucoup et haussa les épaules à plusieurs reprises, comme pour exprimer une mélancolie contenue. Il lui parla d'une récente enquête sur les effets d'un régime de viande crue tel que le pratiquent les Esquimaux, mais le cœur n'y était pas. Ils avaient tous deux fait allusion à leur problème commun, mais sans en parler ouvertement. La défection est douloureuse.

Elizabeth observa (mais seulement une fois) qu'elle était heureuse de voir Nate résoudre certains de ses conflits, et qu'elle-même trouvait moins contraignant de ne plus l'avoir, enfin, autant dans les pattes. Cela ne déclencha rien chez William. Pendant qu'ils mangeaient leur mousse au chocolat à l'armagnac, Elizabeth lui caressa la main. Ils se regardèrent dans les yeux avec un sourire forcé : chacun constituait pour l'autre un lot de consolation. C'était logique ; et puis Elizabeth considérait qu'elle lui devait une bonne partie de jambes en l'air. C'était en partie sa faute à elle, si Lesje avait si brusquement quitté William. Elle n'avait pas prévu cette fuite. Elle avait escompté une confrontation, puis une réconciliation — et après la conciliation, Lesje aurait évidemment mis son point d'honneur à renoncer à Nate. Elizabeth aurait alors pu consacrer tout son temps à consoler Nate au lieu de William.

Dans les premiers temps, c'était ainsi que tout avait fonctionné entre Nate et elle, et elle avait pris garde de ne divulguer l'existence de ses amants que lorsqu'elle était prête à y renoncer. En théorie tout au moins. Mais ni William ni Lesje n'ont agi suivant ses plans. Elle ne sait pas très bien ce qui s'est passé. Elle a déjeuné avec William en partie pour l'apprendre, mais William ne voulait pas en parler.

Copuler avec William n'était pas désagréable, songe-t-elle, mais pas mémorable non plus. C'était un peu comme de coucher avec une grosse tranche de fromage à la crème de Philadelphie, et ma foi raisonnablement active. Émulsionnée. Ce n'est pas que William soit sans mystère. Il est probablement aussi mystérieux que n'importe quel autre objet de l'univers : une bouteille, une pomme. Mais pas du genre qui intrigue habituellement Elizabeth. En fin de compte, il n'est pas totalement insipide. En se rappelant comme il grinçait des dents, elle se convainc qu'il doit dissimuler des nappes d'énergie et même de violence en lui-même, comme des haricots sauteurs du Mexique cachés dans du coton.

Mais elle n'aime pas les boîtes dont elle peut deviner le contenu. Pourquoi ouvrir William ? Pour elle, il ne contient pas la moindre surprise. Chris avait représenté un territoire dangereux, grouillant d'embuscades et de guérillas, le centre d'un cyclone, un amant diabolique. Peut-être William pourrait-il représenter la même chose pour quelqu'un d'autre : Elizabeth a suffisamment vécu pour savoir que l'amant diabolique d'une femme peut n'être qu'une vieille chaussure aux yeux d'une autre. Elle ne reproche pas à Lesje la fascination qu'exerce manifestement Nate sur elle, sous prétexte qu'elle-même ne l'a jamais ressentie. Ce qu'elle envie, ce ne sont pas les personnes impliquées mais le fait. Elle aspire ardemment à l'éprouver encore, pour n'importe qui.

William remue, et Elizabeth dégage subrepticement son bras de dessus sa tête.

« C'était génial », déclare-t-il.

Elizabeth sourcille légèrement. *Génial.*

« Pas pour toi ? s'inquiète-t-il.

— Bien sûr que si, dit-elle. Tu ne t'en es pas rendu compte ? »

William sourit largement, rassuré. « Bon Dieu, soupire-t-il avec satisfaction. Lesje n'est pas de la même classe. »

Elizabeth trouve cette réflexion d'un parfait mauvais goût. On ne compare pas ses maîtresses, pas devant elles. Cependant elle sourit. « Je ferais mieux de me dépêcher, observet-elle. Je voudrais faire un petit tour au bureau, et je suppose que toi aussi, non ? » Aussi : les enfants vont rentrer de classe dans une heure. Mais elle ne le dit pas.

Elle n'a pas particulièrement envie que William l'observe de dos, mais elle ne peut rien faire pour l'en empêcher. Elle sort du lit, agrafe son soutien-gorge, et enfile par la tête sa combinaison magenta, qu'elle a choisie ce matin en songeant qu'un événement de ce genre pouvait se produire.

« Tu es vachement sexy », déclare William avec un peu trop de fougue ; cela pourrait annoncer une claque sur les fesses. « Quel corps bien plein. »

Elizabeth frémit d'exaspération. Idiote ; il lui arrive d'être vraiment très sotte. *Enfile ton putain de caleçon et tire-toi de mon lit.* Elle lui sourit aimablement par-dessus l'épaule, et la sonnette de la porte retentit.

Normalement, Elizabeth ne paraîtrait pas à demi dévêtue en plein jour à la porte de sa maison. Les voisins parlent, ils parlent à leurs enfants ; quelqu'un peut avoir vu William entrer avec elle. Mais pour l'instant, elle veut quitter la pièce.

« Ce doit être pour le relevé du compteur », dit-elle. Elle ne sait pas si c'est vraisemblable. Depuis qu'il travaillait à la maison, Nate s'est toujours occupé de ce genre de détails. « J'en ai pour une seconde. » Elle enfile sa robe de chambre bleue, noue la cordelière, et descend l'escalier pieds nus, ce qui lui est désagréable. La sonnette retentit à nouveau, et elle ouvre le verrou.

Tante Muriel se tient sur la véranda, et contemple avec dégoût le fauteuil à bascule blanc dont la peinture s'écaille, la marche cassée, les minuscules pelouses des voisins où pourrissent les restes des jardins de l'été dernier. Elle porte un chapeau de velours blanc qui ressemble à un pot de chambre retourné et des gants blancs, comme pour aller à l'église le jour de Pâques, ainsi qu'une étole de vison qu'Elizabeth se rappelle — il y a de cela vingt-cinq ans. Tante Muriel ne jette ni ne donne rien.

Jamais encore tante Muriel n'est venue voir Elizabeth. Elle a choisi de ne pas connaître l'existence de l'adresse peu reluisante d'Elizabeth, comme si Elizabeth ne vivait pas dans une maison, mais se matérialisait simplement dans le vestibule de tante Muriel lors de ses visites, pour disparaître ensuite. Mais le fait que tante Muriel n'ait jamais fait une chose ne permet aucunement de penser qu'elle ne la fera jamais. Elizabeth sait qu'elle ne devrait pas s'étonner — *qui d'autre pouvait-ce être ?* —, mais elle s'étonne quand même. Elle perd le souffle comme si elle avait reçu un coup au plexus solaire, et se cramponne au devant de sa robe de chambre.

« Je suis venue jusqu'ici, commence tante Muriel en marquant une légère pause avant jusqu'ici, parce que j'estimais de mon devoir de te dire mon sentiment sur ce que tu fais là. Tu n'en tiendras bien sûr aucun compte. » Elle s'avance, et Elizabeth se trouve contrainte de reculer. Tante Muriel, qui sent la naphtaline et le produit à poussière, pénètre majestueusement dans le salon.

« Tu es malade », décrète tante Muriel sans regarder Elizabeth, mais les yeux fixés sur la pièce parfaitement arrangée qui soudain rétrécit, se ternit, révèle sa poussière sous ce regard scrutateur. Seule la maladie pourrait excuser d'arborer une robe de chambre en plein jour, et surtout si miteuse. « Tu parais en bien piteux état. Cela ne m'étonne pas. » Tante Muriel ne semble pas tellement radieuse non plus. Elizabeth se demande un instant si elle a un problème de santé, puis refoule cette pensée. Tante Muriel n'a jamais de problèmes de santé. Elle parcourt solennellement la pièce, inspectant les fauteuils et le canapé.

« Vous ne voulez pas vous asseoir ? » suggère Elizabeth. Elle a décidé comment manœuvrer la situation. Douceur et légèreté, ne rien révéler. *Ne te laisse pas épingler.* Tante Muriel n'aimerait rien tant que la provoquer.

Tante Muriel s'assied sur le canapé, mais sans ôter ses gants ni son étole. Elle respire péniblement, à moins qu'elle ne soupire, comme si le seul fait de se trouver chez Elizabeth était vraiment trop pour elle. Elizabeth reste debout. *Domine-la de toute ta hauteur.* Aucun espoir.

« J'estime, commence tante Muriel, que les mères de jeunes enfants ne doivent pas briser leur famille pour leur petit plaisir égoïste. Je sais que beaucoup de gens le font de nos jours. Mais il existe ce qu'on appelle un comportement immoral, et il existe aussi ce qu'on appelle les convenances. »

Elizabeth ne peut ni ne veut avouer à tante Muriel qu'elle n'a pas choisi le départ de Nate. D'ailleurs, si elle dit « Nate m'a quittée », elle s'entendra dire que c'est sa faute à elle. Les maris ne quittent pas leurs épouses quand elles se comportent correctement. Aucun doute. « Comment l'avez-vous appris ? demande-t-elle.

— Le neveu de Janie Burroughs, Philip, travaille au musée, répond tante Muriel. Janie compte parmi mes plus fidèles amies. Nous allions à l'école ensemble. Je dois penser à mes petits-enfants ; je veux qu'elles mènent une vie familiale convenable. »

La parenté de Philip avec Janie Burroughs a échappé à Elizabeth lorsqu'elle lui a raconté à table, la semaine dernière, sa situation conjugale sur un ton léger et badin. Quelle ville incestueuse.

« Nate les voit le week-end », objecte-t-elle faiblement, et elle sent aussitôt qu'elle vient de commettre une grave erreur tactique : elle a reconnu qu'il y avait quelque chose de défectueux, sinon même erroné, dans un système où le père ne vit plus à la maison. « Elles mènent une vie convenable, ajoute-t-elle précipitamment.

— Cela m'étonnerait, gronde tante Muriel. Cela m'étonnerait beaucoup. »

Elizabeth sent le sol vaciller sous ses pieds. Si seulement elle n'était pas en robe de chambre avec un homme dans sa chambre, elle se trouverait en bien meilleure posture. Elle espère que William aura le bon sens de rester où il est, mais elle ne peut guère y compter, étant donné son manque total de retenue. Il lui semble l'entendre éclabousser la salle de bains.

« Et à moi il me semble, réplique Elizabeth dignement, que nos décisions, à Nate et moi-même, ne concernent que nous. »

Tante Muriel ne l'écoute pas. « Je ne l'ai jamais approuvé, reprend-elle. Tu le sais. Mais n'importe quel père vaut mieux que l'absence de père. Tu devrais le comprendre mieux que personne.

— Nate n'est pas mort, vous savez, riposte Elizabeth. (Une bouffée de chaleur lui monte à la poitrine, et s'y appesantit.) Il est toujours parfaitement en vie, et il adore les filles. Mais il se trouve qu'il vit avec une autre femme.

— Les gens de votre génération ne comprennent pas le sens du mot sacrifice, dit tante Muriel, mais sans passion, comme si la répétition de cette notion l'avait finalement lassée. Je me suis sacrifiée pendant des années. » Elle ne précise pas dans quel but. Elle n'a visiblement pas entendu un seul mot de ce que lui a dit Elizabeth.

Elizabeth pose une main sur le buffet en pin pour maintenir son équilibre. Elle ferme un instant les yeux ; derrière se tend tout un réseau d'élastiques. Avec n'importe qui d'autre, elle sait qu'elle peut compter sur une différence entre la surface et l'intérieur. La plupart des gens font des numéros d'imitation : elle-même en fait depuis des années. Si cela peut être utile, elle sait imiter une épouse, une mère, une employée, une parente attentive. Le secret consiste à découvrir ce que les autres essaient d'imiter, et puis de les conforter dans leur certitude de le faire bien. Ou bien le contraire : *Je vois clair dans votre jeu.* Mais tante Muriel ne fait pas d'imitations ; ou si elle en fait, elle entre tellement dans son imitation qu'elle devient authentique. Elle est sa propre surface. Elizabeth ne voit pas au travers d'elle parce qu'il n'y a rien ni nulle part à voir. Elle est opaque comme la roche.

« Je vais aller voir Nathanael », annonce tante Muriel. Elle est, avec la mère de Nate, la seule personne qui l'ait jamais appelé Nathanael.

Soudain, Elizabeth comprend ce que tante Muriel envisage de faire. Elle va aller trouver Nate et proposer de le payer. Elle est prête à payer pour maintenir des apparences de vie familiale normale, même si cela signifie qu'ils soient malheureux. Ce qui correspond d'ailleurs à sa vision d'une vie familiale normale ; elle n'a jamais prétendu au bonheur. Elle va le payer pour revenir, et Nate la croira envoyée par Elizabeth.

Vêtue d'une robe de lainage gris, tante Muriel se tient à côté du piano demi-queue dans le salon. Elizabeth, âgée de douze ans, vient de finir sa leçon et miss MacTavish, professeur de piano à la poitrine en gorge de pigeon, découragée, se trouve dans le vestibule où elle s'efforce d'enfiler son manteau bleu marine, comme elle le fait chaque jeudi depuis déjà quatre ans. Miss MacTavish est l'un des avantages dont tante Muriel rappelle sans répit à Elizabeth qu'elle a bien de la chance de les recevoir. Tante Muriel attend d'entendre la porte se refermer, en souriant d'un sourire inquiétant à l'adresse d'Elizabeth.

« Ton oncle Teddy et moi-même, commence-t-elle, pensons que dans les circonstances présentes il serait souhaitable que Caroline et toi-même nous appeliez par d'autres noms que tante Muriel et oncle Teddy. » Elle se penche, feuillette le cahier de musique d'Elizabeth. *Tableaux d'une Exposition.*

Elizabeth est demeurée assise sur le tabouret de piano. Elle est censée s'exercer une demi-heure après chaque leçon. Elle pose les mains sur ses genoux et lève les yeux sur tante Muriel, prenant soin de présenter un visage totalement inexpressif. Elle ne sait pas ce qui va suivre, mais elle a déjà appris que la meilleure défense contre tante Muriel est le silence. Elle porte le silence autour de son cou comme de l'ail contre les vampires. *Boudeuse,* dit tante Muriel.

« Nous vous avons adoptées légalement, poursuit tante Muriel. Et nous pensons que désormais vous devriez nous appeler mère et père. »

Elizabeth ne voit aucune objection à appeler père son oncle Teddy. Elle ne se souvient guère de son père, et ce qu'elle se rappelle ne lui plaît pas tellement. Il racontait parfois des plaisanteries, elle se souvient de cela. Caroline conserve jalousement ses cartes de Noël sporadiques ; Elizabeth jette les siennes, sans plus se soucier de scruter le cachet de la poste pour savoir où il traîne en ce moment. Mais tante Muriel ? *Mère ?* Sa chair se contracte.

« J'ai déjà une mère, répond poliment Elizabeth.

— Elle a signé les papiers d'adoption, déclare tante Muriel avec une expression de triomphe non déguisée. Elle avait l'air contente de pouvoir se dégager de ses responsabilités. Bien entendu, nous lui avons donné un peu d'argent. »

Elizabeth ne se rappelle pas comment elle a réagi à l'annonce que sa vraie mère l'avait vendue à tante Muriel. Elle pense qu'elle a tenté de refermer le couvercle du piano sur les doigts de tante Muriel ; mais elle a oublié si elle avait réussi ou non. C'est la dernière fois qu'elle s'est laissée emporter ainsi.

« Sortez de chez moi, se surprend-elle à dire, à hurler. N'y revenez plus, n'y revenez plus jamais ! (En libérant ainsi sa voix, le sang lui monte à la tête.) Espèce de vieille emmerdeuse rancie ! » Elle a envie de dire *salope*, elle y a bien souvent songé, mais la superstition la retient. Si elle prononce cette ultime parole magique, tante Muriel va sûrement se métamorphoser : s'enfler, noircir, bouillonner comme du sucre brûlé, et dégager des vapeurs mortelles.

Le visage composé, tante Muriel se lève, très droite, et Elizabeth s'empare de l'objet le plus proche d'elle pour le jeter sur l'abominable chapeau blanc. Elle manque son but, et l'un de ses superbes bols en porcelaine va s'écraser contre le mur. Mais enfin, enfin, elle a fait peur à tante Muriel qui déguerpit sans demander son reste. La porte s'ouvre, se referme : un claquement, satisfaisant, définitif comme un coup de feu.

Elizabeth frappe le sol de ses pieds nus ; elle exulte. La révolution ! C'est comme si tante Muriel était morte ; elle n'aura plus jamais à la revoir. Elle se lance dans une danse de la victoire autour de sa chaise en pin, en serrant ses bras autour de son corps. Elle se sent devenir sauvage, elle pourrait dévorer le cœur de quelqu'un.

Mais quand William descend, tout habillé et soigneusement coiffé, il la trouve immobile et recroquevillée sur le canapé.

« Qui était-ce ? s'enquiert-il. J'ai pensé que je ferais mieux de rester là-haut.

— Personne d'important, répond Elizabeth. Ma tante. »

Nate l'aurait consolée, même maintenant. William se met à rire, comme si les tantes étaient intrinsèquement drôles. « On dirait qu'il y a eu de la bagarre, observe-t-il.

— Je lui ai lancé un bol à la tête, explique Elizabeth. C'était un très beau bol.

— Tu pourrais essayer de le réparer à la colle vinylique », suggère-t-il, débordant de bon sens. Elizabeth ne juge pas nécessaire de répondre. Un bol de Kayo, un modèle unique. Un bol retourné au néant.

Vendredi 29 avril 1977

LESJE

En blouse blanche plus sale que d'habitude, Lesje est assise dans le laboratoire d'en bas, près du corridor bordé d'étagères en bois. Elle boit une tasse de café instantané qui doit constituer tout son déjeuner. Ostensiblement, elle trie et étiquette un plateau de dents, des dents de petits protomammifères du Crétacé supérieur. Elle utilise une loupe et un tableau récapitulatif, bien qu'elle connaisse ces dents aussi bien à l'envers qu'à l'endroit : le musée en a publié une monographie qu'elle a aidé à établir. Mais elle a du mal à se concentrer. Elle s'est installée ici plutôt que dans son bureau parce qu'elle voudrait que quelqu'un lui parle.

Il y a deux techniciens dans la pièce. Théo est près de la décapeuse, où il dégage à la roulette de dentiste une mâchoire à demi scellée. En mammalogie, où les os sont authentiques, ils n'emploient pas de roulette. Ils ont un congélateur plein de carcasses mortes, des chameaux, des élans, des chauves-souris, et quand ils sont prêts à assembler les squelettes, ils retirent toute la viande qu'ils peuvent et entreposent les ossements dans la Salle des Insectes, où des insectes carnivores mangent les lambeaux de chair restants. La Salle des Insectes sent la viande pourrie. De l'autre côté de la porte, il y a des photos de femmes nues collées sur des meubles de classement. Les techniciens de ce département-là travaillent en écoutant du rock et de la musique folklorique à la radio. Lesje se demande si Théo le solitaire ne préférerait pas être avec eux.

Gregor, l'artiste du département, applique des couches d'argile sur un os, un genre de fémur ornithopode, dirait-on. Mais Gregor se moque sans doute bien de savoir ce que c'est. Son travail consiste à prendre l'empreinte puis à faire un moulage. Ainsi, lentement et morceau par morceau, des squelettes entiers se reproduisent. Au XIXe siècle, Lesje le sait, Andrew Carnegie moula et remoula son dinosaure personnel, le *Diplodocus carnegiei* et en offrit des reproductions aux têtes couronnées d'Europe. Plus personne ne pourrait se le permettre, à présent ; même s'il restait des têtes couronnées.

Lesje cherche quelque chose à dire aux techniciens, mais pas sur le *Diplodocus carnegiei*, cela ne conviendrait pas ; un moyen d'entamer la conversation. Mais elle ne sait pas ce qui pourrait les intéresser. Ils font leur travail et partent chaque soir à 5 heures pour aller vivre leur autre vie, qui lui paraît totalement insondable. Elle sait cependant que le musée ne leur est pas essentiel comme il l'est pour elle. Gregor pourrait tout aussi bien travailler dans un magasin de matériel pour artistes, et Théo pourrait décaper du ciment débordant sur des briques, ou de la peinture sur des vieilles poignées en cuivre. Peut-être aimeraient-ils avoir des photos de femmes nues ici aussi.

Malgré tout, elle meurt d'envie que l'un d'eux, n'importe lequel, lui dise : « Venez donc prendre une bière. » Elle regarderait des matches de base-ball à la télévision avec eux, en mangeant des chips et en buvant au goulot. Elle leur tiendrait les mains, roulerait avec eux sur le tapis, ferait l'amour par insouciance, sans y attacher plus d'importance qu'à un autre exercice physique comme quelques longueurs de piscine ou un tour de pâté de maisons en petite foulée. Tout cela serait amical et sans suite. Elle veut de l'action, de l'activité, sans signification ni sanctions cachées.

Elle songe avec nostalgie à sa vie avec William, qu'elle voit maintenant comme une simple et joyeuse période adolescente. Ce qu'il y avait de merveilleux avec William, c'est qu'elle ne s'est jamais vraiment souciée de savoir ce qu'il pensait d'elle. Avant, elle voulait quelque chose de moins étroitement exclusif à deux. Maintenant, elle l'a. Il est vrai qu'elle n'aimait pas William d'amour, même si elle n'avait aucun moyen de le savoir à ce moment-là. Elle aime Nate. Elle n'est plus sûre du tout d'être faite pour l'amour.

Peut-être n'est-ce même pas Nate qui l'a attirée au début, mais Elizabeth. Elizabeth et Chris. En regardant Elizabeth, elle voyait un monde adulte où les choix avaient des conséquences significatives, irréversibles.

William n'a jamais représenté ce type de choix, il était illimité. Elle devait penser qu'elle pourrait vivre un million d'années avec William sans que rien change vraiment en elle. Manifestement, William n'avait pas ressenti la même chose. Tel un avare avec son bas de laine, William avait investi des quantités de choses sans qu'elle y prenne garde, de sorte que son explosion de violence l'avait prise par surprise. Mais elle est loin de William, à présent, même de sa fureur. William n'a été pénible que momentanément.

Nate, en revanche, est pénible presque tout le temps. Il lui tient les mains dans les siennes, en disant : « Tu sais comme tu comptes pour moi. » Quand elle voudrait lui entendre dire qu'il pourrait tuer pour elle, mourir pour elle. Mais *compter* appelle à mesurer, suscite la question : *combien ?* Pour elle, Nate est absolu, mais pour lui, elle existe sur une échelle mobile de choses relativement importantes. Elle ne sait pas où exactement elle se situe sur cette échelle : cela varie.

Le soir, ils s'asseyent devant leur nouvelle table, à côté de la cuisinière et du réfrigérateur vrombissant qu'elle a payé beaucoup trop cher chez Goodwill, et elle boude. Quand elle vivait avec William, c'était presque toujours lui qui boudait.

« Qu'y a-t-il, mon amour ? » demande Nate. Elle ne sait pas comment lui répondre.

Elle fait durer sa tasse de café aussi longtemps que possible, mais les techniciens ne disent rien. Gregor sifflote entre ses dents, et Théo se contente de manier sa fraise de dentiste. Vaincue, elle remonte son plateau de dents jusque dans son bureau. Elle a une visite scolaire à 4 heures, qui va la renvoyer une fois de plus dans la pénombre du Crétacé presse-boutons, tout autour des cycades avec mille enfants, sa voix se déroulant calmement. Et puis elle rentrera chez elle.

Il faut qu'elle y soit de bonne heure, car c'est le premier week-end que les enfants de Nate vont passer en leur compagnie. Elle l'a redouté toute la semaine.

« Mais nous n'avons nulle part où les coucher, objecta-t-elle.

— Elles n'auront qu'à emprunter des sacs de couchage à des amies. »

Lesje observa ensuite qu'ils n'avaient pas suffisamment d'assiettes. Nate rétorqua que les enfants ne s'attendaient guère à un dîner conventionnel. Il se chargerait de la cuisine, et les enfants de la vaisselle. Elle n'aurait absolument aucun travail supplémentaire. Lesje se sentit alors exclue, mais n'en avoua rien. Au lieu de cela, elle recompta ses couverts et se désola sur la crasse incrustée dans les planchers. Lorsqu'elle vivait avec William, elle aurait ri avec mépris à la seule idée de tels scrupules. En vérité, elle ne veut pas que les enfants racontent ensuite à Elizabeth qu'elle n'a pas d'argenterie et que les planchers sont dégoûtants. Elle se moquait de ce que pouvait penser William, mais elle s'inquiète terriblement du jugement que porteront sur elle deux jeunes enfants qu'elle ne connaît même pas et qu'elle n'a aucune raison d'aimer. Elles n'ont aucune raison de l'aimer non plus. Elles pensent sans doute qu'elle a volé Nate. Elles la haïssent sûrement. Elle se sent condamnée par avance, non pas à cause de ce qu'elle a fait, mais de sa position ambiguë dans l'univers.

Le jeudi, elle alla chez Ziggy's et acheta tout un grand sac de choses délicieuses : des sablés anglais dans une boîte d'aluminium, deux sortes de fromages, du paté de foie, des petits pains aux raisins, des chocolats. Elle ne mange presque jamais de pains aux raisins ni de chocolats, mais elle les a pris sur les rayons dans un élan de désespoir : c'était sûrement cela qui plaisait aux enfants. Elle se rendait compte qu'elle n'avait pas la moindre idée de ce qu'aimaient les enfants. La plupart d'entre eux aimaient les dinosaures, elle n'en savait pas davantage.

« Ce n'est pas nécessaire, mon amour, observa Nate tandis qu'elle vidait le contenu du sac de chez Ziggy's sur la table de la cuisine. Elles seront exactement aussi contentes avec une tartine de confiture. »

Lesje monta en courant dans la chambre et se jeta en pleurant sur le matelas qui sentait la vieille étoffe, la laine rance, les souris. Encore une cause de désolation : les enfants allaient voir ce matelas.

Au bout d'un moment, Nate la rejoignit. Il s'assit et lui caressa le dos. « Tu sais comme je tiens à ce que vous vous entendiez toutes bien, dit-il. Si tu avais des gosses, tu comprendrais cela. »

Le ventre de Lesje se contracta : elle sentait comme une muraille de muscles autour d'un creux central. Il s'était situé avec les enfants et Elizabeth dans une toute petite oasis verdoyante où existaient des choses comme la compréhension. Et dans le désert alentour, isolée, solitaire, sans enfants, coupablement jeune, on la forçait à demeurer en pénitence, pour contempler une pantomime dont le sens lui échappait.

Nate ne soupçonnait pas qu'il pût être cruel. Il croyait l'aider. Il lui caressait le dos, et elle pouvait l'imaginer consultant sa montre pour voir s'il l'avait fait pendant tout le temps requis.

Multituberculata, se murmure Lesje. Parole apaisante. Elle souhaite être apaisée ; elle ne l'est pas. Elle redoute cette soirée. Elle redoute la seule idée d'être assise devant sa table boiteuse, avec ses couverts dépareillés et ses assiettes de piètre allure, à sentir remuer sa mâchoire en poursuivant une conversation maladroite ou en regardant fixement ses mains, tandis que deux paires d'yeux la dévisageront pour la juger. Trois paires d'yeux.

ELIZABETH

Elizabeth est assise dans la pénombre souterraine de la Taverne Pilote, respirant l'odeur des frites légèrement rances et regardant les ombres. Elle a passé plusieurs soirées ici avec Chris, autrefois. C'était un bon endroit pour eux, car ils ne risquaient pas d'y rencontrer des gens qu'Elizabeth connaîtrait. Elle l'a choisi cette fois pour la même raison.

Le serveur est venu proposer de noter sa commande, mais elle a répondu qu'elle attendait quelqu'un. Ce qui est vrai. Elle a souhaité une bonne nuit aux enfants en les embrassant, sorti des biscuits et du Coca pour la baby-sitter, appelé un taxi où elle s'est vite engouffrée, et tout cela pour pouvoir s'asseoir ici, dans la Taverne Pilote, et attendre. Elle le regrette déjà. Mais elle avait gardé la carte, dans la poche de son sac où elle enfouit sa monnaie et son porte-cartes. Elle sait qu'elle ne garde jamais ces choses à moins de compter s'en resservir un jour. Un jeu de possibilités, présent à l'arrière-plan de ses pensées.

Elle peut toujours partir, mais pour quoi faire ? Il faudrait qu'elle rentre, paye la baby-sitter, et se couche dans sa maison vide sans être vraiment vide, à écouter la respiration presque imperceptible de ses enfants. Quand elles sont éveillées, elle arrive à supporter la situation. Elles ne lui sont pourtant pas d'une bien agréable compagnie. Nancy gît sur son lit, inerte, en écoutant des disques ou en relisant indéfiniment les mêmes titres : *Le Traîneau*, et *Prince Caspien*. Janet tourne autour d'Elizabeth en lui offrant ses services : elle va éplucher les carottes, débarrasser la table. Elle se plaint de douleurs d'estomac et n'est satisfaite que quand Elizabeth lui donne du gélusil ou du lait de magnesia que Nate a laissés derrière lui. Quant à Nancy, elle se dégage des bras d'Elizabeth, et esquive les câlins

231

et les baisers du soir. Elizabeth songe parfois que ses enfants agissent plus en coupables qu'en affligées.

Qu'est-elle censée dire ? Papa n'est pas vraiment parti ? il est simplement parti ? Maman et papa vous aiment toutes les deux. Ce n'est pas votre faute. Vous savez bien qu'il vous téléphone tous les soirs, quand il y pense. Et vous l'avez vu plusieurs fois pendant les week-ends. Mais Nate et elle sont convenus qu'elle ne parlerait pas de la séparation aux enfants tant qu'il n'aurait pas lui-même eu l'occasion de leur parler, ce qu'il ne cesse de reporter. Cela n'importe guère. Les enfants ne sont pas idiotes, elles savent ce qui se passe. Elles le savent même si bien qu'elles ne posent pas de questions.

L'homme en complet brun domine la table ; il est plus grand qu'elle ne s'en souvenait, et ne porte plus de complet brun. Il porte un costume gris clair, avec une cravate à grand losanges blancs qui semblent briller dans le noir. Il est devenu plus florissant.

« Je vois que vous êtes déjà là », dit-il. Il s'abaisse jusqu'à la chaise placée en face d'elle, soupire, tourne la tête pour appeler le serveur.

Quand elle l'a appelé, il ne se souvenait plus d'elle. Elle dut lui remettre en mémoire leur rencontre dans le métro, leur conversation sur les problèmes immobiliers. Il devint alors trop expansif. « Mais bien sûr, bien sûr ! » Elle jugea humiliante cette défaillance. Et puis ce rire épais comme une sauce, comme pour donner à entendre qu'il savait ce qu'elle voulait.

Il ne peut pas le savoir vraiment. Tout ce qu'elle veut, c'est oublier. Temporairement, mais complètement : une nuit sans étoiles, une route menant tout droit à un précipice. Une fin. Un terminal. Avant de l'appeler, elle était certaine qu'il pourrait lui procurer cela. Peut-être le peut-il. Il a posé ses mains sur la table, courtes, couvertes de poils noirs, terre à terre.

« J'étais en tournée, explique-t-il. Rentré depuis avant-hier seulement. » Le serveur arrive, et il commande un rhum-coca pour lui-même, puis demande à Elizabeth ce qu'elle désire. « Un scotch-soda pour madame. » Il explique comme il est épuisé. La seule chose qui rompe la monotonie de ses longs parcours en voiture, c'est sa radio C.B. On peut avoir des bonnes discussions, avec ça. Badin, il propose à Elizabeth de

deviner son nom de code. Elizabeth esquive la question.
« Mastoc », précise-t-il avec un sourire presque timide.

Il semble à Elizabeth qu'il avait parlé d'avion, et non pas de voiture. Mais de toute façon, c'est un commis-voyageur. Il faut bien, sans doute, que des gens vendent des choses ; quoi qu'il en soit, la voilà bien partie pour entrer dans le circuit d'une plaisanterie éculée. Elle aurait sûrement pu faire mieux. Mais elle n'y tient pas. Mieux, ce pourrait être par exemple Philip Burroughs, des amis d'amis, des maris d'amies — sur mesure, prévisibles. Cet homme a une valise pleine de petites culottes sans fond, et un halo de satisfaction sordide. *Carnaval.* Aucune circonspection dans son cas, il ne commencera pas par ôter sa montre et la poser sur la table de chevet, plier son maillot de corps, et il n'aura pas l'haleine mentholée à cause des pastilles qu'il prend pour son ulcère. Il est plein de confiance, il s'adosse bien à sa chaise, il respire des promesses inexprimées. Pour quelqu'un d'autre, il serait prévisible, mais pas pour elle ; pas encore.

Les consommations arrivent, et Elizabeth avale la sienne d'un seul trait comme un médicament, en espérant sentir la concupiscence surgir comme une fleur du désert entre ses cuisses. L'homme en costume gris se penche par-dessus la table et lui confie à mi-voix qu'il envisage de revendre sa maison. Sa femme en a une autre en vue, quelque chose plus au nord, et un peu plus grand. Peut-être connaît-elle quelqu'un qui serait intéressé ? La maison qu'il veut revendre a un circuit électrique entièrement refait tout en cuivre, et il a fait poser de la moquette. Il estime qu'il peut s'offrir ce déplacement ; il a pris une nouvelle branche. La fantaisie.

« La fantaisie ? » répète Elizabeth. Son corps est posé sur la banquette rembourrée de plastique, comme un sac de sable ; lourd, sec, inanimé.

« Pour les anniversaires », explique-t-il. Des hélicoptères miniature, des sifflets, des crânes en plastique mou, des monstres, des bracelets-montres jouets. Ce genre de choses. Il lui demande comment vont ses enfants.

« En fait, mon mari et moi-même nous sommes séparés », annonce-t-elle. Peut-être cette nouvelle va-t-elle éveiller en lui cette réaction que les mots *séparation* et *divorce* sont censés provoquer chez les hommes mariés. Mais cela semble uniquement le rendre nerveux. Il regarde tout autour de lui, en s'efforçant de paraître chercher le serveur. Elizabeth constate avec surprise qu'il n'a pas l'air plus pressé de se montrer avec elle, qu'elle-même avec lui. Se pourrait-il vraiment qu'il la croie lancée à ses basques, pour l'annexer dans une intention domestique ? Quelle prétention. Mais elle l'insulterait en le lui disant.

Elle se demande si elle pourrait essayer d'être franche avec lui. *Tout ce qui m'intéresse, c'est une aventure d'une seule nuit. D'une seule heure si possible, et vous n'êtes absolument pas obligé de me parler. Ni liens, ni projets, ni hameçons, je ne veux pas ajouter encore à la pagaille. Je ne veux pas de vous dans ma vie ; c'est pour cela que je vous ai appelé.*

Mais il entreprend de lui raconter l'opération qu'il a subie voici deux mois, pour ses verrues plantaires. Beaucoup plus douloureux qu'on ne l'imaginerait. Inutile, elle ferait mieux de limiter les dégâts. L'époque de tout cela est terminé, draguer dans les parcs, les tripotages au cinéma. Elle a oublié le truc ; comment vouloir.

« Je crois qu'il est temps que je m'en aille, annonce-t-elle poliment. Merci beaucoup pour ce moment charmant. J'ai été très heureuse de vous revoir. » Elle remonte sa veste de tricot sur ses épaules et se lève, se dégageant de derrière la table.

Il semble déconcerté. « Il est encore tôt, proteste-t-il. Prenons encore un verre. »

Comme Elizabeth refuse, il se lève aussi. « Je vais vous raccompagner, en tout cas. »

Elizabeth hésite, puis accepte. Pourquoi payer un taxi ? Ils se dirigent vers le parking dans l'air tiède. Il la prend par le coude, geste curieusement désuet. Peut-être pourraient-ils danser le fox-trot sous les réverbères du parking. Pour sa nuit en ville.

Dans la voiture, Elizabeth ne se force pas à faire la conversation. Elle lui indique où elle habite, et lui prodigue juste quelques vagues murmures d'acquiescement distrait pendant qu'il se plaint de la nourriture des restaurants d'hôtel, et en particulier à Thunder Bay. Elle est d'une lucidité froide comme la pierre. Et elle-même froide comme la pierre. Il y a cependant une compensation : elle s'en tire proprement, sans dommages. Il doit se rendre compte qu'elle ne lui prête nul intérêt. Il se tait, et allume sa radio C.B., manipulant le cadran. Des voix hachées graillonnent et s'estompent.

Mais avant d'arriver dans la rue d'Elizabeth, il bifurque dans une voie sans issue et s'arrête brusquement. Les phares sont braqués sur un damier, une flèche noire ; au-delà, une haute clôture métallique. Sans doute une usine.

« Ce n'est pas ma rue », observe Elizabeth. Au début de la soirée, cette initiative l'aurait ravie.

« Ne fais pas l'innocente, répond-il. Nous savons aussi bien l'un que l'autre pourquoi tu es ici. (Il se penche, et décroche le micro de sa radio.) On va leur donner des émotions, explique-t-il. Dix-quatre, dix-quatre, mettez-moi en ligne. »

Elizabeth cherche à tâtons comment ouvrir sa ceinture de sécurité mais, avant qu'elle ait pu se dégager, il lui tombe dessus. La tête bloquée en arrière par le poids de cette bouche qui s'impose à elle, Elizabeth suffoque. Il a glissé un genou entre ces cuisses, et lui remonte sa jupe ; il a les fesses coincées contre la boîte à gants. Elle sent quelque chose de froid et métallique pressé contre sa gorge, et s'aperçoit que c'est le micro.

Il s'agite, gémit ; son coude heurte la vitre. Elizabeth lutte contre l'asphyxie. *Il a une crise cardiaque.* Elle va rester là, bloquée sous le corps, jusqu'à ce qu'on entende ses hurlements dans le micro et qu'on vienne la sauver de là.

Mais en moins d'une minute il laisse retomber sa tête contre le cou d'Elizabeth et demeure inerte. Elizabeth dégage à grand-peine son bras gauche pour se ménager un peu d'espace respiratoire.

« Eh bien ! s'exclame-t-il en se poussant un peu. Fantastique. »

Elizabeth rabat sa jupe sur ses genoux. « Je rentrerai à pied », annonce-t-elle. Elle entend sa propre voix trembler, bien qu'elle ne pense pas avoir peur. Idiote, d'avoir escompté autre chose.

« Alors, tu ne veux pas ton tour ? » s'étonne le type. (Sa main grimpe comme une araignée le long de la cuisse d'Elizabeth.) Je suis bon, tu sais. » Il tient le micro de la main gauche comme s'il s'attendait à ce qu'elle chante.

« Sortez votre main de ma culotte », déclare-t-elle. Elle a l'impression d'avoir ouvert un paquet qui semblait sérieux, et

235

d'en avoir vu jaillir un serpent à ressort. Elle n'a jamais aimé les farces et attrapes.

« Merde, je voulais juste être gentil, ronchonne-t-il en retirant sa main. (Il raccroche le micro en place.) Tout le monde a envie de s'amuser un peu, non ?

— Lâche l'antenne, Mac, dit une voix à la radio. Ou tu pisses, ou tu laisses le pot à d'autres, vu ?

— Je rentre chez moi à pied, insiste Elizabeth.

— Je ne peux pas te laisser toute seule, voyons, proteste-t-il. Surtout par ici. (Il a les mains sur ses genoux, et la tête courbée ; il garde les yeux fixés sur le volant.) J'ai un peu de gnôle dans la boîte à gants. Bois-en une gorgée de ma part, je te l'offre. Allez, buvons un petit coup. » Il parle d'une voix vide.

« Non merci, vraiment », répond Elizabeth, réduite à redevenir polie. Elle décroche sa ceinture de sécurité ; cette fois, il ne fait pas un geste pour l'en empêcher. La tristesse émane de lui comme une chaleur, elle s'en rend compte à présent, depuis le début. Quand elle partira, il va sans doute pleurer. De quelque étrange et sordide manière, il voulait lui faire plaisir. A qui la faute si elle n'éprouve aucun contentement ?

Dehors il y a des arbres, du vent, et puis des maisons. Elle marche jusqu'au premier carrefour, cherchant les noms des rues. Derrière elle, elle entend tourner le moteur, mais il ne bifurque pas, ne la dépasse pas. Qui rit ? Quelque chose coincé dans sa gorge. Personne vraiment.

Jeudi 7 octobre 1976

NATE

Nate est dehors sur la véranda, et se balance doucement dans le fauteuil à bascule qu'Elizabeth a acheté pour quinze dollars il y a cinq ans, dans une vente aux enchères près de Lloydtown. Avant qu'il ne vende la voiture. Elle le lui avait fait peindre en blanc pour camoufler le dos fendu et réparé avec du fil de fer qui passe dans des petits trous maladroitement percés de part et d'autre de la fêlure. Ce même fauteuil, lui a-t-elle dit, intact et nu, aurait coûté au moins cinquante dollars. Maintenant, après cinq ans d'intempéries, il aurait bien besoin d'être poncé et repeint. Mais s'il le fait, Elizabeth ne s'en apercevra même pas. Elle ne s'intéresse plus aux meubles.

Il garde l'esprit immobile et évite de regarder la rue où Elizabeth va bientôt apparaître dans la lumière de fin d'après-midi, rentrant de l'arrêt d'autobus parmi les feuilles mortes qui encombrent le trottoir. Il l'attend, en fait il veut la voir. C'est une sensation oubliée depuis si longtemps qu'elle lui semble presque neuve. Son corps dans le fauteuil se sent aussi anguleux que le fauteuil lui-même, sa colonne vertébrale est crispée. Quelque chose va se produire, un commencement, des choses vont changer, et il n'est pas sûr d'être prêt.

Il y a six jours, elle a annoncé qu'elle voulait avoir une petite conversation avec lui. Il s'attendait à un sermon sur la procédure domestique : la vaisselle, la lessive, qui lave quoi et de qui, qui a plié quoi, comment les objets par terre étaient censés réintégrer leur place sur les étagères *ad hoc*. C'est à cela que se résument habituellement ses petites conversations. *Faire sa part*. Il avait déjà préparé sa défense : quand il fait les choses, elle ne le remarque pas, alors comment peut-elle savoir s'il fait sa part ou non ? Il a reculé le moment en se servant à boire, en cherchant ses cigarettes, avant de s'asseoir à contrecœur en face d'elle à la table de la cuisine.

Mais au lieu de cela, elle lui annonça froidement qu'elle avait cessé de voir Chris. Suivant les règles qu'ils avaient établies d'un commun accord, il ne se mêlait plus de qui elle voyait ou non. Il voulut lui rappeler ce point qu'elle avait introduit dans leur contrat. « Fais comme tu veux », allait-il dire. Pourquoi l'ennuyait-elle avec ses histoires ?

« Je veux que tu me rendes un service », déclara-t-elle avant qu'il eût pu parler. Elle demandait souvent justice, mais ne quémandait pas souvent des faveurs, pas auprès de lui, pas dernièrement. « Si Chris vient par ici, je ne veux pas que tu le laisses entrer dans la maison. »

Nate la dévisagea ; elle n'avait jamais encore rien dit de tel, sans doute parce qu'elle n'en avait jamais eu besoin. La manière dont elle se débarrassait de ses amants était habituellement définitive. Il ignorait ce qu'elle leur disait, mais quand elle n'en voulait plus, ils disparaissaient aussi rapidement, aussi totalement que si elle leur avait fixé un bloc de béton aux pieds et les avait jetés dans le port. Il la soupçonnait de vouloir lui en faire autant — elle en avait certainement plus qu'assez — mais les enfants l'en empêchaient sans doute.

Il aurait voulu lui demander ce qui n'allait pas : Chris risquait-il de venir ? Pourquoi ? Mais elle lui répondrait simplement que sa vie ne concernait qu'elle. Avant, elle les concernait tous les deux.

C'est cela qu'il veut, qu'il veut reprendre. Cette image d'une vie harmonieuse et partagée, restée d'une carte de Noël des années 40, avec un feu de bois, un tricot dans un panier, de la neige collée par-dessus, avait été rejetée par eux deux depuis si longtemps qu'il l'avait oubliée. Et voici qu'elle reparaissait, sous forme d'une possibilité au présent composé. Peut-être Elizabeth le souhaitait-elle aussi, peut-être était-elle disposée à essayer encore. Il sentit qu'il lui fallait agir fermement. Elle l'avait souvent accusé de ne pas savoir agir fermement. Il invita donc Martha à déjeuner.

Martha était ravie. A une table d'angle du Café Jurgens, qu'elle avait choisie, elle lui tenait la main et lui disait comme c'était merveilleux de pouvoir le rencontrer ainsi, en dehors des heures allouées. Il la regardait d'un œil navré manger un sandwich au homard grillé et boire deux whiskies. Derrière elle s'étalait une photo agrandie, était-ce Venise ?

« Tu es bien silencieux, aujourd'hui, observa Martha. Tu as avalé ta langue ? »

Nate parvint à sourire. Il s'apprêtait à lui annoncer qu'il ne pourrait plus la voir désormais, et il voulait le faire gentiment et calmement. Il n'avait même pas vraiment envie de le faire, en vérité, même si depuis quelque temps ils se trouvaient dans une impasse. Mais le fait était qu'avec le départ de Chris, un déséquilibre se créait. Il allait devoir se délester aussi de Martha ; autrement, il risquait de se retrouver à vivre chez elle. Ce qu'il ne voulait surtout pas. Ce serait bien mieux pour tout le monde s'il pouvait se réconcilier avec Elizabeth ; bien mieux pour les enfants. Il se sentait un grand cafard à cette seule idée, mais c'était pour une bonne cause. Il tenterait de procéder à une rupture propre et nette. Il espérait qu'elle n'allait pas se mettre à lui hurler des horreurs. Vitalité, avait-il naguère cru.

Mais elle ne hurla pas. Elle lui lâcha la main et courba la tête, les yeux fixés sur les croûtes de son sandwich. Il crut voir une larme tomber dans la mayonnaise.

« Il te faut autre chose, déclara Nate, se hâtant de ternir sa propre image. Quelqu'un qui puisse...

— La salope, interrompit Martha. Alors elle a fini par le faire, hein ? Il y a assez longtemps qu'elle y travaille.

— Comment cela ? s'étonna Nate. Vraiment, cela n'a rien à voir avec Elizabeth, je pense simplement...

— Quand finiras-tu par lui reprendre ton nombril à toi, Nate ? demanda Martha, presque dans un chuchotement. Je parie qu'elle te lace même tes godasses. »

Sur la gauche se produit un brusque rugissement, presque comme une explosion. Le regard de Nate se relève dans un sursaut. Là, devant lui, où il ne l'a pas revue depuis plus d'un an (« Fais ce que tu veux, lui a-t-il dit, mais ne m'oblige pas à regarder »), se trouve la décapotable blanche de Chris, cette fois avec la capote en place. Nate s'attend à voir Elizabeth en sortir et s'engager dans l'allée d'un pas désinvolte, trop souriante, comme toujours quand elle obtient ce qu'elle veut, et dont Nate ne veut pas. Il ne croit pas vraiment que Chris ait été chassé, pas définitivement ; il a duré trop longtemps, elle a trop tenu à lui pour cela. Ils vont retourner à la case départ, où ils sont vraisemblablement demeurés pendant tout ce temps.

Mais Chris en sort seul. Il gravit les marches du perron, trébuche sur celle que Nate s'est promis de réparer, et Nate constate avec effroi comme il semble assommé. Il a des cernes horizontaux et noirs sous les yeux, comme s'il avait été fouetté au visage avec une ceinture. Le cheveu hirsute, il laisse pendre lourdement ses mains au bout des manches de sa veste de velours toute fripée. Il abaisse un regard fixe sur Nate, ce regard de défi sans espoir qu'a un ivrogne au moment de mendier une pièce.

« Salut », lance faiblement Nate. Il s'apprête à se lever, pour qu'au moins ils se trouvent face à face, mais Chris s'accroupit, assis sur ses talons. Il sent le whisky, la chaussette sale, la viande pourrissante.

« Il faut m'aider, commence-t-il.

— Vous avez perdu votre boulot ? » demande Nate. Question stupide, peut-être, mais qu'est-il censé dire à l'amant éconduit de sa femme ? Il ne peut assurément pas le chasser d'une voix indignée, maintenant qu'il est là. Il a l'air tellement abattu ; certainement qu'Elizabeth n'est pas seule responsable de ce naufrage.

Chris émet un petit rire. « C'est moi qui l'ai lâché. Je ne pouvais plus supporter d'être dans le même bâtiment qu'elle. Je ne dors plus. Elle ne veut même plus me voir.

— Que puis-je faire ? » soupire Nate. Signifiant : *Que voulez-vous donc que j'y fasse ?* Mais il voudrait sincèrement l'aider, n'importe qui voudrait faire quelque chose, en présence d'un tel désespoir, même si sa propre compassion instinctive le consterne. Encore ces foutus unitariens. Il devrait confier Chris à sa mère ; elle le chapitrerait sur le devoir de penser aux choses positives de l'existence au lieu de se complaire dans le morbide. Puis elle inscrirait son nom sur une liste et quelques semaines plus tard il recevrait un paquet par la poste — des bouts de savon récupérés dans des motels, une douzaine de paires de chaussettes d'enfants, un plastron en laine tricotée.

« Parlez-lui, répond Chris. Elle me raccroche au nez. Elle ne veut pas m'écouter. »

Nate se souvient à présent des sonneries lointaines au milieu de la nuit, à 2 ou 3 heures du matin, et des yeux cernés en demi-lune d'Elizabeth au matin. Cela a duré au moins un mois.

« Je ne peux pas forcer Elizabeth, voyons, proteste Nate.

— Elle vous respecte, insiste Chris. Elle vous écoutera. (Il baisse les yeux, puis les relève vers Nate avec une brusque flambée de haine.) Moi, elle ne me respecte pas. »

Pour Nate, l'idée qu'Elizabeth le respecte est une révélation. De toute façon, il n'y croit pas ; c'est une ruse qu'emploie Elizabeth contre Chris, lui-même trop obtus pour s'en rendre compte.

« Dites-le-lui, poursuit Chris d'un ton belliqueux, il faut qu'elle vive avec moi. Je veux l'épouser. Dites-lui qu'il le faut. »

Pervers, songe Nate. Voici qui est extrêmement pervers. Chris espère-t-il vraiment que Nate ordonnera à sa propre femme de s'enfuir avec un autre homme ? « On dirait que vous avez besoin de boire quelque chose, dit-il. (Il en a lui-même bien besoin.) Entrez donc. »

Au beau milieu du vestibule, avec Chris sur ses talons, il se souvient de la requête d'Elizabeth. Ne le laisse pas entrer dans la maison. Il s'agissait d'une supplication, il s'en rend compte à présent, et non d'une simple requête glaciale. Elle n'a pas abandonné Chris ; elle s'est enfuie parce qu'il lui fait peur. Et il doit en falloir, pour qu'Elizabeth en arrive à craindre pour sa propre sécurité. Elle doit penser qu'il va l'agresser, la rouer de coups. L'image d'Elizabeth empoignée par cet homme, de sa chair blanche meurtrie sous ces poings, impuissante, haletante, n'est érotique que l'espace d'un instant.

La nuque de Nate le démange. Il se dirigeait vers la cuisine, avec tous ses couteaux et ses brochettes, et soudain bifurque vers le salon, prenant son virage trop abruptement.

« Scotch ? » demande-t-il.

Chris ne répond rien. Adossé au chambranle de la porte, il sourit : un sourire de rat, la lèvre supérieure retroussée sur des dents jaunies. Nate n'a nulle envie de lui tourner le dos pour aller chercher des verres à la cuisine, mais il lui serait difficile d'y aller à reculons. Des scénarios de films à suspense se déroulent dans sa tête : lui-même assommé avec un chandelier en cuivre ou l'un des bols si lourds d'Elizabeth, abandonné sans connaissance dans le vestibule ; les enfants kidnappées, retenues en otages, barricadées et terrifiées dans les deux petites pièces de la planque de Chris tandis que celui-ci se courbe au-dessus de son jeu d'échecs comme le Fantôme de l'Opéra et que la police lance des appels au mégaphone depuis les encoignures de portes adjacentes ; Elizabeth jetée nue et blessée dans un canal, avec un drap de lit noué autour du cou. Évitable, tout cela, mais par sa faute — si seulement il n'avait pas...

Alors même que sa propre culpabilité s'étale sous ses yeux, Nate voudrait donner quelque chose à Chris, de la nourriture, quoi ? Un ticket d'autocar pour ailleurs, le Mexique, le Venezuela, ce que lui-même a si souvent désiré. Il a envie de tendre le bras, de toucher l'épaule de Chris ; il cherche quelque maxime, rebattue mais magique, quelque parabole d'espérance qui rétablira Chris en un clin d'œil et l'enverra affronter la vie en face, bien droit, les épaules carrées. En même temps il sait que si Chris fait un geste, un seul, en direction de l'escalier qui mène à la porte close derrière laquelle les enfants jouaient, une demi-heure auparavant, une partie passionnée de bataille navale, il lui sautera à la gorge et lui écrasera la tête contre la rampe. Il le tuera. Il le tuera sans regrets.

Des pas résonnent sur la véranda, réguliers, résolus ; le déclic de la porte. Elizabeth. Maintenant tout va exploser, Chris s'élancera sur elle comme un élan en chaleur, et Nate devra la protéger. Sinon elle va disparaître au bout de l'allée, les fesses les premières, jetée sur l'épaule de Chris, tandis que ses clés et ses stylos tomberont de son sac béant. Peut-être aimerait-elle assez cela, songe Nate. Elle sous-entendait volontiers, naguère, que Nate manquait de puissance.

Mais elle se contente de dire « Dehors ». Elle est derrière Chris, dans le vestibule. Du salon, Nate ne peut pas la voir. Chris s'est retourné, le visage tout plié, se froissant comme l'eau heurtée par un caillou. Le temps que Nate arrive dans le vestibule, et il a disparu. Ne reste plus là qu'Elizabeth, la bouche figée dans ce petit rictus contrarié, et ôtant ses gants de cuir, un doigt après l'autre.

En la regardant, en pensant à Chris qui traverse la rue en titubant comme les soldats d'une armée en déroute, il sait qu'en un point vague de l'avenir, lui-même devra la quitter.

Mercredi 22 juin 1977

LESJE

Tenant son plateau en équilibre, Lesje manœuvre en direction d'une table vide entourée d'autres tables vides. Elle ne descend plus aussi facilement prendre le café avec Marianne et Trish ou déjeuner avec elles. Elles demeurent amicales, mais sur le qui-vive. Elle se souvient de ce sentiment, et le partage : les gens en pleine crise sont encombrants. Ce sont des curiosités dont on parle en leur absence, mais qui par leur présence vous réduisent au silence. Pour Marianne et Trish, elle est comme une sorte d'électricité statique.

Le Dr Van Vleet est absent ; chaque année il attrape le rhume des pollens, pour lequel il prend des remèdes aux herbes que lui prépare sa femme. Lesje se demande si elle vivra suffisamment longtemps avec Nate pour apprendre ces recettes médicinales et les lui administrer. Ou avec quelqu'un d'autre. Elle essaie d'imaginer Nate en vieillard revêtu d'un cardigan ouvert en V et somnolant au soleil, mais en vain. Le Dr Van Vleet dit souvent « de mon temps ». Lesje se demande s'il savait alors que c'était son temps. Elle n'a pas pour sa part l'impression que le temps dans lequel elle vit actuellement lui appartienne particulièrement.

Elle voudrait que le Dr Van Vleet soit là. Il n'écoute jamais les cancans, il n'a rien entendu dire sur sa prétendue vie privée. Il est la seule personne qu'elle connaisse, disposée à la traiter avec une indulgence paternelle amusée, dont elle éprouve en ce moment le besoin impérieux. Il lui corrige sa prononciation, et elle rit de ses épigrammes. S'il était ici, maintenant, en face d'elle à table, elle pourrait lui poser une question, sur un point de détail technique, et ne plus avoir à penser à rien d'autre. Les comportements alimentaires et familiaux du ptéranodon, par exemple. S'il avait des ailes lisses et non articulées, comment s'élevait-il dans l'air ? Attendait-il simplement qu'une petite brise soulève ses ailes de quatre mètres d'envergure ? On affirme parfois que, du fait de la délicatesse de sa structure osseuse, il n'aurait jamais pu atterrir nulle part, ni sur terre ni sur l'eau. Dans ce cas, comment se reproduisait-il ? Pendant un instant, Lesje aperçoit des eaux tièdes et tranquilles, des vents doux, d'immenses ptéranodons couverts de fourrure flottant très haut comme des effilochures de coton blanc. Ces visions sont encore possibles, mais elles ne durent plus guère. Inévitablement, elle distingue une phase ultérieure : la puanteur des mers moribondes, les poissons morts sur les rives boueuses, les énormes troupeaux qui dépérissent, échoués, ayant fini leur temps. Et tout d'un coup, l'Utah.

Elle s'assied, tournant le dos à la salle. Elizabeth est là ; Lesje l'a repérée dès son arrivée. Il y a encore quelques mois, elle serait ressortie aussitôt, mais ce n'est plus la peine. De même que les rayons gamma, Elizabeth continuera d'exister, que Lesje puisse la voir ou non. Il y a avec elle une femme brune, assez trapue. Toutes deux l'ont regardée passer, mais sans sourire ni marquer non plus d'hostilité. Comme des touristes devant un paysage.

Lesje sait que quand Nate s'installera complètement, ou aussi complètement qu'il le pourra, Elizabeth devrait se sentir abandonnée et trahie, tandis qu'elle-même devrait éprouver un sentiment de victoire, ou en tout cas de supériorité. Il semble cependant que ce doit être le contraire. Lesje rêve de voir disparaître Elizabeth dans quelque lointain recoin du passé et y demeurer à jamais, mais elle sait que ses vœux ne risquent guère d'avoir le moindre effet sur Elizabeth.

Elle déchire le couvercle de son yogourt et enfonce une paille dans son carton de lait. Au moins, elle s'alimente mieux depuis que Nate vit avec elle. Nate la nourrit mieux. Il a apporté des casseroles, et s'occupe habituellement du dîner ; ensuite, il supervise ce qu'elle mange. Il s'inquiète quand elle ne finit pas. Ce qu'il cuisine est probablement très bon, et sans aucun doute meilleur que ce qu'elle pourrait faire, et elle a honte d'avouer que de temps à autre elle regrette les nouilles romanoff instantanées de Betty Crocker. Elle a vécu si longtemps de conserves, de plats tout préparés, réchauffez et servez, que ses capacités de jugement s'en trouvent sûrement altérées. De cette façon et de bien d'autres, elle ne semble pas pouvoir éviter d'être hors de propos.

Ses réactions, par exemple. *Réactions* est un mot de Nate. Il trouve les réactions de Lesje — pas vraiment décevantes, mais surprenantes, comme si seul un barbare ou un illettré pouvait avoir ces réactions-là. Il ne se fâche même pas. Il se contente de lui expliquer, inlassablement ; il suppose que si elle peut comprendre ce qu'il dit, elle ne pourra qu'acquiescer.

Par exemple. Quand elle téléphone, ce qu'elle fait souvent pour demander si les enfants ont laissé leurs chaussettes ou leurs bottes de caoutchouc ou leurs brosses à dents ou leurs culottes chez Lesje, Elizabeth est toujours extrêmement polie. De quoi Lesje peut-elle se plaindre ? La vérité, c'est qu'elle ne veut pas qu'Elizabeth lui téléphone du tout. Surtout au bureau. Elle ne veut pas être dérangée au milieu du Crétacé par Elizabeth qui veut savoir si Lesje n'aurait pas vu une moufle rouge et blanche. Cela la bouleverse et, finalement, maladroitement, elle est parvenue à l'articuler.

Mais les enfants oublient des choses, a dit Nate. Il faut bien qu'Elizabeth sache où se trouvent ces choses. Il n'en existait pas des réserves illimitées.

Peut-être, se hasarda à suggérer Lesje, les enfants pourraient-elles cesser d'oublier des choses.

Nate répondit qu'elles n'étaient encore que des enfants.

« Peut-être pourrais-tu lui téléphoner, insista Lesje, ou bien elle pourrait t'appeler directement, au lieu de moi. »

Nate lui fit observer qu'il n'avait jamais été très doué pour suivre la piste des brosses à dents ou des bottes en caoutchouc, même quand il s'agissait des siennes. Ce n'était pas là un de ses talents.

« Ni des miens », renchérit Lesje. Ou bien ne l'avait-il pas remarqué ? Le dimanche soir, quand les enfants préparaient leur sac pour repartir, la maison ressemblait à une gare après une attaque aérienne. Elle essayait bien, mais comme elle ne savait pas ce que les enfants avaient apporté, comment pouvait-elle être sûre qu'elles remportaient bien tout ce qu'il fallait ?

Nate observa que, puisque ni l'un ni l'autre n'étaient très doués pour ce genre de choses et que, par la vertu d'une longue pratique, Elizabeth l'était, il semblait raisonnable qu'Elizabeth pût téléphoner lorsque certains accessoires disparaissaient. Lesje ne pouvait qu'acquiescer.

Parfois, les enfants étaient là pour le dîner du vendredi quand Lesje s'attendait à rentrer du musée et ne trouver personne chez elle que Nate. « Pourrais-tu lui demander de ne pas nous les coller ? déclara-t-elle la quatrième fois.

— Comment cela ? demanda Nate tristement.

— N'est-ce pas un peu tard de te prévenir seulement le vendredi ?

— Elle me l'a dit mardi.

— Personne ne me l'a dit, à *moi*. »

Nate reconnut que cela lui était sorti de l'esprit ; mais même dans ces conditions, il y avait d'autres façons de le dire. Il jugeait le terme *coller* agressif, dur. « Et j'ai préparé le dîner, conclut-il d'un ton raisonnable. Cela ne t'a créé aucun désagrément, n'est-ce pas ?

— Non », répondit Lesje. Elle se sentait désavantagée : elle n'avait aucune expérience de ce genre de dialogues. Ses parents, tout au moins à portée de voix, n'avaient jamais discuté leurs comportements ni leurs motivations respectives, et ses grand-mères n'avaient jamais discuté de rien. Elles s'étaient limitées à des monologues, des rêveries nostalgiques chez sa grand-mère ukrainienne, et des observations bruyantes chez celle qui était juive. Ses conversations avec William s'étaient centrées sur un échange de faits, et même leurs rares disputes avaient davantage ressemblé à des querelles d'enfants : *Je veux. C'est toi qui l'as fait.* Elle n'était pas accoutumée à dire ce qu'elle éprouvait, ou pourquoi, ou pourquoi quelqu'un d'autre aurait dû agir différemment. Elle savait qu'elle manquait de subtilité, et qu'elle était souvent impolie quand elle n'avait voulu qu'être précise. Invariablement, elle sortait de ces discussions avec l'impression d'être un méchant ogre. Ce n'était pas que les enfants lui fussent antipathiques, aurait-elle voulu dire. Elle souhaitait simplement être consultée.

Mais elle ne pouvait pas le dire ; sinon, il allait sans doute reprendre cette autre conversation.

« Je veux sentir que je vis avec toi, dit-elle. Pas avec toi et ta femme et tes enfants.

— J'essaierai de les tenir autant que possible hors de ton chemin, répondit Nate, avec un air tellement abattu qu'elle se rétracta aussitôt.

— Je ne veux pas dire qu'elles ne peuvent pas venir, reprit-elle généreusement.

— Je veux leur faire sentir qu'elles sont ici aussi chez elles », expliqua Nate.

Lesje ne sait plus très bien à qui appartient la maison. Elle ne serait guère étonnée de recevoir un aimable coup de téléphone d'Elizabeth l'informant qu'elle vient s'installer dès demain avec les enfants, pourrait-elle avoir la gentillesse de préparer la chambre d'appoint et de faire en sorte que toutes les chaussettes et les bottes dépareillées soient rassemblées en un seul lieu ? Nate ne protesterait pas. Il estime que leur devoir à tous deux consiste à faciliter les choses pour Elizabeth, ce qui, pour autant que Lesje puisse en juger, consiste à faire ses quatre volontés. Il dit souvent qu'Elizabeth se comporte d'une manière très civilisée. Il se trouve également très civilisé. Il ne semble pas penser que Lesje doive faire des efforts particuliers pour être civilisée aussi. Elle n'est pas directement impliquée.

Lesje aspire les dernières gouttes de lait et pose le carton vide sur son plateau. Elle écrase sa cigarette et se penche pour ramasser son sac quand une voix pénétrante déclare : « Excusez-moi. »

Lesje lève les yeux. La femme brune qui déjeunait avec Elizabeth se tient devant elle.

« Vous vivez avec Nate Schoenhof, n'est-ce pas ? » interroge-t-elle.

Lesje est trop effarée pour répondre. « Permettez que je m'asseye ? » demande la femme. Elle porte un tailleur en lainage rouge, avec un rouge à lèvres assorti.

« Cela a bien failli m'arriver aussi, dit-elle d'un ton neutre, comme pour parler d'un emploi qu'elle n'aurait pas obtenu. Je suis celle d'avant vous. Mais il disait toujours qu'il ne pourrait jamais quitter sa famille. » Elle rit comme pour ponctuer une plaisanterie un peu sotte.

Lesje ne trouve absolument rien à dire. Ce doit donc être Martha, que Nate a mentionnée en passant. Elle semblait terne. Lesje l'imaginait mesurant un mètre cinquante, avec quelque chose d'un peu furtif et pointu. La vraie Martha n'a rien de terne, et Lesje se demande si elle-même, plus tard, se trouvera réduite un jour à une image aussi pâlie. Bien entendu, jamais Nate n'aurait mentionné les gros seins ni la bouche sensuelle de Martha ; pas devant elle.

« Des problèmes avec *elle* ? s'enquiert Martha avec un hochement de tête.

— Qui ? demande Lesje.

— Ne vous en faites pas, elle est sortie. La reine Elizabeth. »

Lesje voudrait bien éviter de se laisser entraîner dans une conspiration. Proférer la moindre chose contre Elizabeth en présence de cette personne équivaudrait à trahir Nate. « Elle est très civilisée », dit-elle. Nul ne peut trouver à redire à cette expression.

« Je vois qu'il vous a fait un lavage de cerveau, s'exclame

Martha en riant à nouveau. Bon Dieu, ces deux-là adorent ce mot. » Elle sourit largement à Lesje, d'un sourire rouge de gitane. Soudain, Lesje l'aime énormément. Elle lui sourit faiblement en retour.

« Ne vous laissez pas emberlificoter par eux, recommande Martha. Laissez-les seulement commencer, et ils vous tourneront la tête en bouillie. Défendez-vous. Menez-leur un train d'enfer. » Elle se lève.

« Merci », murmure Lesje. Elle éprouve de la gratitude à voir que quelqu'un, n'importe qui, lui a consacré une pensée compatissante.

« A votre service, dit Martha. Je ne suis pas tellement calée en général, mais croyez-moi, je suis la personne la plus compétente du monde sur *eux*. »

Pendant au moins un quart d'heure, Lesje connaît la béatitude. Elle a été soutenue ; ses propres sentiments, qu'elle s'est mise à refouler de plus en plus et à désavouer, sont peut-être valables. Mais de retour à son bureau, quand elle se repasse la conversation, il lui apparaît que Martha peut avoir obéi à un ou deux motifs ultérieurs.

Et puis Martha ne lui a pas révélé contre quoi elle devait lutter, ni comment. Manifestement, Martha elle-même a dû lutter. Mais il faut noter — fait concret — que Martha ne vit pas actuellement avec Nate.

Vendredi 8 juillet 1977

NATE

Nate rentre à la maison ; son ancienne maison. Il ne peut pas croire qu'il n'y habite plus. Il remonte Shaw Street, traverse Yarmouth, traverse Dupont, la voie ferrée, l'usine qu'il ne s'est jamais donné la peine d'identifier. Des solives métalliques, quelque chose comme ça, dont il n'a pas l'usage. Il fait chaud, lourd ; l'air évoque le porridge.

Il a passé la matinée à aller de boutique en boutique, là où ses jouets sont placés en dépôt, Yorkville, Cumberland, Bayview Avenue, les quartiers élégants, dans l'espoir qu'on aurait vendu quelque chose et qu'on lui donnerait au moins de quoi tenir. Une Petite Bergère avec son Agneau. Sa part, dix dollars. Il se demande si les marchands ne cherchaient pas à le berner ; ils doivent bien voir qu'il est désespéré, et le désespoir, il le sait, éveille le mépris. En attendant, dans ces boutiques à la mode, parmi les tabliers et les coussins de chaises en patchwork, les couvre-théière en forme de poules, les couvre-œuf en forme de poussins, les savons des États-Unis parfumés au laurier, tous ces objets faussement rustiques, il éprouvait un peu de l'effroi de sa mère. Les gens dépensaient de l'argent pour ces choses, beaucoup d'argent. Les gens dépensaient de l'argent pour ses jouets. N'y avait-il rien de mieux à en faire ? Cela me fait vivre, se dit-il. Faux encore, cela ne le fait pas vivre. Il a abandonné une carrière prometteuse, tout le monde affirmait qu'elle était prometteuse, mais sans dire ce qu'elle promettait. Il voulait faire des choses honnêtes, il voulait mener une vie honnête, et tout ce qui lui en reste à présent, c'est un goût de sciure dans la bouche.

Il est tout de même assez content d'avoir ces dix dollars. Il doit passer prendre les enfants à la maison, à son ancienne maison. Ils parcourront les trois blocs qui les séparent de l'avenue St. Clair, Nancy marchant devant eux comme si elle n'avait rien à voir avec eux, et Janet à côté de lui mais sans daigner lui donner la main ; elle a récemment décidé qu'elle était trop vieille pour donner la main. C'est ainsi qu'elles lui manifestent leur colère contre lui, et que le reste du temps elles dissimulent. Pour expier, il leur achètera à chacune une glace, et puis ils iront chez le pâtissier italien chercher le gâteau d'anniversaire d'Elizabeth. C'est lui qui paiera, et ses dix dollars y passeront. Mais il lui restera encore la monnaie qu'il a empruntée à Lesje.

Il ne parvient pas à relier l'acte de sculpter l'agneau, de le peindre, de le vernir, avec sa conséquence : le gâteau d'anniversaire d'Elizabeth. Il ne peut relier aucun acte qu'il puisse imaginer avec aucune conséquence qu'il puisse imaginer. Les arbres devant lesquels il passe, avec leurs feuilles amollies de chaleur, les maisons avec leurs gazons pelés ou leurs jardins pleins de plants de tomates paraissent segmentés : une suite d'unités sans lien. Les feuilles ne sont pas attachées aux arbres, les toits ne sont pas attachés aux maisons ; soufflez seulement, et tout s'écroulerait. Une ville en Lego. Son corps à lui est pareil. Il fabriquait, au début, un jouet qui plaisait alors beaucoup, un travail au tour, représentant un homme fait d'anneaux en bois qui s'empilaient sur un poteau central. La tête se vissait en haut, tenant tout le corps en place. Il lui donnait un sourire de clown. Tel est son corps à lui — des fragments rigides maintenus ensemble par son épine dorsale et sa tête vissée dessus. Un homme morcelé. Peut-être lui faudrait-il une tablette de sel.

Il pensait qu'en allant vivre chez Lesje il pourrait se défaire du besoin d'être toujours à deux endroits en même temps. Mais il passe encore presque autant de temps dans son ancienne maison que dans la nouvelle. Lesje n'est pas censée le savoir, mais elle se comporte comme si elle le savait. Il devrait avoir deux jeux de vêtements, deux identités : une pour chaque maison ; c'est le manque de ce costume ou de ce corps supplémentaire, qui le morcèle. Il savait d'avance, en théorie, que la séparation est douloureuse ; il ne savait pas que ce serait aussi littéral. Il a été séparé ; il est partagé. Démembré. Il n'est plus membre. Sa propre maison le repousse, s'emplit de corbeaux menaçants : *jamais plus*. C'est cette souffrance affective, insupportable, que Lesje accepte si mal et qu'Elizabeth ignore.

Elizabeth se montre très civilisée, jusqu'à un certain point. Délibérément, pesamment polie. Chaque fois qu'il vient chercher les enfants, elle le fait entrer et lui offre le thé ou, selon l'heure qu'il est, un apéritif : Cinzano, Dubonnet. Elle sait qu'il ne boit jamais ce genre de choses, mais elle lui fourre le nez dedans, en le traitant comme un invité dans sa propre maison. Qui n'est pas à lui. Il est prêt à parier qu'il reste des bouteilles ou des fonds de bouteilles dans le placard de la cuisine ou dans le buffet en pin — Elizabeth ne boit guère, elle ne les aura pas terminées — mais il ne peut pas fausser le jeu en le lui demandant. Il s'assied donc au bord d'un de ses anciens fauteuils, pour siroter une boisson qu'il n'aime pas mais ne peut pas refuser, pendant qu'Elizabeth lui parle des enfants — leurs caractéristiques, leurs centres d'intérêt — comme s'il ne leur avait pas parlé depuis un an. Comme s'il était un oncle, un nouveau directeur d'école. *Je suis leur père !* a-t-il envie de crier. *Je ne l'ai pas oublié*, lui répondrait-elle. *Mais cela t'arrive parfois*. C'est là une des certitudes d'Elizabeth, si profondément enracinée qu'elle ne prend jamais la peine d'en discuter, qu'il néglige ses enfants.

Il sait qu'il devrait acheter un cadeau d'anniversaire pour Elizabeth, il l'a toujours fait. Même si elle n'y compte guère, les enfants seraient déçues. Mais Lesje le devinerait, ne fût-ce que parce qu'il devrait lui emprunter l'argent et il y aurait encore des problèmes. Il ne veut pas de problèmes, il en a bien assez déjà. Lesje ne peut pas se résoudre à voir Elizabeth comme un facteur, une condition, quelque chose à supporter, comme une tempête de neige ; moralement neutre. C'est ainsi que Nate estime qu'on devrait considérer Elizabeth. Au lieu de cela, elle s'obstine à voir en elle – quoi ? Son propre monstre personnel, un mélange de Dame Dragon et d'aspirateur. Nate, pour sa part, tente de rester objectif. Il a davantage d'excuses pour ses échecs dans ce domaine, que n'en a Lesje.

Il voudrait lui dire qu'elle prend tout trop au sérieux ; mais comment pourrait-il lui dire une chose pareille, quand il figure parmi les choses que justement elle prend au sérieux ? Elizabeth a cessé de le faire depuis déjà longtemps, et il n'est même pas certain de pouvoir y parvenir lui-même. Mais Lesje peut, et ne rien faire d'autre. Il ne se souvient même pas qu'on l'ait écouté avec autant d'attention ; même ses banalités, ses moindres remarques en passant. Presque comme s'il parlait une langue étrangère, et qu'elle comprenait difficilement. Elle croit qu'il sait des choses qu'elle gagnerait à apprendre ; elle voit en lui un homme plus âgé. Ce qui le flatte, mais en même temps l'alarme : il ne peut pas courir le risque d'être démasqué, dévoiler sa confusion ou son désespoir soigneusement contenu. Il ne lui a jamais avoué comme il tremblait dans les cabines téléphoniques chaque nuit, composant son numéro et puis raccrochant quand elle répondait. Lâcheté, échec nerveux.

Dans la chambre qu'il commence à percevoir comme étant *la leur*, elle luit comme une fine lune blanche pour lui seul. En voyant comme elle était belle, il l'a rendue belle. Mais si jamais elle découvrait la vérité ? Ce qu'il soupçonne est la vérité. Il n'est qu'un morceau de patchwork, un homme en fer-blanc, avec le cœur bourré de sciure.

Il rêve qu'elle l'attend ailleurs, sur une île, subtropicale, pas humide, ses longs cheveux voletant dans la brise marine, un hibiscus rouge derrière l'oreille. S'il a de la chance, elle l'attendra jusqu'à ce que cela arrive, jusqu'à ce qu'il puisse être enfin avec elle.

(Mais sur la plage, à une distance raisonnable et en dépit de tous ses efforts, il aperçoit toujours une autre hutte. Il essaie de l'exclure, mais elle est indigène aussi. Pour les enfants et, bien sûr Elizabeth. Qui d'autre s'occuperait d'elles ?)

Samedi 9 juillet 1977

ELIZABETH

Elizabeth a enlevé ses chaussures et se brosse les cheveux, debout devant le miroir encadré de chêne de son secrétaire. L'air est humide et immobile, malgré la fenêtre grande ouverte. Elle se sent la plante des pieds fragile et gonflée. Elle espère ne jamais avoir de varices.

Dans la vitre ovale, derrière son visage qui paraît rigide et bouffi dans la lumière sourde, elle devine l'ombre de son visage tel qu'il sera dans vingt ans. Il y a vingt ans, elle avait dix-neuf ans. Dans vingt ans, elle en aura cinquante-neuf.

C'est aujourd'hui son anniversaire. Cancer. Décan du Scorpion, comme le lui a dit un petit con prétentieux lors de la dernière réception de Noël au musée. Quelqu'un des textiles, impressions florales et infusions d'herbes. Depuis hier, la terre a tourné une fois de plus sur son axe, et à présent elle a trente-neuf ans. L'âge de Jack Benny, l'âge drôle. Si quelqu'un lui demande son âge et qu'elle le dit, on croira automatiquement qu'elle veut être drôle ou bien qu'elle ment. Évidemment, Jack Benny est mort. Et en plus, ses enfants ne savent même pas qui il était. Jusqu'à cet anniversaire d'aujourd'hui, jamais son âge ne l'avait troublée.

Elle vide à demi son verre. Elle boit du sherry, depuis quelque temps. C'est complètement idiot ; mais depuis le départ de Nate, la cave à liqueurs n'est plus très bien entretenue. Elle ne boit pas régulièrement comme Nate, et elle oublie de remplacer les bouteilles vides. Elle a terminé un flacon de whisky plus tôt dans la journée. Encore une chose qu'il a laissée derrière lui.

Les enfants voulaient absolument faire une fête pour son anniversaire, malgré toutes ses tentatives pour les en dissuader. Quand Nate vivait ici, on célébrait l'anniversaire d'Elizabeth le matin, simplement, juste avec des cadeaux. Les fêtes étaient réservées aux enfants, leur avait-elle expliqué, et Nate l'avait soutenue. Mais cette année elles ont tenu bon. Elles semblaient penser que cela la réconforterait. Il s'agissait en principe d'une surprise, mais elle comprit ce qui se préparait dès que Nancy, avec une désinvolture étudiée, lui suggéra après le déjeuner de faire une petite sieste.

« Mais je ne suis pas fatiguée, ma chérie.

— Oh ! si, alors ! Tu as des grosses valises sous les yeux.

— S'il te plaît, mère », intervint Janet. Janet s'est récemment mise à l'appeler « mère » au lieu de « maman ». Elizabeth se demande si cette intonation supérieure et exaspérée a été copiée sur elle.

Elle monta dans sa chambre, et s'allongea sur son lit avec un verre de whisky pour lire *La Tapisserie anglaise à travers les âges*. Si elles préparaient une surprise, il allait falloir qu'elle soit surprise.

A 5 heures, Janet lui apporta une tasse de thé imbuvablement amer et lui ordonna de descendre quand elle entendrait trois coups de sifflet. Elle alla sur la pointe des pieds jeter le thé dans la salle de bains ; en regagnant sa chambre, elle les entendit se disputer dans la cuisine. Elle s'appliqua de la crème sur le visage et revêtit un chemisier de coton noir avec la broche ornée de perles que Janet trouvait très élégante. Quand elle perçut les trois petits coups de sifflet de Nancy, elle crispa les coins de sa bouche, ouvrit grand les yeux, et entreprit de descendre l'escalier en se tenant à la rampe. Nu descendant l'escalier, en fragments rusés. Soûlographe descendant l'escalier. Mais elle n'était pas vraiment ivre. Pompette, comme disait l'oncle Teddy.

Elles avaient allumé des bougies dans la cuisine, et fixé aux murs des serpentins bleus et roses décorés d'ours en peluche.

« Joyeux anniversaire, maman ! hurla Nancy. C'est une surprise ! »

Janet se tenait près du gâteau, les mains repliées dans une pose difficile. Le gâteau était sur la table. Il s'ornait de trois bougies dans un coin, et neuf dans l'angle opposé. « Parce que si on mettait les trente-neuf dessus, il n'y aurait pas eu la place ! » expliqua Nancy. Dans une impeccable écriture de pâtissier décorée de couronnes de roses en sucre, on pouvait lire « Bon anniversaire, maman ».

Elizabeth, qui n'avait pas imaginé d'être émue, s'assit sur une chaise de cuisine et crispa son sourire en place. La mâchoire contractée. C'était là l'ombre de toutes les fêtes d'anniversaire qu'elle n'avait pas eues. Ou bien sa mère oubliait, ou bien elle ne jugeait pas que sa naissance valût la peine d'être célébrée, et quelques jours plus tard arrivaient des cadeaux lourds de remords. Tante Muriel, en revanche, ne l'oubliait jamais, mais elle profitait toujours de l'occasion pour lui offrir solennellement quelque objet de taille ou de valeur importante, qui criait la honte coupable et qui appelait en quelque sorte les éraflures, le vol, la perte. Une bicyclette, une montre. Sans emballage.

« Merci mes chéries, articula-t-elle en les pressant l'une après l'autre contre elle. C'est le plus bel anniversaire de ma vie. » Elle souffla les bougies et ouvrit ses paquets, s'extasiant sur le talc parfumé au muguet que lui offrait Janet, et sur le jeu de Nancy, où il fallait remettre les trois balles blanches et les trois balles noires dans leurs trous respectifs. Nancy est très forte à ces jeux-là.

« Où est ton cadeau de papa ? demanda Nancy. Il a dit qu'il t'en donnait un.

— Je suppose qu'il a dû oublier cette année, répondit Elizabeth. Je suis certaine qu'il s'en souviendra bientôt.

— Je ne comprends pas, déclara Janet en réfléchissant. Il nous a donné l'argent pour le gâteau. »

Nancy fondit en larmes. « Il ne fallait pas le dire ! » Elle s'enfuit en courant, et Elizabeth l'entendit sangloter en montant l'escalier.

« Elle a été très secouée, ces derniers temps », observa Janet de cette voix adulte qu'Elizabeth trouve si dure à supporter. Elle suivit tranquillement sa sœur, laissant Elizabeth seule avec un gâteau intact et un petit tas de papier d'emballage froissé.

Elle coupa le gâteau et remplit deux assiettes qu'elle emporta là-haut, prête à toutes les consolations et les câlins. Elle pénétra dans la chambre des enfants, s'assit, et caressa le dos moite de Nancy qui gisait à plat ventre sur son lit. Il faisait beaucoup trop chaud. Elle sentait la transpiration se condenser sur sa lèvre supérieure, et au creux de ses genoux.

« Elle fait simplement l'intéressante, déclara Janet. (Assise sur l'autre lit, Janet suçotait une rose en sucre.) Elle n'a rien du tout. »

Elizabeth posa sa tête à côté de celle de Nancy quand les bruits de sanglots furent éteints.

« Qu'y a-t-il, ma chérie ?

— Toi et papa, vous ne vous aimez plus. »

Oh ! merde, songea Elizabeth. C'est lui qui a tout monté. Je devrais le laisser se débrouiller. Les flanquer dans un taxi et les lui envoyer. « Je sais que vous êtes malheureuses de voir que votre père n'habite plus ici avec nous, articula-t-elle soigneusement, correctement. Nous avons pensé que ce serait mieux de vivre un moment séparés. Votre père vous aime beaucoup toutes les deux. Votre père et moi nous aimerons toujours aussi, parce que nous sommes vos deux parents et que nous vous aimons tous les deux. Et maintenant, assieds-toi et mange ton joli gâteau, comme une grande fille. »

Nancy se redressa. « Maman, dit-elle. Tu vas mourir ?

— Un jour, ma chérie, oui. Mais pas tout de suite. »

Janet vint s'asseoir de l'autre côté d'Elizabeth. Elle voulait être prise dans les bras, et Elizabeth la prit dans ses bras.

Momie. Cadavre desséché dans une caisse dorée. *M'man,* silence. *Maman,* abréviation pour glande mammaire. Un arbre dont la bouche affamée se presse. Si tu ne voulais pas d'arbres pour aspirer le lait doux de tes seins, pourquoi avoir eu des enfants ? Déjà elles s'apprêtent à s'enfuir, à trahir, elles la quitteront, et elle deviendra leur arrière-plan. Elles parleront d'elle au lit avec leurs amants, elles se serviront d'elle pour expliquer tout ce qu'elles trouvent particulier ou douloureux en elles-mêmes. Si elle arrive à éveiller suffisamment de honte en elles, elles viendront la voir pendant les week-ends. Ses épaules s'affaisseront, elle aura du mal à porter ses sacs à provisions, elle deviendra *Ma Mère,* prononcé avec un soupir. Elle leur fera des tasses de thé et, sans le vouloir mais sans pouvoir se retenir, elle furètera dans leur vie comme un petit canif.

Elle n'en a déjà pas l'intention maintenant : mais elle le fait déjà. Ces questions attentives sur l'autre maison : qu'ont-elles mangé au dîner ? A quelle heure se sont-elles couchées ? Se sont-elles bien amusées ? Et ces réponses également attentives. Elles sentent bien que c'est un piège. Si elles disent que l'autre maison leur plaît, elle en souffrira ; et sinon, elle sera fâchée. « Ça allait », répondent-elles en évitant son regard, et elle se méprise de les placer dans cette situation où elles doivent biaiser et se méfier. Elle ne veut que leur bonheur. En même temps, elle veut entendre parler d'atrocités, de méchancetés, afin de pouvoir donner libre cours à une vertueuse fureur.

Elle se brosse les cheveux et son visage semble une sorte de plaque dans le miroir. Plombée. Elle lui facilite vraiment trop les choses, il s'en tire trop facilement. Ce n'est pas lui qui mouche les nez et se réveille au milieu de la nuit parce que ses enfants hurlent dans leur sommeil. Si même elle le lui disait, il penserait qu'elle procède à un chantage émotionnel. Elle renverse son verre ; un liquide brun-rouge lui coule dans la gorge.

Elle n'éprouve aucune rancœur envers Lesje. Qu'il aille donc baiser qui il veut, qu'est-ce que cela peut bien lui faire ? C'est la liberté dont il dispose, qu'elle ne peut pas digérer. Il est libre comme l'oiseau sur la branche, pendant qu'elle reste coincée dans cette foutue maison et que le toit fuit et que les soubassements s'effondrent et que la terre tourne et que les feuilles tombent du calendrier comme de la neige. Au centre de ses os, un métal sombre brûle sourdement.

Assise au bord de son lit, elle fixe ses mains croisées, ses veines bleues qui se ramifient et circulent dans son corps. Son pouls bat à chaque seconde, elle compte à rebours. Elle pourrait s'allonger avec des bougies à la tête et aux pieds. Trente-neuf bougies. Elle pourrait arrêter le temps. *Bracelet-montre.*

Au prix d'un effort elle retourne sa main. Il est 11 heures et demie.

Elle jette un coup d'œil dans la chambre des filles. Elles dorment toutes les deux, et respirent régulièrement. Elle ressort dans le couloir avec l'intention de se mettre au lit ; mais elle se surprend au contraire à enfiler ses chaussures. Elle ignore ce qu'elle va faire.

Elizabeth se tient immobile dans la nuit devant la nouvelle maison de Nate, la vieille maison de Nate, qu'elle n'avait pas encore vue. Bien qu'elle en ait toujours eu l'adresse et le numéro de téléphone, bien sûr. En cas d'urgence. Peut-être est-ce justement un cas d'urgence. La maison est plongée dans l'obscurité, à l'exception d'une faible lueur à l'étage. Leur chambre.

Elle voulait la voir, et c'est tout. Se la mettre dans la tête, afin de pouvoir vraiment croire à son existence. (Un trou, un taudis ; sûrement des cafards. Cette décrépitude lui plaît ; cette maison est bien pire que la sienne.) Mais elle gravit leste- ment les marches et essaie d'ouvrir la porte. Elle ne sait pas ce qu'elle fera si la porte s'ouvre. Se glisser sans bruit dans l'es- calier et ouvrir brusquement leur porte, comme dans un mélodrame ? Mais la porte est fermée à clé.

Ils l'ont chassée. Ils la dédaignent et gloussent dans la chambre pendant qu'elle est là, toute seule dans le noir, aban- donnée, invisible. Elle laissera sa marque : une brique dans la fenêtre, ses initiales sur la porte ? Elle n'a rien pour écrire. Peut-être devrait-elle renverser la poubelle d'un coup de pied, répandre des ordures sur la véranda, hurler ? Regardez- moi, je suis là, vous ne vous débarrasserez pas de moi si facile- ment.

Mais elle ne peut pas hurler : sa voix lui a été volée. Le seul pouvoir qui lui reste est négatif.

Soudain elle songe : et s'ils regardaient par la fenêtre et me voyaient là ? Son visage s'empourpre, sa peau devient moite et la démange sous son chemisier ; ses cheveux collent à son cou. Échevelée ; cliché échevelé. Ils riront. Elle se détourne vivement de la maison et se dirige vers le nord, ressaisie, à présent, et contrariée de s'être laissé entraîner dans cette rue ignoble et abandonnée.

Pire encore : où sont les enfants ? Enfermées dans la mai- son, seules. *Coccinelle, coccinelle.* Jamais encore elle ne les a laissées seules ainsi. Elle imagine des incendies, des malfai- teurs meurtriers se découpant sur leur fenêtre ouverte. Monstrueuse négligence. Mais si les enfants meurent, ce sera d'une certaine façon la faute de Nate. Le jour de son anniversaire ; obscure revanche.

Le seul fait d'y penser la terrifie. Elle pense donc, au contraire, au gâteau et aux bougies. *La petite Nancy Eppicoat, avec son jupon blanc et son nez rouge.* Et Nancy, regardant l'image dans le *Livre de Fables et Comptines*, demandait *C'est moi ?* Ravie d'être dans un livre. Elle était alors beaucoup plus jeune.

« Si tu souffles toutes les bougies d'un seul coup, lui a dit Nancy, ton souhait sera exaucé. » Nancy ne sait encore rien des vœux, ni de leur danger. *Plus elle vit longtemps et plus elle devient petite.*

CINQUIÈME PARTIE

NATE

Ça y est. Nate évite cela depuis plusieurs mois. Il préférerait faire n'importe quoi d'autre. Il a une brève vision de lui-même sur un radeau, descendant l'Amazone au milieu d'une vapeur de malaria. Un crocodile, à moins que ce ne soit un alligator, sort la tête de l'eau verte et boueuse, puant comme un serpent mort, en sifflant et cherchant à l'attraper. Il introduit adroitement un bâton dans la gueule ouverte de l'animal, le retourne, et l'animal se trouve réduit à l'impuissance et se laisse dériver tandis que Nate poursuit sereinement sa course, tanné et amaigri, mais pas encore fichu, loin de là. Il regrette d'avoir perdu son casque colonial dans la bagarre. Il est en route pour découvrir quelque chose, ou bien peut-être l'a-t-il déjà découvert. Une civilisation perdue. Dans sa poche revolver se trouve une carte froissée et tachée d'eau, qui constituera l'unique piste si des flèches empoisonnées ont raison de lui. Il délirera. Si seulement il peut atteindre Lima. Il tente en vain de se rappeler de quel côté d'Amérique du Sud se trouve Lima. Un miracle d'endurance, dira-t-on.

Mais la pression, l'inévitable tourbillon finit par le vaincre, et il se sent emporté sans pouvoir rien faire vers un précipice qu'il perçoit confusément. Il s'efforce de rester calme, mais il sent ses yeux vaciller si fort que la pièce bouge autour de lui comme un vieux film. Il se concentre sur sa pomme d'Adam. Il se refuse à déglutir, elle s'en apercevrait tout de suite. Il décroise les jambes et les recroise, gauche sur droite, le point de départ du nœud plat des boy-scouts. Il n'y a rien à boire qu'un horrible thé, même pas de bière, et il est sûr et certain qu'Elizabeth l'a fait exprès. Elle s'est dit que cela le mettrait mal à son aise, et elle avait raison, mille fois raison.

C'est la notion d'avocats qui l'a déconcerté. Dès la première mention de « mon avocat » et « ton avocat », il s'est mis à respirer difficilement. Il sait qu'il a lui-même été avocat. Qui, mieux que lui, peut savoir qu'il n'existe aucun mystère ni aucun pouvoir occulte ? Ce ne sont que paperasse et verbiage. Mais même si la structure est factice, elle risque de détruire sa vie.

« Ne pourrions-nous faire cela sans avocats ? » demande-t-il, et Elizabeth sourit.

Elle s'est installée sur le canapé, où elle s'est lovée dans la position du plus parfait confort. Lui, en revanche, est assis sur une chaise droite en pin d'où, observe-t-il, le coussin a disparu depuis sa dernière visite. Il a mal aux fesses, l'os frotte sur le bois, il a mal au dos, cette chaise a toujours été trop basse pour lui.

« On ne peut pas divorcer sans avocats », déclare-t-elle.

Nate entreprend de lui expliquer qu'il existe en vérité un moyen de le faire, mais elle l'interrompt. « Ce serait trop injuste, proteste-t-elle. Tu connais le droit, moi pas. J'estime que j'ai besoin d'être protégée. »

Nate est offensé. Protégée contre lui ? Il s'agit uniquement de l'entretien et du soutien des enfants. Elle devrait quand même bien savoir qu'il fera tout ce qu'il pourra.

Elle a un morceau de papier, qu'elle lui donne en exprimant l'espoir qu'il comprendra qu'elle a voulu être généreuse. Elle parle de notes de dentiste pendant que Nate se concentre au prix d'un effort sur les inscriptions noires qu'il a sous les yeux. Les filles regardent la télévision dans leur chambre, où Elizabeth les a envoyées. Pendant plusieurs semaines, elle ne l'a plus laissé entrer dans la maison quand il venait chercher les enfants pour le week-end. Il était obligé de rôder dehors comme un pervers ou un placier en fascicules, à attendre qu'elles franchissent la porte d'entrée avec leurs pathétiques petites valises. Cela faisait partie de la campagne, du processus d'intimidation pour l'amener dans le coin où il se tient à présent accroupi. Quand il a franchi la porte aujourd'hui, Nancy a cru qu'il revenait pour de bon. *A la maison.*

Il doit faire comprendre clairement à Elizabeth qu'il ne tolérera pas de la voir employer les enfants comme armes contre lui. *(Faire comprendre clairement,* quelle plaisanterie. Quel pouvoir a-t-il, comment peut-il savoir ce qu'elle leur dit dans son dos ?)

« Maman dit que les familles à parent unique doivent se donner plus de mal et être solidaires, lui a déclaré Nancy la semaine dernière.

— Vous n'êtes pas une famille à parent unique », a protesté Nate. Elizabeth se comportait comme s'il était mort. Mais il n'était pas encore mort, et n'avait aucune intention de mourir pour lui rendre service. Contrairement à Chris. Depuis quelques semaines, il éprouve une sorte de fraternité croissante à l'égard de Chris, avec ce désespoir fatal. « Vous avez deux parents, et vous les aurez toujours.

— Pas si maman meurt », objecta Nancy. Nate veut en parler à Elizabeth, de ce sujet qui est revenu à plusieurs reprises. A-t-elle pris trop de comprimés, s'est-elle tailladé les poignets à la vue des enfants ? Nate ne le pense pas, il ne pense pas qu'elle irait si loin pour l'ennuyer. Elle n'a pas l'air en très bonne forme, elle est blanche et bouffie, mais elle est bien habillée et, il a beau regarder, il ne voit aucune trace de cicatrice ni aucun bandage.

Il sait ce qui se passera s'il essaie de parler de l'état d'esprit des enfants. Il peut déjà imaginer le mépris : quel droit a-t-il donc de faire des réflexions ? Il a choisi de partir. Elle fait comme s'il était parti paresser dans les fleurs et se rouler sur des tapis de femmes nues, alors qu'en vérité il passe l'essentiel de sa vie à tenter de gratter un peu d'argent. La récession n'est pas terminée. Tout en parcourant la liste d'Elizabeth, il se dit que peut-être il devrait le lui signaler. Pendant les premières années, les gens croyaient que cela prendrait vite fin, mais maintenant ils se sont organisés pour soutenir un long siège. Ils n'ont plus aucune envie de payer quatre-vingts dollars un Jérôme Girafe ou un Charles Cheval, quelle que soit la qualité du travail. Quant aux femmes nues, Lesje ne lui parle pour ainsi dire plus. Elle affirme qu'il fait exprès de retarder son divorce.

« Ce n'est qu'une formalité, lui a-t-il dit. Cela ne représente rien.

— Cela ne représente peut-être rien pour toi, a-t-elle répliqué, mais Elizabeth se considère toujours comme ta femme. Et elle l'est.

— Seulement sur le papier.

— Si cela ne signifie rien pour toi, pourquoi ne le fais-tu pas une bonne fois pour en finir ? » Nate la trouve regrettablement obsédée par cette affaire. C'est un problème mineur, lui répète-t-il. Il a tenté à plusieurs reprises de lui faire comprendre que des relations de dix ans (Onze ? Douze ?) ne s'arrêtent pas brutalement. Il est vrai qu'elle lui a demandé de venir l'aider à suspendre les nouveaux rideaux de la chambre des filles, et également vrai qu'il y est allé ; sans doute n'aurait-il pas dû. Mais il y a déjà un mois et demi de cela ; il ne voit pas pourquoi Lesje y revient sans cesse. Ils s'aiment, lui rappelle-t-il ; que peut bien leur faire une inscription dans un Bureau des Registres ? Mais Lesje lui tourne le dos dans le lit, et se recroqueville sur elle-même. Ou bien elle reste tard au musée, ou encore elle rapporte d'épais bouquins remplis de diagrammes de dents fossilisées, et les lit devant la table de la cuisine jusqu'à ce qu'elle le croie endormi.

« Les dinosaures sont morts, lui a-t-il fait observer un jour, dans l'espoir d'alléger un peu l'atmosphère. Mais moi, je suis vivant.

— En es-tu sûr ? » lui a-t-elle demandé avec une expression à vous dessécher les testicules. Comme s'il était juste une minable petite crotte de chien.

C'est cela, ce désert, ce fiasco croissant, qui l'a finalement conduit dans le salon couleur champignon d'Elizabeth. Dans ses rets.

Il a terriblement envie de se lever, de se pencher au-dessus d'elle, de placer ses mains autour de son cou, et de serrer. Quelle satisfaction. Sa mère répète à tout vent, en ce moment, que les hommes devraient protéger les droits des femmes ; Nate le comprend dans l'abstrait. Il sait tout sur la condition des ouvrières en confection et en biscuiterie, sur la condition des femmes professeurs, sur le viol. Mais dans des cas concrets comme celui-ci, il n'en voit pas la nécessité. Il ne fait sûrement aucun doute que c'est plutôt lui qui aurait besoin d'être protégé.

Il prend refuge dans un divertissement qui date de son époque lycéenne, quand il procédait à la métamorphose silencieuse de ses professeurs. *Hocus pocus,* et Elizabeth se transforme en une éponge blanche géante. *Presto change-o,* elle devient un gros pudding à la vanille. *Abracadabra,* un jeu de fausses dents de mammouth. *Kapow,* et la voici atteinte de peste bubonique. La mère de ses enfants s'asphyxie, elle devient marbrée et violacée, elle enfle, et elle éclate. Il fera nettoyer le tapis, son tapis à elle, et voilà tout.

« Tu es d'accord ? » demande Elizabeth.

Le regard de Nate saute de la page ; il se force à la regarder. Contact visuel avec le jury, leur enseignait-on, c'est toujours une bonne chose. Il sait qu'il serait dangereux de répondre, « Oui, bien sûr », et va donc devoir avouer qu'il n'écoutait pas.

« Pour la note du dentiste ? » s'enquiert-il, plein d'espoir.

Elizabeth lui décoche à nouveau son sourire tolérant. « Non, dit-elle. Pour les responsabilités. Je disais qu'il vaudrait mieux que ce soit moi qui demande le divorce, plutôt que le contraire, car il ne serait pas tellement bon de citer Chris comme complice. »

Nate voudrait bien lui demander pourquoi, étant donné que Chris n'y verrait certainement aucune objection. Mais il sait que ce serait là une question dénuée de tact. Et puis le point est incertain, sous l'angle juridique. Elizabeth pourrait toujours proclamer qu'elle avait commis l'adultère, il n'y aurait guère que des rumeurs pour l'appuyer.

Elle déclare que ce serait mauvais pour les enfants de ramener une fois de plus toutes ces histoires à la surface. Elle a raison, bien sûr, elle a raison ; on dirait qu'à présent, tout est mauvais pour les enfants.

« Je ne sais pas, répond lentement Nate. Peut-être ne devrions-nous pas aborder la question sous cet angle. Pourquoi ne pas divorcer par consentement mutuel — ce serait un peu plus exact, non ?

— Bon, si tu veux attendre trois ans... (Elizabeth hausse les épaules.) Moi, cela m'est égal, tant que je reçois la pension alimentaire. » Elle dit quelques mots sur les chèques postdatés, et Nate acquiesce vaguement. Il est pris dans un étau, la poignée tourne, lentement, inexorablement. Que sortira-t-il de lui ? Du jus de dinde, de la petite monnaie. Quoi qu'il fasse, il est coincé. Qu'il choisisse la solution rapide de l'adultère, et Lesje lui en voudra de l'avoir entraînée là-dedans ? « Je n'ai pas brisé ton mariage, souviens-t'en », lui a-t-elle répété au moins une fois de trop. Mais qu'il choisisse d'attendre trois ans, et elle lui en tiendra rigueur aussi.

Nate regrette amèrement de ne pas vivre en Californie, au Nevada, n'importe où sauf dans ce bled de culs bénis. C'est la faute du Québec. Le mariage, qui devrait être une passoire, est un piège à homard appâté à la viande fraîche. Comment s'y est-il laissé entraîner ? Il ne s'en souvient plus. Il se débat en vain, à la recherche d'une issue.

Peut-il se risquer à demander à Elizabeth si elle a récemment couché avec quelqu'un ? Enfin, quelqu'un de vivant ? Comment le formuler ? Il ne peut pas. Il n'ose pas.

Samedi 3 septembre 1977

ELIZABETH

Elizabeth est assise avec les jambes repliées sous elle, et sa jupe à fleurs (neuve, dans les tons mauves, achetée sur un coup de tête un jour de cafard) étalée autour d'elle. Il lui a semblé que cette position créerait un effet de détente et de bien-être. Elle souhaite paraître calme, sereine, comme son bouddha de pierre favori dans la collection orientale. Cela lui procurera un avantage.

Non seulement elle souhaite paraître sereine, mais elle tient à l'être. Il lui arrive de croire qu'elle y est parvenue : et à d'autres moments, elle pense que ce n'est sans doute que l'immobilité. La statue de Bouddha n'est-elle qu'un bloc de pierre ? Par exemple : elle ne semble guère s'intéresser aux hommes pour l'instant. Elle essaie encore, elle observe des inconnus dans le métro, elle imagine divers membres du personnel du musée dans des postures érotiques, mais rien ne se déclenche. Elle a cessé d'accepter les invitations à dîner : elle n'est plus disposée à s'ennuyer autant pour simplement manger. Si elle a envie de s'empiffrer de foie haché d'oies décédées, de cadavres d'oiseaux plumés, sauvages aussi bien que domestiques, ou encore de pancréas de jeunes vaches, elle peut se les acheter elle-même.

Elle ne s'est pas toujours ennuyée ainsi. Elle cherchait naguère à deviner quel serait le prochain coup, et à tenter de le manipuler. Mais désormais elle connaît tous les coups et n'a plus envie de tenter les épaisses flatteries qui lui obtiendront ce que, d'après le sentiment populaire, elle est censée souhaiter. Il faut être deux pour danser le tango, et plus personne ne pratique la valse. Plutôt qu'une parodie, un numéro d'effleurements de genoux au Café Sur Cour, elle préférerait encore un mécanicien, quelqu'un sans aucun vocabulaire, une ombre en cuir, une question franche dans une allée sombre. Oui ou non.

(Comme Chris. Oui ou non. Elle a dit oui, et puis, long-temps après, non. C'est cette période intermédiaire qui a eu raison de lui. La vraie raison pour laquelle elle ne veut pas qu'on mentionne Chris dans la procédure de divorce n'a rien à voir avec la loi, Nate, ou même les enfants. Elle ne veut pas qu'il soit impliqué. Que son nom soit seulement prononcé au cours de ce rituel, et il risque d'apparaître à la barre des témoins, pâle et accusateur ou — pire — fragmenté, son visage la fixant avec un sourire de chat du Cheshire, et le corps encore crispé dans la pose de l'agonie. Elle le sait enterré bien en sécurité, et ne veut surtout pas de résurrection.)

Elle aimerait s'attarder dans cette pièce tranquille sans que personne vienne l'y troubler, à grignoter le biscuit encore intact qui gît sur sa soucoupe, à remuer de paisibles pensées tandis que les événements se régleraient d'eux-mêmes. Ce qui n'est pas si facile. Elizabeth sait de longue date que les événements ont besoin d'un coup de pouce. Et puis sa pose détendue lui bloque la circulation dans les jambes. Mais elle ne veut pas changer de position, elle ne veut pas bouger. Cela pourrait suggérer à Nate qu'il peut bouger aussi, qu'il est libre de se lever et partir quand il veut. Elle sait — qui le saurait mieux ? — que cette liberté existe toujours, cette issue.

D'une manière ou d'une autre. Nate, en revanche, ne l'a encore jamais découvert.

Ils ont commencé à parler d'argent, à discuter les détails de sa liste. Elle le guide de point en point jusqu'au bas de la page. Elle a gardé cela pour la fin, une fois qu'elle est sûre qu'il a bien vu ses cartes sur la table. Ses as. S'il veut un divorce rapide, c'est elle qui en imposera les termes. S'il veut attendre trois ans, cela donnera à Elizabeth le temps de manœuvrer, et elle peut toujours changer d'avis et le faire attendre cinq ans. L'important, c'est qu'il comprenne qu'elle se préoccupe fort peu de ce qu'il décidera. Et d'une certaine façon, c'est vrai. Ce n'est pas comme si elle avait hâte de se libérer pour épouser quelqu'un d'autre.

Il lui explique que, comme elle le sait, il n'a pas beaucoup d'argent, pratiquement pas du tout, même, mais qu'il fera tout son possible. Elle lui fait observer que son manque d'argent ne la concerne aucunement. Qu'il ait un million de dollars ou seulement dix, les enfants continueront à manger, porter des vêtements, aller chez le dentiste, jouer avec des jouets. Il leur faut de l'argent de poche et des leçons diverses. Janet désire apprendre la danse, Nancy patine depuis un an, et Elizabeth ne voit pas pourquoi elles devraient y renoncer.

« Évidemment, dit-elle, je pourrais les entretenir entièrement avec mon salaire. Soyons réalistes, je le pourrais. Mais cela supposerait de supprimer certaines choses. » Elle envisage de dire, *Nous serions obligés d'envoyer le chat à la SPA*, mais décide que ce serait aller trop loin. Tout d'abord, le chat promis n'est pas encore arrivé, et il serait prématuré d'en faire un otage. D'ailleurs, si elles l'avaient déjà, les filles ne pardonneraient jamais à leur mère de s'en débarrasser. Nate ou pas Nate. Mais elle lui enverra quand même la note quand il faudra le stériliser. « Mais je croyais que c'était convenu, que tu participerais le plus possible. Les enfants ont besoin de savoir que leurs deux parents les aiment. »

Nate est furieux. « Tu crois vraiment que parce que je manque de fric je n'aime pas mes gosses ? dit-il. C'est joliment dégueulasse.

— Les enfants vont t'entendre, réplique Elizabeth à voix presque basse. Peut-être que je suis dégueulasse. J'estime sans doute que quand on aime quelqu'un, on est prêt à consentir certains sacrifices. » *Sacrifices.* Cela sort tout droit de la doctrine de tante Muriel. Elle remue un peu les jambes. Elle n'aime pas s'entendre employer les expressions de tante Muriel, même quand elle les trouve justes. Mais tante Muriel n'aurait pas parlé d'*aimer*.

Elle se rend compte que la phrase est ambiguë : elle pouvait parler des enfants ou bien d'elle-même. Souhaite-t-elle que Nate l'aime et fasse des sacrifices pour elle ? Sans doute, oui. Il est dur de renoncer à l'hommage de ceux qui vous l'ont auparavant offert de leur propre gré ; dur de ne pas en profiter. Elle est couchée sur un lit, qui n'est alors pas vraiment le sien, et Nate lui caresse le corps, les épaules, les seins, le ventre, les vergetures qui lui restent de ses grossesses, il aime les suivre du doigt, toutes les traces de mutilation, et puis les cuisses, encore et encore. Il est toujours attentif, prévenant. Est-ce cela qu'elle veut ? Sa seule pensée à l'époque était : Bon, ça va.

Elle essaie de se rappeler si elle l'a jamais aimé et conclut que oui, mais de manière insuffisante. Nate était un homme bon, et elle reconnaissait la bonté, mais sans pouvoir retenir un léger mépris. Le jour de leur mariage, qu'avait-elle éprouvé ? Un soulagement, une sécurité : enfin, elle était hors de danger. Elle deviendrait une maîtresse de maison, elle construirait une maison. Cela paraissait en soi invraisemblable, même à l'époque. Que s'était-il passé d'autre, à part l'érosion classique, l'usure, la mort des cellules ? Elle avait construit la maison, mais sans parvenir à y croire vraiment, sans pouvoir la rendre solide. *Dégringolade,* déclara tante Muriel quand elle épousa Nate, mais c'était faux. La dégringolade était dangereuse, et Nate ne l'était pas. Ou pas selon les critères habituels.

Elle n'a pas eu de nouvelles de tante Muriel, ces derniers temps ; sans doute n'en entendra-t-elle plus jamais parler. Cela devrait lui procurer un sentiment de victoire. *Heureuse dans toute sa gloire.* Tante Muriel devra la rayer à jamais de sa mémoire, ou bien faire semblant que cette dernière scène incroyable, le salut *in extremis* de son chapeau en pot de chambre de velours blanc, n'ait jamais eu lieu. Il est fort possible qu'elle appelle Elizabeth en décembre comme d'habitude, pour fixer la date de sa visite du Nouvel An. Elle ne peut pas imaginer d'y remettre les pieds. Mais elle ne peut pas non plus imaginer de ne pas y aller. Elle s'assiéra une fois de plus sur le canapé rose et glissant, environnée de surfaces lisses, avec le piano demi-queue, le plateau d'argent ; tante Muriel, assise en face d'elle, la dévisagera de ses yeux couleur de caillou, et le passé bâillera tout autour d'elle, telle une caverne emplie d'échos menaçants.

« Quels sacrifices exactement souhaites-tu me voir accomplir ? » demande Nate, toujours en colère. Signifiant : *On ne tire pas de sang d'une pierre.*

« Nate, dit-elle, je sais comme c'est dur pour toi. Crois-moi, c'est difficile pour moi aussi. Mais essayons de conserver tout notre sang-froid, veux-tu. Je ne cherche pas à te torturer, ajoute-t-elle. Il faut que tu me croies sur parole. »

C'est plus ou moins vrai. Elle ne cherche pas à torturer Nate : la torture est un sous-produit. Elle cherche uniquement à gagner. En l'observant, en le regardant s'affaisser sur son siège, elle sait qu'elle gagnera, qu'il n'existe aucune chance qu'elle puisse ne pas gagner. Elle gagnera donc, et elle espère que cela lui donnera meilleur moral.

Samedi 3 septembre 1977

LESJE

Lesje est dans le salon, dans le Jurassique supérieur, où elle court sur un sentier tracé par les iguanodons. Elle porte ses Adidas et un pull de coton bleu nuit sur lequel on peut lire en lettres rouges PETIT = BEAU. C'est William qui avait un jour cru bon de lui offrir cela pour son anniversaire, il n'avait pas pensé que l'inscription allait lui recouvrir la poitrine. Elle ne l'a jamais beaucoup porté. Elle porte ses jumelles dans leur étui de cuir, qu'elle tient en bandoulière et qui lui heurtent désagréablement la hanche.

Il n'y a rien derrière elle, rien devant elle que le chemin boueux. De chaque côté les taillis sont intacts ; l'humidité goutte des feuillages, il fait chaud comme dans un bain de vapeur, elle sent sa chair cuire. Le lac se trouve à des kilomètres. Elle ralentit et adopte un rythme de marche. Loin devant elle, où elle est assurée de trouver des grands espaces, des taillis, et la lumière du soleil, elle entend les cris rauques des ptérodactyles qui tournoient, alléchés par la charogne.

Il n'existe nul autre endroit où elle souhaite aller, mais cette fois il ne s'agit pas d'exploration ; elle connaît déjà trop bien le terrain. Elle fuit simplement.

Elle se débranche, quitte son siège, retourne à la cuisine avec sa tasse vide, les yeux fixés sur la sciure. Il devrait balayer. Elle met le contact sous la bouilloire, rajoute de la poudre brune dans sa tasse.

C'est samedi, et pour une fois elle est seule. Pour une bonne raison : Nate est allé voir Elizabeth, et ils parlent enfin de divorce. Elle attend cela depuis très longtemps, et il serait vraiment injuste de s'offenser parce qu'on l'exclut des débats. Exclue, comme un enfant dont les parents ont fermé la porte sur des affaires importantes, des questions trop adultes pour être évoquées en sa présence. Elle voudrait s'approcher sur la pointe des pieds, coller son oreille au trou de la serrure. Elle voudrait les espionner. Elle veut entendre ce qu'ils disent d'elle. S'ils disent quelque chose.

Mais cela ne la regarde pas. Maintenant que c'est commencé, cependant, cela suivra son cours. Elizabeth l'a bien en main. Elle réclamera de plus en plus de conférences de ce genre, de négociations. Cela peut durer des années.

Elle verse l'eau bouillante dans sa tasse, ajoute un peu de poudre blanche d'un bocal. Elle n'a pas vraiment envie de boire ce breuvage, mais il faut bien faire quelque chose. Pour passer le temps, elle entreprend d'inventorier Elizabeth — exercice désormais familier. Si elle avait Elizabeth sur une étagère, bien proprement ossifiée, l'étiquette révélerait : Classe : *Chondrichthyes*. Ordre : *Selachii*. Genre : *Squalidae*. Espèce : *Elizabetha*. Aujourd'hui, elle classe Elizabeth parmi les requins ; d'autres jours, elle est un gros crapaud jurassique, primitif, trapu, venimeux ; ou encore un céphalopode, un calmar géant, mou et plein de tentacules, avec un bec caché.

Lesje sait que l'objectivité scientifique est un mensonge.

Elle a lu les histoires de piraterie et de vengeances, de preuves volées à des savants par d'autres savants, des grands chasseurs de dinosaures qui corrompaient chacun l'équipe de l'autre, et attaquaient chacun la réputation de l'autre. Elle sait qu'une passion pour la science ressemble à n'importe quelle autre passion. Néanmoins, elle regrette que l'objectivité scientifique n'existe pas, et qu'elle-même n'en soit pas pourvue. Car elle pourrait s'en servir dans sa propre vie. Elle deviendrait philosophe et sage, elle pourrait affronter Elizabeth d'une manière plus adulte, plus digne que ce jeu secret qui, somme toute, ne vaut guère mieux que des insultes puériles.

Les choses étant ce qu'elles sont, elle ne peut pas faire face. Ni Nate non plus, dirait-on. Bien qu'il se permette à présent des moments de fureur, notable amélioration par rapport à la phase antérieure, où il se refusait à critiquer Elizabeth, il se transforme en une véritable motte de terre glaise quand il se trouve devant Elizabeth pour parler d'argent ou des visites des enfants. Il se justifie en affirmant qu'il fait tout cela pour Lesje, et qu'il ne veut pas compromettre le divorce. Il est constamment à court d'argent, mais Elizabeth reçoit son chèque de pension alimentaire très régulièrement chaque mois. Il s'est mis à emprunter de petites sommes à Lesje, cinq dollars, dix. Comment pourrait-elle refuser, comment pourrait-elle lui refuser des cigarettes ou un carton de bière quand, si visiblement, il devient tout doucement fou ? Elle est navrée pour lui. Mais elle ne veut pas être navrée pour lui. Et lui non plus. Alors elle ne dit rien, et lui prête l'argent.

Il y a une semaine, Lesje a de nouveau soulevé la question d'un enfant, pour elle, pour eux. Elle tâtait juste le terrain ; mais peut-être, avant qu'elle soit trop vieille, peut-être est-ce le bon moment ?

Nate était réticent. Il ne pourrait guère se le permettre en ce moment, objecta-t-il.

« C'était pourtant ton idée à toi », dit Lesje. Elle avait l'impression de s'offrir à lui, et d'essuyer un refus. Ne lui plaisait-elle pas ? Redoutait-il des déficiences génétiques ?

Nate lui expliqua que, quand il avait dit qu'il voulait un enfant d'elle, il avait exprimé un désir, un vœu, et non lancé une suggestion pratique à réaliser sur-le-champ.

Lesje, consciente de ne pas souvent faire cette distinction, s'efforça de comprendre. Sans doute avait-il raison. Les enfants d'Elizabeth vivaient sur les revenus de Nate, tout au moins sur le peu qu'il en existait, tandis que Nate et elle-même vivaient sur les siens. Elle ne pouvait guère saborder cet arrangement en ayant un bébé. Elle n'est pas absolument sûre de vouloir un enfant, mais tient rigueur à Elizabeth de le lui refuser.

Peut-être, songe Lesje, devrait-elle adhérer à un groupe de discussion. Elle a entendu parler de ce type de groupes, elle a lu des articles dans la section familiale des journaux que Nate rapporte chaque soir à la maison. Ils se réunissent dans des sous-sols d'églises, et pansent les blessures de ceux qui sont blessés par les éclats des explosions familiales. Peut-être devrait-elle aller boire des tasses de thé avec l'un de ces groupes, en mangeant des biscuits et en déblatérant sur Elizabeth. Mais elle sait que c'est impossible. Elle ne peut rien dire en groupe, elle aurait peur des mots qui risqueraient de lui échapper. Dans n'importe quel rassemblement de handicapés, elle sera toujours la moins handicapée, ou fera semblant de l'être. Et puis ces groupes portent des noms comme Le Club de la deuxième chance et s'adressent aux couples mariés ; elle n'est pas mariée.

Sans doute que si elle avait la moindre indépendance et force de caractère, cela ne la troublerait pas, et elle en serait même ravie. Beaucoup de femmes n'emploient plus le nom de leur mari et refusent d'être classées comme « ma ceci » ou « ma cela », et Nate, quand il doit la présenter à quelqu'un, ce qui n'arrive pas souvent, n'emploie aucune formule possessive. Il la nomme simplement, sans même dire mademoiselle, et il en est très fier. Il est bien content, prétend-il, qu'elle ne s'appelle pas Mme Schoenhof. Dieu veuille que jamais elle ne ressemble à sa mère ou à sa femme. Mais au lieu d'en tirer l'impression qu'elle est une entité en soi, comme Nate le prétend, elle ne se sent qu'un modeste petit zéro. Bien que son propre conservatisme, jusqu'alors insoupçonné, l'épouvante, elle veut appartenir, et que cela se voie : elle veut qu'on puisse la cataloguer, être membre d'un groupe. Il existe déjà un groupe de Mme Schoenhof : l'une est la mère de Nate, et l'autre la mère de ses enfants. Lesje n'est la mère de personne ; officiellement, elle n'est rien.

Elle n'a quand même pas toujours été ainsi, branchée sur ce gémissement intérieur permanent, critique, acerbe. Peut-être pense-t-elle trop à Elizabeth. *Si tu fais cette grimace-là trop souvent,* disait-on à l'école, *tu finiras par rester comme cela.* Si elle n'y prend pas garde, elle se transformera en Elizabeth. Parfois, elle se demande si Nate est une obscure blague que lui joue Elizabeth, pour quelque raison inimaginable. Alors rions-en, se dit-elle. Mais elle ne peut pas.

Ce n'est pas la peine, devrait-elle lui dire. C'est inutile. Mais ce n'est pas vrai : c'est la peine, c'est utile. Certains jours, certaines minutes. De temps en temps.

La vérité, c'est qu'elle est devenue dépendante de la vision d'elle qu'entretient Nate. Quelquefois, quand il la touche, elle a l'impression de n'être pas nue mais habillée d'un long vêtement indéterminé qui s'étale autour d'elle comme un nuage étincelant. Elle s'est rendu compte, avec un sentiment proche de la panique, qu'il a d'elle une image fausse. Il s'attend qu'elle sera sereine, un refuge ; il s'attend qu'elle sera douce. Il croit qu'elle l'est vraiment, au-dessus, et que s'il peut creuser assez profondément en elle, c'est cela qu'il trouvera. Il devrait pourtant bien savoir, à présent, qu'elle n'est pas du tout ainsi. Mais elle voudrait l'être ; elle voudrait être ce beau fantôme, cette apparition désincarnée qu'il a évoquée. Parfois, elle le voudrait vraiment.

Lesje arpente le carrelage de la cuisine, qui aurait bien besoin d'être lessivé. Ce n'est pas qu'il paraisse différent quand il est propre. Il y a des grumeaux blancs dans son café, et l'évier est pavé de tasses et de cuillères encombrées des mêmes grumeaux. Elle devrait prendre un bain. Au lieu de cela, elle pose sa tasse dans l'évier avec toutes les autres, et s'en va en fermant la porte à clé.

Elle marche vers le sud, sur le trottoir surchauffé, puis vers l'ouest, dans des rues bordées de vieilles maisons penchées et surpeuplées, avec des vérandas en brique rouge qui s'effondrent. Ce quartier lui est de plus en plus familier : c'est presque la terre de ses grands-mères. La maison de sa petite grand-mère se trouvait dans cette rue, ou bien peut-être plutôt dans celle d'après ; sa grand-mère ronde vivait quelques rues plus loin, vers l'ouest, plus près de l'église au dôme doré, mais dans le même genre de maison.

Elle n'a plus beaucoup pensé à ces rues, depuis l'année où ses deux grands-mères sont mortes et où elle a cessé de venir les voir. Elle pouvait se souvenir de ses grands-mères, de leurs expressions, de certaines pièces de leurs maisons, mais pas des maisons elles-mêmes. C'était comme si tout le quartier avait disparu de la carte. Mais maintenant elle veut retrouver leurs maisons, leurs vraies maisons. Elles lui serviront en quelque sorte de preuve, puisque les grands-mères qui constituent la vraie preuve sont parties.

Elle s'immobilise. Elle se trouve dans une petite rue engorgée d'arbres, de voitures stationnées, d'enfants qui jouent et courent sur la chaussée. Les maisons paraissent plus petites qu'elle n'aurait cru ; certaines ont été repeintes, bleu vif, jaune, avec le ciment de jointage soigneusement peint d'une autre couleur. Elle ne reconnaît rien ; si elle veut retrouver ses grands-mères, il faudra qu'elle aille chercher ailleurs. D'autres gens vivent ici, à présent, venus d'autres pays. Et puis à leur tour ils gagneront de l'argent et partiront vers le nord. Ce n'est pas un quartier stable, établi pour l'éternité comme elle le croyait dans son enfance, mais une gare de triage, un campement temporaire. Dans un lointain avenir, des archéologues creuseront dans les gravats et découvriront les couches successives. *Ce sont les Noirs qui font la loi maintenant*, disait sa grand-mère en parlant de son magasin.

Si ses grands-mères avaient vécu, peut-être auraient-elles aussi pris la direction du nord. En tout cas, elles auraient relégué leurs robes noires et fait des excursions aux chutes du Niagara, elles se seraient fait faire des permanentes comme sa mère, et elles auraient acheté des tailleurs-pantalons en tergal. Assimilées. Mais en l'occurrence elles représentent dans sa tête des spécimens fixes, tout montés, découpés dans ses propres origines confuses et ténébreuses, et collés là. Des anachronismes, les derniers de leur sorte.

La bénédiction d'une mère, voilà ce que nous avions en ce temps-là. C'était important. Quand un jeune homme part à la guerre, il lui faut la bénédiction de sa mère. J'ai été la première à travailler chez Eaton's, tous les autres étaient anglais. Cela ne leur plaisait pas. Mais moi je ne disais rien, quand ils demandaient quel genre de nom c'était. Ce que nous avions, en ce temps-là, nous avions des fleurs sur la tête, et puis la danse. Ils essaient de continuer, maintenant, mais ce n'est plus pareil.

A l'époque, Lesje n'était pas parvenue à imaginer que sa grand-mère eût jamais pu être mince, et encore moins jeune. Elle semblait avoir toujours été ce qu'elle était, avec un visage ridé, mélancolique, sentant la transpiration et la cire. L'autre grand-mère avait dansé aussi, du moins le prétendait-elle. Elle avait parlé de mouchoirs ; Lesje ne comprenait pas, et elle avait fini par tirer un Kleenex froissé de sa manche et l'agiter dans l'air. Tout ce que Lesje avait pu se représenter, c'était sa grand-mère à son âge actuel, sautillant ridiculement dans ses petites bottines noires en agitant des poignées de Kleenex.

Un homme olivâtre et râblé l'effleure en passant et marmonne quelques mots qu'elle ne comprend pas, mais qu'elle devine inamicaux. Elle ignore où elle se trouve, il va falloir faire le point. Le soleil descend, ce doit donc être l'ouest, vers le dôme doré de l'église qu'elle a vue du dehors mais dans laquelle jamais elle n'a eu le droit d'entrer. Elle n'était jamais entrée dans une synagogue non plus, jusqu'aux funérailles. Elle fait demi-tour, s'efforçant de retrouver son chemin.

Elle n'écoutait pas bien, leurs histoires l'ennuyaient, et elle y décelait des tentatives pour la convertir, d'un côté comme de l'autre. Elles l'exaspéraient avec leurs plaintes et leurs disputes, avec leurs histoires tellement étrangères, leurs histoires de guerre, de souffrances, d'horreur, d'enfants embrochés sur des épées, qui n'avaient rien à voir avec elle. Leur ancien pays, archaïque et terrible ; tellement différent d'ici. Maintenant, elle voudrait réentendre leurs voix ; même les chamailleries et les scènes de rage. Elle veut danser avec des fleurs sur la tête, elle veut être approuvée, sanctifiée, peu importe par qui. Elle veut la bénédiction d'une mère. Mais elle n'imagine vraiment pas sa mère faisant une chose pareille.

Là réside le problème. Elle sait dorénavant que les gens n'agissent pas comme elle voudrait qu'ils le fassent. Que doit-elle faire, changer de désirs ?

A l'âge de dix ans, elle voulait aller au musée, pas avec une grand-mère le samedi matin comme toutes les semaines, mais avec les deux. L'une lui tiendrait la main droite, et l'autre la gauche. Elle n'espérait pas qu'elles se parleraient, leur ayant assez entendu répéter qu'elles préféreraient mourir. Mais il n'existait aucune loi contre la promenade. Toutes trois marcheraient ensemble, lentement à cause de la grosse grand-mère, elles graviraient les marches de pierre du musée, elle-même au centre, et elles entreraient sous le dôme doré. Contrairement aux dinosaures, c'était quelque chose qui aurait pu arriver vraiment ; quand elle avait enfin compris que c'était impossible, elle n'y avait plus songé.

Quant à Nate, c'est très simple. Tout ce qu'elle désire, c'est qu'ils changent tous les deux. Pas beaucoup, juste un peu. Mêmes molécules, mais arrangées différemment. Tout ce qu'elle souhaite, c'est un miracle, car rien d'autre ne pourra marcher.

Vendredi 25 novembre 1977

NATE

Affalé dans une encoignure en fer à cheval du bar de l'hôtel Selby, Nate boit de la bière en regardant la télévision. C'est vendredi soir et le bruit confus des voix l'empêche d'entendre l'émission. Depuis quelques mois, les attaques venimeuses redoublent à l'encontre de la police, et un trio de personnalités politiques s'affaire désormais sans répit à les surveiller. Se faisant passer pour des terroristes séparatistes, les Mounties ont adressé des lettres violentes quelque part. Ils ont brûlé une grange et volé du courrier, et l'on donne maintenant à entendre qu'un ancien dirigeant des services secrets était un agent double de la CIA. Le Premier ministre proclame qu'il n'en a rien su, et que ce n'est d'ailleurs pas à lui de savoir ce genre de choses. Il s'agit là d'informations déjà anciennes, que l'on réchauffe sans apparence aucune de sagesse nouvelle. Nate fume en regardant ces têtes sépulcrales se renfrogner et ricaner d'un air sceptique.

Sa mère collecte des signatures pour une lettre de protestation, comme d'habitude. On va beaucoup parler, et rien ne se produira. Il déteste ces hommes politiques qui affirment le contraire, avec leur gravité et leur dignité lasse. Pour le moment, il préférerait entendre les résultats de hockey, bien que l'équipe des Leafs fassent encore les cons, comme d'habitude. Autour de lui s'élève une fumée dense, les verres s'entrechoquent, les voix se traînent dans leurs conversations routinières, la désolation s'étend aussi loin que peut voir l'œil.

Martha entre et s'immobilise d'un air indécis à l'autre bout du comptoir. Nate agite le bras pour attirer son attention. Elle le voit et s'avance aussitôt en souriant.

« Avoir pas vu toi longtemps », dit-elle. Lourde ironie, étant donné qu'il rencontre désormais Martha chaque jour au bureau. Mais ce soir il l'a invitée à dîner. Il lui doit quelque chose. A l'instant même où elle s'assied, il se rend compte qu'il a fait une gaffe, il n'aurait pas dû suggérer le Selby. Ils y venaient souvent, naguère. Il espère que Martha ne va pas se mettre à larmoyer.

Pour l'instant, aucun indice ne le laisse supposer. Elle flanque ses deux coudes sur la table. « Bon Dieu que j'ai mal aux pieds », déclare-t-elle.

Nate interprète ces paroles comme il a toujours interprété cette rudesse, cette insistance sur le trivial ; cela sert à Martha de couverture pour d'autres choses, plus délicates. Il lui semble qu'elle a changé quelque chose à sa coiffure, mais il ne se rappelle plus très bien comment étaient ses cheveux avant. Elle a minci. Ses seins reposent sur ses bras pliés, elle lui sourit, et il ressent un pincement de désir. Malgré lui. Ce ne peut pas être les bottes. Martha a toujours porté des bottes.

Il commande deux nouvelles bières sans alcool, et se répète que ce dîner est de pure routine. Sans Martha, ou avec Martha contre lui, il n'aurait jamais pu obtenir même l'emploi subalterne qu'il occupe à présent. De jeunes avocats, des avocats plus jeunes que lui — cela l'épouvante soudain, de voir comme ils sont plus jeunes — se trouvent à la pelle, désormais, et pourquoi la société l'aurait-elle réengagé, après sa désertion ? Et puis il est rouillé, il a beaucoup oublié, des choses qu'il croyait ne plus jamais avoir à se rappeler. Mais il a désespérément besoin d'argent, et ne savait vraiment pas où s'adresser ailleurs.

Il est affecté à un poste qu'il n'aurait pas choisi. L'assistance judiciaire. Du fait de sa réputation engagée, cette société se sent moralement obligée de faire plus ou moins sa part d'assistance judiciaire ; ils reçoivent plus de demandes que Adams, Stein et les stagiaires ne peuvent en traiter. Nate est leur soupape de surcharge. Il reçoit un salaire de mi-temps pour ce qui se révèle être un travail à plein temps, suivant les affaires sans intérêt, celles dont personne ne veut parce qu'elles sont vouées à l'échec, les brutes, les cambrioleurs, les drogués, au tribunal, en prison, au tribunal à nouveau, et puis en prison. Il sait que le processus est circulaire.

Il a ressuscité sa serviette de cuir et ses deux complets en se demandant, tandis qu'il fouillait dans la malle tout au fond du placard de son ancienne chambre, pourquoi il n'avait jamais jeté toutes ces choses à la poubelle. Il cire ses chaussures, à présent, et se nettoie les ongles ; la pellicule permanente de peinture noircie en a pratiquement disparu. Le matin, il respire l'odeur antiseptique des prisons, des cellules, de la chair en cage, de l'air rance trop de fois exhalé ; l'odeur de l'ennui et de la haine. il écoute les mensonges de ses clients, regarde leurs yeux se détourner un instant des siens, et sait qu'ils le méprisent, avec ses chaussures cirées et sa crédulité à leur égard.

Ils ne savent pas qu'il ne croit pas un mot de ce qu'ils lui disent. Il les accompagne au tribunal, fait ce qu'il peut, implore et marchande, mène des petites négociations de pacotille avec les procureurs de la Couronne. Il écoute les conversations de métier, attentif à cette jovialité des autres avocats, qu'il avait naguère jugée choquante ; depuis quelque temps, il lui arrive de se joindre à eux. Parfois, il gagne une affaire et son client sort de prison ; mais cela n'arrive pas souvent. Et même dans ce cas, cela n'a rien de triomphal. La petitesse de la petite criminalité, cette absude particularité, l'exaspère. Il ne semble exister aucun rapport entre ce qui arrive à ces hommes et ce qu'ils ont fait : deux radios et une chaîne stéréo ; une piqûre dans une allée sombre, le contenu des tiroirs du secrétaire de quelque vieille dame.

Sa mère dirait que ses clients sont le produit de leur environnement, et c'est vrai sans aucun doute possible. Le choc culturel, voilà de quoi ils souffrent ; le point auquel un ensemble de règles faussées en heurte violemment un autre. Sa mère parvient à concilier ce point de vue avec une croyance en la dignité humaine et la liberté de choix, tout au moins dans la mesure où cela s'applique à elle. Nate se sent incapable de cette contradiction logique. Il ne juge pas ces gens, et n'a nullement l'impression d'être un instrument de justice. Il exerce un métier. Il pourrait tout aussi bien travailler pour la SPA. Il aimerait bien être sur l'affaire des « Mounties » : le cabinet représente un journal excessivement marginal qui avait été saccagé à l'époque des faits. Mais c'est Stein qui s'en occupe, évidemment.

Le serveur flanque sur la table leurs deux bières, et Martha saupoudre la sienne de sel. « Alors, comment ça marche ? » demande-t-elle. Elle boit, et laisse une moustache de mousse sur sa lèvre supérieure. Il se souvient qu'il adorait cette façon de se barbouiller. Une tendresse l'envahit, s'atténue, disparaît.

Sur l'écran, qu'il peut voir mais pas elle, gesticule à présent René Levesque, qui explique et hausse les épaules, avec des yeux tristes dans un visage de mime tout ridé. Quelque chose sur l'économie, d'après ce que Nate peut saisir. Ces derniers temps, ils disent qu'ils n'ont jamais vraiment voulu la séparation, pas de cette manière. Nate est déçu par lui ; jusqu'à présent, toute cette affaire a été lamentable. Chances ratées, compromis et retournements de vestes, comme dans le reste du pays. C'est finalement un monde de non-liberté. Seul un idiot aurait pu croire autre chose, et Levesque n'est pas idiot. (Ou plutôt, comme Nate : il ne l'est plus.) Il ressemble de moins en moins à un clown. De plus en plus à une tortue : la sagesse l'a ridé, l'a enveloppé dans une carapace bien utile.

« Eh ! rêveur », lance Martha. Première allusion au fait qu'ils ont été amants : elle l'appelait ainsi. Nate baisse les yeux vers elle.

« Formidable, j'imagine », répond-il. Il voulait exprimer le plus d'enthousiasme possible. Martha veut penser que son geste, sa bonne intention, l'a rendu heureux. Il sait qu'elle s'est donné du mal pour lui ; il ne sait pas pourquoi.

Martha ne lui donne aucune indication sur ce point. « Et allez ! dans le trou à rat ! » déclare-t-elle, et elle vide son verre.

Dans la salle à manger du Selby, moins qu'il ne l'aurait voulu mais plus qu'il ne peut se le permettre, ils mangent du foie et des frites, et Martha parle du bureau : qui est parti, qui est nouveau, les mariages qui se brisent, les coucheries. Comme d'habitude, Martha est imbattable sur ces questions : elle en rend compte avec jovialité. « J'aime mieux que ce soit elle et pas moi », précise-t-elle, ou bien « Je lui souhaite bien du plaisir. » Nate retrouve auprès d'elle un bien-être familier, comme s'il écoutait respirer une grosse bête aux flancs chauds.

Il voudrait se blottir contre elle, enfouir la tête sous son bras et fermer les yeux ; mais Martha le traite en ami, en vieil ami, digne de confiance et neutre. Elle se comporte comme si elle ne se souvenait plus d'avoir pleuré, tapé sur lui, hurlé, et une fois de plus Nate se trouve amené à réfléchir sur l'absence de honte des femmes. Elles croient que tout ce qu'elles font se justifie sur le moment, alors pourquoi se sentir coupables ? Nate leur envie cette aptitude. Pour sa part, il sait bien qu'il n'a pas traité Martha aussi bien qu'il l'avait voulu, mais elle semble avoir oublié tout cela aussi.

En dégustant le pudding aux cerises en boîte, Martha lui décrit ce qui l'intéresse en ce moment : elle collecte bénévolement des fonds pour la Maison d'Accueil aux Femmes Battues de Nellie et, le mardi et le jeudi, elle suit des cours de yoga. Nate imagine difficilement Martha, ample et peu gracieuse, revêtue d'un collant noir et pliée comme un bretzel, non plus qu'il ne peut l'imaginer s'identifiant le moins du monde aux femmes battues que l'on recueille chez Nellie. Elle n'a jamais guère pris d'exercice et quant aux théories, les *problèmes,* comme elle disait alors, cela la laissait froide. Il le sait : il a un jour voulu lui faire acheter une bicyclette, et quand il lui parlait de l'enjeu du Québec, d'Israël, du Cambodge, elle lui répondait qu'on lui en parlait déjà bien assez aux informations télévisées. Mais la voici à présent assise en face de lui, véritable improbabilité matérialisée, qui mange son dessert en lui parlant de la réforme des lois sur le viol.

Nate se dit en lui-même que c'est tout Martha de s'accrocher ainsi à une cause ou un violon d'Ingres après l'apogée, au cours de la longue descente vers les ornières démodées où vivent des gens comme sa mère : les Christadelphiens, les végétariens de l'école d'auto-intoxication, les espérantistes, les maniaques d'engins spatiaux, les unitariens. Cela correspond d'ailleurs à l'opinion qu'Elizabeth a toujours eue d'elle, pour autant que Nate ait pu comprendre, d'après son style vestimentaire. A entendre Elizabeth, la libération de la femme se démode ; et l'intérêt pour les cultes orientaux n'est plus ce qu'il était. Mais rien de tout cela ne semble troubler Martha. Elle énonce quelques observations sur la mine de Nate : il paraît manquer d'oxygène. Très peu de gens respirent correctement. Il devrait essayer de faire des exercices respiratoires, et une version simplifiée du Salut au Soleil. Martha lui garantit personnellement que cela lui ferait un bien fou.

Puis elle revient au droit. Elle a des opinions très précises sur le système judiciaire concernant la famille ; en fait, si elle parvient à économiser suffisamment d'argent, elle voudrait étudier le droit et devenir avocate, afin de pouvoir se spécialiser dans cette branche. En ce qui concerne les études, pas de problème : elle en connaît déjà un sacré rayon ; elle en a suffisamment tapé à la machine, Dieu sait. Nate sourcille. Il se rend compte à présent qu'il considère Martha comme pas vraiment idiote, mais certainement pas brillante non plus. Alors qu'elle connaît peut-être mieux le droit que lui. Elle serait peut-être bien, et peut-être même formidable. Pour le tribunal des affaires familiales.

Mais Nate se sent diminué. Il a vécu des jours, des semaines, des mois de sa vie sans penser une seule fois à Martha. Ses mains n'ont gardé qu'un très vague souvenir de l'intérieur de ses cuisses, il n'a plus sur la langue le goût de Martha, il ne se souvient même plus de sa chambre — la couleur des rideaux ? Et cependant il souffre d'avoir lui-même été oublié si facilement, si vite. Était-il donc si peu important ? Il se dit que Martha ne peut quand même pas déjà avoir un autre homme dans sa manche, ayant pour elle la même signification que lui auparavant ; dans ce cas, elle ne s'intéresserait pas autant à l'étude du droit.

Il paie l'addition, et ils se dirigent vers la porte, Martha marchant devant lui. Elle porte son manteau sur son bras, et il regarde ses hanches sous le tweed évasé de sa jupe. Peut-être va-t-elle l'inviter à la raccompagner ? Ils pourraient s'installer dans le salon et boire un ou deux verres. Rien de plus. Il délibère : évidemment, il ne faut pas qu'il accepte. C'est vendredi soir, les enfants doivent être arrivées, et Lesje l'attend. Il ne lui a pas dit où il allait ; simplement qu'il avait du travail à finir. Inviter Martha à dîner, c'était en quelque sorte un travail à finir, en effet, mais il aurait eu vraiment trop de mal à le lui faire comprendre.

Dans la rue, cependant, Martha le remercie et le quitte. « A lundi, lui dit-elle. A l'usine. » Elle se dirige vers le carrefour, en bottes, et appelle un taxi. Il la regarde ouvrir la porte, s'installer. Il aimerait savoir où elle va, mais elle ira quand même, qu'il le sache ou non. Le monde existe en dehors de lui. Il l'a assez souvent répété en théorie, mais sans jamais le savoir avec certitude. Il en découle que son corps est un objet dans l'espace, et qu'il mourra un jour.

Il se souvient à présent d'avoir ressenti cela plusieurs fois auparavant. Il reste là où elle l'a quitté. Il n'a pas envie de rentrer à la maison.

Vendredi 14 avril 1978

ELIZABETH

Tante Muriel est à l'hôpital. Cela est déjà bien assez incroyable en soi. D'abord, qu'elle puisse avoir quelque chose. Elizabeth n'a jamais considéré sa tante comme un être fait de chair mortelle, comme tout le monde ; mais plutôt, du cou jusqu'aux genoux, d'une sorte de matière verruqueuse, comme du caoutchouc, imperméable et indestructible. Ensuite, si elle a eu quelque chose, et Elizabeth se résout difficilement à y croire, que tante Muriel se soit résignée à l'admettre. Quoi qu'il en soit, elle se trouve à l'hôpital, très exactement celui de la princesse Margaret, et Elizabeth a été convoquée. Malgré son serment de ne plus jamais revoir tante Muriel, elle n'a pas osé se dérober.

Elle a pris place sur la chaise réservée aux visiteurs, à côté du lit surélevé où tante Muriel, revêtue d'une liseuse bleu de glace et redressée sur des coussins, se plaint. Ils mettent du chlore supplémentaire dans l'eau, elle le sent bien. Elle se rappelle l'époque où l'eau était vraiment de l'eau, mais Elizabeth n'est certainement pas capable de sentir la différence. Au début, elle n'a pas pu obtenir de chambre particulière. Elizabeth peut-elle imaginer pareille chose ? Elle a dû partager sa chambre avec une horrible vieille femme qui respirait en sifflant, la nuit. Tante Muriel est convaincue que cette femme mourra. Impossible de fermer l'œil. Et maintenant qu'elle a enfin obtenu une chambre particulière, personne ne s'occupe d'elle. Il faut qu'elle sonne deux, parfois même trois fois, avant que l'infirmière vienne. Elles sont toutes à lire des romans policiers, elle le sait : elle les a vues. L'infirmière de nuit est originaire des Antilles. La nourriture est infecte. Elle a horreur des betteraves, mais elle a beau cocher les autres légumes sur le menu, on lui apporte toujours des betteraves. Tante Muriel se demande même parfois s'ils ne le font pas exprès. Dès demain elle en parlera au Dr MacFadden. S'il faut qu'elle reste ici pour se reposer un peu et subir quelques examens, comme il le lui a dit, le moins qu'il puisse faire est de s'assurer qu'on prend bien soin d'elle. Elle n'a jamais été malade, et elle n'a d'ailleurs rien de bien grave cette fois-ci, et elle n'a pas l'habitude des hôpitaux.

Elizabeth songe que ce doit être vrai. Elle associe ses propres séjours à l'hôpital avec les naissances de ses enfants, mais tante Muriel n'a évidemment pas connu cela. Elizabeth ne l'imagine guère accouchant, et moins encore engagée dans les préliminaires. Il est difficile de se représenter l'oncle Teddy au menton si faible, dévastant toutes ces barricades renforcées de caoutchouc, dénudant ces cuisses couleur de germe de pomme de terre ; difficile de se représenter tante Muriel permettant cela. Bien qu'elle l'ait peut-être fait par sens du devoir.

Tante Muriel a apporté son enveloppe de coussin au petit point, à laquelle elle travaille depuis des années : des pensées dans un panier. Dans les temps passés, ce travail d'aiguille a séjourné sur les chaises et les canapés du salon de tante Muriel, pour bien montrer qu'elle n'était pas une femme paresseuse. Il semble étrangement déplacé, sur la couverture d'hôpital. Tout en parlant, tante Muriel le soulève et le laisse retomber.

Elizabeth est assise sur le siège réservé aux visiteurs. Elle a apporté des fleurs, des chrysanthèmes ; en pot, plutôt que coupées. Elle pensait que tante Muriel préférerait quelque chose de vivant, mais tante Muriel les décréta aussitôt trop odorants. Elizabeth ne se souvient-elle donc plus qu'elle déteste l'odeur des chrysanthèmes ?

Peut-être s'en souvient-elle ; peut-être l'a-t-elle commodément oublié. Il lui semblait qu'elle devrait apporter quelque chose, une offrande, car tante Muriel va mourir ; elle meurt en ce moment même. En sa qualité de plus proche parente, Elizabeth a été prévenue en premier.

« Tout le corps est atteint, lui a confié le Dr MacFadden à mi-voix. Cela a dû commencer par le côlon. Je suppose qu'elle a dû souffrir énormément avant de venir me voir. Elle a toujours affirmé qu'elle était forte comme une jument. C'est le sang qui l'a effrayée. »

Souffrir énormément, naturellement. Elle avait serré les dents pendant des semaines, avant de se forcer à admettre qu'elle avait un côlon, et que cette partie d'elle-même la trahissait. Et tante Muriel avait dû éprouver une surprise aussi vive que celle d'Elizabeth, en découvrant qu'elle pouvait saigner. Mais de la *peur* ? Cette expression était certainement étrangère au vocabulaire de tante Muriel. Elizabeth la dévisage, sans pitié, incrédule. Une vitalité aussi malveillante ne peut pas mourir. Hitler continua à vivre bien après la découverte de ses dents carbonisées, et tante Muriel figure aussi parmi les immortels.

Mais elle s'est racornie. La chair autrefois compacte et ferme pend à présent sur les os ; la poudre que tante Muriel continue d'employer s'accumule dans les petits ravins de la peau affaissée. Sa gorge forme une cavité au-dessus du ruban virginal qui ferme sa liseuse, sa poitrine arrogante a fondu. Son teint, autrefois d'un beige assuré, est à présent grisâtre comme des dents sales. Ses yeux, naguère protubérants comme ceux d'un pékinois, semblent à présent aspirés dans les profondeurs de son crâne. Elle s'effondre sur elle-même, elle fond, comme la sorcière du *Magicien d'Oz,* et en voyant cela Elizabeth se souvient : Dorothy ne triomphait pas, lorsque la sorcière se transforma en caniche de sucre brun. Elle était terrifiée.

Tante Muriel ne le sait pas encore. Le Dr MacFadden ne pense pas qu'elle soit du genre à tirer profit d'une révélation prématurée. Aussi délicatement qu'elle l'a pu, Elizabeth a tenté d'obtenir une date approximative. Combien de temps peut-on s'attendre à voir tante Muriel tenir ? Mais il est resté vague. Cela dépendrait de nombreux facteurs. On assistait parfois à d'extraordinaires retours. On allait lui administrer des analgésiques en permanence et, si nécessaire, des sédatifs, et puis bien sûr on espérait qu'elle trouverait quelque soutien moral auprès de sa famille.

C'est-à-dire d'Elizabeth. Qui s'interroge à présent sur les motifs de sa présence ici. Elle aurait dû dire à cette vieille salope d'aller se faire foutre depuis déjà longtemps, et s'y tenir. Elle n'a même aucune raison pratique d'être là : elle connaît les termes du testament de tante Muriel, et il est fort improbable qu'elle change ses dispositions. Quelques milliers de dollars pour les filles à leur majorité, et tout le reste pour cette saloperie de porcherie d'église de Timothy Eaton. Elizabeth s'en fiche. Elle s'y est exercée !

Est-elle venue pour se réjouir ? Peut-être. La vengeance l'enivre. Elle annoncera à tante Muriel qu'elle va mourir. Tante Muriel n'y croira pas, mais cette seule suggestion la mettra en fureur. Ou bien elle menacera de l'enterrer ailleurs que dans sa concession. Elle la fera incinérer, et répandra ses cendres sur l'île du Centre, où les Italiens jouent au football. Elle la mettra dans un pot à confiture, et la plantera dans le parc du Régent ; des pieds noirs la piétineront. Ça lui apprendra.

Elizabeth n'approuve pas du tout cette rêverie de vengeance qu'elle berce en elle-même ; mais cela existe quand même. Elle contemple fixement les mains de tante Muriel qui se serrent sur la liseuse bleue, et qu'elle ne peut pas supporter de toucher.

La femme qui lui empoigna le bras ce jour-là à la sortie du spectacle Players de Noël pour les enfants de Toronto : une concession exceptionnelle de tante Muriel. A côté d'elles, le sextette de Sally Ann jouait et jonglait. Un manteau d'étoffe brune râpeuse, cette haleine douceâtre et acide. La femme ne portait qu'un gant ; c'était sa main nue qui agrippait le bras d'Elizabeth. Elizabeth avait onze ans ; Caroline se trouvait avec elle. Elles portaient toutes deux leurs manteaux de lainage bleu à col de velours et les chapeaux de velours assorti que tante Muriel jugeait convenables pour les sorties en ville.

La femme pleurait. Elizabeth ne comprenait pas ce qu'elle disait ; elle bredouillait. Sur sa manche de lainage bleu, la main se contractait et se relâchait comme un chat mort en convulsion. Elizabeth prit Caroline par la main et l'entraîna. Puis elle se mit à courir. *C'était maman,* déclara Caroline. *Mais non.* Devant les Jardins d'Érables, hors d'haleine. *Ne dis pas que c'était elle.*

C'était maman, répéta Caroline. Elizabeth lui lança son poing dans le ventre et Caroline se plia en deux, accroupie sur le trottoir et hurlant. *Lève-toi,* ordonna Elizabeth. *Tu peux marcher, nous rentrons à la maison.* Caroline restait accroupie sur le trottoir, à hurler, fidèle.

C'est cela qu'Elizabeth ne peut pardonner. Elle ne peut pardonner sa propre trahison. Tante Muriel ne doit sous aucun prétexte s'en tirer à bon compte. Il faut qu'elle souffre visiblement, pour le bénéfice d'Elizabeth. Enfin.

« Tu ne m'écoutes jamais, gémit tante Muriel.

— Pardon ? » demande Elizabeth. Même la voix de tante Muriel a changé. Elle n'accuse plus, elle geint.

« Tu ne m'écoutes jamais, reprend tante Muriel. Je t'ai donné tous les avantages. »

Pas tous, songe Elizabeth, mais elle ne veut pas discuter.

« Je lui disais que vous ne saviez rien. Tu trouves que j'étais dure avec elle, mais je lui donnais de l'argent, pendant toutes ces années. Ce n'était pas ton oncle Teddy. »

Elizabeth se rend compte que tante Muriel lui parle de sa mère. Elle ne veut pas écouter, elle ne veut pas entendre toute une généalogie de sa propre indignité.

« Je n'ai jamais failli une seule semaine. Personne ne m'en a attribué le moindre mérite, poursuit tante Muriel. Evidemment, elle dépensait toujours tout en boisson. Mais je le lui donnais quand même ; je ne voulais pas l'avoir sur la conscience. Tu ne comprends sans doute pas ce que cela veut dire. »

Elizabeth se passerait volontiers de cette information. Elle préférerait imaginer sa mère totalement démunie, trahie, sainte sous les réverbères. Même en grandissant, quand elle avait su qu'elle pourrait en apprendre davantage sur l'endroit où se trouvait sa mère, elle avait chosi de ne pas s'en enquérir. De même que les nuages et les anges, sa mère vivait d'air et peut-être — quand elle réfléchissait aux aspects matériels — de l'aide d'oncle Teddy. L'image des deux sœurs se rencontrant, se touchant peut-être, la trouble.

« La voyiez-vous ? demande-t-elle. Lui parliez-vous ?

— Je donnais des instructions à ma banque, répond tante Muriel. Elle me détestait, elle refusait de me voir, et elle m'appelait au téléphone quand elle était ivre, pour me dire... Mais je faisais mon devoir. C'était ce que père aurait voulu. Ta mère a toujours été sa préférée. »

A la grande horreur d'Elizabeth, tante Muriel commence à pleurer. Les larmes coulent de ses yeux plissés ; une anomalie de la nature, une statue qui saigne, un miracle. Elizabeth la contemple, distante. Elle devrait se réjouir. Tante Muriel goûte enfin les cendres de son existence. Mais Elizabeth ne se réjouit pas.

« Tu crois que je ne le sais pas, déclare tante Muriel, mais je sais bien que je meurs. Tout le monde meurt, ici. » Elle reprend son tambour à broder, y pique l'épaisse aiguille, refusant d'admettre qu'elle pleure, et ne faisant aucun effort pour essuyer les larmes de son visage. « Tu le savais..., reprend-elle, cette fois d'un ton accusateur. Et tu ne m'as rien dit. Je ne suis pas un bébé. »

Elizabeth déteste tante Muriel. Elle l'a toujours détestée, et la détestera toujours. Elle ne lui pardonnera pas. C'est un ancien serment, un axiome. Néanmoins.

Néanmoins, ce n'est pas tante Muriel. La tante Muriel de l'enfance d'Elizabeth s'est évanouie, laissant à sa place une enveloppe vide, une vieille femme qui maintenant lâche son épaisse tapisserie, une vieille femme aux yeux clos et pleurants qui tâtonne avec ses mains sur sa couverture d'hôpital.

Elizabeth voudrait se lever de sa chaise et marcher, quitter la pièce en courant et la laisser seule. Elle le mérite bien.

Néanmoins, elle se penche en avant et prend les mains aveugles de tante Muriel dans les siennes. Désespérément, les doigts trapus s'agrippent à elle. Elizabeth n'est pas prêtre : elle ne peut pas donner l'absolution. Que peut-elle lui offrir ? Rien qui soit sincère. Elle avait veillé sa propre mère brûlée, sans rien dire, en tenant sa main valide. Sa main valide à l'ossature délicate. Et sa main perdue encore si belle, contrairement aux trognons veinés et tachés qu'elle berce à présent dans les siennes, les caressant du pouce comme elle avait apaisé les mains de ses enfants malades.

Elle se sent prise de nausée. Néanmoins, néanmoins elle murmure : Voilà, ça va, là.

Samedi 15 avril 1978

NATE

Dans le métro, Nate fonce vers l'est par le tunnel habituel ; son visage est cadavérique dans la fenêtre sombre en face de lui, au-dessous d'une affiche montrant un soutien-gorge qui devient oiseau. Il va chez sa mère chercher les enfants. Elles y ont dormi cette nuit ; il a passé la matinée seul avec Lesje qui, depuis qu'il est retourné à ce que tout le monde appelle *le travail,* lui a signalé plusieurs fois qu'ils ne se voient plus beaucoup ces temps-ci. Elle veut dire seuls ensemble.

Ce matin ils étaient seuls ensemble, mais rien d'exceptionnel ne s'est produit. Ils ont mangé des œufs à la coque, et puis il a lu les journaux de vendredi soir au soleil, dans la pièce du devant, parmi les machines inactives et les chevaux à bascule inachevés. Il avait cru qu'il pourrait continuer à faire des jouets, le soir et les week-ends, mais il est trop fatigué. Ce n'est pas seulement cela. Il ne peut pas concilier les deux choses dans sa tête, coups et blessures derrière les entrepôts du Quai de l'Est, et Jerry la Girafe avec son sourire inconscient. La réalité doit être l'un ou l'autre, et jour après jour les jouets s'estompent, perdent leur sang. Il les voit déjà comme des pièces de musée, étranges, faites à la main, vieilles de cent ans. Bientôt ils disparaîtront, et cette pièce s'emplira de papier.

Lesje aurait voulu tout le week-end, mais il n'a pas pu dire non à Elizabeth, qui en ce moment revendique du temps libre avec intransigeance. Nate se demande oisivement ce qu'elle peut faire de tout ce temps. Il espère qu'elle voit un homme, cela simplifierait la vie. Surtout pour lui. De toute façon, ce n'est pas Elizabeth que dans ce cas il aurait repoussée, mais les enfants. Vu sous cet angle, c'est impossible, mais Lesje ne saisit pas bien. Cette stupidité, ce refus de voir que leurs problèmes les concernent tous deux, et non pas seulement elle ou lui, le met hors de lui. Elle devrait pourtant bien voir qu'il fait presque tout ce qu'il peut pour elle, ou bien, en d'autres termes, que sans elle il n'aurait pas besoin de le faire. Il a essayé de le lui expliquer, mais elle semble penser qu'il cherche à l'accuser. Elle regarde par la fenêtre, elle contemple le mur, elle fixe n'importe quel espace disponible sauf celui qu'il a entre les deux oreilles.

Heureusement qu'il a sa mère. Il semble à Nate que sa mère est toujours disposée à prendre les enfants, qu'elle attend des occasions comme celle-ci. Après tout, elle est leur grand-mère.

Nate sort à Woodbine, monte l'escalier, et se retrouve dans la lumière pâle d'avril. Il se dirige vers le nord, vers la rue bordée de maisons en camelote qui recèle son enfance. La maison de sa mère est une boîte en carton comme les autres, recouverte de ce stuc beige sale qui n'a jamais cessé de lui rappeler certaines émissions de radio comme *Le Frelon vert, Notre demoiselle Brooks*. La voisine a une statue sur sa pelouse, qui représente un petit garçon noir vêtu en jockey et portant une lanterne. Cette statue est une source permanente de contrariété pour la mère de Nate. Nate la taquine parfois en comparant cette statue à la peinture sentimentale qui représente un enfant noir, sur la façade de l'église unitarienne. Les catholiques de condition modeste ont des Marie et des Jésus en plâtre sur leurs pelouses, dit-il ; peut-être la voisine est-elle une unitarienne de condition modeste. La mère de Nate n'a jamais trouvé cette plaisanterie très drôle, mais Nate serait déçu si elle se mettait à rire.

Il sonne à la porte et allume une cigarette en attendant. Sa mère, portant aux pieds les pantoufles turquoise élimées qu'il lui connaît depuis au moins dix ans, lui ouvre enfin la porte. Les enfants jouent au sous-sol à se déguiser, lui raconte-t-elle tandis qu'il ôte son caban. Elle garde un grand carton en bas, exprès pour elles, où elle range les quelques vêtements qu'elle n'a pas jugés assez bons pour être donnés à des organisations de bienfaisance : des robes du soir des années 30, un manteau en velours, un long jupon magenta. Chaque fois qu'il les voit, Nate s'effare à nouveau que sa mère soit allée autrefois à des réceptions, qu'elle ait dansé, qu'on lui ait fait la cour.

Sa mère a du thé tout prêt, et lui en propose une tasse. Il se demande si elle n'aurait pas une bière dans la maison, mais non. Elle n'achète de bière que pour lui, il le sait, et il l'a prévenue un peu tard. Il ne se plaint pas, ni n'insiste ; elle semble un peu plus lasse que d'habitude. Il s'assied avec elle devant la table de la cuisine, à boire du thé en s'efforçant de ne pas regarder sa carte des atrocités dans le monde, où les étoiles se multiplient comme des souris. Les enfants auront bientôt fini de se déguiser et monteront se faire admirer, ce qui est le but de toute l'entreprise.

« Elizabeth m'a dit que tu étais retourné chez Adams, Prewitt et Stein », s'enquiert sa mère.

Nate sent la conspiration l'étrangler. Comment Elizabeth le sait-elle ? Il ne le lui a pas dit, il n'a pas voulu admettre cette défaite. Est-ce Martha, ce réseau est-il resté opérationnel ? Elizabeth ne téléphonait jamais à sa mère ; mais peut-être — trahison — est-ce sa mère qui téléphone à Elizabeth. C'est le genre de choses qu'elle pourrait très bien faire par principe. Bien qu'elles n'aient jamais été proches. Elle a mis longtemps à accepter le fait qu'Elizabeth et lui s'étaient séparés. Elle ne l'a pas exprimé, mais il devine aisément qu'elle trouve cela mauvais pour les enfants. Par exemple, jamais elle ne mentionne Lesje. Il voudrait qu'elle proteste, qu'elle formule des critiques, afin qu'il puisse se défendre et lui raconter la vie de termite que lui faisait Elizabeth.

« Je suis ravie », dit sa mère, et ses yeux bleus de porcelaine brillent comme s'il venait de gagner quelque chose : pas une loterie, mais une récompense. « J'ai toujours pensé que tu étais vraiment fait pour cela. Tu dois être plus heureux, à présent. »

Une colère redoutable prend Nate à la gorge. Ne voit-elle donc pas, comme pourrait le voir n'importe quel imbécile, qu'il est obligé, forcé, qu'il n'a pas le choix ? Le poids du fils idéal de sa mère lui comprime la poitrine, mannequin de plâtre qui menace d'entrer et de l'étouffer. Ange des opprimés. Elle absoudra n'importe qui de n'importe quoi, de n'importe quel crime ou responsabilité, sauf elle-même, et sauf lui.

« Je ne suis pas fait pour ça, proteste-t-il. Je le fais uniquement parce que j'ai besoin d'argent. »

Le sourire de sa mère ne s'efface pas. « Mais c'est bien, déclare-t-elle d'une voix enjouée. Au moins, tu fais quelque chose de ta vie.

— Je faisais déjà quelque chose de ma vie avant, réplique-t-il.

— Ce n'est pas la peine d'élever la voix, mon chéri », observe sa mère avec une suffisance peinée. Il déteste ce ton, qui est censé lui donner, et qui lui donne, l'impression qu'il saute dans tous les sens comme un orang-outang, en balançant un bâton et se frappant la poitrine. Des années de cette arrogance morale qui l'enterre comme de la neige, comme des épaisseurs de laine. Intolérable arrogance qu'ils ont tous, Elizabeth, sa mère, et même Lesje. Elle se plaint, mais ses plaintes sont autant de paris arrogants, d'échappatoires. Il connaît cette silencieuse équation, il a été à bonne école : *Je souffre donc j'ai raison*. Mais il souffre aussi, ne s'en rendent-elles pas compte ? Que faudra-t-il qu'il fasse ? Qu'il se tire une balle dans la tête pour qu'elles le prennent au sérieux ? Il pense à Chris gisant, disloqué, sur son matelas en guise de civière, et veillé par deux policiers. *Sérieux*. Mais il n'est pas tenté.

« Si tu veux savoir, reprend Nate, mais en baissant quand même la voix, je déteste chaque instant de mon travail. » En se demandant si c'est vrai, car il est compétent, aussi compétent qu'on peut l'être pour ce genre de choses.

« Mais tu aides des gens, répond sa mère, déconcertée, comme s'il ne parvenait pas à comprendre un théorème élémentaire en géométrie. N'est-ce pas l'assistance judiciaire ? Ne sont-ils pas pauvres ?

— Mère, tente-t-il d'expliquer avec une patience renouvelée, ceux qui croient pouvoir vraiment aider les gens, surtout en faisant ce que je fais, sont des couillons. »

Sa mère soupire. « Tu as toujours eu tellement peur d'être un couillon. Même quand tu étais enfant. »

Nate est surpris. Est-ce vrai ? Il essaie de se rappeler quelque manifestation de ce trait.

« Tu me considères sans doute aussi comme une couillonne, poursuit sa mère. (Elle continue à sourire implacablement.) Et j'en suis sans doute une. Mais il me semble que tout le monde l'est. »

Nate ne s'attendait pas à ce degré de cynisme, venant de sa mère. Elle est censée croire à l'infinie perfectibilité de l'homme ; non ? « Alors pourquoi fais-tu tout cela ?

— Tout quoi, mon chéri ? » demande-t-elle, l'air un peu absent, comme s'ils avaient déjà eu cette conversation plusieurs fois.

« Les poètes coréens, les vétérinaires handicapés, tout ça. » Il fait un ample geste, désignant sa carte couverte d'étoiles rouges, son champignon nucléaire.

« Bah, dit-elle en buvant une petite gorgée de thé, il fallait bien que je fasse quelque chose pour me maintenir en vie. Pendant la guerre, tu sais. Juste après ta naissance. »

Que veut-elle dire ? Ce doit être une métaphore, elle parle simplement de l'ennui des ménagères ou de ce genre de choses. Mais elle ne lui laisse aucun doute. « J'ai envisagé plusieurs moyens, mais je me disais, et si cela échoue ? J'aurais pu me retrouver, tu sais, endommagée. Et puis on se met à penser à la personne qui vous découvrira. C'était juste après ton père, juste après le télégramme. Mais ce n'était pas seulement cela. Je pense que je ne voulais pas vivre sur une terre pareille, tout simplement. »

Nate est horrifié. Il ne peut pas voir sa mère comme une candidate au suicide. C'est incongru. Non seulement cela, mais elle n'a pas mentionné Nate une seule fois. Aurait-elle pu l'abandonner si facilement, le laisser dans un panier et s'avancer allègrement dans l'inconnu ? Son père est déjà bien assez impardonnable, mais au moins il est mort accidentellement. Irresponsable, mère indigne — elle ne pourrait pas. Orphelin potentiel, il oscille au bord de l'abîme qui vient soudain de s'ouvrir sous ses pas.

« J'ai commencé par tricoter, raconte sa mère avec un petit rire. Je tricotais des chaussettes. Tu sais, pour l'effort de guerre. Mais cela ne m'occupait pas suffisamment. En tout cas, j'ai dû éprouver le besoin de faire quelque chose de plus utile que du tricot. Quand tu as été assez grand, j'ai commencé avec les anciens combattants, et puis une chose mène à une autre. »

Nate dévisage sa mère, qui lui apparaît cependant comme elle lui est toujours apparue. Ce n'est pas seulement la révélation, mais cette ressemblance inattendue avec lui-même, qui l'épouvante. Il la croyait incapable d'un tel désespoir, et il voit maintenant qu'il a toujours été tributaire de cette incapacité de sa mère. Et à présent, que va-t-elle encore lui révéler ?

Mais les enfants interviennent, gravissant bruyamment l'escalier de la cave en sandales à hauts talons, entortillées dans du velours et du satin, la bouche barbouillée d'un vieux rouge à lèvres abandonné par sa mère, les sourcils noircis au crayon. Il applaudit fougueusement, rassuré par leur présence, leur plaisir sans complication.

Cependant il songe : *Ce seront bientôt des femmes,* et cette prise de conscience le transperce comme une aiguille. Elles réclameront des soutiens-gorge et puis les jetteront, et lui reprocheront, à lui, ces deux besoins. Elles critiqueront ses vêtements, son métier, sa façon de s'exprimer. Elles quitteront la maison pour vivre avec des jeunes gens maussades et scrofuleux ; ou bien elles épouseront des dentistes et se passionneront pour les tapis blancs et les sculptures en laine. D'une manière comme de l'autre, elles le jugeront. Privé de mère, privé d'enfants, il est assis à la table de la cuisine, errant et solitaire, sous les étoiles rouges et froides.

A la porte, il embrasse sa mère comme d'habitude, le petit baiser obligatoire. Elle se comporte comme s'il ne s'était rien passé, comme s'ils avaient parlé de choses qu'il connaissait depuis longtemps.

Elle commence à refermer la porte, et soudain il ne peut plus supporter cette porte qui se referme. Il enjambe la rampe basse de la véranda en ciment, et saute par-dessus la courte haie, atterrissant sur la pelouse des voisins. D'un bond il s'empare du jockey noir, puis enjambe la haie suivante, et encore celle d'après, retombant sur l'herbe jaune d'hiver, toute spongieuse de neige fondue, ses talons s'enfoncent, la boue lui éclabousse les jambes. Derrière lui, il entend le chœur, l'armée des voix lasses de femmes : puéril. Merde à toutes. Il plane, glisse sur une crotte de chien, tombe dans des parterres de crocus détrempés, se relève. Ses enfants courent sur le trottoir en riant et en criant : « Papa ! Attends-nous ! »

Il sait qu'il atterrira bientôt ; son cœur bat déjà la chamade.

Mais il s'élance à nouveau vers ce lieu inexistant où il voudrait être. Dans l'air.

LESJE

Lesje tient une feuille de papier. Elle a essayé de la lire quatre ou cinq fois, mais elle ne semble pas pouvoir se concentrer. Ce qui est absurde, car des feuilles de papier exactement semblables lui parviennent presque chaque jour par le courrier. C'est une lettre écrite au stylo bille bleu sur une page de cahier rayée, adressée à : *Dinosaures,* aux bons soins du musée.

Messieurs :

Je suis en sixième et notre professeur nous a demandé de préparer un devoir sur les dinosaures. Et je voudrais savoir si vous pourriez me répondre en entier avec des exemples.
1) Que signifie dinosaure ?
2) Pourquoi l'appelle-t-on le mésozoïque ?
3) Tracez les développements géologiques qui se sont produits dans cette région de l'Amérique du Nord, veuillez inclure des cartes ;
4) Qu'est-ce qu'un fossile ?
5) Pourquoi n'a-t-on pas trouvé de fossiles de dinosaures dans l'Ontario ?
Il faudrait me répondre très vite s'il vous plaît, parce que je dois rendre mon devoir le 15 juin.

Merci d'avance, Lindy Lucas.

Tout, dans cette lettre, est familier à Lesje. Elle sait que l'auteur en est une petite fille rusée, à l'affût de tous les raccourcis, et qui préférerait recopier une réponse toute faite, plutôt que d'en condenser une elle-même d'après un livre. Elle reconnaît même les questions, qui ont été d'abord modifiées très légèrement par le professeur, puis une seconde fois, plus carrément, par l'élève, mais qui restent presque identiques à celles que l'on trouve dans le prospectus du musée sur les dinosaures, et qu'elle-même a aidé à mettre au point. Le professeur prend des raccourcis aussi.

Normalement, elle agraferait simplement quelques feuillets ronéotypés ensemble, et y adjoindrait une lettre-circulaire. *Merci pour votre intérêt. Nous espérons que ces feuillets documentaires vous aideront à trouver les renseignements que vous souhaitez.* Mais aujourd'hui, en regardant cette écriture ronde et ingénue, elle se rend compte qu'elle est en colère. Les implications de la lettre lui déplaisent : que les dinosaures sont bien trop ennuyeux pour qu'on y perde son temps, et qu'elle-même existe ici pour être exploitée. L'absence d'enveloppe timbrée pour la réponse lui déplaît. FAITES VOS DEVOIRS VOUS-MÊME, est-elle tentée de griffonner au stylo rouge en travers de la lettre. Mais elle ne peut pas. Répondre à ces lettres, cela fait partie de son travail.

Elle relit la lettre, et les mots flottent. Pourquoi l'appelle-t-on le mésozoïque ? La réponse correcte, celle que veut le professeur, se trouve sur la feuille documentaire. *Meso,* milieu, *zoos,* vie. Après le paléozoïque, avant le cénozoïque. Mais le mésozoïque existe-t-il ? Quand il existait, on ne l'appelait pas. Les dinosaures ne savaient pas qu'ils vivaient dans le mésozoïque. Ils ne savaient pas qu'ils étaient simplement au milieu. Ils n'avaient pas l'intention de s'éteindre ; à leur connaissance, ils vivraient toujours. Peut-être devrait-elle écrire la vérité ? *Le mésozoïque n'existe pas. C'est juste un mot pour un endroit où l'on ne peut plus aller parce qu'il n'est plus là. Il s'appelle le mésozoïque parce qu'on l'appelle ainsi.* Et risquer de recevoir une lettre furibarde de quelque professeur assiégé. Qu'est-ce donc que cette réponse ?

Ses mains tremblent, elle a besoin d'une cigarette. Elle ne peut pas répondre à cette lettre, pour l'instant elle est vide de réponses, elle ne sait rien. Elle aimerait froisser la lettre et la jeter dans sa corbeille, mais au lieu de cela elle la plie soigneusement de manière à ne pas voir l'écriture, et la pose à côté de sa machine à écrire. Elle enfile son imperméable, boutonne soigneusement les boutons, boucle la ceinture.

Dans le tiroir de son bureau, il y a du pain et du fromage

qu'elle comptait manger pour son déjeuner, mais elle va plutôt aller chez Murray's. Elle trouvera une petite table pour elle toute seule, et regardera les employés de bureau engloutir leur nourriture, et aussi les serveuses tachées de soupe. Elle a besoin de quitter le musée, ne serait-ce que pour une heure.

Hier soir, elle s'est disputée avec Nate, sérieusement pour la première fois, pendant que les enfants dormaient là-haut, ou bien ne dormaient pas. Encore une chose : les enfants étaient là, et c'était un soir de semaine. Ils avaient décidé que les enfants ne viendraient pas les soirs de semaine, mais Nate a reçu un coup de téléphone d'Elizabeth en dernière minute. Depuis quelque temps, elle appelle toujours à la dernière minute.

« Sa tante vient de mourir », expliqua Nate quand elle franchit la porte et trouva les enfants attablées devant des assiettes de macaronis au fromage, et jouant au scrabble en mangeant. « Elizabeth a pensé que ce serait mieux pour les enfants de passer la nuit ici. Elle ne veut pas les bouleverser par sa propre réaction. »

Les enfants ne paraissaient pas particulièrement traumatisées, et Lesje ne pensait pas qu'Elizabeth le fût davantage. Il s'agissait purement et simplement d'une nouvelle attaque sur les flancs. Elle ne fit aucun commentaire pendant que les enfants faisaient la vaisselle, puis que Nate leur lisait des histoires et les bordait. Elles étaient bien assez grandes pour lire toutes seules, mais Nate disait que c'était une tradition.

En redescendant, il lui annonça qu'il considérait comme son devoir d'aller à l'enterrement.

« Pourquoi ? » se récria Lesje. Il s'agissait de la tante d'Elizabeth, et non de celle de Nate ; cet enterrement ne le concernait absolument pas.

Nate lui expliqua qu'il jugeait préférable de soutenir un peu Elizabeth. L'enterrement allait l'abattre.

« D'après tout ce que tu m'as raconté, protesta Lesje, elle détestait cette tante. »

C'était vrai, admit Nate, mais la tante avait beaucoup compté dans la vie d'Elizabeth. A son avis, l'importance des choses dans la vie des gens dépendait moins de leurs qualités positives que de leur impact, de leur force ; et la tante avait été une force.

« Je vais te dire une chose, reprit Lesje. Elizabeth n'a aucun besoin d'être soutenue. Elizabeth a besoin de soutien comme une bonne sœur a besoin de tétons. Je n'ai jamais vu personne qui ait moins besoin de soutien qu'Elizabeth. »

Nate répondit que les apparences étaient trompeuses et qu'après douze ans de mariage avec elle, il pensait être en meilleure position que Lesje pour juger si Elizabeth avait besoin de soutien. D'ailleurs, Elizabeth avait eu une enfance malheureuse.

« Et alors ? s'exclama Lesje. Qui n'a pas eu une enfance malheureuse ? Qu'y a-t-il de spécial à cela ? » S'il aimait les enfances malheureuses, elle lui raconterait la sienne. A la réflexion, elle ne le ferait probablement pas, car son enfance n'avait eu aucun événement qui pût donner corps au malheur. Elle savait bien qu'elle ne pourrait pas se mesurer au mélodrame presque flamboyant d'Elizabeth, que Nate lui avait communiqué par petits bouts. Dans n'importe quel concours d'enfance malheureuse, elle était assurée de perdre.

Nate lui rappela qu'il fallait parler moins fort, qu'il fallait penser aux enfants.

Lesje pensa aux enfants, et tout se troubla devant ses yeux. En vérité, les enfants avaient beau venir presque tous les week-ends, elle les distinguait à peine l'une de l'autre car elle ne les regardait presque jamais en face. Elle ne les détestait pas ; elle en avait peur. Quant à elles, elles employaient leurs propres méthodes obliques. Elles empruntaient ses chemises et ses ceintures sans lui demander la permission, ce qui, d'après Nate, signifiait qu'elles l'avaient acceptée. Elles se préparaient elles-mêmes des boissons chocolatées mélangées avec de la glace, et abandonnaient leurs verres sales n'importe où dans la maison ; Lesje les retrouvait le lundi ou le mardi après leur départ, quand l'écume brune s'était solidifiée. Nate estimait que Lesje devait leur signaler les choses qu'elles faisaient et qui lui déplaisaient, mais elle n'était pas si bête. Si elle le faisait pour de bon, il la détesterait. Mais elles se montraient toutefois d'une scrupuleuse politesse à son égard, comme elle savait qu'on le leur avait recommandé. Leurs deux parents, sans aucun doute. Les enfants n'étaient pas deux individus, mais un collectif, une entité. Les enfants. Il croyait qu'il lui suffisait de

dire *les enfants* pour qu'elle la boucle, comme par magie.
« Et merde pour les enfants, déclara-t-elle hardiment.

– Je sais bien que tu le penses », soupira Nate avec une résignation condescendante.

Elle aurait dû faire marche arrière, dire qu'elle n'avait pas vraiment voulu dire cela. Elle l'avait fait assez souvent jusqu'à maintenant. Mais cette fois elle ne dit rien. Elle était trop en colère. Si elle essayait d'articuler la moindre phrase, il ne sortirait de sa bouche que les malédictions de sa grand-mère : *Couillon de Jésus ! Que ton cul tombe en poussière ! Va crever !*

Elle monta en courant dans la salle de bains, ses bottes martelant les marches nues de l'escalier, sans se soucier de savoir si les enfants l'entendaient, et s'y enferma. Sur l'instant, elle avait décidé de se suicider. Cette décision la stupéfia ; jamais auparavant elle n'avait même vaguement envisagé une telle chose. Des gens comme Chris l'avaient simplement surprise. Mais au moins elle comprenait pourquoi Chris l'avait fait : c'était cette fureur et aussi cette autre chose, bien pire, la peur de n'être rien du tout. Les gens comme Elizabeth pouvaient vous faire cela, vous effacer ; et les gens comme Nate aussi, simplement en poursuivant leurs propres préoccupations. Les habitudes des autres pouvaient vous tuer. Chris n'était pas mort par amour. Il avait voulu être un événement, et il en avait été un.

Elle s'agenouilla près de la baignoire, agrippée au couteau qu'elle avait attrapé en chemin. Malheureusement, c'était un couteau à pamplemousse. Elle allait devoir scier au lieu de trancher, ce qui ne correspondait pas à l'image qu'elle avait en tête. Mais le résultat final serait le même. Nate enfoncerait la porte, quand il se déciderait enfin, et la découvrirait, flottant dans une mer rose. L'eau chaude, elle le savait, faisait couler le sang plus vite. Il sentirait le sel, l'odeur d'oiseau mort. Que ferait-il ? Avec son effigie, pétrifiée et le regard fixe.

Mais ce n'était pas vraiment ce que Lesje souhaitait faire. Après un moment de réflexion, elle fourra le couteau à pamplemousse dans l'armoire à pharmacie. Nate ne l'avait même pas vue le prendre ; sinon, il serait déjà là à cogner à la porte. (Non ?) Mais elle était encore en colère. Sans précipitation, elle jeta dans les toilettes toutes les pilules qui restaient dans son petit distributeur automatique en plastique vert. Quand Nate monta se coucher, elle se tourna vers lui et l'entoura de ses bras, comme si elle lui avait pardonné. Si les enfants étaient la clé de tout, si la seule façon de ne plus être invisible consistait à avoir des enfants, eh bien, elle aussi, elle allait en avoir.

Le matin, elle ne se repentait pas. Elle savait qu'elle avait commis un acte erroné et vengeur, si vengeur qu'elle n'aurait jamais pu s'imaginer faisant une chose pareille il y a même un an. Aucun enfant conçu dans une telle fureur ne pourrait être bien normal. Elle aurait un monstre, un reptile, un mutant couvert d'écailles avec une petite corne sur le museau. Elle a longtemps cru à la théorie que l'Homme est un danger pour l'univers, orang-outang malfaisant, vindicatif, destructeur, malveillant. Mais c'était purement théorique. En vérité, elle pensait que si les gens pouvaient seulement se voir agir, ils agiraient différemment. Désormais, elle sait que ce n'est pas vrai.

Pas question de se rétracter. Ignorant ce qui l'attendait, Nate mangea des cornflakes et fit la conversation. Il pleuvait, observa-t-il. Les cheveux dans la figure et grignotant un petit pain, Lesje lui lança un long coup d'œil évaluateur comme s'il eût été le destin, en boudant. Quand son corps allait-il frapper ?

« Je voudrais simplement que tu te rendes compte, commença-t-elle pour bien lui montrer qu'elle demeurait libre, qu'il ne l'avait pas mise en cage ni conditionnée, que si tu meurs, c'est Elizabeth qui aura ton corps. Je serai obligée de le lui faire livrer dans une caisse. Après tout, elle est toujours ta femme. »

Nate accueillit ces paroles comme une plaisanterie.

En descendant l'escalier, les mains réduites au calme dans les poches de son imperméable, elle vacille. Elle a le pelvis étroit, elle mourra en accouchant, elle ne connaît rien aux enfants, et qu'adviendra-t-il de son travail ? Même maintenant que Nate travaille à mi-temps, ils n'en ont pas les moyens. Ce n'est pas trop tard, rien n'a pu se déclencher encore. Elle va ouvrir une nouvelle boîte de pilules, en prendre deux et un bain bien chaud, et tout continuera comme avant.

Mais ensuite elle se dit : Pas cette fois. Elle ne veut plus de rencontres, falsifiées ou non, avec le couteau à pamplemousse.

Sous la coupole dorée, tête baissée, fonçant vers la porte, elle sent qu'on lui touche le bras. Nate, espère-t-elle, lui apportant la réconciliation, la capitulation, une sortie honorable. Mais c'est William.

« Je passais justement au musée, dit-il, et je me suis dit que je tâcherais de te voir. »

Lesje sait fort bien que William ne passe jamais nulle part, et encore moins au musée. Merveilleux, transparent William, qui se déchiffre aussi facilement que l'annuaire du téléphone, dans un ordre alphabétique parfait. Il a quelque chose à lui dire, et donc il est venu le lui dire. Il ne lui a pas téléphoné avant, sachant qu'elle refuserait sûrement de le voir. Et c'est vrai, elle aurait refusé. Mais à présent elle sourit.

« Je partais manger quelque chose chez Murray's », dit-elle. Elle ne changera rien pour William.

Bien qu'il trouve Murray's crasseux et que la nourriture qu'on y sert risque de vous donner un cancer du côlon, William suggère que dans ce cas il pourrait peut-être se joindre à elle ? Mais bien sûr, répond Lesje, et c'est vrai, elle n'y voit aucun inconvénient. William appartient désormais au passé. Elle marche à côté de lui, et elle s'oxygène jusqu'à l'os. Quelle joie d'être avec quelqu'un qui ne peut pas vous atteindre.

Lesje prend un sandwich à l'œuf dur et une cigarette. William, un sandwich Western. Il estime, déclare-t-il en piquant du doigt les miettes beurrées sur son assiette, qu'il s'est écoulé suffisamment de temps, et il tient à lui dire qu'il a conscience de ne pas s'être très bien comporté, à la fin, si elle comprend ce qu'il veut dire. Ses yeux bleus la fixent candidement, ses joues roses resplendissent.

Lesje ne commet pas l'erreur de prendre cette construction verbale de William pour un vrai repentir. Il s'agit plutôt d'une donnée sur le bilan de William, ce bilan imposé par London, Ontario, cette petite page que William garde sans cesse en tête et où tout doit finir par tomber juste. Une tentative de viol, un mot d'excuse. Mais Lesje est prête désormais à accepter une convention de décence. Naguère, elle aurait exigé de la sincérité.

« Je crois que personne ne s'est très bien comporté », observe-t-elle.

Soulagé, William consulte sa montre. Il va encore rester dix minutes, calcule-t-elle, pour faire les choses bien. Il n'avait pas vraiment envie de la voir. En ce moment même, il pense à autre chose et elle s'aperçoit, en essayant de deviner, qu'elle ne le sait pas.

Le visage posé sur ses deux mains, elle le regarde à travers la fumée. Elle s'effare de ne plus pouvoir juger William aussi facilement, aussi sommairement qu'avant. Elle voudrait lui demander : As-tu changé ? As-tu appris quelque chose ? Elle a personnellement l'impression d'en avoir appris bien plus qu'elle n'en avait jamais eu l'intention, bien plus qu'elle ne voudrait. La trouve-t-il différente ?

Elle lui examine le visage : il a peut-être minci. Elle ne se rappelle plus. Et ces yeux bleu ciel ne sont pas des yeux de poupée caucasienne, de mannequin pour chapeaux, comme elle l'a cru nagère.

Assis en face d'elle, William boit de l'eau dans un verre de chez Murray's qui a gardé une trace de rouge à lèvres. D'une main il tient le verre, l'autre est posée sur la table, son cou émerge du col de sa chemise vert pâle, et au-dessus de tout cela se trouve sa tête. Ses yeux sont bleus, et il y en a deux. Telle est la somme totale de William au présent composé.

Samedi 3 juin 1978

ELIZABETH

Sans chapeau mais gantée, Elizabeth se tient dans l'un des districts les plus recherchés du cimetière de Mount Pleasant. Près des anciens mausolées de famille, les Grands Magasins Eaton, les Biscuiteries Weston ; et non, Dieu l'en préserve, dans ces nouveaux districts aux arbres encore chétifs, ni dans ces curieuses zones périphériques où l'on trouve des dalles plates ornées d'inscriptions chinoises, ou des monuments surchargés, avec des photos plastifiées à côté des noms.

Deux hommes lancent des pelletées de terre par-dessus tante Muriel qui, bien qu'elle ait incinéré tous les membres de la famille sur lesquels elle a pu mettre la main, a choisi de se faire ensevelir plus ou moins intacte dans la terre. Un rouleau de pseudo-gazon vert est là tout prêt à recouvrir la terre brune momentanément exposée, aussitôt que tante Muriel sera enfoncée en sécurité.

Les cheveux d'Elizabeth volettent dans la brise tiède. C'est une belle journée de printemps, tant pis ; tante Muriel aurait sûrement préféré une pluie cinglante. Mais même tante Muriel ne peut pas commander le temps depuis sa tombe.

Elle a pourtant réussi à organiser jusqu'aux moindres détails de ses propres funérailles et de sa mise en terre. Des instructions complètes se trouvaient dans son testament, composé juste avant sa mort, lorsqu'elle mourait irrévocablement. Elle avait commandé et payé le cercueil et l'emplacement. Elle avait méticuleusement choisi ses vêtements et même ses sous-vêtements, et les avait mis de côté, dans du papier de soie fermé avec du scotch. (Elizabeth l'imagine précisant : « C'est une vieille robe. Inutile d'en enterrer une neuve. ») Elle a interdit tout embellissement de son cadavre comme étant du gaspillage, et a choisi un cercueil fermé. Elle a même sélectionné les hymnes et les lectures de la Bible pour le service religieux. Elle les avait adressés à l'église sous enveloppe fermée. Le sachant, Elizabeth avait l'impression d'entendre la propre voix de tante Muriel, plus intransigeante que jamais, s'exprimer par les bouches de l'assistance endeuillée.

La paroisse elle-même s'était trouvée embarrassée par tante Muriel. Dans la mort aussi sûrement que dans la vie, pensait Elizabeth en écoutant la voix méfiante du jeune homme qui lui avait téléphoné. « C'est au sujet du service religieux, expliqua-t-il. Je me demande si vous accepteriez d'envisager certaines modifications. Les textes qu'elle a choisis sont quelque peu incongrus.

— Bien sûr, dit Elizabeth.

— Bien. Peut-être pourrions-nous nous rencontrer et...

— Je voulais dire, bien sûr qu'ils sont incongrus, corrigea

Elizabeth. Ne la connaissiez-vous pas ? Qu'espériez-vous ? Laissez donc le vieux reptile faire les choses comme elle l'entend. C'est ce qu'elle a fait toute sa vie. » Ils héritaient tout le butin ; le moins qu'ils pussent faire était de digérer la pilule, si grosse fût-elle.

Elle pensait que l'homme se vexerait — elle avait choisi d'être vexante — mais elle fut à peu près certaine d'entendre un ricanement à l'autre bout du fil.

« Très bien, madame Schoenhof. Nous allons foncer. »

Néanmoins, Elizabeth sursauta quand l'orgue entonna l'hymne d'ouverture : « Jésus-Christ est ressuscité aujourd'hui. » La vieille vache voulait-elle faire bien comprendre à tout le monde qu'elle était immortelle, ou bien était-ce simplement un hymne qu'elle avait choisi parce qu'il lui plaisait ? Elle lança un coup d'œil sur le rassemblement étonnamment nombreux de personnes présentes, de vieilles connaissances de paroisse, de lointains parents : ils chantaient, mais faux, et l'air mal à leur aise. Après le cantique, le ministre s'éclaircit la gorge, fit rouler ses épaules comme un plongeur prêt à sauter, et se lança dans la lecture biblique.

« *A la mesure de son faste et de son luxe, donnez-lui tourments et malheurs ! Je trône en reine, se dit-elle, et je ne suis pas veuve, et jamais je ne verrai le deuil...* Ils pleureront, ils se lamenteront sur elle, les rois de la terre, les compagnons de sa vie lascive et fastueuse, quand ils verront la fumée de ses flammes. »

Il faisait de son mieux, roulant les r et faisant comme s'il savait ce qui se passait, mais un murmure étonné parcourut l'assistance. Tante Muriel frisait le mauvais goût. Elle aurait dû choisir quelque chose de plus conventionnel, l'herbe qui fane et meurt, la pitié éternelle. Mais la luxure et la lascivité à un enterrement ? Elizabeth se souvint du jeune pasteur qu'ils avaient chassé, avec ses yeux de braise et son goût pour les soleils baignés de sang et les voiles déchirés. Peut-être soupçonnaient-ils tante Muriel d'avoir été pareille, cachée parmi eux pendant toutes ces années. Probablement pas entièrement saine d'esprit : regardez la sœur, la nièce.

Elizabeth ne doute pas qu'il s'agisse d'un message personnel la visant : le dernier mot de tante Muriel au sujet de sa mère, de sa mort terrible, et sans doute aussi d'elle-même. Elle pouvait imaginer tante Muriel feuilletant la Bible, ses lunettes à double foyer en équilibre au bout de son nez, et cherchant les versets qui conviendraient : virulents, punitifs, pharisiens. La plaisanterie, c'était que la congrégation ne s'en rendait pas compte. Connaissant leurs habitudes mentales, Elizabeth supposa qu'ils devaient y voir un repentir de tante Muriel, une confusion même, à sa manière fantasque. La confession d'une vie secrète de plaisirs.

« Voilà pourquoi, *en un seul jour,* des plaies vont fondre sur elle : peste, deuil et famine : elle sera consumée par le feu. Car il est puissant, le Seigneur Dieu qui l'a condamnée. » Le pasteur referma la Bible et leva un regard d'excuse : tout le monde se détendit.

Tante Muriel n'avait pas rédigé sa propre eulogie, qui mettait lourdement l'accent sur le *dévouement* et la *générosité.* Tout le monde savait ce que cela signifiait. Elizabeth laissa errer son regard sur le monument en bronze aux morts de la Première Guerre mondiale, puis sur l'autre mur. SOYONS PRÊTS À TOUJOURS BIEN AGIR. Sans doute une bonne femme Eaton.

Mais lorsque démarra l'hymne final, Elizabeth faillit se déshonorer en éclatant de rire. Tante Muriel avait choisi « Au loin dans une étable », et les visages autour d'Elizabeth passèrent rapidement de l'effarement à la panique. Les voix vacillèrent puis se turent, et Elizabeth se cacha le visage dans les mains avec un rire retenu. Elle espéra que ses soubresauts passeraient pour des sanglots.

« Maman, arrête de rire », chuchota Janet. Mais Elizabeth avait beau serrer les lèvres, elle ne pouvait pas s'arrêter. Lorsque le cantique s'acheva et qu'elle put relever la rête, elle constata avec étonnement qu'un certain nombre de gens pleuraient. Elle se demanda quel deuil les affligeait : ce ne pouvait pas être celui de tante Muriel.

Les enfants sont cramponnées à ses mains, Janet à droite et Nancy à gauche. Elles portent leurs chaussettes blanches montantes et leurs chaussures à brides : une idée de Janet, puisque c'étaient les chaussures qu'elles mettaient pour rendre visite à tante Muriel. Janet pleure ostensiblement : elle sait que cela se fait, aux enterrements. Nancy regarde tout autour d'elle, tournant la tête en tous sens sans la moindre gêne. « Qu'est-ce que c'est, maman ? Pourquoi fait-il cela ? »

Pour sa part, Elizabeth a les yeux secs et se sent légèrement ivre. Elle a encore le rire à la gorge. Le service religieux résulte-t-il d'une sénilité précoce, ou bien tante Muriel a-t-elle enfin voulu faire une blague ? Peut-être préparait-elle cela depuis des années, ce moment d'effarement impuissant ; peut-être s'en divertissait-elle, à l'idée de la tête que feraient ses anciennes connaissances en découvrant qu'elle n'était pas celle qu'elle paraissait. Elizabeth en doute fort, mais l'espère. Maintenant que tante Muriel est morte pour de bon, elle peut librement la reconstituer en fonction de ses propres exigences ; et puis elle aimerait trouver quelque chose à apprécier en elle.

Nate est là, de l'autre côté de la tombe. Il est resté à l'écart pendant la cérémonie religieuse ; sans doute ne voulait-il pas s'imposer. Il regarde Elizabeth, à présent, et elle lui sourit. Que c'est gentil à lui d'être venu ; elle ne le lui a pas demandé. Gentil, mais pas nécessaire. Elle se rend compte que Nate en général n'est pas nécessaire. Il peut être là ou non. Elizabeth cille, et Nate disparaît ; elle cille encore, et il reparaît. Elle se découvre capable d'une certaine gratitude pour sa présence aujourd'hui. Elle sait très bien que sa gratitude momentanée ne changera rien, et s'évaporera la prochaine fois qu'il viendra chercher les enfants en retard. Néanmoins, cette guerre-là est finie. *Classée.*

« Je vais voir papa », chuchote Nancy en lâchant la main d'Elizabeth. Nancy veut un prétexte pour s'approcher de la tombe et regarder de plus près les fossoyeurs ; mais elle a aussi envie d'être avec son père. Elizabeth acquiesce en souriant.

L'hilarité la quitte, la laissant toute secouée. Elle trouve difficile de croire que tante Muriel, maintenant racornie, mise en boîte, recouverte de terre, ait vraiment fait toutes ces choses méchantes et même malfaisantes qu'elle se souvient de lui avoir vu commettre. Peut-être Elizabeth a-t-elle exagéré, inventé ; mais pourquoi aurait-elle inventé tante Muriel ? En tout cas, Muriel était vraiment ainsi ; Elizabeth est bien placée pour le savoir, elle en porte les cicatrices.

Pourquoi ne peut-elle soudain plus supporter de voir tante Muriel tassée et nivelée comme un pot de fleurs ? Fignolée.

« Elle était abominable », voudrait affirmer Elizabeth, pour témoigner. « Elle était *abominable*. » Tante Muriel était un phénomène, comme un veau à deux têtes ou les chutes du Niagara. Elle voudrait témoigner de ce fait. Elle veut qu'on l'admire ; elle ne veut pas qu'on le diminue ou qu'on le déforme.

Tante Muriel est hors de vue, à présent, et les personnes les plus âgées commencent à se disperser pour regagner leurs voitures. Leurs écharpes et leurs gerbes de fleurs s'agitent dans la brise.

Elizabeth voudrait bien s'en aller aussi, mais elle ne peut pas : la mort de tante Muriel n'est pas encore terminée pour elle. Elle n'a pas chanté pendant le service, ni prononcé les prières. Si elle avait ouvert la bouche, il lui semblait que quelque chose d'indécent en serait sorti. Mais il faut qu'elle dise quelque chose, un mot d'adieu, avant que l'on mette en place le tapis vert. *Reposez en paix* semble inapproprié. Tante Muriel n'avait que faire de repos ni de paix.

« Une voix ancestrale prophétisant la guerre », s'entend-elle murmurer.

Janet lève les yeux vers elle d'un air réprobateur. Elizabeth sourit d'un sourire absent : elle se creuse la tête pour retrouver la source. *Majestueux Dôme de Plaisir*. Elle avait dû l'apprendre par cœur en première. Il y coulait un fleuve sacré, avec une histoire de cavernes, près d'une mer sans soleil. Elle se souvient du professeur, une demoiselle Macleod aux cheveux blancs frisés qui parlait des fées en tournant sur elle-même avec les yeux clos. *Ces cavernes de glace.*

A l'exception des pelles, tout est parfaitement silencieux. Le vert moelleux des arbres s'étend au loin, doux comme une gaze, il n'y a rien pour s'appuyer ou se retenir. Un vide noir l'aspire, une rafale de vent, un grondement lent. Sans lâcher la main de Janet, Elizabeth tombe dans l'espace.

C'est Nate qui la relève. « Ça va mieux ? » s'inquiète-t-il. Il frotte maladroitement la boue sur le manteau d'Elizabeth.

« Ne fais pas cela, dit-elle. Je le ferai nettoyer. »

Maintenant que sa mère est bien vivante, Nancy décide qu'elle peut pleurer. Exaspérée, Janet demande à Nate s'il a de l'alcool sur lui ; pour la ranimer, suppose Elizabeth. Pour une fois, il n'en a pas ; et pour Janet, c'est la goutte d'eau qui fait déborder le vase. Ses parents sont méchants, et incompétents par surcroît. Elle leur tourne le dos.

« Je vais très bien », déclare Elizabeth. Cela l'irrite, ce besoin qu'ils ont tous de l'entendre affirmer qu'elle va bien. Ce n'est pas vrai, elle a peur. Elle a fait d'autres choses, mais jamais encore elle ne s'était évanouie ainsi. Elle imagine un avenir de brusques pannes de courant, où elle s'affaissera dans le métro, à un carrefour, sans que personne vienne à son secours. Tombera dans l'escalier. Elle décide de se faire faire une prise de sang pour mesurer son taux de sucre. Les vieilles dames, celles qui restent, la regardent avec un intérêt amical. En ce qui les concerne, c'est exactement ce qu'il fallait faire.

Les deux fossoyeurs soulèvent le tapis d'herbe verte en plastique et le déroulent. L'enterrement est terminé, elle peut ramener les enfants à la maison.

Au lieu d'emprunter le fourgon mortuaire jusqu'à l'entreprise de pompes funèbres ou bien à l'église, où l'on doit servir du café et des gâteaux, ils se dirigent à pied vers le métro. A la maison, elles se changeront, et Elizabeth leur donnera quelque chose à manger. Des tartines de confiture.

Cela l'étonne soudain, de pouvoir faire cela, une chose si simple. Combien de fois a-t-elle failli faire ce qu'a fait Chris ? Plus important : qu'est-ce qui la retenait ? Était-ce le pouvoir qu'il exerçait sur elle, ce bout d'espace qu'il avait porté en lui, claquemuré dans les pressions de son corps jusqu'à l'explosion finale ? Elle se souvient d'un jeu de lycéens dont elle a entendu parler, mais sans jamais y jouer : *le trouillard.* Ils se réunissaient sur la falaise et lançaient leurs voitures vers le bord, en essayant de ne pas être le premier à freiner. Debout dans la lumière du soleil, elle éprouve ce soulagement horrifié de celui qui a freiné juste à temps pour regarder l'adversaire basculer au ralenti dans le vide.

Mais elle est vivante, elle porte des vêtements, elle va et vient, elle occupe même un emploi. Elle a deux enfants. En dépit de ce vent fort, des voix qu'elle entend l'appeler sous la terre, des arbres qui s'estompent, des gouffres qui s'ouvrent sous ses pieds ; et se rouvriront toujours, de temps en temps. Elle n'a aucune difficulté à voir le monde visible comme un voile transparent ou une tornade. Le miracle consiste à le rendre solide.

Elle pense d'avance à sa maison, à son paisible salon décoré de bols vides, grâce pure, à sa table de cuisine. Sa maison n'est pas parfaite ; certaines parties s'effondrent même, et en particulier la véranda. Mais il est déjà merveilleux qu'elle ait une maison, qu'elle soit parvenue à créer une maison. Malgré le naufrage. Elle a construit une maison sur le vide, mais où, ailleurs, aurait-elle pu le faire ? Jusqu'à maintenant, elle tient debout.

Vendredi 18 août 1978

NATE

Nate est assis sur une chaise pliante en bois derrière une table de bridge, sur le côté est de Yonge Street, à un bloc de Shuter Street. Le soleil de l'après-midi lui cogne sur la tête. Il s'abrite les yeux de la main ; il aurait dû prendre ses lunettes de soleil. Il voudrait bien boire une bière, juste une boîte de Molson's calée entre les pieds, et une rasade hâtive. Mais cela ferait mauvais effet.

De l'autre côté de la rue, les boyaux du Centre commercial Eaton's se déroulent le long des murs et des escaliers. Les clients entrent et sortent à pas vifs, le visage dressé, tendus dans de petits désirs, de petites consommations personnelles. De son côté de la rue, ils ont moins d'espoir. Des vieillards à la démarche traînante, des ivrognes de toujours, des jeunes en débardeurs noirs serrés dans leurs jeans avec de grosses ceintures cloutées, les bras tatoués ; des employés de bureaux empâtés dans leurs costumes d'été, dont les yeux rosâtres fuient les siens ; des femmes acariâtres aux chevilles enflées et aux chaussures éculées, les doigts cramponnés à la poignée de leurs cabas. Très peu sourient. Certains ronchonnent, mais la plupart arborent une expression vide, gardant pour des moments plus sûrs ou plus intimes les contractions musculaires de la colère ou de la joie.

Nate fixe chaque piéton qui s'approche d'un regard qu'il espère impérieux : Ta Patrie T'Appelle. Les gens jettent un coup d'œil à la pancarte dressée sur sa table et accélèrent le pas, espérant s'éloigner avant qu'il n'ancre en eux quelque émotion, quelque engagement. POLICE DU DÉSHONNEUR, dit la pancarte, tapant bénignement sur les doigts des Mounties. CORRUPTION ou, mieux encore, PÉCHÉ, aurait rapporté plus d'argent.

Certains s'arrêtent, et il leur tend un tract. Il arrive parfois qu'il éveille un soupçon d'intérêt, et alors il se lance dans son numéro. Il rassemble des signatures pour une pétition, explique-t-il ; ils sont sûrement contre les mauvaises actions de la Police montée ? Il mentionne le viol de correspondance, mais s'abstient de mentionner les incendies de granges et les pillages du bureau au Québec. La plupart des gens ne possèdent ni grange ni bureau, et sont indifférents ou hostiles au Québec, mais tous reçoivent du courrier. Pour montrer leur sérieux, les signataires de la pétition sont priés de verser un dollar de contribution à la campagne qui commence.

Nate s'exprime calmement, sans ferveur excessive. Il faut éviter tout ce qui pourrait évoquer un fanatisme. Il est censé représenter le citoyen respectable moyen. Mais il sait que ce n'est pas vrai. Il éprouve une satisfaction bizarre à constater que jusqu'à présent, la plupart de ceux qui ont manifesté le moindre enthousiasme pour cette campagne proviennent des rangs de la jeunesse en débardeurs noirs, des petits trafiquants de drogue, des voleurs et des larrons. Il s'attend à tout instant à rencontrer parmi eux un client ou un ancien client.

« Foutez ces salauds en taule, dit l'un d'eux. Ils ont fouillé chez moi, le week-end dernier, on aurait dit qu'ils avaient amené une pelle mécanique. Mais ils n'ont rien trouvé, hein. »

Il se demande ce que penserait sa mère de ce phénomène, et conclut qu'elle n'en serait ni peinée ni surprise. « Une signature est une signature », dirait-elle. Elle le dira d'ailleurs pendant le prochain week-end, quand ses fesses solides s'assiéront sur cette même chaise, et que ses pieds chaussés de semelles crêpe raisonnables seront posés sur ce même trottoir.

Elle aurait dû venir elle-même aujourd'hui, mais elle s'est tordu le pied à l'hôpital. « Tordu, pas foulé, a-t-elle précisé au téléphone. Ils manquent terriblement de bénévoles, sans cela je ne te le demanderais pas. Je ne t'ai encore jamais sollicité. »

Ce n'est pas vrai, elle l'a déjà sollicité. Travaillez pour la

Paix, Sauvez le Poète coréen, Non à la Bombe. C'est tout simplement que jusqu'à présent il n'avait jamais accepté de rien faire. Il se demande pourquoi, cette fois-ci, il a accepté. Non pas que cette entreprise ait plus de chances de réussir que toutes les autres. Mais recueillir des signatures contre la Police du Déshonneur ne lui semble pas plus futile que la plupart des choses de l'existence.

Un homme entre deux âges parcourt le tract, puis le brandit vers Nate comme s'il lui brûlait les doigts, en jetant des coups d'œil tout autour de lui. « Je vais vous donner un dollar, mais je ne peux pas inscrire mon nom. » Il parle avec un accent, ni italien ni français. Nate le remercie et glisse la pièce dans la boîte. Il n'aurait pas imaginé que tant de gens croient s'attirer les pires ennuis s'ils inscrivent leur nom. Les Mounties vont s'emparer d'eux, leur fouetter la plante des pieds avec des lanières de cuir, leur appliquer des fers à friser électriques sur les organes génitaux ; au moins lire leur courrier.

Nate n'y croit pas ; il doute que les Mounties se préoccupent pour si peu. Rien de tel ne se produira ici, pas encore. C'est sans doute pour cela qu'il n'a jamais rien fait jusqu'à présent. Il n'y a pas assez de risque. Il a attendu que survienne un choix effrayant, un danger, sa vie en jeu ; un rire insouciant, les yeux brillants, la mort au premier faux pas. Au lieu de cela, il transpire en plein soleil, interpelle des inconnus, allume une cigarette pour lutter contre les vapeurs d'essence de la rue.

Quand il est monté au bureau chercher son paquet de tracts, ils l'ont accueilli comme le fils prodigue. Trois femmes en robes d'été fripées se sont précipitées de leurs coins de travail pour lui serrer la main ; il avait une mère extraordinaire, lui dirent-elles, et tellement énergique ; il devait être fier. Le directeur l'invita à entrer dans son bureau brunâtre, où la table était recouverte d'une marée de paperasse : lettres, circulaires, vieilles coupures de journaux. Nate lui expliqua l'affaire de la cheville tordue et précisa aussi clairement qu'il le put, sans être grossier, qu'il venait à titre strictement provisoire, en remplacement. Il lui parut inutile d'ajouter que cette pétition lui apparaissait comme une plaisanterie. Elle est censée parvenir au Premier ministre, qui sans aucun doute en fera des cocottes en papier. Pourquoi pas ? Il a lu le courrier des lecteurs, il sait que la plupart des gens laisseront arracher les ongles à six millions de Québécois, Pakistanais, dirigeants syndicaux et travestis plutôt que d'admettre que le beau vernis rouge du Mounty musical de leurs rêves s'est écaillé.

Peut-être que le directeur aussi sait que c'est une plaisanterie. Il souriait dans le vague. Il souriait comme une tirelire en forme de clown, avec les dents légèrement écartées et proéminentes, trompeusement inintéressant. Au-dessus des pommettes, les yeux étaient rusés et Nate s'est senti mal à l'aise sous son regard. Ils se comportaient tous comme s'il était réellement ce qu'il s'est donné tant de mal à éviter de devenir : le fils de sa mère. Qu'il est peut-être.

Mais pas seulement, pas seulement. Il refuse d'être étiqueté. Il n'est pas fermé, le temps le fait avancer, d'autres choses peuvent intervenir. Il a, près de son coude, le *Globe* de ce matin, qu'il espère parcourir plus tard, quand le flot des clients possibles s'amenuisera. Peut-être y aura-t-il finalement de vraies nouvelles. Une petite partie de lui attend encore, espère encore un message, un messager ; tout en proclamant aux autres un message qu'il soupçonne d'être une plaisanterie.

A 4 heures, un théologien catholique allemand doit venir le remplacer, lui a-t-on dit, et il lui serrera la main avec ferveur comme s'ils partageaient un même esprit de fraternité. Embarrassé, Nate quittera son poste pour rejoindre les passants, ceux qui rentrent chez eux, ceux qui flânent simplement ; il se perdra parmi les apathiques, les fatalistes, les non-engagés, les cyniques ; parmi lesquels il voudrait se sentir chez lui.

Vendredi 18 août 1978

LESJE

Revêtue de sa blouse d'uniforme, Lesje descend au sous-sol en contournant le totem. Elle ne travaille pas au labo, aujourd'hui, mais elle porte quand même sa blouse. Cela lui donne l'impression d'être mieux intégrée. Elle est intégrée.

312

Elle se rappelle comme elle suivait autrefois des yeux, lors de ses visites du samedi, les hommes et les femmes, mais surtout les femmes, qui marchaient d'un pas décidé dans les couloirs ou franchissaient des portes RÉSERVÉES AU PERSONNEL. Elle avait ensuite perçu leurs blouses comme des badges de nationalité, d'appartenance. Elle avait tant désiré pouvoir franchir aussi ces portes : derrière se tapissaient sûrement des secrets, des merveilles. Maintenant qu'elle a les clés, elle peut aller presque partout, elle côtoie les fragments de roche pêle-mêle, les paquets de papiers couverts de poussière. Des secrets peut-être, mais pas de merveilles. Autrefois, il n'avait rien existé de plus important pour elle, mais il n'existe toujours rien de plus important. C'est la seule appartenance à laquelle elle attache une valeur.

Elle ne renoncera pas. Les poings enfoncés dans les poches de sa blouse, elle arpente le sous-sol parmi les caisses de mannequins indiens dans leurs costumes de cérémonies volés, les masques sculptés, joyeux ou terrifiants. Elle marche d'un pas vif comme si elle savait où elle va, mais en fait elle s'apaise en parcourant le musée une fois de plus, pièce par pièce, en se récitant une litanie d'objets. Dans combien de temps devra-t-elle se résoudre à ne plus jamais le voir ?

Elle considère parfois le musée comme un entrepôt de savoir, un lieu pour les savants, un palais construit pour la recherche de la vérité, avec un très mauvais système d'air conditionné, mais quand même un palais. D'autres fois, c'est un repaire de bandits ; le passé a été vandalisé, et c'est ici qu'est entreposé le butin. De gros morceaux de temps se trouvent entassés ici, dorés et glacés ; elle est l'un des gardiens, le seul gardien, sans elle tout l'édifice fondrait comme une méduse au soleil, il n'y aurait plus de passé. Elle sait qu'en vérité c'est le contraire, que sans le passé elle n'existerait pas. Mais il faut bien qu'elle trouve un moyen de s'agripper à sa propre existence. Elle se sent menacée, avide. S'il le faut, elle s'enfermera dans l'une de ces caisses avec un masque velu sur le visage, elle se cachera, ils ne l'en sortiront jamais.

Lui demanderont-ils de partir ? De démissionner. Elle ne sait pas. Une paléontologiste enceinte, cela constitue certainement une contradiction de termes. Son travail consiste à nommer des os, et non à créer de la chair. Le fait est que ses règles ne viennent plus depuis déjà deux cycles. Ce pourrait être ce qu'on appelle les contraintes nerveuses. Elle n'est pas encore allée faire les tests de confirmation, elle n'a pas encore vu, plus loin que le fait. Elle sera mère célibataire. Bien sûr, cela devient de plus en plus courant, mais que fera le Dr Van Vleet, ce vieux monsieur de la vieille école, et qui ne vit manifestement pas en 1978 ?

Et que fera Nate, que fera-t-elle, elle-même ? Il est difficile d'imaginer qu'un acte si négligeable puisse entraîner des conséquences concrètes pour d'autres gens, même très peu nombreux. Mais le passé est le sédiment de tels actes, des milliards, des trilliards.

Elle n'a pas l'habitude d'être une cause — de quoi que ce soit. Sur le mur de son bureau, l'arbre de l'évolution se ramifie comme du corail vers le plafond : poissons, amphibiens, thérapsides, thécodontes, archosaures, ptérosaures, oiseaux, mammifères, et puis l'homme, point minuscule. Et elle-même ; et à l'intérieur d'elle-même encore un autre. Qui exfoliera à son tour.

Ou non ; elle y a déjà pensé. Elle pourrait se faire avorter, arrêter le temps. Elle sait que c'est devenu bien plus facile qu'avant. Elle n'a pas encore prévenu Nate, elle n'a aucun besoin de le prévenir. Tout pourrait continuer comme avant. Ce n'est pas ce qu'elle veut.

Elle ne saurait pas dire s'il va être ravi, furieux, ou désespéré ; étant donné ses sentiments envers ses autres enfants, il sera vraisemblablement les trois en même temps. Mais quelle que soit sa réaction, elle sait que sa décision finale à elle n'en dépendra pas. Nate a été déplacé, bien que très légèrement, du centre de l'univers.

Elle gravit l'escalier de service et s'avance parmi les Costumes européens, laissant de côté l'Exposition d'art rural chinois qui ne l'intéresse guère. Comme elle bifurque vers l'escalier principal, elle aperçoit une silhouette sombre et trapue à l'étage au-dessus. C'est Elizabeth. Elizabeth ne la voit pas. Accoudée à la balustrade, elle parcourt du regard la rotonde. Lesje n'a jamais vu Elizabeth ainsi, inconsciente. C'est comme si elle la voyait au dernier jour de sa vie. Lesje n'en a pas l'habitude ; elle considérait Elizabeth comme permanente, une sorte d'icône. Mais Elizabeth ainsi isolée, détachée de tous, paraît plus petite, usée, ordinaire ; mortelle. Les lignes de son visage et de son corps s'affaissent. Même si elle sait que sa grossesse ne va pas briser la glace avec Elizabeth, qui risque même peut-être de retarder le divorce le plus longtemps possible pour prouver quelque chose — quoi ? Qu'elle est la première épouse ? — Lesje ne parvient plus à se rappeler comment elle a pu en avoir une telle peur.

Poursuivront-elles encore cette attitude dans vingt ans ? Femmes âgées qui s'habillent en noir, et ne se parlent pas ; malveillantes ; ne se voyant jamais, mais chacune gardant l'autre enfermée dans sa tête, secrète région noire comme une tumeur, ou comme le centre d'une cible. Un jour elles seront sans doute grands-mères. Il lui apparaît souvent, une idée neuve, que cette tension entre elles deux crée un problème pour les enfants. Il faut qu'elles cessent.

Pourtant, elle n'a aucune envie de faire un numéro de signes de tête et de sourires ; pas tout de suite. Elle s'élance dans l'ascenseur ouvert, et se laisse emporter.

Elle pénètre dans la Galerie de l'évolution vertébrée par la mauvaise porte, qui dit EXIT. Elle se sent un peu bizarre, sans doute parce qu'elle n'a rien mangé de la journée. Trop de café. Elle s'assied sur la cordelière rembourrée qui sépare les visiteurs des dinosaures. Elle a bien envie d'aller fumer une cigarette dans la pénombre apaisante du Crétacé avant de sortir dans la chaleur torride de l'après-midi. Mais elle connaît les risques d'incendie. Elle va simplement se reposer un peu. Il fait chaud ici aussi, trop chaud, mais au moins il fait sombre.

Ici vivent ses vieux amis, familiers comme des animaux domestiques : allosaurus le carnivore, le chasmosaurus au bec de perroquet, le parasaurolophus avec sa crête d'andouiller. Ce ne sont que des os, des os et du fil de fer dans un décor en matière plastique poussiéreuse, et elle est adulte ; pourquoi persiste-t-elle à les voir vivants ?

Quand elle était petite, elle croyait, ou voulait croire, qu'après la fermeture du musée, les choses s'animaient d'une vie secrète ; si seulement elle avait pu s'y faufiler, elle les aurait vues. Plus tard, elle renonça à ce rêve au bénéfice d'un autre, moins extravagant ; ces choses étaient immobiles et silencieuses, bon, mais quelque part existait une force (un rayon secret, de l'énergie atomique) qui pourrait les ramener à la vie. Plans secrets et puérils, fondés sans aucun doute sur la bande dessinée de science-fiction qu'elle avait lue un jour et sur le spectacle du *Casse-Noisettes* qu'on l'avait forcée à voir quand on avait décidé, catastrophiquement, de lui faire commencer la danse.

Mais maintenant, en levant les yeux vers ces énormes crânes qui se dressent au-dessus d'elle dans la faible lumière, les immenses ossatures et les mâchoires, elle s'attend presque à voir ces créatures baisser les pattes pour la saluer affectueusement. Mais s'ils étaient vraiment vivants, bien sûr, ils s'enfuiraient ou la mettraient en pièces. Pourtant, les ours dansent bien au son de la musique, et les serpents aussi. Et si, en appuyant comme d'habitude sur les boutons, elle déclenchait à la place des discours sempiternels ou des cris que les phoques et les otaries poussent pour imiter les voix sousmarines des reptiles marins, une chanson inconnue ? De la musique indienne, lancinante, hypnotique. *Essayez d'imaginer,* avait-elle écrit dans la brochure à l'usage des parents et des professeurs, *l'effet que cela ferait si brusquement les dinosaures revenaient à la vie.*

Elle voudrait bien ; elle voudrait bien rester assise une heure ici à ne rien faire. Elle fermerait les yeux, et l'un après l'autre les fossiles soulèveraient leurs énormes pieds, déambuleraient le long des arbres ressuscités, la chair se formant sur leurs ossements comme de la glace ou un brouillard. Ils descendraient l'escalier en dansant lourdement, et sortiraient par la grande porte. Des girandoles de trois mètres jailliraient dans le parc de la Reine, le soleil deviendrait orange. Elle créerait avec sa baguette magique quelques libellules, quelques fleurs jaunes et blanches, un lac. Elle avancerait dans l'épaisse végétation, comme chez elle, une expédition pour elle toute seule.

Mais elle ne peut pas le faire. Ou elle a perdu la foi, ou bien elle est trop fatiguée. En tout cas, elle ne peut plus se concentrer. Des fragments de nouvelles images s'imposent. Elle baisse les yeux vers des galets, des morceaux d'écorce, des cycades situés de l'autre côté de la corniche, à des milliers de kilomètres.

Au premier plan, s'imposant malgré elle, voici ce que Marianne appellerait sa vie. Il est possible qu'elle l'ait gâchée. C'est ce qu'on entend par *maturité* : le point où l'on pense qu'on a gâché sa vie. Elle aurait dû s'instruire davantage, par avance, elle aurait dû mieux réfléchir avant de sauter : mais elle ne regrette rien.

C'est vrai, il y a des chances qu'elle ait fait une idiotie. Plusieurs, beaucoup. Ou bien qu'elle ait fait quelque chose d'intelligent pour une raison idiote. Elle le dira à Nate aujourd'hui, ce soir. Lui pardonnera-t-il ?

(Ce n'est pas de pardon qu'elle a besoin, en tout cas pas de Nate. Elle préférerait pardonner quelqu'un, pour quelque chose ; mais elle ne sait pas très bien par où commencer.)

Vendredi 18 août 1978

NATE

Nate court. Il court le long de l'université, à contre-courant de la circulation, et le soleil brille sur les toits et les pare-brise des voitures, lui martèle la tête. Le sang lui résonne aux oreilles comme un gong, le trottoir heurte sans relâche la plante de ses pieds. Il tire sur sa chemise bleue rayée, une chemise convenable de citoyen qui recueille des signatures, et la sort de sa ceinture pour la laisser flotter derrière lui. Il y a aujourd'hui un vent moite qui sent le garage et l'huile renversée.

Au Parlement, il attend que la circulation lui ménage un espace, court, continue, franchit le passage couvert, le long des pierres rosâtres qui étaient d'un brun crasseux avant qu'on les nettoie. Un jour, il se lancera peut-être dans la politique, il y a déjà pensé. Provinciale, pas municipale. Ni fédérale, il n'a aucun penchant pour l'exil. Mais pas encore, pas encore.

Son ombre l'accompagne au même rythme, s'étirant sur sa

droite, toute noire et frémissante sur l'herbe. Une prémonition, qui ne le quitte pas ; sa propre mort, à venir. A laquelle il réfléchira une autre fois.

Il devrait faire plus attention, cependant. En tout cas essayer. Un programme régulier lui ferait du bien. Debout à 6 heures, une demi-heure de course dans la brume du matin avant que les vapeurs d'essence soient trop fortes. Et puis un petit déjeuner frugal, attention aux œufs et au beurre, descendre à un paquet de cigarettes par jour. A chaque verre d'alcool, une cellule du cerveau meurt. Heureusement, il y en a des milliards ; il lui faudra un bon moment avant de devenir sénile. S'il pouvait courir, il se sentirait plus en forme, il pourrait se cramponner, il le sait. Tous les jours à la même heure, et toute sa vie.

Pour cette fois, il ne va pas faire le tour complet. Il a déjà perdu le souffle, et l'oxygène lui irrite la gorge. Il n'existe rien qu'il puisse faire sans discontinuer. Il se dirige vers le Mémorial de Guerre, mais se jette sur l'herbe avant d'y arriver, et roule sur le dos. Des petits points errent dans le bleu amniotique ; des bâtonnets et des cônes, des étoiles noires dans sa tête. Au-dessus de lui, l'herbe s'efforce de se redresser.

Il aimerait pouvoir emmener Lesje quelque part, à la campagne, il y a sûrement de la campagne tout autour d'eux, bien qu'il ne se rappelle plus la dernière fois qu'il y est allé. Mais comment arriveraient-ils jusque-là ? En car, en marchant sur une route poussiéreuse qui n'existerait sur aucune carte ? Peu importe. Ils pourraient faire l'amour, lentement et tendrement, sous des arbres ou bien dans un champ, l'or des feuillages s'agitant au-dessus d'eux dans l'odeur de l'herbe écrasée. Ce jour éventuel scintille au-devant de lui, ovale de lumière ; dans cette lumière, Lesje est indistincte, ses traits brillent et s'estompent, ses cheveux sombres fondent dans les mains de Nate, son corps blanc et mince sur l'herbe se balance aussi, étincelle, disparaît. Comme s'il était trop près pour la voir, la fixer dans son esprit. Quand il est loin d'elle, il se souvient à peine de ses traits.

Mais il peut voir Elizabeth distinctement, chaque trait et chaque ombre. Il emmenait Elizabeth à la campagne, autrefois, avant la naissance de Janet, avant d'avoir vendu la voiture. Mais elle ne voulait pas escalader les clôtures et se faufiler sous les taillis, et il ne savait pas la convaincre. Elle préférait les ventes aux enchères, les ventes de fermes, quand les familles cédaient leurs biens, ou bien que des gens trop vieux vendaient leurs possessions. Elizabeth lançait des surenchères, pour acheter des chaises de cuisine, des lots de cuillères, pendant qu'il mangeait des hot dogs et buvait du soda ; les mains dans les poches, il tripotait sa monnaie, ses clés, et se sentait déplacé, nécrophage.

Il pense à Elizabeth brièvement, avec détachement. Pendant un instant, elle devient quelqu'un qu'il a connu autrefois. Il se demande ce qu'elle est devenue. Ce sont les promenades qu'ils n'ont jamais faites, les champs dans lesquels il n'a jamais pu la convaincre d'entrer, qu'il regrette à présent.

Il s'assied, ôte sa chemise humide et s'en essuie le visage et le torse ; puis il l'étend à côté de lui au soleil pour qu'elle sèche. Il a un peu froid, maintenant, malgré la chaleur. Dans quelques minutes, quand il aura repris son souffle, il allumera une cigarette et la fumera. Peut-être qu'il la jettera après quelques bouffées. Et puis il se relèvera, et remettra sa chemise. Il attendra que la circulation lui permette de traverser, et il traversera la rue en courant, léger, sur la pointe des pieds.

Il se dirigera vers le nord, passera devant le Planétarium et ses incroyables entassements de trésors qu'il peut voir d'ici. LE PLANÉTARIUM RESTE OUVERT. Ils ajoutent une nouvelle aile au musée ; Lesje dit que ce n'est pas trop tôt. *Rome ne s'est pas construite en un jour,* annonce une pancarte en contre-plaqué, jouant sur le nom du musée, et sollicitant des dons. Encore une grande cause. Ils le mettront à sec, malgré son cœur en sciure de bois.

Il gravira les marches et s'adossera là où il attendait autrefois Elizabeth, une épaule appuyée au mur. Il allumera une autre cigarette, regardera passer les visiteurs comme des clients de grand magasin, et attendra Lesje. Elle ne s'attendra pas à le voir là. Peut-être sera-t-elle heureusement surprise de le trouver ; au début, il en était sûr. Peut-être ne sera-t-elle que surprise, et peut-être même pas. Il attend cet instant qu'il ne peut pas prévoir, qui laisse une place à l'espoir, mais aussi au désastre. Ils iront prendre un verre, ou bien non. En tout cas, ils rentreront chez eux.

ELIZABETH

Elizabeth, immobile, regarde un tableau. Encadré et recouvert d'un verre. Derrière le verre, des feuilles vert vif s'étalent avec l'harmonieuse asymétrie d'un tapis floral chinois ; des fruits violets apparaissent, lumineux, parmi ces feuillages. Trois femmes, dont deux avec des paniers, font la cueillette. Leurs dents brillent dans leur sourire, et elles ont des joues rondes et roses de poupées. *Belle récolte d'aubergines,* dit la légende en chinois, en anglais, et en français. Elizabeth se souvient qu'elle doit acheter des saucisses en rentrant, à la demande des enfants, et pour elle-même du poulet cuit. Elles dîneront sur la véranda, suivant l'idée de pique-nique de Nancy. Peut-être fera-t-il moins chaud à cette heure-là.

Un homme en salopette s'approche d'Elizabeth en poussant devant lui une grosse cireuse, et lui dit de se pousser. Elle longe le mur. Le musée vient de fermer, et la plupart des gens sont partis. Elle a attendu cette relative solitude pour regarder de plus près cette exposition, qui est ouverte depuis quatre jours, mais qu'elle a été trop occupée pour voir encore. Mais les critiques dans la presse l'ont satisfaite. La Chine est un sujet neuf, contrairement à l'Inde, par exemple, qui était nouvelle il y a quelques années, pendant la dernière guerre. Et puis il y a eu beaucoup de monde, mais tout de même pas autant que pour l'Exposition d'art chinois ancien, voici déjà plusieurs années. Les gens peuvent faire la queue pendant des heures pour voir de l'or, surtout de l'or provenant de tombeaux. Elizabeth se souvient encore des chevaux, ces chevaux arrogants qui venaient d'un tombeau d'empereur. Ils n'étaient pas en or. Elle ne se rappelle plus de quoi ils étaient faits, mais garde une impression de teinte sombre. Véritables augures, cabrés, résistants.

Aucune catastrophe n'apparaît dans ces peintures, cependant. *Nouvel aspect de notre porcherie,* lit Elizabeth. Elle ne s'intéresse pas beaucoup aux cochons. Ceux-ci ressemblent à des jouets, aux cochons en plastique de la ferme avec laquelle les enfants jouent encore parfois. Ils sont discrets et propres, on voit bien qu'ils ne creusent pas le sol ni ne chient. Des citrouilles et des potirons poussent comme des bordures décoratives le long des rangées de porcheries.

Le cireur de planchers la suit. Elle traverse la salle, bifurque vers l'autre aile. Les toiles sont accrochées sur des écrans mobiles qui divisent la galerie. Très bonne répartition de l'exposition, se dit-elle ; les photos grandeur nature des artistes, en noir et blanc, ajoutent une bonne touche. Elle se rappelle l'époque où tout ce district servait à exposer des armures et des armes médiévales : des arquebuses, des masses d'armes, des hallebardes, des mousquetons, des tromblons. Seul le parquet de bois est demeuré.

Ne laissez pas Lin Piao et Confucius calomnier les femmes, lit-elle en souriant. *Chacun aide à construire la maison de son voisin.*

Soudain, Elizabeth se sent — pas solitaire, mais seule. Elle ne se rappelle plus quand, pour la dernière fois, quelqu'un d'autre que les enfants l'a aidée à faire quelque chose. Elle sait qu'il pleut en Chine, même s'il ne pleut pas sur ces images. Elle sait que les gens ne sourient pas sans répit, qu'ils n'ont pas tous les dents blanches et les joues roses. Sous les couleurs de ces peintures, primitives comme des dessins d'enfants, se tapissent la malveillance, l'avidité, le désespoir, la haine, la mort. Comment pourrait-elle ne pas le savoir ? La Chine n'est pas le paradis ; le paradis n'existe pas. Même les Chinois le savent, ils doivent bien le savoir, ils y vivent. Tels les hommes des cavernes, ils peignent non pas ce qu'ils voient, mais ce qu'ils désirent.

Les plaqueminiers sont mûrs au pied du mont Chungman, lit-elle encore. Des globes jaune orangé remplissent la page ; des filles grimpent dans les branchages emmêlés, le visage heureux, toutes semblables entre elles comme des oiseaux. Elizabeth refoule des larmes : quelle bêtise d'être émue par cette image. C'est de la propagande. Elle ne veut pas faire la queue pour apprendre à lancer des grenades, elle ne veut pas travailler dans les champs, elle n'a aucune envie de subir la critique de groupe et de s'entendre dire par d'autres ce qu'elle doit penser. Ce n'est pas cela, qui la touche au point qu'elle doit chercher un kleenex dans son sac, ou bien un bout de papier, quelque chose, n'importe quoi pour s'essuyer le visage. Ce sont les navets alignés en rangs innocents, ordinaires, éclairés de l'intérieur, la louange consacrée à d'humbles tomates, à des grappes de raisins, peintes avec toutes leurs teintes translucides. Comme si elles en valaient la peine.

Elizabeth se tamponne le nez. Si elle veut voir du raisin, elle n'a qu'à aller au supermarché. Il faut qu'elle y aille de toute façon, il ne reste plus rien à la maison pour le dîner.

La Chine n'existe pas. Mais elle voudrait quand même y être.

L'impression de ce livre
a été réalisée sur les presses
des Imprimeries Aubin
à Poitiers/Ligugé

Achevé d'imprimer le 15 octobre 1981
N° d'édition, M 152. — N° d'impression, L 13738
Dépôt légal, 4e trimestre 1981.

Imprimé en France